KB189970

페리퍼럴 1

The Peripheral

The Peripheral

페리퍼럴 1

윌리엄 깁슨 지음 · 정성주 옮김

William Gibson

셰이니에게

시간 여행에 멀미와 어지럼증이 뒤따른다는 얘기는

전에도 한 적이 있지요.

— H. G. 웰스

주요 용어 소개

2030년대 미국 시골

햅틱: 사람의 피부에 제어 모듈을 이식해 생각만으로 다른 컴퓨터를 조종하는 기술. 군용 기술로 개발돼 미국 해병대에서 사용한다.

2100년대 영국 런던

연속체: 저마다 고유한 연속성을 띤 시공간으로 존재하는 개별 우주.

그루터기: 다른 시공간의 사용자가 접속하는 순간, 사용자의 시간선과 단절되는 특정 연속체. 그 단절 때문에 그루터기로 불린다.

페리퍼럴: 인간과 똑같은 외형을 갖춘 생체 로봇. 자율 행동과 원격 조종이 가능해 그루터기의 인간이 원격 현존의 도구로 이용한다.

클렙트: '도둑'을 뜻하는 영어 접두사 '클렙토klepto'에서 따온 말로, 불법적으로 쌓은 거대한 부를 토대로 권력을 누리는 특권 계층을 가리킨다.

2030년대 미국 시골

플린 피셔: 게임 실력이 뛰어난 유명 플레이어. 하지만 현재는 모종의 이유로 공개 활동은 안 하고 있으며 친구가 운영하는 3D 프린팅 가게 일을 거들고 있다.

버튼 피셔: 플린의 친오빠. 해병대 출신이며, 햅틱 부작용으로 장애를 갖게 된 상이군인이다. 게임으로 돈벌이를 하고 있다.

코너 펜스케: 버튼의 동네 친구이자 해병대 동기. 전쟁터에서 심하게 다쳐 장애인이 됐다.

2100년대 영국 런던

월프 네더튼: 유명하고 유능한 홍보 전문가. 거짓말과 사실 미화 능력이 뛰어나지만 그로 인한 내적 혼란 및 갈등을 겪는다. 이를 잊기 위해 술을 자주 마신다.

레프 주보프: 네더튼의 동창. 클렙트 가문의 막내아들로, 다양한 취미를 가진 한량이다. 플린이 살고 있는 그루터기에 접속한 장본인이다.

에인슬리 로비어: 런던 경찰청 소속으로, 계급은 경위다. 상상하기 힘들 만큼 나이가 많으며, 거의 전능하다고 볼 수 있는 정보 수집 능력을 갖추고 있다.

book 1 contents

주요 용어 및 등장인물 소개	009
페리퍼럴 1	015

book 2 contents

페리퍼럴 2	007
감사의 말	395
옮긴이의 말	398

편집자 주

흰색 배경은 2030년대의 시점을, 회색 배경은 2100년대의 시점을 암시하며,
이 둘은 교차될 수 있습니다.

1
햅틱

　사람들이 보기에 플린의 오빠는 정신적 외상 후 스트레스 장애에 시달리는 것이 아니라, 가끔 햅틱 때문에 움직임이 멈칫멈칫할 뿐이었다. 사람들이 말하길 그 상태는 환상지와 비슷한 것, 그가 전쟁 때 몸에 새겼던 문신의 유령 같은 것이었다. 문신은 그에게 언제 달려야 하고 언제 멈춰야 하는지, 언제 살벌한 공격을 퍼부어야 하는지, 또 어느 방향으로 얼마만큼 멀리 공격해야 하는지를 알려줬다. 그런 것을 몸에서 파냈다는 이유로 장애를 일부 인정받은 그는 개울가에 있는 캠핑용 트레일러에서 살았다. 플린 남매가 어렸을 적에는 그 트레일러에 알코올 의존증이 있는 친척 아저씨가 살았다. 아버지의 형뻘인 그 아저씨는 일찍이 다른 전쟁에서 싸운 참전 용사였다. 플린과 버튼은 사촌인 리언과 함께 그 트레일러를 아지트로 써먹었다. 플린이 열 살이던 해 여름의 일이었다. 나중에 리언은 여자애들을 트레일러로 데려오려고 했지만 악취가 너무 지독해서 그러지 못했다. 훗날 버튼이 군대에서 전역했을 때 트레일러에는 아무도 살지 않았고, 있는 것이라고는 누구도 본 적이 없을 만큼 거대한 말벌 집뿐이었다. 우리 땅에서 제일 값나가는 재산이야. 리언은 그렇게 말했다. 1977년식 에어스트림 트레일러거든. 리언이 플린에게 보여준 인터넷 경매 사이트 이베이에서는 뭉툭한 라이플 총탄처럼 생긴 동일 모델 트레일러가 상태가 좋든 나쁘든 상관없이 터무니없는 가격에 팔려나갔다. 친척 아저씨가 비와 추위를 막으려고 트레일러에 덕지덕지 발라놓은 하얀색 우레탄폼은 이제 회색으로 변해 추레해 보였다. 리언은 그 덕분에 고철 수집상의 눈을 피했다고 했다. 플린이 보기에 트레일러는 거대한 애벌레 같았다. 다만 내부에 기다란 통로가 있고 창문이 나 있을 뿐이었다.

진입로를 따라 내려오다 보니 우레탄폼 부스러기가 눈에 띄었다. 거뭇한 흙과 부스러기가 한데 섞여 땅바닥에 단단히 다져져 있었다. 버튼은 실내등을 켜놓았고, 이 때문에 트레일러에 가까이 다가선 플린의 눈에는 차창 안쪽에 서서 이쪽저쪽으로 몸을 돌리는 버튼의 모습이 언뜻언뜻 보였다. 버튼의 등뼈와 옆구리에는 햅틱을 떼어 낸 자국이 있었다. 그 자국은 죽은 생선의 비늘과 비슷한 은빛 물질을 살갗에 뿌려놓은 것처럼 보였다. 사람들은 그 자국도 제거할 수 있다고 했지만, 그는 무턱대고 과거로 돌아가려 하지는 않았다.

"야, 버튼." 플린이 오빠를 불렀다.

"이지 아이스Easy Ice." 버튼은 동생의 게임 아이디를 대며 대답한 다음, 한 손으로 트레일러 문을 쿵 소리가 나게 밀쳐 열고 다른 손으로는 새로 산 흰색 티셔츠를 가슴 위로 끌어 내려 해병대가 그에게 붙여준 배꼽 위의 은색 패치를 가렸다. 패치는 크기도 모양도 트럼프 카드와 비슷했다.

트레일러 내부는 바셀린 색 불빛으로 물들어 있었다. 헤프티 마트Hefty Mart에서 파는 호박색 전등에 LED 전구를 끼워 여기저기 박아둔 탓이었다. 플린은 버튼이 이 트레일러로 이사 오기 전에 함께 내부를 청소했다. 버튼은 차고에 있는 업소용 진공청소기를 이곳까지 고생스레 가져오느니 차라리 트레일러 내부에 중국제 폴리머를 거의 3센티미터 두께로 온통 발라버리는 쪽을 택했다. 다 마른 폴리머는 유리처럼 투명하고 말랑말랑했다. 폴리머 안쪽에는 까맣게 타서 짤따래진 성냥개비나 짓이겨진 담배꽁초의 필터에 붙은 코르크 무늬 종이가 훤히 보였다. 합법적으로 판매된 담배에 붙어 있던 그 필터는 플린이 태어나기도 전에 만들어진 물건이었다. 플린은 녹슨 정밀 십자드라이버가 어디에 있는지, 또 2009년에 발행된 25센트 동전은 어디에 있는지까지 훤히 알았다.

이제 버튼은 1~2주에 한 번씩 자기 물건을 죄다 바깥에 꺼내놓고 트레일러 안에 호스로 물을 뿜어 청소를 했다. 냉장고용 밀폐 용기를 설거지하는 요령과 비슷했다. 리언은 그 폴리머가 박물관 큐레이터 같은 노릇을 한다며 이 고전적인 미국제 트레일러를 이베이에 올리려면 먼저 폴리머를 죄다 벗겨 내야 한다고 했다. 그러면 밑에 깔린 먼지도 함께 제거될 거라면서.

버튼은 플린의 손을 잡아 힘껏 쥐고 그대로 위로 당겨 트레일러 안으로 이끌었다.

"데이비스빌에 갈 거야?" 플린이 물었다.

"리언이 태워다 주기로 했어."

"누가복음 4장 5절Luke 4:5이 거기서 항의 시위를 한다며. 셰일린이 말해줬어."

버튼은 알 바 아니라는 듯이 어깨를 으쓱했다. 여러 부위의 근육이 함께 움직였지만 도드라져 보이지는 않았다.

"버튼, 네가 한 짓이지? 지난달의 그 일 말이야. 뉴스에 나왔잖아. 캐롤라이나주에서 열린 그 장례식."

버튼은 딱히 웃는 표정은 아니었다.

"그 남자애는 너 때문에 죽었는지도 몰라."

버튼은 고개를 아주 살짝 가로저었다. 눈살을 찌푸린 채로.

"버튼, 네가 그럴 때마다 난 무서워 죽겠어."

"넌 요즘도 게임 캐릭터 레벨이나 키워주고 다니냐? 털사에 사는 그 변호사 대신?"

"그 사람 요즘은 게임 안 해. 변호사 일이 바쁜가 봐."

"그 친구한테는 너만 한 고수도 없었을 텐데. 네가 실력으로 보여줬잖아."

"그냥 게임인데, 뭐." 오빠에게가 아니라 플린 자신에게 하는 말이었다.

"그 친구도 참, 차라리 해병대 출신을 고용할 것이지."

그 순간 플린은 버튼에게 햅틱의 후유증이 나타나는 것 같다고 생각했다. 몸이 덜덜 떨리는 그 증상은 이내 사라졌다.

"나 대신 일 하나만 해줘." 버튼의 목소리는 마치 방금 아무 일도 없었다는 듯이 태연했다. "5시간짜리야. 쿼드콥터® 드론 조종."

플린의 시선은 버튼 너머의 스크린을 향했다. 덴마크 출신 슈퍼모델일 법한 여자의 늘씬한 다리가 차문 안으로 방금 막 모습을 감춘 자동차는 플린이 아는 사람 중에는 아무도 몰 일이 없을 만큼, 아예 도로에서 구경도 못 할 만큼 비쌌다. "오빠 장애 연금을 받잖아." 플린이 말했다. "일 같은 거 하면 안 되지."

버튼은 동생을 가만히 응시했다.

"일하는 곳이 어딘데?" 플린이 물었다.

"몰라."

"외주 업무를 맡은 거야? 보훈부에 걸릴 텐데."

"게임이야." 버튼이 말했다. "무슨 게임의 베타테스트래."

"총잡이가 필요한 일이야?"

"총은 꺼낼 필요도 없어. 어떤 고층 빌딩의 세 개 층을 감시하는 일이야. 55층부터 57층까지. 거기서 뭐가 나타나는지 지켜보기만 하면 돼."

"나타날 만한 게 뭔데?"

"파파라치." 버튼은 집게손가락과 엄지손가락을 나란히 펴서 동생에게 보여줬다. "조그만 것들이야. 넌 그것들이 접근 못 하게 막아야 해. 그런 다음 슬슬 쫓아내면 돼. 할 일은 그게 다야."

"언제?"

※ 회전날개가 네 개 달린 수직 이착륙기.

"오늘 밤. 리언이 도착하기 전에 준비해 둬."

"이따가 셰일린을 도와주기로 했는데."

"5,000달러짜리 두 장 줄게." 버튼은 청바지에서 지갑을 꺼내 새 지폐 두 장을 뽑아 들었다. 지폐 표면의 조그만 위조 방지용 창문 도안은 흠집 하나 없었고 홀로그램도 환하게 반짝거렸다.

꼬깃꼬깃 접은 그 지폐는 플린이 입은 밑단이 너덜너덜한 청 반바지의 오른쪽 앞주머니로 들어갔다. "조명 밝기 좀 낮춰. 눈 아파."

버튼은 동생 말대로 했지만, 막상 그가 제어 스크린을 향해 손짓해서 조도를 낮추자 트레일러 안은 열일곱 살짜리 남자애의 방처럼 을씨년스러워 보였다. 플린은 손을 뻗어 조도를 조금 높였다.

플린은 버튼의 의자에 앉았다. 그 중국제 의자가 플린의 키와 몸무게에 맞춰 모양을 바꾸는 사이, 버튼은 칠이 거의 다 벗겨진 낡은 철제 의자에 앉아 손짓으로 스크린에 영상을 띄웠다.

밀라그로스 콜디론 주식회사MILAGROS COLDIRON SA

"저게 뭐야?" 플린이 물었다.

"우리를 고용한 회사."

"보수는 어떻게 받아?"

"헤프티 팔Hefty Pal을 통해서."

"보훈부에 꼼짝없이 걸릴걸."

"돈은 리언 명의의 계좌로 들어와." 리언과 버튼은 거의 비슷한 기간 동안 해병대에서 복무했지만, 리언은 장애를 조금도 입지 않았다. 버튼과 플린의 어머니가 하는 말을 빌리자면 '전쟁터에 가서 바보가 돼버렸다'고 우길 방법이 없었다. 다만 플린이 아는 리언은 언제나 교활했고, 무엇보다도 게으른 인간이었다. "내 로그인 아이디하고 여기 이 비밀번호가 있어야 해. 아이디는 '해트트릭Hat trick'이야." 해트트릭은 버튼의 진짜 아이디 '햅트리크HaptRec'를 감추기 위한 둘 사이의 암호였다. 버튼은 바지 뒷주머니에서 반으로 접힌 봉투를 꺼내 똑바로 편 다음 주둥이를 열었다. 두꺼운 미색 종이로 만든 봉투였다.

"그 봉투는 포에버 패브Forever Fab에서 받았어?"

버튼은 봉투에서 기다란 종이띠를 꺼냈다. 봉투와 똑같은 재질인 그 띠에는 알파벳과 기호가 몇 줄이나 빼곡히 적혀 있었다. "이걸 어디 다른 곳의 스캐너에 읽히거나 모니터 화면의 로그인 창 말고 다른 데다 입력하면, 우리 일거리는 날아가는 거야."

플린은 접이식 식탁으로 보이는 테이블에서 봉투를 집어 들었다. 그 봉투는 셰일린이 애지중지하는, 실제로 가게에서 가장 높은 곳의 선반에 따로 올려놓는 고급 문구류에 속했다. 셰일린은 대기업이나 법무 법인에서 주문한 편지를 인쇄해 전달할 때만 그 선반으로 손을 뻗었다. 플린은 봉투 왼쪽 상단에 새겨진 로고를 엄지손가락으로 훑었다. "주소가 메데인이야? 설마 마약 카르텔?"

"경호 업체야."

"아까는 게임이라고 했잖아."

"1만 달러야. 네가 방금 주머니에 넣은 돈."

"언제 시작한 일이야?"

"이제 2주 됐어. 일요일은 쉬는 날이고."

"돈은 얼마나 받는데?"

"건당 2만 5,000."

"그럼, 나한테 2만 줘. 갑작스레 맡는 일이고, 그 덕분에 셰일린까지 바람맞히게 생겼으니까."

버튼은 동생에게 5,000달러 지폐를 두 장 더 건넸다.

2
독이 든 쿠키

월프 네더튼은 시야에 나타난 레이니의 인장 때문에 잠에서 깼다. 휴면 상태의 심장 박동에 맞춰 눈꺼풀 안쪽에서 인장이 깜박거렸다. 네더튼은 눈을 떴다. 대뜸 머리부터 움직이면 안 된다는 것 정도는 알았기에, 그는 먼저 자신이 침대에 있다는 것을, 또 그 방 안에 자신 말고 다른 사람은 없다는 것을 확인했다. 현재 상황을 고려하면 둘 다 긍정적인 신호였다. 베개에서 머리를 천천히 들다 보니 자신이 벗어 놓았을 만한 곳이 아니라 다른 곳에 놓인 옷가지가 눈에 들어왔다. 분명 침대 밑 거치대에서 기어 나온 클리닝 봇들의 소행이었다. 클리닝 봇은 옷가지를 끌고 가 피지와 각질, 대기 미립자, 음식물 찌꺼기 따위를 보이지도 않을 만큼 미미한 양까지 속속들이 제거했다.

"더러워졌으니까." 네더튼은 그런 로봇이 정신까지 클리닝해 주면 어떨까 하고 잠깐 상상하다가 쉰 목소리로 중얼거리고는 다시 베개에 머리를 뉘었다.

레이니의 인장이 차츰 눈부시게 번쩍거렸다. 뭔가 따지듯이.

네더튼은 살며시 몸을 일으켜 앉았다. 진짜 난관은 침대에서 일어서는 동작일 듯싶었다. "여보세요?"

번쩍거리던 빛이 꺼졌다. "앵 프티 프로블렘*." 레이니가 말했다.

그 말에 네더튼은 눈을 감아버렸지만, 막상 감고 보니 시야에 온통 인장밖에 보이지 않았다. 그래서 다시 눈을 떴다.

"그 여자는 네가 알아서 할 문제잖아, 월프."

네더튼은 움찔했다. 레이니의 말이 놀랄 만큼 아프게 귓속을 파고들어서였다. "원래부터 그렇게 청교도 같은 구석이 있었어요? 난 몰랐는데."

"넌 홍보 전문가잖아. 그 여자는 유명인이고. 네가 하는 짓은 이종 교배나 마찬가지야."

눈구멍이 조금 비좁다 싶을 정도로 부어오른 눈에서 까끌까끌한 느낌이 났다. "그 여잔 지금 목적지인 '쓰레기 섬'에 접근하는 중일 거예요." 네더튼은 반사적으로 자신이 경계를 늦추지 않고 상황을 통제하고 있다는 것을 암시하려 했다. 비록 통화 상대의 예상과 딱 맞게 처참한 숙취에 시달리는 몰골일지언정.

"그런 말로 모면할 단계는 한참 전에 지났어." 레이니가 말했다. "네가 알아서 할 문제 말이야."

"그 여자가 뭘 어쨌는데요?"

"그 여자 스타일리스트 중 한 명이 문신 기술자야. 틀림없어."

고통으로 가득한 네더튼의 사적인 어둠 속을 또다시 레이니의 인

※ "문제가 좀 생겼어"라는 뜻의 프랑스어.

장이 지배했다. "그 여자가 설마." 그는 중얼거리며 눈을 떴다. "진짜 예요?"

"진짜야."

"그 점에 관해선 굉장히 구체적으로 구두 협의를 맺었는데요."

"해결해." 레이니가 말했다. "당장. 온 세상 사람들이 지켜보고 있어, 월프. 그러니까 적어도 우리가 간신히 긁어모은 사람들은 보고 있어. 그 사람들이 데이드라 웨스트가 '섬사람들'하고 평화롭게 조우할지 어떨지 궁금해한다면? 또 그 사람들이 우리 프로젝트에 돈을 대야 하냐고 물어본다면? 그때 우리가 해야 할 대답은 '예', 그리고 '예'야.

"가장 최근에 보낸 협상단 두 팀은 섬사람들한테 잡아먹혔어요." 네더튼이 말했다. "숲처럼 빽빽한 코드에 동기화돼 환각에 빠진 나머지 자기네 섬에 온 손님들을 주술의 힘이 깃든 신수神獸로 믿어버린 거예요. 내가 지난달에 코닛 호텔에서 꼬박 사흘에 걸쳐 데이드라한테 브리핑해 줬어요. 인류학자 두 명에, 신新원시주의 큐레이터 세 명을 동원해서. 문신은 절대 안 된다. 완전한 신품, 티끌 하나 없는 피부를 유지해야 한다. 그랬는데 이렇게 되다니."

"그만두라고 네가 설득 좀 해봐, 월프."

네더튼은 시험 삼아 발을 딛고 일어섰다. 절뚝거리며, 벌거벗은 채로, 그는 욕실로 들어섰다. 그러고는 낼 수 있는 가장 커다란 물소리를 내며 소변을 봤다. "정확히 뭘 그만두라는 거예요?"

"패러글라이딩을 해서 그 섬에 착륙하겠다는데…."

"원래 하기로 했던 게 그거잖아요."

"…새로 새긴 문신이 잘 보이게 홀딱 벗고 하겠다잖아."

"진담이에요? 설마."

"진담이야." 레이니가 말했다.

"혹시 아직 모르실까 봐 알려드리는 건데요, 거기 사람들이 아름답다고 여기는 건 양성 피부 종양이나 다유두증 같은 거예요. 기존 방식의 문신은 그 사람들한텐 철저히 패권국의 상징에 속한다고요. 그 섬에서 문신을 하는 건 페니스에 링을 끼고 교황을 만나서는 바지를 내리고 그 링을 고스란히 보여주는 거나 다름없어요. 사실 그보다 더 심한 짓이죠. 그나저나, 어떻게 생긴 것들이에요?"

"그자들 몰골이야 포스트휴먼 쓰레기지. 네 표현을 빌리면."

"데이드라의 문신 말이에요!"

"환류遷流하고 비슷하게 생긴 이미지야." 레이니가 말했다. "추상적이지."

"문화 도용이라. 멋지군요. 그보다 더 끔찍할 순 없을 정도로요. 얼굴에 새겼대요? 아니면 목에?"

"그건 아니야, 다행히도. 네가 데이드라를 잘 설득해서 지금 비행선 모비의 프린터가 출력 중인 점프 슈트를 입게 하면, 우리 프로젝트는 아마 그대로 진행될지도 몰라."

네더튼은 천장을 올려다봤다. 천장이 쩍 벌어지는 광경을 상상했다. 그 자신의 몸은 위로 올라갔다. 어딘지 모를 공간 속으로.

"게다가 사우디 쪽 후원자들도 문제야." 레이니가 말했다. "그것도 상당히 큰 문제지. 그쪽에선 겉으로 보이는 문신은 징역감이거든.

알몸 노출은 꿈도 못 꿀 일이고.”

“어쩌면 성관계의 여지를 주는 신호로 받아들일지도 모르죠.” 네
더튼이 말했다. 스스로도 해본 적 있었던 생각이었다.

“사우디 후원자들이?”

“섬사람들이요.”

“그자들이라면 아마 자기네 점심 도시락이 되겠다고 자원하는 걸
로 받아들일지도 모르지. 마지막 점심이 되겠지만. 데이드라는 독이
든 쿠키야, 월프. 앞으로 한 일주일 동안은 말이야. 누구든 데이드라
에게 슬쩍 키스만 해도 아나필락시스 쇼크에 빠질걸. 그 여자 엄지손
톱에도 뭔가 있는 것 같은데, 그게 뭔지는 아직 확실치 않아.”

네더튼은 두툼한 흰색 수건을 허리에 둘렀다. 그러고는 대리석 카
운터 위의 물병을 가만히 응시했다. 배 속에서 경련이 일어났기 때문
이었다.

“로렌초.” 레이니가 말하는 사이, 네더튼의 눈앞에 낯선 인장이 나
타났다. “월프 네더튼이 그쪽 피드에 연결됐어.”

뒤이어 네더튼은 갑작스러운 영상 입력에 충격을 받아 하마터면
토할 뻔했다. 쓰레기 섬 상공에 환한 연분홍빛이 드리워지면서 몸이
앞으로 쑥 나아가는 느낌이 들었다.

3
벌레가 들끓는 소리

플린은 셰일린과 통화를 마칠 때까지 가까스로 버튼의 이름을 꺼내지 않았다. 셰일린은 일찍이 고등학생 때 버튼과 몇 번 데이트한 적이 있지만 본격적으로 관심을 가진 것은 버튼이 해병대에서 돌아온 후의 일이었다. 이는 그의 실팍해진 가슴 근육 때문이자, 해병대 햅틱 수색대 제1대대를 둘러싸고 마을에 도는 소문 때문이기도 했다. 플린이 보기에 셰일린이 하는 짓은 연애 리얼리티 쇼에 나오는 이른바 '병적 낭만화'였다. 그렇다고 버튼보다 썩 나은 상대를 그 일대에서 만날 수 있는 것도 아니긴 했다.

플린과 셰일린 둘 다 버튼이 누가복음 4장 5절 때문에 곤란해질까 봐 걱정했지만 정작 버튼이 다칠지도 모른다는 걱정은 둘 중 아무도 하지 않았다. 누가복음 4장 5절을 딱히 좋아하는 사람은 아무도 없었으나 버튼은 유독 그들을 싫어했다. 플린은 그들을 손쉬운 상대로 얕보면서도 한편으로는 두려워했다. 원래 어딘가의 교회였거나 그 교회 안의 분파로 시작한 그들 패거리는 동성애자나 임신 중지 옹

호자, 피임 도구 사용자를 덮어놓고 혐오했다. 요즘은 심지어 전사한 군인의 장례식에 찾아가 혐오 시위를 벌이는 데에 열중했다. 그들은 기본적으로 망나니였고, 세상 사람 모두가 자기네를 망나니로 여기는 현실이야말로 오히려 하느님이 자신들을 기꺼워하는 증거라고 믿었다. 다만 버튼에게만큼은 평소 자신을 얌전히 묶어두던 모든 규율에서 벗어나게 해주는 탈출구였다.

이제 플린은 몸을 앞으로 숙이고 눈을 가늘게 뜬 채 테이블 밑을 들여다봤다. 거기 있는 검은색 나일론 케이스는 다름 아닌 버튼의 토마호크를 보관하는 장소였다. 그런 물건을 데이비스빌에 들고 가게 놔둘 수는 없었다. 버튼은 그 물건이 토마호크가 아니라 도끼라고 했지만 도끼는 장작을 팰 때 쓰는 연장이었다. 플린은 아래로 손을 뻗어 케이스를 휙 들어 올린 다음, 팔의 힘을 빼고 무게를 가늠했다. 굳이 뚜껑을 열 필요는 없었지만 그래도 열었다. 케이스는 위로 갈수록 폭이 넓어져서 장작을 쪼개는 머리 부분을 가장 넓은 위쪽에 놓는 구조였다. 머리 부분의 날은 도끼보다 끝에 더 가깝게 좁았고 모양은 매부리와 비슷했다. 보통 도끼는 날 반대쪽이 망치처럼 평평한 반면에 이 토마호크는 반대쪽 역시 날 부분의 축소판처럼 뾰족했지만, 휘어진 방향은 반대였다. 두께는 양쪽 모두 새끼손가락 굵기와 비슷했으나 가장자리는 어찌나 예리하게 연마했던지 살이 베여도 모를 듯싶었다. 맵시 있는 손잡이는 뒤쪽으로 살짝 휜 모양을 하고 있었고 강성과 탄성을 더하는 도료가 발라져 있었다. 테네시주에서 전용 대장간을 운영하는 회사의 작품인 이 토마호크를 햅틱 수색대 제1대대의 대원들은 모두 한 자루씩 지급받았다. 많이 쓴 물건이라는 느낌이 났다. 플린은 손가락을 베지 않게 조심하며 케이스를 닫고 다시 테이블 밑에 넣어뒀다.

플린은 휴대전화를 흔들어 위치 표시 앱인 배저를 켜 스크린에 자신이 사는 카운티의 지도를 띄워놓고 꼼꼼히 살펴봤다. 셰일린의 배지는 3D 프린팅 가게인 포에버 패브에 있었고, 정서 상태를 표시하는 고리는 불안을 의미하는 자주색이었다. 제대로 일하는 사람은 아무도 없는 것처럼 보였는데 그렇게 놀랄 일도 아니었다. 매디슨과 재니스는 돈벌이로 〈수호이 플랭커스Sukhoi Flankers〉라는 게임을 하는 중이었다. 그 오래된 비행 시뮬레이션 게임이 매디슨에게는 주요한 수입원이었다. 정서 고리는 둘 다 따분해 죽을 지경이라는 뜻의 베이지색이었지만, 그러고 보면 그 두 사람은 늘 똑같은 상태였다. 이로써 플린의 지인 가운데 이날 저녁 일을 하는 사람은 자신을 포함해 총 네 명이었다.

플린은 게임하기 편한 각도로 휴대전화를 구부려 손에 쥐고 엄지손가락으로 로그인 창에 '햅트리크'를 톡톡 쳐서 입력한 다음, 기나긴 비밀번호를 입력했다. 그러고는 시작 아이콘을 두드렸다. 아무 반응도 없었다. 그러다 이내 스크린이 마치 옛날 영화에 나오는 카메라 플래시처럼 갑자기 환해지더니, 햅틱의 표시처럼 은색으로 물들었다. 플린은 눈을 깜박거렸다.

뒤이어 플린은 허공으로 떠올랐고, 버튼이라면 '밴 지붕에 만든 미사일 발사대'라고 부를 만한 구멍을 통해 바깥으로 나갔다. 플린은 마치 엘리베이터를 탄 것처럼 움직였다. 다만 조작 스위치가 없었다. 그리고 플린의 주위는 온통 버튼이 언급한 적 없는 소곤대는 목소리로 가득했다. 그 소리는 희미하면서도 다급하게 들렸다. 꼭 보이지 않는 요정들 세계 경찰서의 상황실에 접수 요원들이 한가득 모여 있는 것처럼.

뒤이어 낯선 곳의 밤빛이, 빗방울을 머금은 장밋빛과 은색 불빛이 주위를 물들였고, 플린의 왼편에는 차가운 납색 강이 흘러갔다. 어둡고 을씨년스러운 도시였다. 저 멀리 까마득히 높은 빌딩들이 보일 뿐, 불빛은 드물었다.

시점을 아래로 내리자 구멍을 통해 트레일러 내부가 하얀 직사각형으로 보이다가 점점 축소되며 주위의 길거리가 눈에 들어왔다. 시점을 위로 올려보니 눈앞에 웬 빌딩이 끝없이 높다랗게 솟아 있었다. 세상만큼이나 높다란 절벽 같았다.

4
뼛속 깊이 새긴 것

레이니의 촬영 기사인 로렌초는 프로답게 신중한 시선으로, 흔들리지 않고 차분하게, 모비의 맨 위층 전면 갑판을 내려다보는 창문을 통해 데이드라를 발견하고 피드로 전송했다.

네더튼으로서는 레이니뿐 아니라 누구에게도 인정하지 않을 사실이었지만, 그는 데이드라와 관계를 시작한 것을 진심으로 후회했다. 누가 떠밀어서가 아니라 제 스스로 휘말려 들었기 때문이었다. 자신이 아닌 타인의, 자신의 것보다 훨씬 더 튼튼하고 야만적일 만큼 단순한 자아 속으로.

이제 네더튼의 눈에, 또는 로렌초의 눈에 보이는 데이드라는 양가죽 파일럿 재킷과 선글라스 말고는 몸에 아무것도 걸치지 않은 상태였다. 네더튼은 마지막 데이트 이후에 새로 자란 음모를 모히칸 스타일로 깎아놓은 데이드라의 두덩이 눈에 띄자 차라리 보지 말 것을 하고 후회했다. 문신은 짐작건대 북태평양 환류를 발생시키고 유지하는 여러 해류의 형상을 양식화해 재현한 것 같았다. 겉에 실리콘 소재

연고를 발라놓은 탓에 문신이 생살처럼 번들거렸다. 메이크업 담당자가 세세하게 계산해 연출한 모양이었다.

창문 한쪽이 옆으로 스르르 움직였다. 로렌초는 바깥으로 걸어 나갔다. "윌프 네더튼을 바꿔드릴게요." 네더튼의 귀에 로렌초의 목소리가 들려왔다. 뒤이어 시야에서 로렌초의 인장이 사라지고 데이드라의 인장이 나타났다.

데이드라는 양손을 들어 앞이 벌어진 양가죽 재킷의 라펠을 한쪽씩 움켜잡았다. "윌프. 잘 있었어?"

"반가워." 네더튼이 말했다.

데이드라가 빙그레 웃자 이가 드러났다. 치아 관리 위원회 같은 데서 모양과 배열을 결정한 것처럼 흠잡을 데 없이 가지런했다. 데이드라는 재킷 앞섶을 꼭 오므렸다. 두 주먹이 복장뼈 높이에서 만날 정도로 꼭. "화났구나. 내 문신 때문에."

"안 하겠다고 약속했잖아."

"난 하고 싶은 건 해야 해, 윌프. 안 하고는 못 배겨."

"당신 일 처리에 의문을 제기하는 게 내가 마지막이면 좋겠군." 네더튼은 극심한 짜증을 감추는 동시에 너그럽지는 않더라도 잘하면 진심처럼은 보일 표정을 지었다. 이는 오로지 그만이 지닌 신비한 재능 덕분에 가능한 일이었다. 다만 당장은 숙취 때문에 그렇게 하기가 쉽지 않았다. "애니 기억나? 우리 신원시주의 큐레이터 중에서 제일 똑똑한 인재였잖아."

데이드라가 미간을 살짝 찡그렸다. "그 예쁜장한 애?"

"맞아." 말은 그렇게 했지만, 네더튼은 딱히 그 의견에 동의하지 않았다. "애니하고 나하고 같이 한잔한 적이 있어. 코닛 호텔에서 마지막 공연을 마친 다음에. 당신은 먼저 가야 했지만."

"그 애가 뭘 어쨌는데?"

"알고 보니 당신에 대한 존경심이 차오르다 못해 말문이 다 막힌 상태였더군. 그러다 당신이 자리를 뜨자마자 막혔던 말문이 한꺼번에 터졌지. 당신 작품에 관해 당신과 직접 이야기를 나누다가 하도 압도당해서 그만 넋이 나가버렸던 거야."

"그 애도 아티스트였어?"

"연구자였어. 10대 초반부터 당신 작품은 모조리 찾아볼 만큼 열광적이었대. 미니어처 세트를 통째로 구독했을 정도로. 그 애 수입으로는 정말이지 엄두도 못 낼 가격인데. 애니 이야기를 들으면서 난 당신의 경력을 처음으로 이해하는 기분이 들었어."

데이드라가 고개를 갸우뚱하자 머리카락이 찰랑거렸다. 양가죽 재킷의 앞섶이 벌어진 까닭은 데이드라가 선글라스를 벗으려고 한쪽 손을 뗐기 때문이었다. 그런데 로렌초에게는 시선이 어디로 향하는지를 감춰줄 선글라스가 없었다.

네더튼은 당황해 눈이 동그래진 채로 아직 써먹지 않은 거짓말이 뭐가 있을지 궁리했다. 이때껏 그가 한 말 가운데 진실은 한마디도 없었다. 그러다 문득 데이드라에게는 이쪽이 보이지 않는다는 것이 떠올랐다. 그녀는 지구 반대편의 하늘에 떠 있는 모비의 상부 갑판에서 로렌초라는 남자를 바라보는 중이었다. "애니가 유독 전해주고 싶어

했던 아이디어가 있어. 그때 당신을 직접 만난 덕분에 얻은 거라고 하더군. 당신 작품의 새로운 타이밍 감각에 관한 거였어. 애니는 당신이 성숙한 아티스트가 되는 비결이 타이밍이라고 생각했거든."

로렌초는 눈의 초점을 다시 데이드라의 얼굴에 맞췄다. 네더튼은 문득 데이드라의 입술을 몇 센티미터 앞에서 마주하는 느낌이 들었다. 그녀의 입술 특유의 상쾌하고 비동물적인 톡 쏘는 맛이 기억 속에서 떠올랐다.

"타이밍?" 데이드라가 심드렁하게 물었다.

"애니가 한 말을 녹음해 뒀으면 좋았을 텐데. 내 방식대로 설명할 방법이 없네." 앞서 뭐라고 둘러댔더라? "이제 당신이 더 안전해졌다고 했던가? 당신은 원래부터 용감했고 겁이라곤 조금도 몰랐지만, 새로 생긴 자신감은 전하고는 또 다르댔어. 애니 말로는 아주 뼛속 깊이 새긴 것이라더군. 난 당신을 마지막으로 만났을 때 같이 식사하면서 애니의 아이디어를 논의할 생각이었지만, 알고 보니 그날 저녁은 그런 얘기를 할 분위기가 아니었지."

데이드라의 머리는 눈곱만큼도 움직이지 않았고 눈 또한 깜빡이지 않았다. 네더튼은 그녀의 자아가 그 눈 뒤에서 헤엄치는 광경을 상상했다. 상상 속에서 생김새가 장어처럼 기다랗고 몸통이 투명해서 뼈가 훤히 보이는 애벌레 같은 것이 의심하는 눈초리로 그를 유심히 바라보고 있었다. 그것의 관심은 오로지 네더튼에게만 쏠려 있었다. "만약 일이 다르게 풀렸다면." 네더튼의 귀에 그렇게 말하는 스스로의 목소리가 들려왔다. "우리가 지금 이런 얘기를 나누고 있진 않을 텐데.”

"어째서?”

"왜냐하면 당신이 지금 시도하려는 접근법은 당신 경력의 초창기에 시작된 퇴행 충동의 결과라고 애니가 당신한테 얘기해 줬을 테니까. 새로운 타이밍 감각에 영향을 받은 게 아니라.”

데이드라는 네더튼을, 아니면 누군지 모를 로렌초라는 남자를 물끄러미 응시했다. 그러다가 빙그레 웃었다. 그녀의 눈 속에 도사린 어떤 것이 반짝거리며 즐거워했다.

레이니의 인장이 비공개라는 뜻의 어둑한 빛을 띠고 나타났다. "난 지금 당장 네 아기를 갖고 싶은 기분이야.” 토론토에 있는 레이니가 한 말이었다. "네 자식이니까 입만 열면 거짓말을 하겠지만.”

5
잠자리 떼

플린은 소변을 보러 가는 것도 깜박할 정도로 일에 몰두했다. 그러다가 더는 참지 못하고 드론을 자동 비행 모드로 바꾸고 고객의 건물 주변 4.5미터 이내를 비행 구역으로 설정한 다음, 버튼이 새로 설치한 자연 발효식 변소로 뛰어갔다. 잠시 후, 청 반바지의 지퍼를 올린 플린은 바지 단추를 잠그고 삼나무 톱밥을 모종삽으로 한 움큼 퍼변기 구멍에 부은 후 변소 문을 벌컥 열고 뛰쳐나왔다. 그 바람에 버튼이 문 바깥쪽에 달아둔 큼지막한 관공서용 손 소독제 통이 쾅 하고 흔들리자 속에 든 젤이 덩달아 철벅거렸다. 플린은 소독제 통의 하얀 플라스틱 노즐을 꾹 눌러 손에 소독 젤을 조금 받은 다음, 양 손바닥을 비비며 혹시 버튼이 보훈 병원에서 훔쳐 온 소독제가 아닌지 궁금해했다.

다시 트레일러 안으로 들어선 플린은 냉장고 문을 열고 리언이 손수 만든 육포 조금과 에너지 드링크인 레드불을 한 캔 꺼냈다. 가느다랗고 한쪽이 넓적한 말린 쇠고기 조각을 입에 넣고 의자에 앉으며 플린은 휴대전화로 손을 뻗었다.

파파라치들이 돌아와 있었다. 잠자리 두 마리를 위아래로 포갠 것처럼 생긴 비행체들은 날개인지 로터인지가 하도 빨리 움직여서 투명해 보일 정도였고, 앞쪽 끄트머리에는 조그맣고 투명한 전구가 붙어 있었다. 플린은 모두 몇 대인지 세어보려 했지만 다들 너무 빠르게 쉬지 않고 움직였다. 여섯 대, 어쩌면 열 대일 수도 있었다. 놈들은 그 빌딩에 관심을 보였다. 인공지능이 벌레의 움직임을 모방해 조종하는 듯했는데, 그 정도는 플린도 할 줄 아는 기술이었다. 그 비행체 무리가 하는 행동이라고는 기수를 빌딩 쪽으로 향한 채 급가속하거나 선회비행을 하는 정도밖에 없는 것처럼 보였다. 플린은 그중 두 대를 쫓아냈고, 상대가 냉큼 물러나 날아가 버리는 것까지 확인했다. 그러나 다시 돌아올 터였다. 놈들이 뭔가 기다리는 중이라는 느낌이 들었다. 일이 벌어질 장소는 분명히 56층이었다.

그 빌딩은 어떤 각도에서 보면 검은색이었지만, 실제로는 아주 짙은 구릿빛 갈색이었다. 창문이 있다 하더라도 플린이 일하는 층에는 없거나 막힌 상태였다. 표면에 커다랗고 평평한 직사각형 모양 판이 보였는데 규칙적으로 배열되지는 않아서 일부는 가로로 눕고 또 일부는 세로로 서 있었다.

앞서 부산하게 소곤거리던 요정들은 플린이 스크린의 층수 표시창에 20층으로 표시된 지점을 지난 후부터 잠잠해졌다. 이 일대의 규칙은 더 엄격하기 때문일까? 플린은 그들의 소리가 다시 들리든 말든 관심 없었다. 하늘 위에서 잠자리를 찰싹찰싹 때려잡는 일이 그다지

신나지 않아서였다. 한가할 때였다면 이 도시의 야경이 어떤지 살펴봤겠지만, 플린이 받은 보수는 경치를 구경하라고 준 돈이 아니었다.

저 아래쪽의 길거리에서 적어도 환히 보이는 한 곳은 땅속에서 조명이 비쳤다. 마치 유리로 노면을 포장한 것 같았다. 오가는 차는 드물었다. 게임 개발자들이 아직 이 일대의 자동차는 전부 디자인하지 않은 모양이었다. 플린은 두 다리로 걷는 물체를 언뜻 본 듯싶었다. 그 물체는 숲 또는 공원으로 보이는 곳의 가장자리에 있었는데 사람이라기에는 지나치게 컸다. 일부 자동차는 불빛이 하나도 보이지 않았다. 그리고 저 멀리 이어진 빌딩 숲 상공에 뭔가 거대한 것이 헤엄치듯 느릿느릿 지나갔다. 고래, 아니면 고래처럼 커다란 상어 같았다. 그 물체는 비행기처럼 불빛까지 켜져 있었다.

플린은 육포를 시험 삼아 씹어봤다. 아직도 너무 딱딱했다.

전면 카메라에 찍힌 잠자리를 향해 서둘러 다가갔다. 잠자리들은 플린이 아무리 빨리 움직여도 번번이 먼저 날아가 버렸다. 이윽고 빌딩 표면의 가로로 기다란 직사각형 판이 바깥쪽을 향해 열리더니 평평하게 누웠고, 이로써 밝게 빛나는 커다란 불투명 유리 벽이 플린의 눈앞에 드러났다.

플린은 입에 든 육포를 꺼내어 테이블 위에 내려놨다. 벌레들이 다시 돌아와 창문 앞에서 자리를 차지하려고 서로 다투고 있었다. 그 불투명 유리 벽이 실제로 창문일 때의 얘기였다. 플린은 휴대전화를 들지 않은 손으로 레드불 캔을 더듬더듬 찾아 뚜껑을 땄다. 그러고는 한 모금 홀짝였다.

이윽고 불투명 유리에 날씬한 여자의 엉덩이 실루엣이 나타났다. 뒤이어 그 위쪽에 어깻죽지가 보였다. 그저 실루엣뿐이었다. 그다음은 크기로 보아 남자 것인 손 한 쌍이 여자의 어깻죽지 실루엣 위쪽에 나타났다. 양옆에서, 손가락을 쫙 펴고서.

플린은 음료를 삼켰다. 차갑고 묽은 기침약 시럽 같았다. "꺼지라고." 플린은 그렇게 중얼거리며 손을 저어 벌레 떼를 쫓아냈다.

남자가 한쪽 손을 유리 테두리 바깥으로 옮기자 그 손의 실루엣도 사라졌다. 뒤이어 여자가 그 자리를 떠나 다른 곳으로 걸어갔다. 그러는 동안에도 남자의 한쪽 손은 유리 위를 떠나지 않았다. 플린은 유리에 기대어 선 남자의 모습을 상상했다. 남자가 바라던 키스는 물거품이 됐을 듯싶었다. 설령 성공했다 해도 바라던 대로의 결과는 아닐 터였다.

게임 내용치고는 우울했다. 진지한 연애 드라마의 도입부라면 또 모를까. 뒤이어 유리 위에 남아 있던 남자의 손도 사라졌다. 플린의 머릿속에 남자의 안달 난 몸짓이 그려졌다.

전화벨이 울렸다. 플린은 스피커폰 모드를 켰다.

"별일 없어?" 버튼이 물었다.

"그 게임에 들어와 있어. 지금 데이비스빌이야?"

"방금 도착했어."

"누가복음 패거리도 왔어?"

"여기 있어."

"그 사람들 건드리지 마, 버튼."

"여부가 있겠습니까."

당연히 그래야 했다. "이 게임 말이야, 뭔가 내용이 있기는 해?"

"거기 있던 캠[cam] 드론은 다 쫓아냈어?"

"응. 그랬는데 벽에서 웬 발코니가 나왔어. 기다란 불투명 유리창이 있는데 안에 불이 켜져 있어. 사람들 그림자도 보여."

"내가 본 것보다 더 많은데?"

"소형 비행선 같은 것도 봤어. 그건 원래 어디 있는 거야?"

"아무 데도 없어. 캠 드론이나 계속 쫓아내."

"내 느낌엔 게임이 아니라 진짜 경호 업무 같던데."

"경호 업무를 체험하는 게임인지도 모르지. 나는 지금 가봐야 해."

"왜?"

"리언이 돌아왔어. 김치를 얹은 핫도그를 사 왔군. 너도 같이 왔으면 좋았을 거라는데."

"난 개같이 일하는 중이라고 전해줘. 개 같은 오빠 덕분에."

"그럴게." 버튼은 그 말을 남기고 전화를 끊었다.

플린은 벌레 떼를 향해 달려들었다.

6

섬사람들

로렌초는 모비가 도시 상공으로 접근하는 광경을 눈으로 포착했다. 네더튼은 모비의 난간을 짚은 로렌초의 손과 자기 방에서 가장 아늑한 직물 의자의 팔걸이에 올려놓은 자신의 손이 한순간 하나로 합쳐지는 느낌을 받았다. 그것은 섬사람들의 도시와 마찬가지로 아직 이름이 붙여지지 않은 감각이었다.

큐레이터들은 이곳이 도시가 아니라 조금씩 커지는 소조 작품이라고 했다. 더 적절한 명칭은 '제의적 상징물'이었다. 원래 반투명한 회색빛이었다가 살짝 누렇게 변색된 이 섬의 구성 성분은 '태평양 거대 쓰레기 섬Great Pacific Garbage Patch'의 해수 표층에서 회수한 부유 물질이었다. 추정 중량만 300만 톤에다가 지금도 계속 커지는 이 섬이 완벽한 부력을 유지한 채 둥둥 떠 있는 것은 다수의 독립된 부양낭 덕분이었다. 그 부양낭들은 하나하나의 크기가 지난 세기 각국의 주요 공항만큼이나 거대했다.

이 섬의 거주자는 채 100명도 되지 않는다고 알려졌다. 다만 쉬지 않고 섬의 부피를 키워가는 뭔지 모를 물질들은 캠 드론마저 먹어치우는 것처럼 보였고, 이 때문에 섬의 거주자들에 관해서는 알려진 바가 거의 없었다.

접객용 자율 주행 카트가 의자 팔걸이를 향해 멈칫멈칫 다가오자 네더튼은 커피가 준비된 것을 알아차렸다.

"지금 이 장면 찍어, 로렌초." 레이니가 명령하자 로렌초는 뒤로 돌아선 다음, 둥그렇게 모여선 전문가들 한복판에 있는 데이드라에게 눈의 초점을 맞췄다. 몸 표면이 하얀 도자기 재질로 뒤덮인 인간형 로봇 미치코이드가 빅토리아시대의 해군 복장을 하고 바닥에 무릎을 꿇고서, 데이드라가 신고 있는 예술적으로 흠집을 낸 가죽 하이 톱 부츠의 끈을 묶는 중이었다. 각양각색의 캠 드론이 허공을 맴도는 가운데 선풍기를 장착한 드론이 바람을 내뿜자 데이드라의 앞머리가 흩날렸다. 네더튼은 그 바람 테스트를 보고 데이드라가 헬멧 없이 뛰어내리겠구나 하는 짐작이 들었다.

"나쁘지 않네요." 네더튼은 데이드라가 새로 갈아입은 점프 슈트의 맵시를 보며 자신도 모르게 감탄했다. "홀러덩 벗지 않게 막을 수만 있다면요." 그 말을 들기라도 한 것처럼 데이드라가 손을 올려 점프 슈트의 지퍼를 잡아 아래로 내렸다. 지퍼를 조금 더 내리자 추상적인 환류 무늬 문신의 번들거리는 곡선이 드러났다.

"다 벗지 못하도록 점프 슈트의 출력용 파일에서 지퍼 부분을 미리 손써뒀어." 레이니가 말했다. "아래로 많이 내리지만 않으면 좋겠는데 말이야. 섬에 착륙할 때까지는."

"싫어할걸요. 자기 뜻대로 못 하게 하면."

"네가 큐레이터 건으로 거짓말한 것도 싫어할걸."

"아마 그 큐레이터도 저하고 굉장히 비슷하게 생각했을 거예요. 실제로 얘기를 해봐야 알겠지만요." 네더튼은 커피 잔을 보지도 않고 집어 들어 입술에 댔다. 몹시도 뜨거웠다. 블랙커피였다. 이제 좀 살 것 같다는 생각이 들었다. 진통제가 슬슬 효과를 발휘하는 중이었다. "자기 몫만 챙길 수 있으면 데이드라는 지퍼가 걸려서 안 내려가는 것쯤은 상관 안 할 거예요."

"그거야 잠시 후의 만남이 성공적이었을 때의 얘기고." 레이니가 말했다.

"그 여잔 이번 만남이 성공적이길 바랄 이유가 충분해요."

"로렌초가 대형 캠 드론 두 대를 따로 배치해 뒀어." 레이니의 말이 이어졌다. "저쪽에 곧 도착할 거야. 아주 가까이에."

네더튼은 의상 담당자와 메이크업 전문가, 제각각 다른 일을 맡은 보조 요원들, 다큐멘터리 제작자들을 유심히 살펴봤다. "이 중에서 몇 명이 우리 편이죠?"

"여섯. 로렌초까지 포함해서. 로렌초가 보기엔 저 미치코이드가 데이드라의 진짜 경호원 같대."

네더튼은 자기 모습이 레이니에게 보이지 않는다는 것을 깜빡한 채 그 말에 고개를 끄덕였다. 그러다가 빠르게 움직이는 캠 드론 두 대의 영상 피드가 동시에 점점 커지는 원의 형태로 시야에 펼쳐지는 바람에 그만 하얀 리넨 가운에 커피를 흘리고 말았다. 두 드론이 데이드라의 좌우를 저마다 한쪽씩 맡고 있었다.

그 섬에서 전송된 영상 피드를 받을 때마다 네더튼은 어김없이 몸이 근질거리는 불쾌한 느낌이 들었다.

"이제 한 1킬로미터 남았어. 서북서 방향으로 접근해서 합류할 거야." 레이니가 말했다.

"내 입장료까지 지불할 여유는 없었을 텐데요."

"너까지 거기 직접 갈 필요는 없어. 우리 둘 다 지켜보기는 해야 하지만."

캠 드론 무리는 돛처럼 생긴 높다란 구조물의 표면을 따라 하강했다. 보이는 모든 것이 똑같이 거대한 동시에 불안한 느낌이 들 정도로 텅 비어 보였다. 이곳저곳의 널따란 광장은 인적이 없었고 수백 명이 나란히 서서 행진해도 될 만큼 넓은 거리는 어디로 이어지는지 가늠되지 않았다.

캠 드론 무리는 계속 내려갔다. 말라붙은 바닷말과 하얗게 바랜 뼈, 흩날리는 소금 위를 지나 하강했다. 오염된 해수 표층을 청소하는 것이 지상 과제였던 섬사람들은 바다에서 회수한 폴리머를 모아 이곳을 세웠다. 지금의 모습은 나중에, 마치 즉흥적인 제스처처럼 떠오른 생각의 결과였지만, 그럼에도 놀라울 정도로 흉측했다. 이곳을 보면 네더튼은 샤워를 하고 싶어졌다. 아까 쏟은 커피가 가운 앞섶에 서서히 스며들었다.

이제 데이드라는 주위의 도움을 받아 패러글라이딩용 낙하산을 착용하는 중이었다. 차곡차곡 접은 낙하산은 수납공간이 둘로 나뉜 진홍색 배낭과 비슷했고, 곁에 제작자의 하얀색 로고가 찍혀 있었다. "낙하산은 저 여자가 직접 가져온 거예요?" 네더튼이 물었다. "아니면 우리 건가요?"

"저 여자 나라의 정부가 지원했어."

캠 드론 무리가 갑자기 비행을 멈추더니 목적지인 광장 위에서 동시에 서로를 탐색했다. 드론들은 대각선으로 마주 보는 모퉁이 위쪽에 제각각 자리를 잡고 하강하면서, 자신과 똑같은 상대편의 모습을 포착했다. 직육면체에서 모서리 뼈대만 남은 것처럼 생긴 드론들은 크기가 차 쟁반만 했고, 색깔은 광택 없는 회색에 중앙의 몸통 부분은 조그맣고 둥글넓적했다.

로렌초, 아니면 레이니가 영상 피드의 소리를 키웠다.

걸걸한 신음 소리가 광장을 가득 메웠다. 이 섬 특유의 배경 음향이었다. 섬사람들은 이곳의 모든 구조물에 속이 빈 관을 뚫어놓았다. 그 열린 관 위쪽으로 바람이 훑고 지나가며 만들어지는 불규칙한 합성음을 네더튼은 처음 들은 순간부터 끔찍이 싫어했다. "소리까지 꼭 들어야 해요?" 네더튼이 물었다.

"현장감이 그대로 느껴지잖아. 난 시청자들한테 그 느낌을 전하고 싶어."

멀리서 뭔가 이동하는 중이었다. 시야 왼쪽에서. "저건 뭐죠?"

"윈드 워커wind walker."

키 4미터에 머리가 없고 다리는 몇 개인지 가늠할 수도 없이 많이 달린 그 물체는 젖빛 플라스틱 재질에 이 섬과 마찬가지로 속이 휑하게 비어 있었다. 생김새가 마치 다른 존재가 벗어던진 등껍질 같았고, 움직이는 모습은 서툰 솜씨로 조종하는 꼭두각시 같았다. 기다란 몸통 위에 관 여러 개가 비쭉배쭉 박혀 있다 보니 양옆으로 꺼떡거리며 앞으로 나아가는 동안 그 관에서 나온 소리가 이 플라스틱 섬의 찬가에 한몫할 듯싶었다.

"섬사람들이 이리로 보낸 건가요?"

"아니, 그 사람들이 그냥 풀어놨어. 바람 따라 돌아다니라고."

"저건 화면에 넣고 싶지 않은데요."

"이제 감독 행세까지 할 생각이야?"

"저게 화면에 나오는 건 싫으시잖아요." 네더튼이 말했다.

"그건 바람이 알아서 할 일이야."

윈드 워커는 속이 빈 반투명 다리가 달린 몸통을 꺼떡거리며 쭈뼛쭈뼛 나아갔다.

네더튼은 데이드라를 거들던 인력들이 모비의 상부 갑판에서 철수한 것을 알아차렸다. 하얀 도자기 재질 미치코이드는 그대로 남아 낙하산을 점검했다. 로봇의 손과 손가락은 사람은 꿈도 못 꿀 만큼 빠르고 정확하게 움직였다. 수병 모자에 달린 리본이 산들바람에 펄럭거렸다. 진짜 바람이었다. 선풍기가 달린 캠 드론은 이제 보이지 않았다.

"이제 오는군." 레이니가 말했고, 뒤이어 캠 드론 한 대가 초점을 잡으면서 첫 번째 섬사람이 네더튼의 눈에 들어왔다.

어린애였다. 아니면 덩치가 어린애만 한 어떤 것이었다. 그것은 유령처럼 섬뜩하고 조그마한 자전거의 핸들 위로 몸을 숙이고 있었다. 자전거 프레임은 이 도시나 윈드 워커가 그렇듯이 소금으로 뒤덮인 반투명 플라스틱이었다. 모터는커녕 페달도 달려 있지 않은 것처럼 보였다. 그 섬사람은 널따란 도로의 표면을 발로 탁탁 차며 쉬지 않고 앞으로 나아갔다.

네더튼은 쓰레기 섬 자체보다 섬사람들이 훨씬 더 혐오스러웠다. 그들의 살갗은 광선 각화증의 극단적인 변종으로 뒤덮여 있었는데 역설적으로 그 덕분에 자외선이 일으키는 암에 걸리지 않았다. "고작 한 명이에요?"

"위성 이미지에는 광장에 여럿이 모이는 중이라고 나와. 저 녀석까지 포함해서 열두 명이야. 미리 합의한 대로."

네더튼은 성별을 가늠하기 힘든 그 조그만 섬사람이 킥 바이크를 타고 나아가는 모습을 가만히 지켜봤다. 그 섬사람의 눈은, 어쩌면 고글인지도 몰랐지만, 가로로 기다란 얼룩 한 줄이었다.

7
감시자

불투명 유리창 안쪽에서는 파티를 준비하는 중이었다. 플린이 알아차린 까닭은 유리창이 이제 투명해졌기 때문이었다. 버튼이 편광 선글라스 두 개를 이용해 가르쳐 준 마술과 비슷했다.

벌레들은 유리창을 똑바로 노렸고, 이 때문에 플린도 벌레들에게 정면으로 맞서 상대편의 접근 각도를 바꾸려고 갖은 애를 썼다. 곡예 비행 모드를 어떻게 조작하는지 터득하고 나서부터는 게임 속에서 모는 쿼드콥터 드론을 상대편이 예측하기 힘든 방식으로 조종할 수 있었다. 한번은 위쪽에서 급강하해 덮치려다가 하마터면 부딪혀서 부서뜨릴 뻔하기도 했다. 거리가 가까워지자 카메라의 화상 캡처 기능이 작동해 벌레의 확대 사진을 찍었지만, 사진 파일은 저장되지 않고 금세 사라져 버렸고 다시 불러낼 방법도 없었다. 벌레들은 셰일린이 포에버 패브에서 출력할 법한 물건으로 보였다. 장난감, 아니면 지독히도 추하게 생긴 장신구 같았다.

플린이 할 일은 벌레를 잡는 것이 아니라 쫓아내는 것이었다. 어차피 고용주 쪽은 플린이 하는 일을 고스란히 기록했다. 그래서 플린은 벌레들을 휘휘 쫓아내는 정도로만 움직였지만, 그러는 동안에도 유리 안쪽에서 벌어지는 일을 조금은 자세히 훔쳐봤다.

앞서 유리창에 붙어 있던 남녀는 이제 그곳에 없었다. 그곳에 인간은 한 명도 없었다. 조그맣고 납작한 베이지색 로봇들이 형체도 알아보기 힘들 만큼 빨리 움직이며 바닥의 먼지를 빨아들이는 사이, 외형이 거의 비슷한 여성형 로봇 세 대는 기다란 테이블 위에 음식을 차렸다. 고전 애니메이션 영화에 나올 법한 여성형 로봇들은 얼굴이 하얀 도자기 재질이었고 이목구비는 없다시피 했다. 로봇들은 커다란 꽃꽂이 장식 세 개를 만들고 나서 이제 카트에 실린 요리를 테이블에 놓인 쟁반 위로 옮기는 중이었다. 앞서 자율 주행 카트가 방으로 들어와 자동으로 테이블을 향해 다가왔을 때, 잔상으로 보이던 베이지색 청소 로봇들은 조금씩 틈을 벌려 카트에게 지나갈 길을 마련해 줬다. 완벽하게 딱 떨어지는 직각으로 회전하는 기계들의 모습은 꼭 카트를 둘러싸고 흐르는 물 같았다.

플린은 이 게임을 버튼보다 훨씬 더 신나게 즐기고 있었다. 안에서 열릴 파티까지 보고 싶을 정도였다.

사람들이 결혼식이나 장례식, 또는 세상의 종말 같은 것을 준비하는 광경은 드라마에서 본 적이 있었다. 플린은 그런 내용을 담은 드라마 가운데 어떤 것도 좋아하지 않았다. 다만 그런 드라마에서조차도 여성형 로봇이나 초고속으로 움직이는 로봇 청소기 같은 것은 나오지 않았다. 공장용 로봇이 눈앞의 광경과 거의 비슷한 빠르기로 제품을 조립하는 영상은 본 적이 있었지만, 어린애들이 셰일린에게 부탁해 3D 프린터로 출력하는 장난감은 결코 저런 속도로 움직이지 못했다.

플린은 급강하 비행으로 벌레 둘을 쫓아낸 다음, 그 자리에서 선회비행을 하며 초점을 바꾸지 않은 채 유리창 안쪽의 여성형 로봇 가운데 한 대를 가만히 주시했다. 그 로봇은 주머니가 여러 개 달린 누빔 조끼를 입었는데 주머니마다 반짝이는 조그만 연장이 삐죽 나와 있었다. 로봇은 치과 진료용 탐침 같은 도구를 사용해 너무 작아서 보이지도 않는 물체를 초밥 위에 하나하나 올려놓는 중이었다. 도자기 재질 얼굴의 동그랗고 까만 두 눈은 미간이 인간보다 더 넓었는데, 아까까지만 해도 그 자리에 눈 같은 것은 없었다.

플린은 손끝이 편해지도록 휴대전화를 조금 더 구부렸다. 그러면서도 벌레 떼는 계속 쫓아냈다.

바닥에서 소용돌이치던 베이지색 잔상은 전등 스위치를 끈 것처럼 한순간에 사라졌다. 모두 사라진 자리에 가엾게도 딱 한 대 남은 청소 로봇은 생김새가 불가사리와 비슷했다. 로봇은 다섯 갈래 발의 끄트머리에 각각 달린 바퀴 같은 것에 의지해 멈칫거리며 시야 바깥을 향해 나아갔다. 고장 났구나. 플린은 그렇게 짐작했다.

여자 한 명이 방으로 들어왔다. 머리는 갈색이었고, 미인이었다. 남자애들이 좋아하는 게임에서 흔히 보이는 섹시한 타입은 아니었다. 플린이 좋아하는 게임 〈오퍼레이션 노스윈드Operation Northwind〉의 인공지능 캐릭터와 비슷했다. 프랑스 여자애의 모습을 한 그 캐릭터는 게임 속에서 레지스탕스 용사였다. 한편 방 안의 여자는 기다란 티셔츠처럼 보이는 소박한 드레스를 입고 있었다. 색은 암회색이었는데 몸과 닿아 굴곡진 부분이 검은색이어서 플린은 아까 창에 비쳤던 여자의 실루엣이 떠올랐다. 여자가 테이블의 기다란 모서리를 따라 걷는 동안 드레스가 저절로 아래로 내려가면서 여자의 왼쪽 어깨가 통째로 드러났다.

여성형 로봇들은 하던 일을 멈추고 고개를 들었다. 이제 세 대 모두 눈이 없었고, 야트막한 눈구멍은 광대뼈와 마찬가지로 매끈했다. 여자는 테이블 끄트머리를 돌아 계속 걸었다. 창 바깥에서는 벌레만 한 캠 드론 무리가 그쪽으로 몰려들었다.

플린은 자신의 손끝이 휴대전화 화면에 부딪히는 소리를 들으며 쿼드콥터 드론을 양옆으로, 위로, 아래로, 뒤로 조종했다. "꺼져." 플린은 적들을 향해 중얼거렸다.

여자는 창문 앞에 서서 왼쪽 어깨를 드러낸 채 바깥을 내다봤다. 이윽고 드레스가 다시 저절로 스르륵 올라와 어깨를 가렸다. 드레스의 목둘레선이 V 자를 그리다가 동그래졌다.

"꺼지라고!" 플린은 벌레 떼를 향해 돌진하며 내뱉었다.

유리창이 다시 편광 기능을 회복해 불투명해졌다. 아니면 다른 원리인지도 몰랐다. "젠장." 플린은 벌레 떼를 향해 중얼거렸지만, 아마도 그것들의 잘못은 아닐 터였다.

플린은 주위를 재빨리 둘러봤다. 혹시 다른 창문이 열려 있는데 자신이 뭔가 놓치지는 않았는지 확인하기 위해서였다. 아무 이상도 없었다. 벌레 또한 한 놈도 보이지 않았다.

　뒤를 돌아보니 벌레들은 이미 허공에 둥실둥실 떠서 기다리고 있었다. 플린은 벌레들 사이로 쏜살같이 날아가 무리를 산산이 흐트러뜨렸다.

　볼 안쪽에 붙은 육포 덩어리를 혀로 꺼내어 질겅질겅 씹었다. 그러고는 콧등을 긁었다.

　손 소독제 냄새가 났다.

　플린은 벌레 떼의 뒤를 쫓았다.

8
쌍봉 고추

'섬사람들 두목'은 만약 각질화된 피부로 만든 카니발 분장용 투구 같은 것을 쓰지 않았다면 목이 없는 사람처럼 보였을 것이다. 즉, 생김새가 황소개구리와 비슷했다. 그리고 음경이 두 개였다.

"구역질 나 죽겠네." 네더튼이 중얼거렸다. 레이니가 대꾸할 거라 기대하고 한 말은 아니었다.

아마도 2미터가 조금 넘을 법한 키에 몸과 어울리지 않을 만큼 기다란 팔을 지닌 두목은, 앞바퀴가 뒷바퀴보다 커다란 원시적인 형태에 투명한 소재로 만든 자전거를 타고 도착했다. 속이 빈 앞바퀴의 바큇살에는 앨버트로스의 뼈대를 본뜬 무늬가 새겨져 있었다. 그 남자는 자외선에 바래 너덜너덜해진 비닐 시트를 얼기설기 기워 만든 발레리나용 튀튀를 입고 있었다. 낡아서 부스러져 가는 치마 주름 사이로 레이니가 '쌍봉 고추'라는 별명을 붙여준 음경 한 쌍이 언뜻언뜻 보였다. 둘 중 더 작은 위쪽 것은, 만약 그것이 실제로 음경이라면, 발기한 상태였다. 아마도 영원히 그 상태일 법한 위쪽 음경에는 거칠

거칠한 회색 뿔로 만든 고깔모자 같은 것이 씌워져 있었다. 그보다 더 평범해 보이지만 터무니없이 커다란 다른 하나는 아래쪽에 축 처진 채 달려 있었다.

"좋아." 레이니가 말했다. "이제 다 모였어."

두 가지 영상 피드가 동시에 중계되는 동그란 원 두 개 사이로, 로렌초가 지긋이 바라보며 촬영하는 데이드라의 옆모습이 보였다. 모비의 난간 위로 이어지는 다섯 단짜리 접이식 계단 앞에 서서 고개를 숙인 채 눈을 내리깐 데이드라는 마치 기도를, 아니면 명상을 하는 사람 같았다.

"뭐 하는 거야?" 레이니가 물었다.

"시각화하는 거예요."

"뭐를?"

"자기 자신이겠죠. 아마도."

"난 너 때문에 내기에 졌어." 레이니가 말했다. "저 여자랑 사귀다니. 네가 그럴지도 모른다고 누가 말하더군. 난 그럴 리 없다고 했고."

"오래간 사이는 아니었어요."

"그냥 살짝 임신한 것처럼 말이지."

"잠깐 임신한 셈이었죠."

이윽고 데이드라가 고개를 들더니, 거의 무심코 하는 행동처럼 점프 슈트의 오른팔 소매 위쪽에 붙은 흑백 성조기 패치를 쓰다듬었다.

"저게 나와야 돈이 되거든." 레이니의 말이었다.

데이드라는 계단을 올라가 난간 너머로 사뿐히 다이빙했다.

세 번째 영상 피드가 다른 두 피드 사이에 점점 커지는 원의 형태로 나타났다. 이번 것은 아래에서 위쪽을 찍은 영상이었다.

"초소형 캠 드론이야. 우리 쪽에서 어제 몇 대 넣어뒀어." 레이니가 말하는 사이에 데이드라의 낙하산이 섬 상공에서 빨간색과 하얀색을 드러내며 펼쳐졌다. "섬사람들이 우리한테 캠 드론이 있는 걸 안다고 알려 왔는데, 아직 섬에 잡아먹힌 건 한 대도 없어."

네더튼은 입천장에 혀를 대고 오른쪽에서 왼쪽으로 훑었다. 시야에서 휴대전화의 피드가 지워지자 흐트러진 침대가 보였다.

"저 여자, 네가 보기엔 어떤 것 같아?" 레이니가 물었다.

"괜찮네요." 네더튼은 의자에서 일어서며 대답했다.

네더튼은 침실 모서리에 세로로 우묵하게 나 있는 창문을 향해 다가갔다. 유리창의 편광 기능이 해제됐다. 그 창으로 내려다본 교차로는 예상했던 대로 차가 한 대도 오가지 않았다. 쓰레기 섬과 달리 이곳에는 하얗게 말라붙은 소금도, 극적인 사건도, 무미건조한 바람소리도 없었다. 블룸스버리 스트리트 건너편에 있는 20세기 초 스타일의 건물 전면 벽에는 길이가 1미터쯤 되는 암녹색 사마귀가 붙어 있었다. 노란색 전사 스티커로 표면을 장식한 그 사마귀는 간단한 수리 작업을 하는 중이었다. 네더튼은 누가 취미 삼아 원격으로 조종하는 사마귀 로봇인가 보다 하고 짐작했다. 그런 일은 보이지 않을 정도로 조그마한 어셈블러 무리가 더 잘하기 때문이었다.

"이번 일을 알몸으로 하겠다고 나선 건 저 여자의 진심이었어." 레이니가 말했다. "몸이 문신으로 뒤덮인 주제에 말이지."

"뒤덮이긴요. 데이드라의 예전 피부가 어땠는지 미니어처로 보셨잖아요. 뒤덮였다고 하려면 그 정도는 돼야죠."

"그런 건 다행히 본 적이 없지만, 어쨌든 가르쳐 줘서 고마워."

네더튼이 입천장을 혀로 두 번 톡톡 치자 왼쪽과 오른쪽의 영상 피드에 광장 귀퉁이 두 곳에서 각각 중계하는 영상이 나타났다. 영상 속에서 섬사람들 두목과 그의 부하 열한 명은 꼼짝도 않고서 위쪽을 올려다봤다.

"저것들 좀 봐요."

"저 패거리를 정말로 싫어하나 보군."

"왜 아니겠어요? 저 꼴 좀 보라니까요."

"저자들의 외모야 당연히 좋아하기 힘들지. 식인 행위도 소문이 사실이라면 문제가 많고. 하지만 저자들이 표층 해수를 청소해 주는 건 사실이야. 그것도 자본 지출의 부담을 사실상 아무도 지지 않는 조건으로 말이지. 게다가 이제 단일 집적체로는 십중팔구 세계에서 가장 거대한 재활용 폴리머 덩어리가 저 패거리 거야. 나한테는 저 섬이 무슨 나라처럼 느껴진다고. 아직 제대로 된 정식 국가는 아닐지 몰라도."

섬사람들은 스쿠터나 킥 바이크를 탄 채로 느슨한 원을 이루며 두목 주위로 모여들었다. 두목은 자기가 타고 온 구식 자전거를 일찌감치 광장 구석에 눕혀뒀다. 두목의 덩치가 커다란 만큼 부하들의 덩치는 더욱 자그맣게 보여서, 꼭 회색빛의 거친 살결을 가진 징그러운 만화 캐릭터를 올망졸망 모아놓은 것 같았다. 그들이 겹겹이 걸친 누더기는 햇빛에 바래지고 소금이 말라붙어 회색빛이었다. 신체 변형은 당연히 만연한 현상이었다. 패거리 중 여자인 티가 유독 두드러지는 섬사람은 유방이 여섯 개였고, 겉으로 드러난 가슴 살갗은 문신이 아니라 물고기 비늘과 비슷한 딱지를 의미 없이 복잡하게 배열해 만든 무늬로 뒤덮여 있었다. 패거리 모두 발의 생김새가 똑같았다. 맨발이었고, 발가락이 없었고, 발 자체가 신발처럼 보였다. 오로지 그들 몸에 걸쳐진 누더기만 바람에 펄럭일 뿐, 광장 안에 달리 움직이는 물체는 하나도 없었다.

시야 중앙의 영상 피드에서는 낙하산에 매달린 데이드라가 아래쪽을 향해 내리꽂히다가 널따란 원을 그리며 선회하더니, 다시 위쪽으로 솟구쳐 올라갔다. 패러글라이딩용 낙하산이 폭과 너비를 조정하는 중이었다.

"온다." 레이니가 말했다.

데이드라는 교차하는 넓은 도로 가운데 가장 널따란 길을 따라 낮게 하강했다. 이제 낙하산은 마치 고속 촬영 화면 속의 해파리처럼 리드미컬하게 모양이 바뀌며 차츰 속도를 줄였다. 데이드라는 폴리머로 된 땅바닥에 발이 닿아 소금 가루를 흩날리면서도 거의 비틀거리지 않았다.

낙하산은 데이드라에게서 분리되어 즉시 오므라들더니 뜻밖에도 다리 네 짝을 땅에 디디며 착지했지만, 고작 1~2초 사이의 일이었다. 다음 순간, 낙하산은 다시 두 부분으로 나뉘어 하얀 로고를 위쪽으로 향한 채 땅바닥에 놓여 있었다. 네더튼은 낙하산이 결코 로고를 땅바닥에 처박은 채 떨어지지 않는다는 것을 잘 알았다. 이 또한 돈이 걸린 장면이기 때문이었다. 초소형 캠 드론의 영상 피드가 닫혔다.

광장 상공의 캠 드론 무리가 서로 마주 보는 각도에서 찍어 보내는 두 영상 피드 속에서, 데이드라는 이제 낙하산에서 얻은 추진력을 다 소모하고 자기 발로 달려가는 중이었다. 둥그렇게 모여 있는 조그만 사람들 속으로, 감탄스러울 만큼 꼿꼿하게 허리를 펴고서.

섬사람들 두목은 발을 옮겨 돌아섰다. 도저히 사람으로 보이지 않는 커다란 머리의 양쪽 구석에 자리 잡은 그의 두 눈은, 마치 어린애가 뭔가 끄적거렸다가 지워버린 자국 같았다.

"이제 시작이야." 레이니가 말했다.

데이드라가 오른손을 들었다. 그 손짓은 인사일 수도, 또는 비무장인 채로 왔다는 증명일 것일 수도 있었다.

데이드라의 왼손은, 네더튼이 바라보는 가운데, 점프 슈트의 지퍼를 천천히 내렸다. 지퍼는 중간에 걸리고 말았다. 복장뼈에서 아래로 손바닥 너비만큼 내려간 지점이었다.

"꼴좋다." 레이니가 거의 환호 섞인 말을 내뱉는 동안, 데이드라의 얼굴에는 어떤 표정이 희미하게 스쳤다. 싸늘하게 얼어붙은 분노였다.

섬사람들 두목은 소금이 하얗게 낀 회색 가죽 글러브처럼 생긴 왼손으로 데이드라의 오른손 손목을 거머쥐었다. 그가 데이드라를 위로 들어 올리자 공들여 흠집을 낸 부츠가 반투명한 보도에서 허공으로 떠올랐다. 데이드라는 두목의 축 늘어진 뱃살을 발로 세게 찼다.

너덜너덜한 비닐 튀튀 바로 위쪽, 부츠가 꽂힌 자리에서 소금이 뛰었다.

두목이 데이드라를 더 가까이 당겼다. 이제 데이드라는 고깔을 씌운 모조 음경 위쪽에서 대롱거리는 신세였다. 뒤이어 데이드라의 왼손이 두목의 옆구리에 닿았다. 갈비뼈 바로 위쪽이었다. 데이드라는 손가락을 오므려 살짝 주먹을 쥔 상태였다. 엄지손가락이 회색 살에 닿았다.

두목은 몸을 부르르 떨었다. 아주 잠깐. 그러고는 휘청거렸다.

데이드라는 양발을 들어 두목의 배에 대고 밀었다. 두목의 옆구리에서 멀어지는 데이드라의 주먹은 꼭 진홍색 줄자를 잡아 뽑는 것처럼 보였다. 다름 아닌 엄지손톱이었다. 길어져서 완전한 모습을 드러낸 그 손톱은 크기가 데이드라의 팔뚝만 했다. 두목의 피는 주위의 회색 세상과 대비되게 매우 선명한 붉은색이었다.

두목은 데이드라를 놔줬다. 땅바닥에 등부터 떨어진 데이드라는 재빨리 몸을 굴려 그 자리를 피했다. 엄지손톱은 이미 앞서의 절반 길이로 줄어든 상태였다. 두목이 입을 벌린 채 앞쪽으로 쓰러지는 사이, 네더튼의 눈에 보인 그의 목구멍 속은 온통 시커멓기만 했다.

데이드라는 이미 일어서서 천천히 돌아서는 중이었다. 양쪽 엄지손톱이 살짝 휘었을 뿐 아니라 오목한 홈도 패어 있었다. 왼쪽 손톱은 섬사람의 피로 젖어 번들거렸다.

"초음속." 레이니의 피드에서 익숙지 않은 목소리가 들려왔다. 성별을 알기 힘든, 더없이 침착하게 들리는 목소리였다. "이리로 접근

중. 감속. 충격파."

네더튼이 이 섬에서 천둥소리를 듣기는 이날이 처음이었다.

티 하나 없이 새하얀 직립형 원기둥 여섯 개가 완벽하게 동일한 간격을 유지하고서, 둥그렇게 모여 선 섬사람 무리에게서 살짝 떨어진 곳의 상공에 나타났다. 섬사람들은 모두 자전거와 스쿠터를 버리고 데이드라가 있는 쪽을 향해 달려가려는 참이었다. 각각의 원기둥에 수직으로 기다랗게 배열된 조그마한 주황색 바늘들이 위아래로 춤추듯 튀어나오는 동안, 섬사람들은 네더튼이 도무지 이해할 수 없는 방식으로 몸이 갈가리 찢겨 날아갔다. 동그란 원으로 보이던 로렌초의 영상 피드가 멈췄다. 한쪽 원은 잘린 손이 화면을 거의 꽉 채우다시피 했다. 손의 실루엣은 완벽하게, 터무니없이, 철저하게 새까맸다.

"망했다." 레이니가 말했다. 놀란 목소리가 막막하고 천진했다.

모비의 갑판 위에 있던 미치코이드가 난간 손잡이를 뛰어넘기 직전, 그 로봇의 몸 이곳저곳이 갈라지며 거미 같은 눈 여러 개와 총구가 드러나는 광경을 보며, 네더튼은 레이니의 말에 동의할 수밖에 없었다.

9
보호 감호

런던이었다.

앞서 플린은 주위가 어두워야 스크린 속의 벌레를 찾기가 더 쉽다는 것을 알아채고 LED 전등을 껐다. 실내는 계속 캄캄했다. 플린은 줄곧 빌딩 벽에서 내려와 현실의 트레일러 속으로 돌아오고 싶었다. 그래야 근무를 마치고 이것저것 조사할 수 있기 때문이었다. 그러나 게임은 좀처럼 플린을 내보내 주지 않았다.

구부러진 휴대전화를 똑바로 펴고 주먹 관절을 눌러 딱딱 소리를 낸 손가락도 풀어준 다음 끈적끈적한 느낌이 나는 석양빛 속에 다시 앉아, 플린은 이미지 검색으로 세계의 여러 도시를 찾아봤다. 결과는 금세 나왔다. 강변이 그리는 곡선, 비교적 오래되고 낮은 건물의 질감, 그런 건물과 고층 빌딩의 대조적인 느낌. 현실의 런던에 있는 고층 빌딩은 수가 그렇게 많지 않았고 서로 더 촘촘히 모여 있었으며, 모양과 크기도 더 다양했다. 게임 속 런던의 고층 빌딩은 높이도 면적도 거대했고, 비록 일정한 거리를 두고 세워져 있었으나 그 간격이 현실보다 더 넓어서 마치 그리드 위에 세운 것처럼 보였다. 이는 게임의 고유한 설정이었다. 런던에 그리드식 도시 계획 따위는 한 번도 없었다는 것을 플린은 알고 있었다.

플린은 로그인 정보가 적힌 쪽지를 어디에 둘지 궁리했다. 그러다가 토마호크 케이스로 정했다. 케이스를 다시 테이블 아래로 집어넣는 사이에 전화벨이 울렸다. 리언이었다. "우리 오빠는?" 플린이 물었다.

"국토안보부 쪽에 있어. 보호 감호 중이야."

"체포된 거야?"

"아니. 그냥 갇혀 있어."

"뭘 어쨌길래?"

"버튼이 실력 행사에 나섰거든. 국토안보부 요원들은 나중에 히죽히죽 웃고 난리였어. 오히려 좋아들 하던데. 버튼한테 중국산 주문 제작 담배도 줬어."

"오빠 담배 안 피우는데."

"다른 걸로 물물교환 하면 되지."

"오빠 전화도 압수했어?"

"국토안보부는 누구든 붙잡으면 일단 전화부터 압수해."

플린은 자기 휴대전화를 봤다. 메이컨이 바로 지난주에 3D 프린터로 출력해 준 전화였다. 메이컨이 실수 없이 제대로 만들었기만 바랄 뿐이었다. 이제 국토안보부 컴퓨터가 플린의 전화를 감청할 것이므로. "거기 언제까지 가둬둘 거래?"

"그런 건 원래 안 가르쳐 줘." 리언의 말이었다. "누가 복음 녀석들이 여길 떠날 때까지라고 보는 게 그럴듯한 추측이겠지."

"그놈들 분위기는 어떤데?"

"우리가 처음 도착했을 때하고 거의 비슷해."

"무슨 일이 있었던 거야?"

"평소하고 똑같았어. 하느님은 이것도 싫어하고 저것도 싫어한다고 적힌 플래카드를 양쪽 끝에서 들고 서서 뻗대는 식이지. 그건 그렇고, 버튼이 너한테 같은 시간에 같은 장소로 출근하라고 전해달래. 네가 지금 그 녀석 대신 하고 있는 그 일 말이야. 자기가 돌아올 때까지. 두 번에 한 번은 추가로 5,000씩 주겠대."

"추가금 5,000은 매번 달라고 전해. 오빠가 받는 돈 전부 다."

"널 보니까 나한테 여자 동생이 없어서 다행이다 싶다."

"사촌 동생 있잖아, 멍청아."

"맞아, 그랬지."

"우리 오빠 좀 챙겨줘, 리언."

"알았어."

플린은 위치 표시 앱인 배저에서 셰일린이 있는 곳이 어딘지 확인했다. 셰일린의 위치는 아까 그대로였고, 색깔도 깜박이는 자주색 그대로였다. 플린은 그곳으로 가기로 했다. 어쩌면 메이컨을 만나 버튼의 휴대전화에 관해 물어볼 수 있을지도 몰랐다. 그리고 플린 자신의 전화기에 관해서도.

10
술집 마이나데스 크러시

런던 코번트 가든 지하의 외진 구석, 벽으로 가려진 아치 길 안쪽에 자리 잡은 그 가게는, 네더튼이 짐작하기에 관광객을 위한 비밀 술집이었다. 1830년대에 지어진 그 골목의 술집을 홀로 지키는 미치코이드를 보며 네더튼은 금방이라도 그 로봇의 온몸에서 조준 장치가 튀어나올 거라는 생각을 좀처럼 지우지 못했다. 크기가 과거의 것과 똑같아서 진짜 같은 느낌이 강렬하게 드는 술집 간판에는 가로로 놓인 스툴 네 개와 좌석 공간에 맞게 짤따란 바가 묘사되어 있고 바 위에는 디오니소스 신의 사제들로 보이는 술 취한 여성, 즉 마이나데스Mainades가 몇 명 앉아 있었다. 또한 간판에서 커튼이 쳐진 아늑한 별실로 묘사된 공간은 다름 아닌 네더튼이 레이니를 기다리며 앉아 있는 자리였다. 그는 자신 말고 다른 손님을 한 번도 본 적이 없다는 이유로 이 술집을 약속 장소로 정했다.

두툼한 진홍색 벨루어 커튼이 움직였다. 커튼 사이로 어린아이의 눈 한 쌍이 나타났다. 눈은 녹갈색, 눈썹 위에서 한일자로 자른 앞머리는 흰색이었다. "레이니?" 네더튼은 틀림없이 그녀인 것을 알면서도 물었다.

"미안." 아이가 슬그머니 들어서며 말했다. "어른 모델은 하나도 안 남았지 뭐야. 오늘 밤 오페라 극장에서 인기 있는 공연이 열리는 바람에, 이 근방의 페리퍼럴은 죄다 대여 중이야."

네더튼은 지금 토론토에 위치한 폭이 기다란 아파트에 있을 레이니의 모습을 상상했다. 도로 상공을 가로지르는 다리처럼 생긴 그 아파트는 오래된 고층 빌딩 두 채를 대각선으로 연결하도록 지어졌다. 레이니는 머리에 헤드 밴드를 쓰고 있을 터였다. 착용자의 신경계통을 속이는 그 장치 덕분에 레이니는 이곳 런던에서 대여한 페리퍼럴의 동작이 곧 꿈속에서 움직이는 자신의 동작이라고 믿었다.

"난 방금 전까지만 해도 그 섬의 미치코이드들과 접속한 상태였어." 열 살 아이로 보이는 레이니가 말했다. 나이는 어쩌면 더 어릴지도 몰랐다. 대여용이 대개 그렇듯이 누구를 닮았는지 도무지 떠오르지 않는 생김새였다. "그 상태로 모비에서 나온 미치코이드가 데이드라를 경호하는 광경을 지켜봤지. 징그럽더군. 여차하면 막 거미처럼 움직인다니까."

"데이드라는 지금 어디 있어요?"

"그야 모르지. 그 여자 나라 정부에서 그 섬으로 무슨 비행기를 보냈는데, 구출 과정의 피드는 다 지워버렸어. 모비 쪽에도 철수 명령을 내렸고."

"그래도 당신 쪽 피드는 계속 볼 수 있었을 거 아녜요."

"구출 과정은 못 봤지만, 나머지는 고스란히 봤지. 거인 남자는 땅에 얼굴을 처박고 쓰러졌고, 나머지 패거리는 모조리 토막 났어. 나중에 도착한 놈은 없어서 추가 사망자는 안 나왔고. 우리한테는 다행이지, 원론적으로는. 프로젝트가 어떤 식으로든 지속된다고 가정할 때의 얘기지만."

"고객님, 일행분께 뭔가 갖다 드릴까요?" 커튼 너머에서 미치코이드가 물었다.

"됐어." 네더튼이 말했다. 페리퍼럴의 몸속에 고급 술을 넣어봤자 돈 낭비이기 때문이었다. 이 술집에 고급 술이 없어서 그러는 것은 아니었다.

"이분은 우리 삼촌이에요." 레이니가 큰 소리로 말했다. "정말이에요."

"이런 식으로 만나자고 한 건 당신 아이디어였어요." 네더튼은 레이니에게 되짚어 주고는 그 술집에서 가장 싼 위스키를 한 모금 홀짝였다. 술맛은 앞서 레이니를 기다리는 동안 맛봤던 가장 비싼 위스키와 똑같았다.

"우린 망했어." 레이니는 조그마한 손을 움직여 손짓으로 자신들의 처지를 아울러 표현했다. "아주 왕창 망했어. 지금도 망하는 중이야. 여기저기 폐 끼쳐가면서. 거물들한테까지."

네더튼이 알기로 레이니는 캐나다 정부에 고용된 신분이었지만, 그쪽 정부는 레이니의 행동이 불러올지 모르는 어떠한 책임도 사전에 철저히 차단한 것이 분명했다. 네더튼이 보기에 이토록 노골적으

로 명료한 계약은 매우 이례적이었고, 따라서 레이니는 본인의 상급
자가 어느 정도 지위인지 적어도 대략적으로는 알 수밖에 없었다.

"더 자세히 얘기해 주면 안 돼요?" 네더튼이 물었다.

"사우디 쪽은 발을 뺐어."

네더튼도 예상한 바였다.

"싱가포르도 빠졌어. 비정부 기구는 제일 큰 곳 대여섯 군데가 나
갔고."

"나갔다고요?"

아이는 고개를 끄덕였다. "프랑스도, 덴마크도…."

"그럼 남은 곳은요?"

"미국. 그리고 뉴질랜드 정부 내 파벌 하나."

네더튼은 위스키를 한 모금 홀짝였다. 불길로 이루어진 작은 혀
가 그의 혀에 포개졌다.

레이니는 답답한 듯 고개를 뒤로 젖혔다. "아까 일어난 일을 암살
로 받아들여서 그런 거야."

"말도 안 돼요."

"우리가 들은 바로는 그래."

"그 '우리'라는 게 누군데요?"

"묻지 마."

"난 못 믿겠어요."

"윌프." 아이는 몸을 앞으로 기울이며 말했다. "그건 습격이었어.
누군가 우릴 이용해 섬사람들 두목을 죽이는 공범으로 삼은 거야. 물

론 두목의 측근들 몰살하는 것까지 함께."

"목적이 뭐였든 성공했다면 데이드라가 상당한 공헌을 한 셈이군요. 그거 말고는 이 사건에서 데이드라한테 유리할 게 하나도 없네요."

"목적은 정당방위였어, 윌프. 그보다 더 대기 쉬운 명분도 없잖아. 그 여자가 일부러 놈들을 도발한 건 너도 알고 나도 알아. 핑계가 필요했던 거야, 그 상황을 정당방위로 몰고 갈 핑계가."

"하지만 처음부터 섬사람들하고 접촉하는 주인공은 데이드라 아니었나요? 당신이 서명한 계약서에 그 점도 이미 포함돼 있었을 테고요. 안 그래요?"

레이니는 고개를 끄덕였다.

"당신은 그 계약을 맺고 나서 날 고용했어요. 애초에 데이드라를 섭외한 게 누구였죠?"

"그런 걸 물어보다니." 레이니의 이야기가 이어지는 사이에 아이의 발성은 점점 더 또렷해졌다. "우리가 어떤 처지인지 감을 못 잡았나 보군. 너나 나나 지금 그런 의문의 답을 궁리하고 있을 때가 아니야. 우린 이번 건 때문에 타격을 입을 거야, 윌프, 직업상의 타격을. 그래도 그건…."

네더튼은 아이 모습을 한 대여용 페리퍼럴의 멍한 눈을 주시했다. "그래도 다른 건으로 표적이 되는 것보다는 낫단 말인가요?"

"그야 우리 둘 다 모르는 일이지." 아이의 말투는 단호했다. "알고 싶지도 않고."

네더튼은 위스키 잔을 내려다봤다. "저쪽에서 데이드라한테 극초음속 병기 전송 체계를 잔뜩 심어놨던 거예요, 그렇죠? 뭔가 궤도상에 미리 대기하고 있었을 테고요. 투하 준비를 마치고서."

"그쪽으로선 당연한 조치야. 그 여자네 정부 말이야. 늘 하는 짓이 그거니까. 하지만 우린 이제 이런 얘기는 꺼내지도 말아야 해. 다 끝난 일이야. 너한테도 나한테도 끝난 일이어야 해. 이제는."

네더튼은 레이니를 바라봤다.

"그나마 다행이야." 레이니가 말했다.

"다행이라뇨?"

"여기 이렇게 같이 앉아 있잖아." 아이의 목소리가 이어졌다. "나야 따뜻한 잠옷을 입고 내 집에 있지만. 우린 아직 목숨은 붙어 있어. 그리고 머잖아 일거리를 찾아 나서겠지. 아마도. 그러니까 이 상태를 계속 유지해 보자, 알았지?"

네더튼은 고개를 끄덕였다.

"네가 그 여자하고 성적으로 얽히지만 않았어도 조금은 덜 복잡해졌을 거야. 그래도 잠깐이었으니까. 이젠 다 끝났고. 끝난 거 맞지, 윌프?"

"그럼요."

"여지 같은 건 안 남겼지? 그 여자 집에 면도기를 놔두고 왔다거나? 끝내야 해서 그래, 윌프. 정말로. 그 여자랑 다시 연락할 이유 같은 건 추호도 없어야 해."

그 말을 듣고 보니 떠오르는 것이 있었다.

그러나 혼자 힘으로 처리할 수 있는 일이었다. 레이니에게 털어놓지 않고도.

네더튼은 위스키 잔에 손을 뻗었다.

11
타란툴라

플린은 자전거를 뒷골목에 세워둔 다음 휴대전화로 포에버 패브의 출입문 자물쇠를 열고 안으로 들어섰다. 들어서자마자 팬케이크 냄새와 일식집 스시 빈Sushi Barn의 특제 새우 덮밥 냄새가 풍겼다. 팬케이크 냄새는 직원들이 생분해 플라스틱으로 3D 프린트 작업을 하고 있다는 뜻이었다. 특제 새우 덮밥은 셰일린의 야식이었다.

에드워드는 방 한복판에 있는 스툴에 앉아 출력 공정을 지켜보는 중이었다. 자외선을 막으려고 쓴 선글라스 안의 눈 한쪽에 비즈가 장착돼 있었다. 어둑한 조명 속에서 본 선글라스의 색깔은 에드워드의 피부색과 비슷했지만 그래도 더 번들거렸다. "메이컨 못 봤어?" 플린이 물었다.

"못 봤어." 밤늦게까지 지루한 작업을 하느라 거의 혼수상태에 빠진 듯한 목소리였다.

"에드워드, 너 가서 좀 쉬지 그래?"

"괜찮아."

플린이 힐긋 쳐다본 기다란 작업대 위에는 3D 출력의 결과물이 잔뜩 쌓여 있었다. 이제 거기에 태반처럼 붙어 있는 잔여물을 제거하고 연마한 다음 조립해야 했다. 플린은 이때껏 그 작업대에서 오랜 시간을 보냈다. 셰일린이 자신과 죽이 잘 맞고 손이 빠른 사람에게는 안정적으로 일자리를 제공해 주기 때문이었다. 이날 밤 그들은 장난감을, 아니면 독립기념일에 쓸 장식품을 프린팅하는 모양이었다.

플린이 가게 입구 쪽으로 가서 발견한 셰일린은 뉴스를 보는 중이었다. 뉴스 화면 속에는 악의로 가득한 시위자들이 팻말을 들고 있었다. 셰일린이 고개를 들었다. "버튼한테서 연락 안 왔어?"

"안 왔는데." 거짓말이었다. "무슨 일 있어?" 플린은 버튼에 관해 이야기하고 싶지 않았다. 하지만 그 이야기를 피할 확률은 0이었다.

"뉴스에서 봤는데 국토안보부에서 제대 군인을 몇 명 잡아갔대. 버튼이 무사한지 걱정되지 뭐야. 너 대신 일 시키려고 에드워드를 불렀어."

"아까 봤어. 아침은 먹었어?" 플린이 말했다.

"너 오늘은 일찍 일어났네."

"잠이 안 와서." 플린은 자신이 무슨 일을 맡았는지 밝히지 않았다. 당장은 말하지 않을 생각이었다. "혹시 메이컨 봤어?"

셰일린은 멋진 레진 장식이 붙은 손톱을 스크린 앞에서 휙휙 움직였다. 그러자 화면에 나오던 누가복음 4장 5절 패거리가 가상의 열대 초원 같은 초록빛 속으로 사라져 버렸다. "오늘은 그런 거 하는 날 아니야." 셰일린의 말은 곧 전날 밤샘 작업의 목적은 초과 주문 물량을 소화하는 것이지, 메이컨에게 수상쩍은 주문품을 남몰래 느긋하게 출력할 짬을 마련해 주는 것이 아니라는 뜻이었다. 플린은 가게 매출에서 수상쩍은 주문품의 비중이 얼마만큼인지 정확히는 알지 못했으나 꽤 클 거라 짐작했다. 고속도로를 타고 1.5킬로미터만 가면 나오는 프랜차이즈 3D 프린트 전문점 패빗Fabbit은 더 커다란 프린터를 더 다양하게 갖췄지만, 그곳에서는 수상한 물건을 절대 만들어 주지 않았다. "나 요즘 다이어트 중이야." 셰일린이 말했다. 화면 속 열대 초원에서 플라밍고 무리가 날아올랐다.

"퍼플 다이어트인가 하는 거 말이지? 자주색 음식만 먹는."

"버튼 말인데." 셰일린은 의자에서 일어서며 손가락으로 청바지 허릿단을 딩겨 올렸다.

"우리 오빠도 자기 앞가림 정도는 할 수 있어."

"보훈부가 손 놓고 구경만 하잖아. 버튼은 재활을 해야 하는데."

플린이 보기에 셰일린은 자신에게 도통 데이트 신청을 하지 않는 것을 버튼이 겪는 정신적 외상 후 스트레스 장애의 주요 증상으로 여기는 모양이었다.

셰일린은 한숨을 쉬며 플린이 자기 오빠의 상태를 제대로 알지 못한다고 말했다. 플린의 어머니는 언젠가 셰일린이 실제로는 오만하게 굴지 않는데도 오만해 보인다고 말한 적이 있었다. 그것은 마치 라텍스 페인트를 덧칠해도 비쳐 보이는 매직펜 글씨처럼 감추려고 해도 어떻게든 비집고 나오는 개성이었다. 플린은 그런 셰일린을 좋아했지만 버튼과 관련된 부분은 예외였다.

"메이컨 보면 나한테 연락하라고 좀 전해줘. 휴대전화 때문에 부탁할 게 있어서 그래." 플린은 그 말을 남기고 돌아서려 했다.

"못되게 굴어서 미안." 셰일린이 말했다.

플린은 셰일린의 어깨를 꽉 쥐었다. "버튼한테서 연락 오면 바로 알려줄게."

그러고는 에드워드에게 고개를 까딱하고 뒷문으로 나갔다.

플린이 포에버 패브 뒷골목의 모퉁이를 도는 순간, 코너 펜스케의 삼륜 오토바이 타란툴라Tarantula가 자전거 앞을 쌩하니 지나갔다. 두 앞바퀴 뒤에 자리 잡은 코너의 반쪽짜리 몸은 검은색으로 흘려 쓴 낙서처럼 보였다. 코너가 입은 양말처럼 생긴 전신 타이츠는 재닛이 검은색 플리스 천을 바느질하고 지퍼도 여러 개 달아 만들어 준 것이었다. 아직 완성되기 전에 본 그 옷은 상상하기도 힘든 어떤 것의 맞춤 케이스 같았고, 플린은 실제로도 그렇다고 생각했다. 버튼 말고는 마을에 한 명뿐인 햅틱 수색대 출신 제대 군인인 코너는 플린이 자기 오빠의 몰골일까 봐 걱정했던 모습으로 고향에 돌아왔다. 그가 잃은 것은 한쪽 다리와 반대쪽 발, 그 발의 반대쪽 팔, 남아 있는 한쪽 손의 엄지와 다른 손가락 두 개였다. 잘생긴 얼굴에는 흉터 하나 없어서 더욱 섬뜩했다. 삼륜 오토바이의 하나뿐인 뒷바퀴에는 접지면이 매끈한 대형 타이어가 끼워져 있었고, 그 타이어가 베이커 웨이 저편으로 사라진 후에 남은 재생 연료 배기가스에서는 프라이드치킨 기름 냄새가 났다. 그렇게 밤중에 삼륜 오토바이를 타고서 주로 시골길을 따라 이 마을과 아마도 다음 마을 두세 곳까지, 보훈부가 사준 서보모

터Servo Motor 제어식 의수로 핸들을 조종하며, 질주했다. 플린은 그
것이 코너가 스트레스를 푸는 방식이리라 짐작했다. 기본적으로 연
료가 바닥날 때까지 쉬지 않고 달렸다. 소변 주머니를 차고서, 각성
제 같은 약물에 취한 상태로. 별일이 없으면 낮에는 종일 잤다. 이따
금 버튼이 그의 집에 들러 이것저것 돌봐줬다. 플린은 코너를 생각하
면 슬퍼졌다. 그가 고등학교 시절에는 다정한 소년이었기 때문이었
다. 얼굴이 그렇게 잘생겼는데도 다정했다. 어쩌다 그런 몸이 됐는지
에 관해서는 플린이 아는 한 코너 본인뿐 아니라 버튼 또한 결코 남에
게 털어놓은 적이 없었다.

자전거를 타고 술집 지미스Jimmy's로 향하는 동안 플린은 페달을
거의 밟지 않고 바퀴의 허브가 알아서 돌아가게 놔뒀다. 가게로 들어
서서 카운터 앞에 앉은 다음에는 스크램블드에그와 베이컨과 토스
트를 주문했고, 커피는 시키지 않았다. 카운터 안쪽의 레드불 거울에
그려진 만화풍 황소가 플린을 보며 윙크했다. 플린은 눈길을 피했다.
그런 장치들이 말을 걸어오는 것이 질색이기 때문이었다. 자신의 이
름을 알고 그 이름으로 부르는 것이.

그 거울은 플린의 어머니가 고등학생이던 시절에 이미 오래된 술
집이었던 지미스에서 가장 새로운 물건이었다. 이 가게의 오래된 물
건들은 바닥까지 포함해 죄다 지난 수십 년 사이에 적어도 한두 번은
번들거리는 암갈색 페인트로 칠해진 적이 있기 때문이었다. 주방에
서 점심 메뉴용 핫도그에 들어갈 양파를 볶느라 지글거리는 소리가
들리기 시작했다. 양파 냄새에 눈이 매웠다. 머리카락에 그 냄새가 밸

판이었다.

지금쯤이면 헤프티 마트가 문을 열었을 듯싶었다. 지게차가 밀봉 포장된 상품 더미를 들고 나르는 동안 플린은 진열대 사이 통로를 거닐 생각이었다. 플린은 그곳에 가는 것을 좋아했다. 특히 이른 시간에 가는 것이 좋았다. 빳빳한 5,000달러짜리 새 지폐 두 장 중 한 장으로 식료품을 종이봉투 두 개에 꽉 들어찰 만큼 사서 찬장에 채워놓을 생각이었다. 채소는 이웃들이 길러놓은 것이 매대에 나와 있었는데 대중없이 내리는 비 때문에 하나같이 다 처리하지도 못할 만큼 양이 많았다. 그다음은 약국 파마 존Pharma Jon에 들러 남은 5,000달러 지폐와 함께 어머니의 처방전을 내밀 차례였다. 그런 다음 자전거를 타고 집에 돌아와 짐바구니의 물건을 꺼내어 찬장에 채울 터였다. 운이 좋으면 고양이 말고는 아무도 깨우지 않은 채로.

술집 카운터는 버튼의 트레일러 내부와 마찬가지로 모서리를 따라 LED 전구가 줄줄이 박혀 있었다. 다만 폴리머를 바른 솜씨는 더 서툴렀다. 그 전구에 불이 켜진 모습은 한 번도 보지 못했지만, 술집의 분위기를 즐길 기분으로 이곳에 들르던 것도 벌써 1년이 더 지난 과거의 일이었다. 엄지로 폴리머 표면을 누르자 탄력이 느껴졌다.

해병대에 입대하기 전, 버튼과 리언은 이것과 똑같은 폴리머를 액체 상태로 주사기에 담아 산탄에 주입하고 바늘 자국을 재빨리 에폭시로 막는 방법을 배웠다. 폴리머는 가만히 두면 액체 상태 그대로 납 알갱이들 사이에 머무를 뿐, 굳어서 팽창하지 않았다. 그 산탄을 총에 넣고 발사하면 탄의 내용물이 총구를 빠져나가면서 굳어져 폴리머와

납 알갱이들이 감자 모양으로 뭉쳐진 괴상한 덩어리가 만들어졌다. 그 덩어리는 속도가 너무 느린 탓에 총구에서 튀어나가는 모습이 눈에 보였다. 묵직하면서도 탄성을 띤 그 덩어리를 마을 토네이도 대피소의 콘크리트 벽과 천장에 발사해 이쪽저쪽으로 튕기면서, 버튼과 리언은 모퉁이 너머의 표적을 맞히는 연습을 했다. 대피소 열쇠는 리언이 미리 슬쩍했다. 함께 회오리바람을 피하는 이웃들 없이 대피소 안에 있으려니 기분이 묘했다. 얼마 후, 버튼은 실제로 모퉁이 너머의 표적을 맞히는 재주를 익혔지만, 플린은 모스버그 산탄총의 발사음 때문에 귀청이 찢어지는 것만 같았다. 귀마개를 끼어봤자 헛일이었다.

그 무렵의 버튼은 지금과 다른 사람이었다. 더 깡마르고 지금은 상상도 못 할 만큼 굼떴을뿐더러, 심지어 더 너저분했다. 전날 밤 플린이 버튼의 트레일러에서 깨달은 사실은 자신의 손이 닿지 않은 모든 물건이 다른 물건들과 나란히 줄을 맞춰 완벽하게 정리돼 있다는 것이었다. 리언에게서 해병대가 버튼을 정리광으로 탈바꿈시켰다는 말을 듣기는 했지만, 전날 저녁까지 플린은 딱히 그런 낌새를 채지 못했다. 플린은 트레일러에 놔두고 온 레드불 깡통을 챙겨 재활용 쓰레기통에 버리고 청소도 꼼꼼히 해두기로 마음먹었다.

어린 웨이트리스가 스크램블드에그를 가져왔다.

코너의 타란툴라가 지나가는 소리가 다시금 플린의 귓가를 스쳤다. 가게 바깥, 주차장 너머에서 들려왔다. 도로에서 그런 소리를 내는 물건은 타란툴라뿐이었다. 경찰은 코너가 주로 밤에 달린다는 이유로 단속하지 않고 놔두다시피 했다.

플린은 코너가 부디 집에 돌아가는 길이었기를 바랐다.

12
태즈메이니아늑대

남자는 여자에게 잘 보이고 싶었다. 그렇다면 가장 좋은 방법은 역시 돈으로 사지 못하는 어떤 것을 주는 게 아닐까? 남자에게는 그 어떤 것이 곧 괴담이었다. 레프에게서 그것에 관한 설명을 처음 들었을 때, 그런 느낌이 들었다.

남자는 잠자리에서 여자에게 그 이야기를 들려줬다. "그럼 그 사람들은 죽은 거야?" 여자가 물었다.

"아마도."

"아주 오래전에?"

"잭팟이 일어나기 전에."

"하지만 살아 있단 말이지? 과거에."

"과거에 살아 있는 게 아니야. 맨 처음 연결되는 순간, 그 연결이 이뤄지는 지점은 우리 과거가 아니야. 모든 게 갈라져 나오는 거지. 바로 거기서부터. 그 후의 모든 일은 이곳을 향해 펼쳐지지 않아. 그러니까 아무것도 변하지 않는 거야. 여기서는."

"내 침대에서는?" 여자는 빙그레 웃으며 팔다리를 쭉 뻗었다.

"우리 세계 말이야. 우리 역사. 모든 게."

"그래서 그 남자가 그 사람들을 고용한단 말이지?"

"맞아."

"대가는 뭐로 지불하는데?"

"돈. 그 사람들이 사는 지역의 화폐."

"그런 돈을 어디서 구하는데? 거기로 가서?"

"그리로 가진 못해. 아무도 못 가. 하지만 정보는 교환할 수 있으니까 거기서 돈을 벌 수 있지."

"그 사람 이름이 뭐랬지?"

"레프 주보프. 내 동창이야."

"러시아 성씨네."

"오래된 클렙트 집안이야. 레프는 막내고. 철없는 한량이지. 취미도 가지가지야. 그게 가장 최근에 생긴 취미래."

"난 왜 그런 게 있다는 얘길 한 번도 못 들어봤지?"

"생긴 지 얼마 안 됐거든. 소문도 안 났고. 레프는 새로운 걸 찾아다녀. 자기 집안이 투자할 만한 대상을 말이야. 레프는 그게 상하이에서 만들어졌다고 생각해. 양자 터널링하고 상관이 있다더군."

"얼마나 멀리 거슬러 올라갈 수 있는데?"

"가장 멀리는 2023년까지. 레프가 보기에는 그때 뭔가 변해버렸대. 특정 수준의 복잡성에 도달한 거지. 거기 살았던 사람은 아무도 알아차리지 못한 어떤 사태에."

"나중에 다시 얘기해 줘." 여자는 남자에게 손을 뻗었다.

벽에는 여자가 바로 얼마 전까지 지녔던 몸 세 개의 피부가 벗겨진 채 액자에 표구되어 걸려 있었다. 새 피부를 맞춘 몸은 남자의 몸 아래에 있었다. 아직 아무것도 새겨지지 않은 상태로.

지금은 밤 10시. 이곳은 레프의 아버지가 노팅 힐에 소유한 집의 주방이었다. 예술품을 모아놓는 집이었다.

네더튼이 아는 바에 따르면 켄싱턴 고어에는 밀회를 위한 집이 있었고 업무용 주택도 몇 채 있었으며, 리치먼드 힐에는 가족이 거주하는 저택까지 따로 있었다. 노팅 힐의 이 집은 레프의 할아버지가 런던에 맨 처음 마련한 부동산이었다. 취득한 시기는 21세기 중반, 바야흐로 잭팟이 시작될 무렵이었다. 이 집에서는 소리 소문 없이 타락하게끔 눈감아 주는 인맥의 냄새가 진동했다. 이곳에는 청소부도, 어셈블러도, 카메라도, 외부에서 조종하는 장치라곤 아무것도 없었다. 그렇게 해도 좋다는 승인은 돈으로 살 수 있는 것이 아니었다. 레프의 아버지는 그런 승인을 간단히 받아냈고 레프 역시 마찬가지일 터였다. 다만 이를 유지하는 데 필요한 사내들끼리의 유대감은 레프의 두 형이 더 능숙하게 발휘할 듯싶었다. 그 둘은 네더튼이 할 수만 있으면 영원히 피하고 싶은 사람들이었다.

네더튼은 주방 창문 너머로 레프가 키우는 태즈메이니아늑대 유사체 두 마리 가운데 한 마리를 가만히 지켜봤다. 그러는 동안 그 짐승은 환한 조명이 켜진 옥잠화 화단 옆에서 꼬리를 곧추세우고 볼일을 봤다. 네더튼은 그 짐승의 배설물에 얼마만큼의 가치가 있을지 궁금했다. 태즈메이니아늑대는 앞다퉈 연구하는 학파가 여럿인 데다 서로 적대하는 유전자도 존재하기 때문이었다. 이 역시 레프의 또 다른 취미였다. 이제 그 짐승이, 갯과 동물 같지 않은 생김새에 옆구리의 세로 줄무늬 때문에 무슨 문장紋章에나 나올 것만 같은 그 생물이, 몸을 돌려 이쪽을 쳐다보는 듯했다. 갯과도 고양잇과도 아닌 육식 포유동물이 그렇게 쳐다보는 것은 신기한 일이라고 전에 레프가 말했다. 어쩌면 도미니카는 그 짐승의 눈을 통해 영상 피드를 받아 보는지도 몰랐다. 그녀는 네더튼을 싫어했다. 전에 그가 도착했을 때는 아예 모습을 감춰버렸다. 위층으로, 아니면 '올리가르히◈'의 전통에 따라 빙산의 몸통처럼 깊고 널따랗게 지은 이 집 지하층으로.

"그렇게 간단한 문제가 아니야." 이제 레프는 커피가 든 선홍색 머그컵을 네더튼 앞쪽의 흠집투성이 소나무 테이블에 내려놓으며 말했다. 머그컵 옆에 있는 노란색 레고 블록은 레프 아들의 장난감이었다. "설탕 줄까?" 키가 크고 홀쭉한 레프는 갈색 수염에 고색창연한 안경을 썼고, 몰골은 여봐란듯이 부스스했다.

"간단한 문제 맞아. 그 여자한테는 시스템이 작동을 멈췄다고 하면 돼." 네더튼은 레프를 올려다봤다. "작동을 멈출지도 모른다고 나한테 말했잖아."

"난 너한테 그 시스템이 언제 어떻게 시작됐는지, 또 누구의 서버

◈ oligarchy. 원래는 소수 특권층이 지배하는 과두제 정치체제를 뜻하지만 여기서는 소련 해체 과정에 등장한 러시아의 신흥 재벌을 가리킨다.

에 존재하는지 우리 중에 아는 사람이 한 명도 없다고 말했어. 그걸 언제까지 이용할 수 있을지는 고사하고 말이야."

"그럼 그 여자한테 작동이 멈췄다고 해. 브랜디 없어?"

"안 돼, 지금 너한테 필요한 건 커피야. 너 그 여자의 언니 만나봤어? 아엘리타 말이야." 레프는 네더튼의 맞은편 의자에 앉았다.

"아니. 만날 예정이었어. 전에. 자매끼리 그렇게 친한 사이는 아닌 것 같던데."

"그 정도면 충분히 가까워. 데이드라는 그걸 원하지 않았어. 솔직히, 나도 원치 않았고. 연속체를 진지하게 생각하는 사람이라면 그런 종류의 일은 손대지 않아."

"원하지 않았다고?"

"데이드라는 나더러 그 시스템을 아엘리타에게 주라고 했어."

"자기 언니한테?"

"그 남자는 이제 아엘리타가 고용한 경호 서비스의 일원이야. 아주 미미한 일원이지만, 그래도 아엘리타는 그자가 거기 있다는 걸 알아."

"해고해. 다 정리해 버려."

"미안, 윌프. 아엘리타는 그걸 흥미롭게 여겨. 목요일에 같이 점심을 먹을 건데, 그때 연속체와 폴트 사이에는 별 상관이 없다는 설명을 들려줄까 해. 내가 보기엔 아마 알아들을 거야. 영리해 보이거든."

"나한테는 왜 아무 말 안 했어?"

"네가 바빠서 꼼짝도 못 하는 줄 알았지. 그리고 솔직히 너, 그때는 영 납득이 안 가게 행동했잖아. 데이드라가 전화해서 그러더군. 네더튼은 다정한 사람이다, 그 사람 마음을 상하게 하긴 싫다, 그래도 그건 우리 언니한테 줘버리지 그러냐, 언니는 이상한 걸 좋아하니까. 내 느낌에 넌 그 여자하고 평생을 같이할 인연감은 아니었어. 그래서 줘버려도 별일 없겠다 싶었지. 그러다 아엘리타한테서 전화가 왔는데, 진심으로 흥미로워하는 것 같았어. 그래서 준 거야."

네더튼은 커피가 든 머그컵을 양손으로 감싸 들고 한 모금 마신 다음, 생각에 잠겼다. 그는 방금 레프에게서 들은 이야기 덕분에 사실상 문제가 해결됐다고 판단했다. 이제 그와 데이드라는 아무 사이도 아니었다. 그로서는 전에 사귀었던 상대의 자매에게 한 다리 건너 친구를 소개해 준 셈이었다. 아엘리타에 관해서는 옛 소련의 무성영화에서 따온 이름이라는 것 말고는 딱히 아는 바가 없었다. 레이니가 준 브리핑 자료에도 아엘리타와 관련된 내용은 별로 언급되지 않았다. 게다가 그때는 정신이 딴 데 가 있었다. "그 여잔 직업이 뭐야? 무슨 명예직 외교관 같은 거라도 돼?"

"그 집 아버지가 위기 해결 특사였어. 아엘리타도 그 자질을 조금은 물려받은 것 같은데, 요즘 세상에는 데이드라가 더 잘 맞는다고 보는 사람도 있겠지."

"그 여자 엄지손톱이라든가, 뭐 그런 게?"

레프는 콧등이 찌푸려지도록 인상을 썼다. "너 잘린 거야?"

"그런 것 같아. 아직 정식으로는 아니지만."

"이제 어떻게 할 거야?"

"꿋꿋이 헤쳐 나가야지. 네 설명을 듣고 보니 데이드라의 언니가

85

자기 폴트를 버릴 이유는 없을 것 같군." 네더튼은 커피를 더 홀짝였다. "이름은 왜 그렇게 붙인 거지?"

"폴트는 폴터가이스트에서 따왔어. 물건을 움직이는 유령 같아서 그랬겠지, 아마도. 어서 와라, 고든. 귀여운 녀석."

레프의 눈길을 좇아 고개를 돌린 네더튼의 눈에 태즈메이니아늑대의 모습이 들어왔다. 좁다란 테라스에 뒷다리를 웅크리고 꼿꼿이 앉아서, 집 안의 두 사람을 바라보고 있었다. 그는 술 생각이 정말로 간절했고, 이제 이 집에서 술이 있을 만한 곳이 어딘지도 기억났다. 다만 딱 한 잔만 마셔야 했다. "생각을 좀 해야겠어." 네더튼은 의자에서 일어서며 말했다. "좀 걸으면서 컬렉션을 둘러봐도 될까?"

"넌 자동차를 안 좋아하잖아."

"역사는 좋아해. 노팅 힐의 길거리를 걷기는 싫어서 그래."

"같이 가줄까?"

"아니. 느긋하게 생각할 시간이 필요해."

"엘리베이터가 어디 있는지는 알겠지." 레프는 그 말을 남기고 태즈메이니아늑대를 집 안으로 들이러 갔다.

13
이지 아이스

플린은 너무 늦지 않게 잠에서 깼다. 눈을 떠보니 자기 방에서 낮잠을 자던 중이었다. 나이가 몇 살이었더라? 일곱 살, 열일곱 살, 아니면 스물일곱 살? 지금은 저물녘일까, 아니면 새벽? 바깥의 햇빛으로는 가늠이 되지 않았다. 휴대전화를 확인했다. 저녁이었다. 집이 조용한 걸 보니 어머니는 아마도 잠든 모양이었다. 플린은 복도 책장에 쌓인 할아버지의 50년 치 《내셔널 지오그래픽》 잡지의 퀴퀴한 냄새를 뚫고 걸어갔다. 아래층으로 내려가 가스레인지 위의 주전자에 든 미지근한 커피를 발견하고 나서, 샤워를 하러 저물어 가는 햇살 속으로 걸어 나갔다. 햇볕에 데워진 물의 온도가 딱 적당했다. 버튼의 낡은 목욕 가운을 걸치고 간이 샤워실에서 나온 플린은 수건으로 머리카락의 물기를 문질러 닦으며 출근용 복장으로 갈아입을 준비를 했다.

버튼과 해병대가 플린에게 가르쳐 준 교훈이 있다면 편한 옷차림으로 일하지 말라는 것이었다. 옷을 제대로 갖춰 입으면 집중력도 덩달아 높아지기 때문이었다. 드와이트의 정찰병 노릇을 할 때도 플린은 반드시 먼저 몸부터 깨끗이 씻었다. 이때껏 가장 많은 보수를 받은 일이었지만, 다시 할 것 같지는 않았다. 플린은 게임을 좋아하지 않았다. 적어도 매디슨이나 재니스와 같은 방식으로 좋아하지는 않았다. 플린은 돈을 벌 목적으로 게임을 했고, 〈오퍼레이션 노스윈드〉에서는 딱 한 가지 계급과 임무로 엄청나게 높은 점수를 쌓은 덕분에 드와이트가 다른 누구도 아닌 플린만을 찾을 정도였다. 지금쯤은 그도 대타를 구했을 테지만.

이날 밤 플린은 명철해지고 싶었다. 꼭 일 때문만은 아니었다. 게임 속 세계의 런던을 되도록 많이 보고 싶어서였다. 어쩌면 자신이 드디어 빠져들 만한 게임을 만났는지도 몰랐다. 버튼 말로는 슈팅 게임은 아니었다. 플린은 게임 속의 그 여자에 관해 더 많이 알고 싶었고, 그 여자가 어떻게 사는지도 더 자세히 보고 싶었다.

다시 위층으로 올라간 플린은 안락의자에 수북이 쌓인 옷더미를 뒤적거렸다. 거기서 찾아낸 가장 최근에 산 검은색 진 바지는 아직 검은색을 유지했고, 커피 존스Coffee Jones에서 일하던 시절에 챙긴 검은색 반팔 셔츠도 있었다. 반팔 셔츠는 군복풍이라서 부대 마크를 붙이는 주머니가 있고 어깨에는 견장 부착용 끈도 달려 있었다. 플린은 셔츠 왼쪽 가슴 주머니 위에 붉은 실로 수놓은 플린FLYNNE이라는 이름은 그대로 두고 커피 존스 자수 패치만 떼어냈다. 운동화는 검은 옷과 색깔이 어울리지 않았지만 그것 말고는 신을 것이 없었다. 플린은 메이컨에게 재미있게 생긴 운동화를 몇 켤레 프린트해 달라고 부탁할 생각이었지만, 똑같이 베껴달라고 할 만큼 마음에 쏙 드는 디자인이 좀처럼 눈에 띄지 않았다.

다시 부엌으로 돌아온 플린은 자기가 먹을 햄 치즈 샌드위치를 만들어 밀폐용기에 넣고 휴대전화를 구부려 왼쪽 손목에 찬 다음, 키싱 크레인스Kissing Cranes의 신곡을 들으며 어둠 속의 트레일러를 향해 내려갔다. 노래의 후렴구가 시작되기 전에 리언에게서 전화가 걸려 왔다. 플린은 휴대전화를 손목에 감은 채 전화를 받았다. "여보세요. 우리 오빠 아직 못 꺼냈어?"

"국토안보부에서 다 풀어주려고 준비하는 중이야. 누가복음 패 거리는 주님의 역사가 다 이루어졌다고 판단했나 봐. 당분간은."

"그럼 여태 뭐 하고 있었던 거야?"

"빈둥거렸지. 당구도 몇 판 치고, 차에서 잠도 자고, 바깥의 길거 리에는 얼씬도 안 하고."

"오빠하고 다시 얘기해 봤어?"

"아니. 그쪽에서 체포된 사람들을 죄다 웨스트데이비스고등학교 운동장 한복판에다 모아놨어. 응원석에 올라가서 지켜봤는데 버튼은 카드도 치고, 전투 식량도 까먹고, 잠도 자고 그랬어. 별일은 없던데."

보통은 그 정도로 따분한 경험을 하면 다음번에는 그런 곳에 가려 다 마음을 고쳐먹을 법도 했지만, 플린이 보기에 버튼은 그럴 사람이 아니었다. "풀려나면 나한테 전화하라고 해."

"그럴게."

통화가 끝나고 키싱 크레인스의 노래가 다시 흘러나올 무렵, 발효식 변소 문에 매달린 손 소독제 통이 플린의 눈에 띄었다. 통에 더 덕더덕 붙은 QR 코드와 주문 번호 스티커의 잉크가 슬슬 벗겨지는 중이었다. 다행히 플린은 집에 있는 화장실에 미리 들렀다 왔다.

트레일러 문을 여는 사이에 버튼은 그 문을 절대 잠그지 않는다는 생각이 퍼뜩 떠올랐다. 아예 자물쇠도 달려 있지 않았다. 이곳에 버튼의 허락 없이 들어오는 사람은 아무도 없었다.

트레일러 문을 종일 닫아놓으면 안이 얼마나 후텁지근해지는지 플린은 깜박 잊고 말았다. 리언은 에어컨을 달자고 했지만, 버튼은 관심이 없었다. 평소 낮에는 트레일러에 머물지 않기 때문이었다. 셔츠에 진 바지 차림은 좋은 생각이 아닌지도 몰랐다. 플린은 샌드위치를 냉장고에 넣고 창문을 활짝 열었다. 뻥 뚫린 우레탄폼 바깥쪽의 구멍을 가로질러 검은색과 황금색이 섞인 거미 한 마리가 한창 그물을 치는 중이었다.

가볍게 청소를 하고, 물건들을 정돈했다. 이리저리 움직이는 사이에 중국제 의자가 플린의 몸에 맞춰 알아서 형태를 조절했다. 플린은 그 의자가 마음에 들지 어떨지 확신이 서지 않았지만, 막상 앉아보니 몸에 딱 맞았다.

휴대전화를 손목에서 풀고 좋아하는 각도로 구부려 컨트롤러로 만든 다음, 버튼의 스크린 위로 가져가 흔들었다. 그다음은 배저를 확인할 차례였다. 셰일린은 이미 포에버 패브로 돌아와 있었고 여전히 불안해 보였으며, 버튼이 있는 곳은 이제 앱 내 지도 바깥으로 표시됐다. 알고 보니 데이비스빌에 있는 헤프티 마트 주차장이었다. 그 주차장에는 국토안보부의 흰색 대형 SUV가 잔뜩 세워져 있고 그중 한 대에 버튼의 휴대전화가 처박혀 있을 터였다. 플린의 미간이 찌푸려졌다. 국토안보부 요원들은 방금 플린이 버튼의 휴대전화가 어디 있는지 확인한 것을 눈치챘을 테지만, 이는 별문제가 아니었다. 문제가 되는 것은 그들이 플린의 휴대전화가 수상쩍은 물건이라는 것을 알아채는 경우였다. 그 경우에는 어떻게도 손쓸 방법이 없었다. 플린은 배저에서 나온 다음, 전날 밤에 갔던 런던에 관한 검색 결과들을 다시 열어봤다.

버튼에게서 전화가 오리라는, 국토안보부가 그를 이미 풀어줬으리라는 기대는 계속 품고 있었고, 리언의 말을 생각해 보면 정말로 그렇게 될 것만 같았다. 그래서 플린은 검색 결과를 계속 클릭해 무작위로 떠오른 런던의 이미지들 속으로 더욱 깊이 들어갔다. 게임 속의 도시는 틀림없는 런던이었지만, 실제 런던보다 더 커다랗고 단단한 느낌이 나는 도시로 자라난 것처럼 보였다.

시간이 되자 플린은 토마호크 케이스에서 로그인 정보가 적힌 쪽지를 꺼낸 다음, 허공에서 손가락을 휙 움직여 밀라그로스 콜디론 주식회사의 계정을 선택하고 기다란 비밀번호를 입력했다.

이번에는 무엇을 볼지 미리 정해놓고서 위쪽으로 올라갔다.

쿼드콥터 드론이 위쪽으로 상승하는 동안 플린은 아래에서 멀어지는 밴을 더 자세히 살펴봤다. 평범한 밴이 아니라 장갑 차량 같았다. 육중해 보이는 외관이 코너의 삼륜 오토바이와 비슷했다. 드론이 나온 개폐구는 정사각형이었고 안쪽이 컴컴했다. 플린의 귀에 여러 사람의 목소리가 들려왔다. 여전히 다급하게 떠드는 느낌이 들었고, 전과 똑같이 알아듣기 힘들었다.

지난번 왔을 때와 똑같은 시간대, 저물녘 느지막한 시각이었다. 구름은 빗기운이 짙었고 흑갈색 빌딩 표면은 습기가 응결돼 칙칙해 보였다.

뒤이어 플린은 지난번에 본 거리를 찾아냈다. 도로는 유리 같은 재질로 포장됐고 아래쪽에서 불빛이 비쳤다. 노면 아래에 흘러가는 것은 물일까?

자동차를 찾아 두리번거렸더니 세 대가 눈에 띄었다.

시야 10시 방향의 숫자 창에 20층이 표시되자 목소리들이 뚝 끊겼다.

23층을 지날 때, 회색 물체 하나가 처음으로 플린의 눈에 띄었다. 축축하고 어두운 빌딩의 금속 표면과 대비되게 건조한 회색이었다. 물집에서 떨어져 나온 죽은 살갗의 색깔과 비슷했다. 크기는 아이들 책가방만 했다.

이내 그 회색 물체 곁을 지나친 플린은 전방과 좌우, 세 방향을 기본 정찰 방식으로 주의 깊게 살폈다. 높이가 비슷한 커다란 고층 빌딩들이 서로 멀찍이 떨어진 채 구시가지에 촘촘히 서 있었다. 플린이 있는 건물도 십중팔구 그중 하나였다. 이번에는 하늘에 고래처럼 생긴 물체가 보이지 않았다.

이때껏 게임을 하면서 배운 교훈이 있다면 주변과 어울리지 않는 물체는 무엇이든 눈여겨보라는 것이었기에, 플린은 재빨리 카메라를 내려 아까 그 책가방 같은 물체를 다시 찾으려 했다. 그러나 보이지 않았다.

37층에 이르렀을 때 그 물체가 플린을 추월해 지나갔다. 그렇게 빨리 움직이는 모습을 보니 책가방이 아니라 이제는 거의 멸종한 홍어라는 바닷물고기의 알집과 비슷해 보였다. 플린이 사우스캐롤라이나주 바닷가에 갔다가 본 홍어는 마름모꼴 몸통이 꼭 외계인 같았고, 양쪽 끄트머리에는 휘어진 뿔이 한 쌍씩 달려 있었다. 그런 홍어의 알집을 닮은 그 물체는 이제 유연하게 공중제비를 돌며 끈끈하게 들러붙는 발로 건물 벽을 척척 짚어 곧장 위쪽으로 올라가는 중이었다. 어느 쪽이 위로 가든 그쪽의 양 뿔 또는 양 다리의 끄트머리로 벽을 짚은 채 몸을 뒤집은 다음, 벽을 짚었던 쪽에 힘을 줘 그 반동으로 다시 솟구치는 식이었다.

플린은 카메라를 위쪽으로 틀고 그 물체를 뒤쫓아 더 빨리 상승하려 했지만, 드론은 좀처럼 뜻대로 움직여 주지 않았다. 그 물체는 다시금 시야 바깥으로 사라져 버렸다. 어쩌면 빌딩 안으로 통하는 입구가 있었는지도 몰랐다. 플린은 메이컨이 프린트한 압축 공기 작동 로봇을 본 적이 있었다. 대형 거머리처럼 생긴 그 로봇도 방금 본 물체와 비슷하게 움직였지만, 속도는 더 느렸다.

플린의 어머니는 홍어 알집을 보고 '인어의 지갑'이라고 했지만 버튼 말에 따르면 현지 사람들은 그 알집을 '악마의 핸드백'으로 불렀다. 생김새만 보면 위험하고 독이 있을 법했으나 실제로는 그렇지 않았다.

56층 높이까지 남은 고도를 올라가는 동안 플린은 그 물체를 찾으려고 틈틈이 주위를 살폈다. 56층에 도착해 보니 지난번에 봤던 발코니는 접혀 있었고, 창문은 실망스럽게도 뿌옇게 흐려진 상태였다. 파티는 이미 다 끝난 모양이었지만, 어쩌면 어떻게 끝났는지 정도는 눈치챌 수 있을지도 몰랐다. 주위에 벌레 떼는 모여들지 않은 듯했다. 지난번에 엘리베이터처럼 위쪽으로 끌어 올려줬던 뭔지 모를 힘도 이번에는 느껴지지 않았다. 플린은 혹시 다른 창문이 나타나지 않을까 하고 재빨리 주변을 한 바퀴 돌았지만, 건물의 외벽은 조금도 변하지 않았다. 벌레들도 나타나지 않았다.

다시 반투명 창문 앞으로 돌아갔다. 거기서 5분 동안 기다리고, 다시 5분을 더 기다린 다음, 한 번 더 주변을 순찰했다. 저 멀리, 지난번 근무 때는 보지 못했던 격자 창살에서 뜨거운 김이 뿜어 나왔다.

슬슬 벌레 떼가 그리워졌다.

카메라를 아래로 내리자 전조등이 한 개뿐인 커다란 차량이 빠르게 지나갔다.

플린이 원래 있던 곳으로 돌아오기가 무섭게 창문이 다시 투명해졌다. 지난번에 본 그 여자가 바깥에서는 보이지 않는 상대에게 무슨 말을 하는 중이었다.

플린은 움직임을 멈췄다. 수평 유지는 자이로스코프에 맡겼다.

창문 안쪽에서 파티 같은 것은 흔적도 보이지 않았다. 실내는 지난번과 조금도 비슷해 보이지 않았다. 조그만 로봇들이 묵직한 가구를 들어 옮긴 모양이었다. 기다란 테이블은 사라지고 없었다. 이제 실내에는 안락의자와 소파, 양탄자, 은은한 조명이 있었다.

그 여자는 줄무늬 파자마 바지에 검은 티셔츠 차림이었다. 플린이 짐작하기에 자다가 일어난 지 얼마 안 된 듯했다. 윤기가 도는 머릿결인데도 베개에 눌린 자국이 남아 있어서였다.

벌레 떼가 날아다니는지 확인해야 한다는 생각이 새삼 떠올랐지만, 아직은 보이지 않았다.

바깥으로 보이지 않는 상대가 뭔가 말하기라도 했는지, 여자가 웃었다. 지난번 저 창문에 눌렸던 그 엉덩이의 주인이 저 여자일까? 그때 입맞춤했던, 또는 입맞춤하려 했던 그 남자와 얘기하는 중일까? 결국에는 일이 다 잘 풀렸을까? 파티를 멋지게 치르고 나서, 둘은 밤을 함께 보냈을까?

플린은 내키지 않는 순찰을 한 번 더 하며, 천천히 돌았다. 그러면서 벌레든, 부리나케 달아난 아까 그 책가방 같은 물체든, 뭐든 찾아보려 했다. 뿜어 나오던 증기가 사라지자 격자 창살의 위치가 가늠되지 않았다. 이 때문에 플린은 그 빌딩이 살아 있다는, 어쩌면 의식을 지녔을지도 모른다는 느낌이 들었다. 벌레가 돌아다니지 않는 이 밤, 하늘 높은 곳에서 깔깔 웃는 여자를 속에 품고 살아 있는 빌딩. 그 생각을 하니 꽉 닫힌 트레일러 속의 열기가 느껴지며 땀이 주룩 흘렀다.

이제 주위가 전보다 더 어두웠다. 도시에는 불빛이 너무나 적었고, 표면이 밋밋한 고층 빌딩들은 아예 컴컴하기만 했다.

다시 원래 자리로 돌아와 보니 실내의 두 사람은 창가에 서서 바깥을 내다보는 중이었다. 남자는 한 팔로 여자를 안고 있었다. 남자의 키는 인종적 차이를 감추려 하는 광고의 모델과 비슷하게 여자보다 그리 크지 않았고, 머리카락과 기른 지 얼마 안 된 턱수염은 모두 검은색이었으며, 표정은 냉랭했다. 여자가 뭐라고 말하자 남자가 대꾸했고, 그러자 플린이 목격한 냉랭한 표정은 사라졌다. 곁에 있는 여자는 전혀 눈치채지 못한 모양이었다.

남자는 흑갈색 로브 차림이었다. 웃음이 헤픈 남자로군. 플린은 속으로 중얼거렸다.

두 사람 앞의 유리창 가운데 일부는 좌우로 움직이는 미닫이창이었다. 그 창이 움직이는가 싶더니 창틀 바깥쪽 가장자리에서 가느다란 수평 막대가 나와 위쪽으로 올라갔고, 그러는 사이에 막대 끄트머리에서 파들거리는 비눗방울이 흘러나왔다. 올라가던 막대가 멈춰섰다. 비눗방울은 초록빛 유리로 변했다.

플린은 드와이트에게 고용돼 일하던 시절에 게임 속에서 봤던 나치 친위대 장교가 떠올랐다. 눈앞에 보이는 남자의 얼굴이 그때의 기억을 불러일으켰다.

그때 플린은 재니스와 매디슨이 사는 집의 소파에 웅크리고 앉아 꼬박 사흘을 보냈다. 그때는 화장실에 갈 때도 오래된 휴대전화를 쥐고 뛰어갔다가 소파로 부리나케 돌아오곤 했다. 그 나치 친위대 장교를 죽일 기회를 놓치면 안 되기 때문이었다.

재니스는 버튼이 각성제와 함께 마시라며 두고 간 허브티를 플린에게 가져다 줬다. 하얀 알약 모양의 각성제는 카운티 두 곳 너머 어딘가에서 만든 물건이었다. 버튼 말로는 커피는 약과 함께 마시면 안 된다고 했다.

그 나치 친위대 장교의 실제 정체는 플로리다주에 사는 회계사로,

게임 속에서는 드와이트의 적수이자 누구의 손에도 죽은 적이 없는 강자였다. 드와이트는 게임 속에서 절대로 자기 생각대로 싸우지 않고 자신이 고용한 전문 용병들의 명령대로만 움직였다. 플로리다의 회계사는 다름 아닌 드와이트의 전 용병이었고, 게다가 피도 눈물도 없는 냉혈한이었다. 회계사는 게임 속 전투에서 거의 늘 승리했는데 그때마다 드와이트는 돈을 잃었다. 그런 식의 도박은 연방법에 따라 어느 주에서나 불법이었지만 걸리지 않게 우회하는 방법이 있었다. 드와이트도 회계사도 딴 돈이나 잃은 돈에 딱히 연연할 필요가 없는 부자였다. 플린 같은 플레이어는 살상 건수에 따라, 또한 투입된 전투에서 얼마나 오래 살아남느냐에 따라 보수를 지불받았다.

나중에 플린은 그 회계사가 게임을 좋아하는 가장 큰 이유는 게임 속에서 자기 손에 죽은 적이 현실에서도 대가를 치르기 때문이 아닐까 하는 느낌을 받기에 이르렀다. 단지 자신의 게임 실력이 남들보다 뛰어나서가 아니라, 게임에서 진 상대가 실생활에도 타격을 입기 때문에 즐거워했던 것이다. 플린과 같은 팀이었던 사람들은 게임을 해서 받은 보수로 아이들에게 먹일 음식을 샀고, 아마도 그렇게 번 돈이 수입의 전부였을 것이다. 게임에서 번 돈으로 파마 존 약국에서 어머니의 처방약을 사는 플린 또한 비슷한 처지였다. 그런데 그 회계사가 또다시 일을 저질렀다. 플린의 팀원들을 한 명씩 모조리 죽여버린 것이다. 천천히, 즐겨가며. 이제 그는 플린을 뒤쫓는 중이었고, 눈이 흩날리는 프랑스의 숲에서 홀로 살아남은 플린은 같은 자리를 뱅글뱅글 맴돌다가, 숲 안쪽으로 점점 더 깊숙이 들어갔다.

그러다가 이내 매디슨이 버튼에게 전화를 걸어 집으로 불렀고, 버튼은 플린과 나란히 소파에 앉아 플린의 플레이를 지켜보며 자신의 견해를 들려줬다.

나치 친위대 장교는 자신이 플린을 뒤쫓는다고 확신했지만, 버튼이 보기에 이는 착각이었다. 왜냐하면 실제로는, 버튼의 말에 따르면, 이제 플린이 그를 뒤쫓는 중이기 때문이었다. 아니면 플린이 그 사실을 깨닫는 순간 곧바로 그렇게 될 터였다. 반면에 친위대 장교는 이미 정해진 운명을 깨닫지 못한 상태에 계속 머물다가 결국에는 엉뚱한 길로 나아갈 터였다. 버튼은 플린에게 판을 읽는 법을 가르쳐 주겠다고 했지만, 그러려면 플린이 잠을 자지 말아야 했다. 버튼은 재니스에게 하얀 알약을 주고 그 약의 복용 시간표를 냅킨에 적어줬다. 회계사는 게임 속의 자기 캐릭터를 고성능 인공지능에게 맡겨둔 채 플로리다에서 단잠을 잤겠지만, 플린은 그럴 처지가 아니었다.

재니스는 냅킨에 적힌 시각에 맞춰 플린에게 알약을 줬고, 버튼은 자기 일정에 맞춰 부지런히 그 집에 들러 플린과 나란히 앉아 게임을 지켜봤으며, 자신이 읽은 게임 속 판세가 어떤지 동생에게 들려줬다. 플린은 오빠에게 도움을 받아 판을 읽는 자신만의 방식을 터득하는 동안 이따금 오빠의 햅틱이 오작동을 일으키는 것을, 이 때문에 오빠가 멈칫멈칫하는 것을 느꼈다. 버튼이 말하길 판을 읽는 요령은 배우는 것이 아니었다. 가르칠 수 있는 것이 아니라 빠져들어 함께 소용돌이치는 것이기 때문이었다. 한 번 방향을 틀 때마다 플린은 숲속을 향해 더욱 똑바로, 더욱 깊숙이 들어갔고, 판을 읽는 눈은 점점 더 정확해졌다. 숲속에서 공터를 발견하고 나서는 그 공터 너머로 총알 한 발을 발사했다. 그 총알이 명중한 곳으로 향하는 길, 느닷없이 흩뿌려진 피가 눈과 섞여 안개처럼 흩날린 자리까지 이르는 길은, 방정식의 양변을 줄여가는 과정 같았다.

그때 소파에는 플린 혼자뿐이었다. 재니스가 플린이 지르는 비명을 들었을 때.

소파에서 일어선 플린은 재니스의 집 포치로 걸어 나온 다음, 앞서 마신 차를 게워 내고 몸을 바들바들 떨었다. 재니스가 얼굴을 씻겨 주는 동안 내내 엉엉 울었다. 드와이트는 그런 플린에게 어마어마하게 큰 보수를 지불했다. 그러나 플린은 그때 이후로 단 한 번도 드와이트의 정찰병 캐릭터를 맡지 않았고, 진 빠지게 하는 프랑스 작전은 아예 거들떠보지도 않았다.

그런데 턱수염을 짧게 기른 저 남자가 곁에 있는 여자를 더 가까이 끌어안는 광경을 바라보는 지금, 어째서 그때의 기억이 머릿속에 송두리째 다시 떠오르는 걸까? 앞서 순찰을 돌다가 건물 모퉁이 너머까지 돌아갔을 때, 플린은 어째서 57층으로 올라갔다가 다시 서둘러 이 자리로 돌아왔을까?

만약 이곳이 슈팅 게임 속이 아니라면, 플린은 어째서 지금 '이지 아이스'로 완전히 되돌아간 상태일까?

99

14
흑옥 구슬 핸드백

살갗이 종잇장처럼 하얀 애시가 네더튼의 왼쪽 눈 밑 살을 아래로 당겼다. 문신이 하도 많아서 아예 검은색으로 보이는 그녀의 손에는 온갖 모양을 한 날개와 뿔이, 인류세에 멸종된 모든 날짐승과 들짐승이 어지럽게 그려져 있었다. 서로 겹치는 문신의 선들은 소박하면서도 감동적일 만큼 정확했다. 네더튼은 애시가 누군지는 알았지만 자신이 있는 곳이 어딘지는 알지 못했다.

애시는 네더튼의 코앞까지 몸을 숙인 채 빤히 내려다봤다. 그가 누운 자리는 어딘가 평평하고, 몹시 딱딱하고, 차가운 곳이었다. 애시의 목을 감싼 검은 레이스는 빛을 빨아들이는 검은색이었고, 레이스를 여민 카메오에는 해골이 새겨져 있었다.

"너, 주보프네 할아버지의 랜드 요트 안에서 뭘 하는 거야?" 애시의 회색 눈은 눈동자가 두 개씩 들어 있었다. 세로로 배치된 두 눈동자, 조그맣고 까만 숫자 8이 떠오르는 그 눈은 네더튼이 가장 싫어하는 종류의 치장이었다.

"미스터 주보프의 가장 오래 묵은 위스키를 훔치러 온 거지." 애시 뒤편에서 오시안이 말했다. "내 손으로 직접 산화 방지 처리를 해둔 위스키인데. 비활성 기체를 주입해서." 오시안이 주먹 관절로 내는 우두둑 소리가 네더튼의 귀에 몹시도 또렷이 들려왔다. "너한테는 아무것도 안 섞은 맥주 한 잔이 제일 좋은 친구인데 말이야, 미스터 네더튼. 내가 전에 일러뒀을 텐데, 안 그래?" 아일랜드 출신인 오시안은 실제로 이따금 그 말을 했다. 다만 네더튼은 당시에는 그 말이 무슨 뜻인지 정확히 알지 못했다.

체격이 우람한 집사처럼 보이는 오시안은 허벅지와 위 팔뚝이 엄청나게 굵었고, 검은 머리카락은 목덜미에서부터 땋아 내려 검은 리본으로 묶은 모양새였다. 애시와 마찬가지로 그 또한 기술자였다. 둘은 파트너였지만 커플은 아니었다. 주보프의 취미 생활을 도와주는 인력들로서, 그의 폴트들이 사는 세계를 관리했다. 그렇다면 둘은 데이드라를 알 터였다. 그리고 아엘리타도.

위스키에 관해서는 오시안의 말이 옳았다. 그런 종류의 독주에는 착향료가 들어갔다. 미량에 지나지 않았지만, 마신 사람의 몸에 끔찍한 효과를 일으킬 수도 있었다. 바로 지금의 네더튼처럼.

애시는 엄지손가락을 우악스레 당겨 네더튼의 눈 밑 살을 눌렀다. 문신으로 그려진 동물들이 놀라서 그녀의 팔 위쪽으로 후다닥 달아나더니 창백한 어깨를 넘어 사라져 버렸다. 네더튼이 본 그녀의 엄지손톱은 아이들 크레용에나 어울릴 법한 초록색으로 칠해져 있었고, 끄트머리가 너덜너덜했다. 그녀가 오시안에게 짧게 뭐라고 말했다.

언뜻 이탈리아어처럼 들렸다. 오시안도 같은 언어로 대답했다.

"이러는 건 예의가 아니죠." 네더튼이 항의했다.

"암호화는 선택 사항이 아니라 의무야. 우리끼리 대화할 때는." 애시가 말했다. 기술자들끼리 쓰는 암호 언어는 쉬지 않고 바뀌어 갔다. 간단한 문장이 진행되는 동안 에스파냐어처럼 들리던 말이 가짜 독일어로 변신하는 식이었다. 어쩌면 사람의 말보다는 새가 지저귀는 소리에 더 가까운 듯도 했다. 네더튼이 가장 질색하는 것이 새소리였다. 한쪽이 지극히 무작위로 합성한 언어를 말해도 대화하는 상대는 이를 알아들었다. 제3자에게 암호 해독의 단서가 될 만큼 긴 단어는 단 하나도 없었다.

천장은 색이 옅은 목재였고 투명 광택제가 빈틈없이 발라져 있었다. 이곳은 어디일까? 고개를 옆으로 돌린 네더튼은 자신이 반질거리는 검은 대리석 위에 누워 있는 것을 알아차렸다. 대리석에는 황금이 나뭇결무늬를 그리며 빼곡히 박혀 있었다. 이윽고 대리석 판이 네더튼을 실은 채 위쪽으로 올라가다가, 이내 멈췄다. 오시안은 우직스러운 양손으로 네더튼의 어깨를 잡고 일으킨 다음, 방금 전까지 대리석 판으로 보였던 나지막한 테이블의 가장자리에 엉거주춤하게 앉혔다. "똑바로 앉아, 이 친구야." 아일랜드인이 명령했다. "자빠지면 머리 깨져."

네더튼은 여전히 이곳이 어디인지 알아차리지 못한 채 눈만 껌벅거렸다. 노팅 힐의 그 집일까? 레프의 집에 이렇게 작은 방이, 그것도 지하에 있을 줄은 몰랐다. 벽은 천장과 똑같은 미색 합판이었다. 애시가 조그마한 핸드백에서 뭔가 꺼냈다. 세모꼴 사탕처럼 생긴 그 플라스틱 덩어리는 연녹색에 속이 비쳐 보였고, 표면은 바닷가의 유리 조각처럼 뿌옜다. 애시의 소지품이 다 그렇듯이 이것 또한 조금 지저분해 보였다. 애시는 그 부드러운 덩어리를 네더튼의 오른손 손바닥 아래 손목에 철썩 갖다 댔다. 네더튼은 그 덩어리가 움직이는 것을 느끼고 인상을 찌푸렸다. 알아보기도 힘들 만큼 가느다란 촉수들이 피부 세포 사이사이로 피도 내지 않고 파고들었다. 그는 애시의 이중 눈동자가 휙휙 움직이며 그녀에게만 보이는 데이터를 읽는 모습을 지켜봤다. "지금 그걸로 당신한테 필요한 걸 주입하는 중이야." 애시가 말했다. "그러니 술은 마시면 안 돼. 한 방울도. 자동차에 있는 술에도 다시는 손대지 마."

네더튼은 애시가 입은 뷔스티에의 세밀한 질감을 가만히 음미하는 중이었다. 빅토리아시대 기차역의 주철 지붕을 본떠 만든 미니어처와 비슷하게 생긴 그 옷에는 조그마한 창문이 수없이 많이 나 있었다. 그런 창문은 조그마한 기관차가 오가며 석탄 연기를 내뿜을 때마다 뿌옇게 흐려졌고, 한편으로 애시가 숨을 쉬고 말을 할 때면 유연하게 휘어지기도 했다. 아니, 어쩌면 네더튼은 시야가 점점 더 또렷해지고 환해지는 중인지도 몰랐다. 애시의 메디시가 점점 더 제멋대로 그의 몸속에 파고드는 동안.

"미스터 주보프가." 오시안은 주먹 쥔 손에 대고 헛기침을 한 번 했다. 그가 말한 '미스터 주보프'는 레프의 아버지였다. "언제 자기 선친의 랜드 요트를 대령하라고 지시할지 모르니까 말이지." 그는 네더튼을 순순히 봐줄 생각이 없었지만, 딱히 문제랄 게 있기는 할까? 레프는 고작 술 한 병 따위에 연연할 사람이 아니었다. 그 술이 아무리 오래됐든 간에.

네더튼의 손목에 들러붙었던 애시의 메디시가 스르르 풀어졌다. 애시는 그 장치를 자기 핸드백에 쑤셔 넣었다. 네더튼은 그 핸드백이 상복喪服의 장신구로 쓰이는 흑옥 구슬을 엮어 만든 물건인 것을 알아챘다.

네더튼은 앉았던 자리에서 벌떡 일어섰다. 이곳이 어디인지 이제 한눈에 알아볼 수 있었다. 메르세데스 벤츠 캠핑 버스. 레프의 할아버지가 몽골의 사막 지대를 여행하려고 주문한 차였다. 리치먼드 힐에 있는 집에는 둘 만한 공간이 없어서 레프의 아버지가 이곳에 놔뒀다고 했다. 이제야 기억난 빈 술병은 오른편 어딘가의 화장실에 있었다. 그러나 두 기술자는 술병이 어디 있는지 뻔히 알 터였다. 네더튼은 저 메디시라는 물건을 손에 넣을 방법이 있을지 알아봐야겠다는 생각이 들었다. 숙취 해소의 특효약이었으므로.

"꿈도 꾸지 마." 애시는 네더튼의 머릿속을 읽기라도 한 듯 매섭게 말했다. "한 달도 못 버티고 죽을 테니까. 길어야 두 달이야."

"당신 참 지독하게 음침하네요." 네더튼은 애시에게 그렇게 말하고 빙그레 웃었다. 왜냐하면, 애시가 정말로 음침하기 때문이었다. 심지어 정성껏 음침했다. 머리카락은 목에 두른 레이스와 똑같은 나노튜브의 검정색이었고, 쇠와 유리로 만든 뷔스티에에는 빗자국 같은 물기가 사라지지 않아 마치 망원경의 대물렌즈 쪽에 눈을 대고 볼 때처럼 흐릿했으며, 그 아래의 레이어드 스커트는 섬사람들 두목이 입었던 튀튀를 더 길고 더 검게 만든 옷 같았다. 그리고 이제 피부 위에 선화線畫로 새긴 앨버트로스 한 마리가 외로이, 아득히 멀리서 나는 듯 천천히, 애시의 하얀 목 표면을 빙빙 돌고 있었다.

네더튼은 자신이 누워 잤던 테이블을 돌아봤다. 그가 잠들었을 때는 바닥의 우묵한 홈에 쏙 들어가 평평해 보이던 테이블이었다. 이제 그 테이블은 간이 식탁이나 게임용 테이블, 또는 몽골 지도를 펼쳐놓을 장소로 사용하기에 적당한 자리가 돼 있었다. 그는 레프의 할아버지가 과연 몽골 여행을 떠나기는 했을지 궁금했다. 전에 레프가 딱 한 번 내부를 구경시켜 주며 이 차를 고비바겐Gobiwagen이라고 소개했을 때 그 천박함에 그만 웃음을 터뜨렸던 기억이 떠올랐지만, 그때 그는 이 차 안에 있는 바를 눈여겨봤다. 그리고 바에 잔뜩 진열된 술병들도 함께.

"앞으로는 차 문을 잠가둬야겠군." 오시안도 자기 나름의 텔레파시 능력을 선보이며 말했다.

"두 사람 다 어디 있었던 거예요?" 네더튼은 오시안에게서 애시에게로 시선을 옮겼다. 둘이서 무슨 부적절한 처신이라도 하지 않았냐고 암시하는 듯한 눈짓이었다. "난 당신들을 찾으러 이리 내려왔는데."

오시안의 눈이 동그래졌다. "여기 오면 우리가 있을 줄 알고?"

"기진맥진해서 그랬어요. 기운을 돋워줄 게 필요해서."

"지친 거로군. 정서적으로." 오시안이 말했다.

시야에 레프의 인장이 나타났다. "16시간이나 의식을 잃고 뻗어 있었으면 충분히 쉬었을 거라고 생각하는데." 레프가 말했다. "주방으로 와. 당장." 인장이 사라졌다.

애시와 오시안은 레프가 한 말을 조금도 듣지 못했고, 그래서 불쾌한 눈빛으로 네더튼을 빤히 바라봤다.

"피로 회복제 잘 맞았어요." 네더튼은 애시에게 인사하고 통로를 따라 그곳을 떠났다. 그는 심해의 오징어처럼 빛을 내는 널따랗고 나지막한 아치 통로를 따라 걸으며 줄지어 늘어선 자동차들 앞을 지나 점점 더 멀어져 갔다. 아치에 코팅된 생체 조직이 그의 움직임을 감지하고 머리 바로 위에서 환하게 밝아졌다. 그는 뒤를 돌아보고는 고개를 들어 버스의 불룩한 옆면을 올려다봤다. 오시안이 전망대에서 이쪽을 주시하고 있었다. 우쭐한 표정이었다.

네더튼이 차 한 대 한 대를 지나 멀찍이 떨어진 엘리베이터까지 걸어가는 동안 불빛은 그의 뒤를 따라갔고, 아치 하나의 표면이 어두워질 때마다 다음 아치의 표면이 형광 불빛을 발했다.

15
좋은 일이 하나도 없는

작년 핼러윈에 리언은 곤살레스 대통령의 얼굴을 본떠 호박 등을 조각했다. 플린은 호박 등이 그녀의 얼굴을 닮았다고 생각하지 않았지만 그렇다고 인종 차별적인 것도 아니라서 집 포치에 그냥 놔두기로 했다. 그렇게 포치에 놔둔 지 이틀째 날, 뭔가 호박 등의 안쪽을 갉아 먹고 거기에 똥을 조금 갈긴 흔적이 눈에 띄었다. 플린은 쥐나 다람쥐의 소행이리라 짐작했다. 그래서 텃밭의 퇴비 더미에 갖다 버리려 했지만 깜박했고, 이튿날 다시 보니 대통령의 얼굴이 안쪽으로 푹 패어 있었다. 얼굴 뒤편의 호박 속살은 다 갉아 먹혀 없어지고 주황색 껍데기만 남아 쭈글쭈글하게 처져 있었다. 안쪽에 새로 싸놓은 똥은 덤이었다. 플린은 손에 배관 청소용 고무장갑을 끼고 호박 등을 들어 퇴비 더미에 가져다 놨고, 쭈글쭈글한 주황색 얼굴은 그곳에서 점점 더 흉측해지다가 마침내 사라졌다.

자이로스코프 덕분에 아기 요람처럼 아늑한 드론의 시점에서 건물 벽면의 그 회색 물체가 호흡하는 모습을 바라보는 동안, 플린은 그 물체가 그때 그 호박 등과 같은 신세가 되지는 않으리라는 생각이 들었다.

그 물체는 이제 회색이 아니라 흑갈색이었다. 직선형에 평평하고 모서리는 딱 떨어지는 직각이었다. 이때 57층 벽면의 다른 모든 것들, 그곳의 수많은 평평한 정사각형과 직사각형은 응결된 습기 때문에 물기가 송골송골 맺혀 흘러내렸다. 그러나 그 물체는 물기 한 점 없이 보송보송했고, 건물 벽의 표면과 손 한 개 두께만큼 떨어져 있었다. 구불구불하던 다리는 브래킷으로 변해 있었다. 위치는 플린 바로 아래쪽, 접이식 발코니의 바닥 한복판을 내려다보는 자리였다.

그 물체는 숨을 쉬고 있었다.

후텁지근하고 컴컴한 트레일러 속, 플린의 이마 위 머리카락 부근에서 땀이 흘러내렸다. 팔뚝 바깥쪽으로 이마를 닦았지만 조금 놓친 땀이 눈에 들어가 따끔거렸다.

플린은 드론을 그 물체 쪽으로 조금 더 접근시켰다. 그 물체는 부풀어 오르는가 싶더니, 이내 납작해졌다.

플린은 지금 자신이 조종하는 기체가 어떤 것인지 어렴풋이 짐작만 할 뿐이었다. 로터가 네 개 달린 쿼드콥터이지 싶었다. 그런데 로터는 보호망이 있을까, 아니면 그냥 노출됐을까? 앞서 유리창에 모습을 비춰봤더라면 알았을 테지만 이미 지난 일이었다. 그 물체에 더 가까이 다가가고 싶었다. 아까 날벌레 위쪽으로 급강하했을 때처럼, 카메라가 작동해 그 물체의 모습을 포착할 수 있을지 알아보고 싶었다. 그러나 만약 로터가 겉으로 드러나 있다면, 또 혹시라도 그 물체에 로터가 하나라도 닿으면, 플린은 추락할 처지였다.

그 물체가 다시 부풀어 올랐다. 몸통 중앙에 기다랗게 갈라진 틈새가 있었다. 그 틈새는 다른 부위보다 색이 더 하앴다.

플린 아래쪽의 두 사람은 발코니 난간 앞에 서 있었다. 여자는 양손으로 난간 맨 위의 가로대를 잡고 있었고, 남자는 여자 뒤편에, 어쩌면 여자의 허리를 안고 바짝 붙어 서 있었다.

그 물체가 납작해졌다. 플린은 그쪽으로 아주 살짝 접근했다.

그 물체의 몸통이, 가느다랗게, 열렸다. 아까 본 기다란 틈새를 따라, 더욱 하얘진 틈새의 양쪽 테두리가 양옆으로 살짝 벌어지더니, 뭔가 조그마한 것이 포물선을 그리며 튀어나와 사라졌다. 그 순간, 정체를 알 수 없는 물체가 드론의 전방 카메라 렌즈에 흠집을 냈다. 흠집 모양이 꼭 흐릿한 회색 쉼표 같았다. 흠집이 한 줄 더 생겼다. 상대는 미세한 크기의 전기톱, 아니면 다이아몬드 절단 칼이 달린 각다귀 같았다. 흠집이 세 줄, 네 줄 더 생겼다. 상대는 벌레처럼 재빠르게, 전갈 꼬리처럼 휙휙 움직였다. 플린의 눈을 멀게 하려고.

플린은 드론을 재빨리 뒤쪽으로, 다시 위쪽으로 움직였다. 전방 카메라를 그어대는 적의 정체가 무엇인지는 알 바 아니었다. 조종 명령 메뉴를 찾아 펼친 플린이 급강하를 선택하자 드론은 세 층 아래로 곤두박질쳤고, 그제야 자이로 안정기가 작동했다.

이제 적은 사라진 모양이었다. 카메라는 손상되기는 했어도 아직 작동했다.

빠르게, 왼쪽으로.

위로, 빠르게. 56층을 지날 때 드론 오른쪽 카메라에 남자가 여자의 손을 잡고 위로 올려 스스로 눈을 가리게끔 하는 광경이 잡혔다. 57층에서는 남자가 제 손으로 눈을 가린 여자의 귀에 입을 맞추고 뭔가 속삭이는 모습이 보였다. 깜짝 선물이 있어. 플린은 남자가 그렇게 속삭였으리라 상상했다. 남자가 뒤로 물러나 돌아서는 모습이 보였으므로.

"안 돼." 플린은 그 물체의 몸통이 벌어지는 것을 보며 중얼거렸다. 틈새 주위가 부옇게 흐려졌다. 아까 그것들이 더 많이 나왔다는 뜻이었다. 발코니 안쪽의 남자는 눈길을 위쪽으로 돌려 그 물체를 봤다. 그 물체가 거기 있을 줄 미리 알고 한 행동이었다. 멈칫하지도, 뭔지 확인하려고 다시 보지도 않았으므로. 남자는 다시 실내로 돌아갈 참이었다.

플린은 남자의 머리를 노리고 돌진했다.

드론을 발견한 남자가 냉큼 몸을 수그려 양손을 짚고 엎드릴 때, 플린은 트레일러 안의 의자에서 반쯤 일어서 있었다.

남자가 무슨 소리를 냈는지, 뒤로 돌아선 여자가 눈을 가렸던 손을 내리고 입을 헤 벌렸다. 여자의 입속으로 뭔가 날아들어 갔다. 여자의 움직임이 얼어붙듯이 멈췄다. 꼭 시스템이 고장을 일으켰을 때의 버튼 같았다.

남자는 바닥을 짚었던 손을 떼며 벌떡 일어섰다. 스타팅블록을 박차는 육상 선수가 따로 없었다. 남자는 발코니로 통하는 유리문의 열린 틈으로 뛰어들었고, 그 문은 남자가 실내로 들어서자마자 매끈한 유리로 변했다가 색이 흐릿해졌다.

여자가 꼼짝 않고 서 있는 동안, 뭔가 조그마한 것들이 여자의 뺨을 뚫고 튀어나왔다. 뺨에서 핏방울이 흐르는 동안에도 여자는 입을 헤 벌리고 있었고, 그 입으로 조그마한 것들이 더 많이 날아들었다. 거의 보이지도 않을 만큼 작은 것들이, 가장자리가 하얀 틈새에서 쉬지 않고 흘러나왔다. 여자의 이마가 안쪽으로 허물어져 움푹 파였다. 마치 리언이 대통령 얼굴을 새겨놓은 그 호박 등이 플린의 어머니가 만든 퇴비 더미 위에서 며칠, 몇 주에 걸쳐 썩어가는 과정을 스톱 모션으로 재현하는 듯했다. 그러는 사이에 여자 뒤편에서는 광택 없이 매끈한 강철 난간이 아래쪽으로 내려갔고, 유리는 다시 비눗방울처럼 변해버렸다. 받쳐줄 난간이 그렇게 사라지는 바람에 여자는 뒤로 넘어져 추락했다. 팔다리가 상상하기도 힘든 각도로 꺾여 있었다. 플린은 여자의 뒤를 쫓아 급강하했다.

피가 더 흘렀는지 어땠는지는 전혀 기억나지 않았다. 그저 검은 티셔츠와 줄무늬 파자마 바지를 걸치고 굴러떨어지는 몸만 기억날 뿐. 그 몸은 고도가 한 뼘 낮아질 때마다 살이 한 조각씩 떨어져 나갔고, 그래서 플린이 그 회색 물체를 처음 발견했던 37층을 지날 즈음에는 펄럭이는 누더기 두 장밖에 남아 있지 않았다. 누더기 한 장은 줄무늬, 한 장은 검은색이었다.

플린은 20층에 이르기 전에 멈췄다. 지난번의 그 목소리들이 떠올랐기 때문이었다. 플린은 아늑한 자이로스코프 속에 머물렀다. 슬픔과 혐오감에 가득 젖은 채로.

"이건 그냥 게임이야." 플린이 중얼거렸다. 후텁지근하고 컴컴한 트레일러 안에서, 플린의 뺨은 눈물에 젖어 번들거렸다.

이내 다시 위쪽으로 올라갔다. 멍한 기분, 비참한 기분으로. 아래로 흘러가는 흑갈색 벽면을 응시할 뿐, 굳이 도시 쪽으로 눈을 돌릴 생각은 하지 않았다. 빌어먹을. 빌어 처먹을.

56층에 도착해 보니 창문은 사라지고 없었고, 발코니도 벽면 위로 다시 접힌 상태였다. 다만 전에 본 벌레들이 다시 돌아와 있었다. 그것들은 투명한 거품 모양의 촬영 장치가 달린 대가리 부분을 유리창이 있던 자리로 향하고 있었다. 플린은 그것들을 쫓아내지 않고 그냥 내버려뒀다.

"이래서 우리한텐 좋은 일이 하나도 없는 거야." 그렇게 말하는 소리가 들렸다. 트레일러 안에서 들려온, 플린 자신의 목소리였다.

16
레고

"15분 걸렸어." 레프가 말했다. 그는 주방의 거대한 레스토랑용 가스레인지 앞에 서서 스크램블드에그를 만드는 중이었다. 가스레인지는 그의 할아버지가 소유했던 벤츠 버스 뒤편의 격납고에 장착된 사륜 오토바이 두 대를 합친 것보다도 커다랬다. "그것도 대부분 계약서의 서비스 약관을 읽느라 걸린 시간이고. 그 친구들 본거지는 퍼트니Putney야."

네더튼은 테이블 앞에 앉아 있었다. 지난번에 앉았던 바로 그 자리였다. 정원 쪽으로 난 창문은 캄캄해서 아무것도 보이지 않았다. "설마. 농담이겠지."

"전에 안톤이 그 친구들하고 계약한 적이 있거든."

안톤은 레프의 두 형 가운데 더 무서운 쪽이었다. "다행이군."

"형은 고르고 자시고 할 처지가 아니었어. 우리 아버지가 주선해서 그 친구들이 개입했던 거니까."

"안톤한테 음주 문제가 있는 줄은 몰랐는데." 네더튼은 그 문제

113

를 객관적으로 대하는 데 익숙한 사람처럼 말했다. 한편으로 그는 필립 스타크가 디자인한 후추 분쇄기와 오렌지가 담긴 대접 사이에 있는 레고 블록 두 개가 조그마한 구체로 변신하는 모습을 가만히 응시했다. 레고 한 개는 빨간색, 다른 한 개는 노란색이었다.

"지금은 아무 문제도 없어." 레프는 다진 골파가 뿌려진 스크램블드에그를 하얀 접시 두 개에 옮겨 담았다. 두 접시 모두 내용물의 절반은 가스레인지 불 위에 이때껏 올려놓았던 구운 토마토가 차지했다. "술 때문만은 아니었어. 안톤은 분노 조절 문제도 있었거든. 충동을 못 참는 성향 때문에 더 심해졌지."

"하지만 난 안톤이 술 마시는 걸 봤는데. 여기서, 그것도 얼마 전에." 네더튼은 적잖이 확신하며 말했지만, 실은 두 형 가운데 어느 쪽이든 눈에 띄면 곧장 달아나기로 단단히 마음먹은 상태였다. 이제 완전한 구체로 변신한 레고 블록 두 개가 오래된 소나무 테이블 상판 위를 지나 그가 있는 쪽을 향해 천천히 굴러왔다.

"물론 그랬겠지." 레프는 깨끗한 스테인리스스틸 주걱으로 스크램블드에그의 모양을 잡으며 말했다. "어둡던 시절은 다 지났으니까. 그래도 과음은 금물이야. 만취할 정도로 마시는 건 절대 안 돼. 그렇게 되지 않게끔 패치가 관리해 주지. 물질대사 방식을 바꿔놓는 식으로 말이야. 패치하고 인지 치료 모듈 덕분에 안톤은 꽤 잘 버티는 중이야." 그는 양손에 하얀 접시를 한 개씩 들고 테이블로 다가왔다. "윌프, 애시의 메디시가 네 상태가 좋지 않다고 했어. 꽤 안 좋다던데." 그는 접시 한 개를 네더튼 앞에 놓고 다른 한 개는 맞은편에 놓은 다음, 자리에 앉았다.

"도미니카는?" 네더튼이 화제를 바꾸려고 반사적으로 꺼낸 말이었다. "우리랑 같이 안 먹어?" 레고 블록 두 개는 멈춰 선 상태였다. 아직 구체를 유지한 채 네더튼의 접시 바로 앞에 나란히 자리 잡고 있었다.

"우리 아버진 만약 안톤이 치료를 거부했으면 연을 끊었을 거야." 레프는 질문을 무시하고 말했다. "그러겠다는 의사를 아주 노골적으로 밝혔으니까."

"고든이 안으로 들어오고 싶다는데." 네더튼은 유리문 앞까지 와 있는 태즈메이니아늑대를 그제야 발견했다. 짐승의 뒤편은 칠흑처럼 캄캄했다.

"타이에나야." 레프는 네더튼이 잘못 안 이름을 바로잡아 주고 그 짐승 쪽을 흘긋 돌아봤다. "저 녀석은 사람들이 식사할 땐 주방에 못 들어오게 돼 있어."

네더튼은 테이블 위의 빨간 레고를 손가락으로 재빨리 튕겨버렸다. 날아간 레고가 어딘가 부딪쳤다가 굴러가는 소리가 들렸다. "하이에나라고?"

"메디시가 보기엔 네 간이 상태가 안 좋은 것 같대."

"스크램블드에그가 아주 맛있어 보이는…."

"패치." 레프는 네더튼의 눈을 똑바로 보며 담담하게 말했다. 굵다란 검정색 안경테 때문에 표정이 더욱 진지해 보였다. "인지 치료 모듈도 같이. 그게 싫다면, 아쉽지만 넌 오늘 이후로 이 집에 다시는 올 일이 없을 거야."

빌어먹을 도미니카. 그 여자 때문에 일이 이렇게 됐다. 틀림없었다. 레프는 한 번도 이런 적이 없었으므로. 노란색 레고는 다시 벽돌 모양으로 돌아가 있었다. 아무 짓도 안 했다는 듯 시치미를 떼고서.

레프는 고개를 들었다. 그러고는 옆쪽을 돌아봤다. "잠깐만." 그가 네더튼에게 말했다. "꼭 받아야 하는 전화라서 그래. 여보세요?" 그러고는 네더튼의 스크램블드에그 접시를 손짓으로 가리켰다. 먼저 먹으라는 뜻이었다. 뒤이어 그는 통화하는 상대에게 짧게 뭔가 질문했다. 러시아어였다.

네더튼은 싸늘하고 묵직한 냅킨을 펼치고 속에 든 나이프와 포크를 꺼냈다. 그는 건강하고 차분하고 신뢰감을 주는 사람의 식사 장면을 천연덕스레 연기하며 스크램블드에그와 토마토를 먹을 참이었다. 달걀을, 또는 구운 토마토를 이토록 먹기 싫다는 느낌이 들기는 처음이었다.

레프는 이제 찡그린 표정을 하고 있었다. 그의 입에서 다시 러시아어가 흘러나왔다. 마지막으로 나온 말은 '아엘리타'였다. 네더튼이 들은 말이 정말로 그 이름일까? 아니면 그저 발음이 비슷한 러시아어 단어일까? 레프는 또다시 러시아어로 질문했다. 그리고 이번에도, 마지막 말은 그녀의 이름이었다. "맞아." 레프가 말했다. "그래. 상당히." 그가 손을 위로 올리더니 집게손가락 손톱으로 왼쪽 콧구멍 바로 위의 살갗을 긁었다. 네더튼이 아는 버릇, 집중할 때 그가 하는 행동이었다. 또다시 러시아어로 던지는 질문이 이어졌다. 네더튼은 고분고분하게 스크램블드에그의 맛을 봤다. 아무 맛도 나지 않았다. 태즈메이니아늑대는 이미 사라지고 없었다. 그 짐승은 자리를 뜰 때 좀처럼 기척을 내지 않았다.

"이상하군." 레프가 말했다.

"누구 전화야?"

"내 비서. 우리가 쓰는 보안 모듈로 걸었어."

"무슨 일인데?" 제발. 네더튼은 무심한 우주에 간청했다. 레프의 관심을 지금 이 통화 건으로 돌려달라고. 퍼트니에 본거지를 둔 어딘지 모를 행동 교정 서비스 업체가 아니라.

"아엘리타 웨스트의 비서가 방금 점심 약속을 취소했대. 내일 스트랜드 펠리스 호텔에서 만날 예정이었거든. 인도 요리 레스토랑도 예약해 놨는데. 자기 폴트에 관해 더 알고 싶다고 했어. 네가 마련한 선물 말이야."

네더튼은 포크 절반 분량의 스크램블드에그를 억지로 더 먹었다.

"런던 경찰청이 엿듣고 있었다더군. 아엘리타의 비서하고 내 비서가 통화할 때. 경찰이 우릴 감청한 거야."

"경찰이? 진짜로? 그쪽 비서는 그걸 어떻게 알았대?"

"그쪽 비서도 몰랐어." 레프는 귀찮아하는 표정으로 보안 모듈 프로그램의 암호를 바꾸며 대답했다. "하지만 우리 보안 모듈은 알았지."

네더튼은 주보프 집안처럼 유명한 클렙트라면 복잡다단하고 지루한 보안 절차를 겹겹이 갖췄으리라 짐작했다. 다만 그 짐작을 입밖에 내는 짓은 삼갔다.

"보안 모듈은 경찰의 감청을 아주 최근의 사건과 관련된 짓으로 해석했어." 레프는 테가 까만 안경을 고쳐 쓰고 네더튼을 유심히 바라봤다.

"모듈이 그걸 어떻게 알지?"

"엿듣는 자는 반드시 특정한 태도를 띠는데, 거기서 의도가 드러나게 마련이지. 우리 모듈은 저쪽의 감청 모듈보다 더 정교해. 저쪽이 엿듣는 모양새를 보아하니 감청하는 목적이 뭔지 짐작이 가더군."

상대방이 엉뚱한 주제에 정신이 팔린 것은 미리 생각지 못했던 행운이기는 했지만, 네더튼은 이제 자신이 대화를 이끌어 가야 한다는 것을 알아차렸다. 레프의 관심을 퍼트니에서 되도록 멀리까지 끌고 가야 했다. "그래서, 그 목적이 뭐였을 것 같아?"

"심각한 범죄와 관련이 있을 거야. 아마도 납치 같은. 어쩌면 살인 사건일지도."

"아엘리타가?" 네더튼에게는 터무니없는 소리로 들렸다.

"딱 부러지게 밝혀진 건 없어. 우리 쪽에서 알아보는 중이야. 아엘리타가 리셉션을 열었어. 바로 오늘 저녁에. 넌 자느라 놓쳤지만."

"아엘리타를 내내 감시한 거야?"

"보안 모듈이 역시간순 검색을 실행했어. 저쪽 비서의 전화를 받고 나서."

"그 리셉션은 어떤 자리였지?"

"문화 행사. 절반은 관제 행사였고. 사실, 원래는 네 프로젝트를 위해 마련한 자리였어. 어떻게 보면 축하연이 될 뻔했지. 데이드라가 너희 배우를 죽이고 지원 부대를 불러들이지만 않았어도 말이야. 아엘리타는 행사를 취소하지 않고 성격만 바꿔서 치른 것 같아. 보안이 워낙 철저해서 어떻게 바꿨는지는 알 길이 없지만."

"어디서 열렸는데?"

"그 여자 집에서. 이든미어 맨션스Edenmere Mansions." 레프는 자료 같은 것을 읽는 중인지 눈동자를 이쪽저쪽으로 움직였다. "거기 55층부터 57층까지 다 아엘리타 소유야. 데이드라도 참석했어."

"그래? 거기 혹시 우리 쪽 사람 있어?"

"아니. 하지만 우리 모듈이 저쪽 것보다 전반적으로 더 영리한 편이야. 자, 먹어." 스크램블드에그와 구운 토마토를 깔끔하게 얹은 포크가 입에 거의 다다랐을 때, 레프는 손을 멈추고 이맛살을 찌푸렸다. "무슨 일이야?" 그는 전화를 받으며 포크를 아래로 내렸다. "뭐, 그런 일이 가능하다는 이상한 소문이 아예 없지는 않았지. 조금 이따가 내려갈게."

"비서야?" 네더튼이 물었다.

"애시야. 누가 외부에서 우리 그루터기에 접속하는 중이래. 네 폴트하고 관련 있는 것 같다는데."

"누가 그런 짓을 해?"

"몰라. 내려가서 확인해 보자." 레프는 스크램블드에그와 토마토를 먹기 시작했다.

네더튼도 함께 음식을 먹었다. 퍼트니와 간 패치가 멀어진 덕분에, 또한 아마도 애시의 메디시가 남긴 여운 덕분에, 음식의 맛이 좋아졌다는 느낌이 들었다.

빨간 공 모양 레고가 오렌지 대접 뒤편에서 천천히 굴러 나왔다. 그것은 이내 미미한 찰칵 소리와 함께 직육면체 모양으로 되돌아가 자신의 노란 동료 옆에 자리 잡았다. 네더튼은 그 레고 블록이 테이블 다리를 기어오르는 동안 어떤 모습을 하고 있었을지 궁금했다.

17
미루나무

지미스로 돌아가기로 한 것은 실수였다. 플린은 어두운 조명 아래 춤추는 사람들 사이로, 또 맥주 냄새와 주 정부가 판매하는 대마초 냄새와 자가제 담배의 냄새 속으로 들어서자마자 그 사실을 깨달았다. 레드불 거울의 황소는 거울 바깥으로 몸을 내밀고 열네 살쯤으로 보이는 여자애를 의심스레 쳐다보고 있었다. LED 전구는 웬 노래의 리듬에 맞춰 깜박거렸지만 플린은 그 노래를 들어본 적이 없었고 다시 듣고 싶지도 않았다. 이는 플린이 술집 안에서 나이가 가장 많은 사람이기 때문이었다. 플린의 옷차림은 되는대로 갖춰 입었던 경비원 복장 그대로였다. 그리고 메이컨도 아직 찾지 못한 상태였다. 주차장 한쪽 구석, 주로 흑인 아이들이 모여 노는 그곳이 메이컨이 수상쩍은 거래를 벌이는 현장이었다. 플린은 메이컨이 만들어 준 전화기가 국토안보부의 눈에 어떻게 비칠지 물어봐야 해서 이곳에 온 참이었지만, 어쩌면 그저 대화할 상대가 필요했기 때문인지도 몰랐다. 근무 시간이 끝난 후에 먹으려고 만들어 둔 샌드위치는 입맛이 당기지 않았다. 두 번 다시 허기를 느낄 일이 있을 것 같지도 않았다.

게임에서 맞닥뜨린 그 재수 없는 것. 플린은 그 재수 없는 것이 끔찍이도 싫었다. 게임이란 것 자체가 싫었다. 왜 그렇게 다들 개같이 징그러운 게임만 만들려고 할까?

맥주를 시키자 딩동 소리와 함께 휴대전화 화면에 지미스의 영수증이 표시됐다. 플린은 맥주병을 들고 구석의 조그만 원형 테이블로 향했다. 아직 치우지 않아 지저분했지만 고맙게도 비어 있는 그 테이블 앞에 앉아, 플린은 할 수 있는 한 가장 못된 할머니처럼 보이려 애썼다. 맥주를 내준 여자애는 메이컨이나 에드워드처럼 비즈를 달고 있었다. 한쪽 눈구멍 속에 얼기설기 얽힌 그 장치는 은실로 짠 거미줄처럼 생겼지만 그 안쪽의 눈 자체는 남들과 다름없어 보였고, 그 눈에 비치는 풍경은 비즈의 은실 사이사이에 박힌 미세한 개별 유닛이 비춰주는 뭔지 모를 영상이었다. 헤프티 마트에서는 고객에게 비즈를 만들어 주기 전에 먼저 눈구멍을 스캔해 크기가 잘 맞는지 확인했다. 거기서 불량품이 나왔다는 소식은 아직 들은 적이 없었다. 플린이 생각하기에 비즈는 흑인의 얼굴에 더 잘 어울렸지만 술집에 있는 아이들은 인종과 무관하게 거의 모두 하나씩 달고 있었다. 플린은 그 사실 때문에 나이 든 기분을 느꼈고, 그런 아이들이 바보 같아 보인다는 생각 때문에 더욱 나이 먹은 기분이 들었다. 그런 기분을 느낄 일은 해마다 끊이지 않고 일어났다.

"표정이 꼭 어떻게 해야 세상 다 산 것처럼 보일까 궁리하는 사람 같네." 북적이는 사람들을 뚫고 나타난 재니스가 말했다. 손에는 자기 몫의 맥주를 들고 있었다.

"몇 분만 더 궁리했으면 성공할 뻔했는데." 그렇게 맞장구치기는 했지만, 이제 플린은 재니스 덕분에 지미스에서 가장 나이 많은 사람이 아니었다. 재니스는 언제나 그렇게 좋은 친구였다. 플린은 자동으로 주위를 두리번거렸다. 재니스와 매디슨은 평소에 멀리 떨어져 있는 경우가 드물기 때문이었다. 매디슨은 남자애 둘과 함께 테이블 좌석에 앉아 있었다. 두 남자애 모두 한쪽 눈이 은실로 얼기설기 덮여 있었다. 매디슨은 생김새가 시어도어 루스벨트와 비슷했다. 그리고 플린이 시어도어 루스벨트에 관해 아는 사실은 매디슨과 비슷하게 생겼다는 것 말고는 없다시피 했다. 매디슨은 콧수염을 길게 기르며 가끔 다듬기만 할 뿐 절대로 자르지 않았고, 알이 동그랗고 테가 가느다란 티타늄 안경을 끼었으며, 좀이 슨 모직 작업용 조끼를 입고 다녔다. 녹갈색 조끼의 가슴 부분에 다닥다닥 달린 주머니에는 펜과 조그만 손전등이 뾰족뾰족 머리를 내밀고 있었다.

"나도 옆에서 같이 궁리해 줄까?"

"너야 언제나 환영이지." 플린이 말했다.

재니스가 자리에 앉았다. 재니스와 매디슨은 외모가 차츰 변해가는 중이었다. 어떤 부부들의 경우에 나타나는, 두 사람의 생김새가 서로 닮아가는 현상이었다. 재니스는 매디슨의 것과 똑같은 동그란 안경을 썼지만 콧수염은 없었다. 둘이 옷을 바꿔 입고 다녀도 알아차릴 사람은 없을 듯싶었다. 재니스가 입은 위장 무늬 군복도 매디슨의 옷 같았다. "플린, 너 표정이 진짜 안 좋아 보여."

"맞아. 버튼 때문에 걱정이 돼서 그래. 데이비스빌까지 가서 누가 복음 4장 5절 패거리를 두들겨 패는 바람에 국토안보부에 붙잡혔거든. 기소된 건 아니고, 그냥 공공안전을 위해 구금됐대."

"알아." 재니스가 말했다. "리언이 매디슨한테 얘기했어."

"버튼이 남들 모르게 맡은 일이 하나 있는데." 플린은 새로 흘러나오는 노래가 마음에 들어 반가운 기분으로 주위를 두리번거렸다. 재니스는 일을 하지 않아야 상이군인 연금을 받는 버튼의 사정을 잘 알았다. "내가 대신 좀 해줬거든."

재니스는 눈을 동그랗게 떴다. "딱 보니까 그 일이 영 마음에 안 들었나 보네."

"더럽게 무서운 게임의 베타테스트를 해주는 일이야. 연쇄살인범 같은 게 나오는 게임."

"너 게임에 들어간 거야? 그때 우리 집에서 그 지경이 됐는데도?"

"이 게임 하나만 해봤어. 딱 두 번." 플린은 다른 종류의 언짢음을 느꼈다. "혹시 메이컨 못 봤어?"

"아까 여기 있었는데. 매디슨하고 얘기하고 있었어."

"여기 자주 와? 매디슨이랑 같이?"

"네가 보기엔 우리가 그럴 것 같아?"

"두 분 다 겁나게 동안이시니까."

"예전에 여기 와서 놀 땐 우리도 어렸는데. 기억나? 뭐, 너야 아주 풋풋했지. 버튼의 꼬맹이 동생." 재니스는 빙그레 웃으며 주위를 둘러봤다.

노래가 끝나자 육중하게 우르릉대는 엔진 소리가 주차장 쪽에서 들려왔다.

"코너야." 재니스가 말했다. "느낌이 안 좋은데. 저쪽 애들하고 시비가 붙었나 봐."

플린은 고등학생 시절로 돌아간 기분을 느끼며 재니스의 시선이 향한 곳으로 눈을 돌렸다. 머리를 탈색한 덩치 큰 남자애 다섯이 앉아 있는 자리였다. 테이블 위에는 맥주병이 빼곡했다. 미식축구팀 아이들 같았다. 농구 선수치고는 덩치가 너무 우람했다. 비즈를 낀 사람은 아무도 없었다. 그중 둘이 자리에서 일어서더니, 다 마신 초록색 맥주병을 양손에 하나씩 거꾸로 들고서 포치 쪽으로 나갔다.

"코너는 1시간 전에 여기 있었어." 재니스가 말했다. "주차장에서 술을 마시더라. 안 그래도 몸이 불편하니까 마시면 좋을 게 없는데. 저 애들 중에 누가 그걸 보고 뭐라고 했나 봐. 매디슨이 중간에서 말렸어. 코너는 자리를 떴고."

뭔가 부딪치는 소리, 유리 깨지는 소리가 플린의 귀에 들려왔다. 다음 노래가 시작됐다. 플린은 자리에서 일어나 포치 쪽으로 나갔다. 그러는 동안 앞서 들은 노래보다 이 노래가 더 마음에 든다는 생각이 머릿속을 스쳤다.

미식축구 선수 둘은 포치에 있었다. 그리고 플린의 눈에는 그들이 얼마나 취했는지가 훤히 보였다. 코너의 타란툴라는 자갈이 깔린 주차장 한복판에서 높다란 가로등의 강렬한 불빛을 흠뻑 머금은 채로, 덜덜 떨리는 차체에서 배기가스를 내뿜어 주차장의 공기를 재활용

기름의 냄새로 물들였다. 코너는 박박 깎은 머리를 고통스러운 각도로 비튼 채 운전대 앞쪽 받침대 위에 올려놨고, 한쪽 눈에는 외알 안경 같은 것을 쓰고 있었다.

"뒈져라, 펜스케!" 미식축구 선수 하나가 외쳤다. 반쯤 즐거워하는 목소리로 들릴 만큼 취한 상태였다. 그러고는 한쪽 손에 남은 빈 병을 힘껏 던졌다. 병은 삼륜 오토바이의 전면부에 부딪쳐 산산조각 났지만 명중한 자리는 정중앙이 아니라 옆쪽, 코너의 머리에서 조금 떨어진 곳이었다.

코너는 히죽 웃었다. 그러고는 고개를 살짝 움직였고, 플린은 그의 고갯짓을 따라 움직이는 어떤 물체를 놓치지 않고 포착했다. 그 물체는 타란툴라의 차체와 그 위에 앉은 코너의 불완전한 몸 위쪽, 삼륜 오토바이의 커다란 타이어보다 훨씬 더 높은 곳의 허공에 떠 있었다.

그 순간 플린은 미식축구 선수들 옆을 지나 계단을 내려간 다음, 자갈밭을 가로질러 성큼성큼 걸어갔다. 포치 위에 남은 남자애들은 플린의 등 뒤에서 쥐 죽은 듯 조용해졌다. 플린은 그 애들보다 나이가 많았고, 어디서 온 누군지 아무도 알지 못했기 때문이었다. 게다가 옷차림마저 머리부터 발끝까지 검은색이었다. 코너는 자기 쪽으로 다가오는 플린의 기척을 알아챘다. 그의 머리가 다시 움직였다. 자갈이 운동화에 밟혀 잘그락거리는 소리가 플린의 귀에 들려왔고, 높다란 기둥 위의 가로등에 벌레 떼가 부딪혀 탁탁거리는 소리도 들려왔다. 그런데 코너의 타란툴라에서 부르릉거리는 엔진 소리가 육중하게 울려 퍼지는 지금, 어째서 그 작은 소리가 귀에 들려오는 걸까?

플린은 코너가 고개를 쭉 빼지 않아도 이쪽의 얼굴이 보이도록 적당히 떨어진 곳에서 멈춰 섰다. "코너, 나 플린이야. 버튼 동생."

외알 안경 너머로, 코너가 플린을 쓱 올려다봤다. 그러고는 빙그레 웃었다. "귀염둥이 동생이군."

플린은 눈을 들어 위쪽을 보다가 뭔가 발견했다. 코너의 머리 위쪽 허공에 길고 가느다란, 척추처럼 토막토막 마디가 진 물체가 보였다. 외알 안경은 조종하는 전갈 꼬리처럼 생긴 그 물체의 조종 장치였다. 보아하니 코너는 검은색 페인트로 그 물체를 덧칠한 모양이었다. 남들이 알아차리기가 더 힘들게끔. 그 끄트머리에 뭐가 달렸는지는 분간이 가지 않았다. 뭔가 조그마한 것이었다. "코너, 여기서 이러면 진짜 골치 아파져. 그냥 집에 가."

코너는 제어판 화면에 턱을 대고 움직였다. 타란툴라에 명령을 내리는 동작이었다. 외알 안경이 눈 위쪽으로 철컥 올라갔다. 조그마한 다락문이 닫히듯이. "내 앞에서 비켜줄래, 버튼의 귀염둥이 동생 씨?"

"싫어."

코너는 다시 몸을 뒤튼 끝에 얼마 안 남아 있는 한쪽 손으로 눈을 문질렀다. "내가 좀 짜증 나는 자식이긴 하지, 안 그래?"

"이 동네 자체가 짜증 나는 데니까. 그래도 너한텐 핑계라도 있잖아. 집에 가. 버튼은 데이비스빌에 갔다가 지금 돌아오는 중이야. 나중에 너희 집에 들를 거야." 그 말을 하고 나서 플린은 지금 그 자리에, 즉 지미스 앞에 펼쳐진 자갈밭 주차장에 서 있는 자신의 모습이 눈에 보이는 듯한 느낌이 들었다. 주차장 양 끄트머리에 높다랗게 서 있는 나이 든 미루나무들, 플린의 어머니를 포함해 이곳 주민 누구보다도 더 나이가 많은 그 나무들도 함께 보였다. 그 풍경 속에서 플린은 몸의 절반이 기계인, 오토바이로 만든 켄타우로스 같은 사내에게 이야기하는 중이었고, 어쩌면 그 사내는 다른 사내 하나를, 아니면 사내들 여럿을 죽이려 했는지도 몰랐다. 어쩌면 지금도 죽이려고 벼르는지도 몰랐다. 뒤를 돌아보니 매디슨이 포치에 나와 앞서 병을 던진 애송이 미식축구 선수 앞에 버티고 서서 얼굴을 디밀었다. 티타늄 안경이 눈앞까지 다가오자 그 남자애는 매디슨의 작업용 조끼에 줄줄이 꽂힌 펜과 손전등에 가슴을 찔릴까 봐 뒤로 물러났다. 플린은 다시 코너 쪽으로 고개를 돌렸다. "저딴 거 상대할 필요도 없어, 코너. 집에 가."

"뭐는 안 그렇겠어. 망할." 코너는 씩 웃고는 턱으로 제어판 한쪽을 내리쳤다. 타란툴라가 거칠게 움직여 방향을 틀더니 그대로 출발해 버렸지만, 코너가 조심스레 조종한 덕분에 플린에게는 자갈이 튀지 않았다.

지미스 포치에서 술 취한 사람들의 환호성이 터져 나왔다.

플린은 맥주병을 자갈밭에 떨어뜨리고 자전거를 세워둔 곳으로 걸어갔다. 뒤는 돌아보지 않았다.

18
신들의 클럽

네더튼은 어처구니없을 만큼 자유분방하게 꾸민 애시의 작업 공간을 보고 예상했던 대로 짜증이 솟구쳤다. 이는 애시가 레프 할아버지의 차고에서 가장 외지고 조그마한 세모꼴 구석자리의 벽에 비계를 세우고 방수포를 둘러 만든 그 공간이 쓸데없이 비좁았기 때문도, 그 공간이 조금 더 괴상망측하게 장식한 술집 마이나데스 크러시처럼 보였기 때문도 아니었다. 짜증의 원인은 애시가 다른 어떤 디스플레이 장치와도 비슷하게 보이지 않으려고 심혈을 기울여 배치해 놓은 디스플레이 장치였다. 정작 보여주고자 하는 것은 영상 피드로도 손쉽게 볼 수 있었건만.

반들반들하게 연마한 갖가지 무늬의 불투명 수정 구슬, 원석은 아마도 마노였을 법한 구슬 여러 개가, 녹슨 화학 실험 기구 위에 놓여 있었다. 실험 기구들은 애시가 템스강의 개펄을 뒤지는 넝마주이에게서 샀다고 자랑한 물건이었다. 심지어 애시가 준비해 둔 차마저 보기 드물게 맛이 형편없었다. 찻잔은 달걀 껍데기처럼 얄따랗고 손잡이도 달려 있지 않은 도자기 잔이었다. 잔 자체의 생김새는 잘하면 약쑥으로 만든 리큐어를 따라줄지도 모른다는 기대감을 품게 했지만 이는 모질게도 헛된 기대였다. 네더튼은 우스꽝스럽게 꾸민 조그마한 테이블 앞에 레프와 나란히 붙어 앉아 있었다. 이 때문에 꼭 골동품 공중전화 부스 안에서 회의를 여는 기분이 들었다.

이제 애시는 검은 스웨이드 파우치에서 반지를 고르는 중이었다. 반지는 다름 아닌 영상 제어용 인터페이스였다. 덜 젠체하는 사람이라면 손가락 끝에 영구적으로 보이지 않게 박아 넣을 장치였다. 그러나 여기 있는 디스플레이 장치들은 다른 누구도 아닌 애시의 것이었다. 상상 속 왕들의 녹슨 마법 왕홀王笏 같은 실험 기구 위에 올려놓은, 애시의 하얀 손가락이 쓰다듬을 때마다 환해졌다가 컴컴해지는 흐릿한 구슬들이 바로 디스플레이 장치였다.

차는 탄 맛이 났다. 특정한 물질이 타서 나는 맛이라기보다 타버린 어떤 것의 맛이 유령이 되어 남은 느낌이었다. 초라하게 서 있는 벽은 마이나데스 크러시와 마찬가지로 두툼한 커튼이었지만 동물 기름 양초의 촛농 자국이 점점이 남아 있었고, 하도 닳아서 바탕천이 다 드러나 보였다. 바닥에는 빛이 바래서 어떤 문양인지 알아보기도 힘든 카펫이 깔려 있었다. 전차와 헬리콥터를 묘사한 전통적인 문양이 닳아빠지다 못해 아예 가로 방향 그물코로 이루어진 색깔 없는 무늬로 변해 있었다.

애시가 각진 갈색 덩어리가 붙은 반지를 오른손 집게손가락에 끼우는 동안 왼손 손등에서는 도마뱀 문신이 신이 나서 빙글빙글 맴을 돌았다. 애시의 피부 위를 누비는 동물들은 일정한 비율로 축소해 그린 것이 아니었다. 오히려 저마다 다른 거리만큼 떨어져서 관찰하며 그린 것에 가까웠다. 네더튼이 보기에 도마뱀과 코끼리가 한눈에 들어올 것 같지는 않았다. 비율을 따지자면 불가능한 일이었다. 보아하니 애시는 동물들을 직접 조종하지는 못하는 모양이었다.

반지 네 개와 거뭇하게 변색한 은 골무 두 개를 착용하고 나서, 애시는 손깍지를 끼었다. 그 바람에 도마뱀이 달아났다. "그자들은 구인 광고부터 올렸어. 서버에 들어오자마자 대뜸." 애시가 말했다.

"누가 그랬다는 거죠?" 네더튼이 물었다. 말투에서 짜증을 숨기는 수고는 굳이 하지 않았다.

"나야 모르지." 애시는 집게손가락을 꼿꼿이 펴 들었다. "서버는 관념의 블랙박스거든. 시각화를 하면 우리 바로 곁에 나타나는 것처럼 보이지만, 그건 지나친 단순화에 지나지 않아."

네더튼은 애시가 그래도 아직은 자기 디스플레이 장치에 '예언 구슬' 같은 이름을 붙이지 않았다는 사실에 안도했다.

"구인 광고는 뭐 하러 올린 거지?" 레프가 물었다. 네더튼 곁에 붙어 앉은 채로.

"누군가 고용해서 뭔지 모를 일을 시키려는 거겠죠. 아마도 폭력을 쓰는 일일 거예요. 저쪽에서 광고를 올리려고 고른 게시판은 다크넷에 있어요. 불법 서비스를 제공하는 시장 같은 데란 말이죠. 저쪽 시스템의 연산 속도가 더 느리다 보니 우린 그자들이 쓰는 네트워크는 어디든 다 접속할 수 있어요. 저들이 제시한 돈은 800만이에요. 액수를 감안하면 살인 의뢰라고 봐야겠죠."

"그 정도면 적당한 금액인가?" 레프가 물었다.

"오시안이 보기엔 그렇다는군요. 해당 게시판의 거래 규모에 비춰보면 보기 드물게 큰 금액은 아니라서, 이런 게시판에 틀림없이 잠복하고 있을 경찰 끄나풀이나 여러 나라 정부 요원들의 관심을 끌 일도 없을 거예요. 그렇다고 아마추어들이 꼬일 만큼 너무 적은 금액도 아니에요. 지원자는 거의 즉시 나타났어요. 그러고 나서 광고가 내려갔고요."

"알지도 못하는 사람을 죽여달라는 광고를 보고 지원한 사람이 있다는 말인가요?" 네더튼은 그 말을 하고 나서 레프와 애시가 눈길을 주고받는 모습을 놓치지 않았다. "모든 사정이 그렇게 훤히 보인다면, 왜 그 이상은 알아내지 못하는 거예요?"

"아주 전통적인 암호화 방식 몇 가지는 지금도 굉장히 효과적이야." 레프가 말했다. "우리 집안의 보안 팀이라면 아마도 어떻게든 풀 테지만, 그 친구들은 이 건에 관해서는 까맣게 몰라. 앞으로도 쭉 비밀로 해야 하고."

애시는 깍지 끼었던 손을 풀고 반지와 골무가 끼워진 손가락을 여러 수정 구슬 사이로 휙휙 움직였다. 네더튼이 예상한 그대로의 팬터마임이었다. 구슬들은 은은하게 빛나다가 점점 더 환해지더니 이내 투명하게 변했다. 구슬 속 컴컴한 물질로 이루어진 미니어처 성운에서 머리카락처럼 가느다란 번개 두 줄기가 아래로 내리꽂히는가 싶더니, 그대로 움직임을 멈췄다. "자, 보세요. 우린 파란색, 저쪽은 빨간색이에요." 가느다랗고 비뚤배뚤한 파란색 선이 마치 먹물 구름에서 내리친 것처럼 나타나 있었다. 곁에 나란히 출현한 비뚤배뚤한 선은 진홍색이었다. 그 두 선은 서로 쫓고 쫓기며 아래쪽으로 이어져 덜 뒤숭숭해 보이는 구름 덩어리 속으로 들어갔다. 구름 덩어리에서 희미한 빛이 일렁거렸다.

"어쩌면 그냥 중국인들이 네 돈으로 재미를 좀 본 것뿐인지도 몰라. 더 우월한 자기네 연산 자원을 이용해서 말이야." 네더튼이 한 이 말은 사실 일전에 데이드라가 그의 이야기를 듣고 대뜸 내놓았던 추측이었다.

"아예 가능성이 없진 않지만." 레프가 말했다. "그런 식의 장난은 중국인들이 칠 만한 게 아니야."

"이런 일이 일어났다는 얘기, 전에 들어본 적 있어? 그루터기에 누가 침투했다는 얘기?" 네더튼이 물었다.

"소문이야 들어봤지. 다만 우린 서버가 누구 소유인지는커녕 어디에 있는지, 어떤 건지조차도 몰라. 거기에 비하면 그루터기 침투 정도는 사소한 수수께끼지."

"다 입소문이죠." 애시의 말이었다. "호사가들 사이에 도는 소문."

"너 이 건에는 어쩌다 얽히게 된 거야?" 네더튼이 물었다.

"친척이 한 명 있어. 로스앤젤레스에 사는 사람인데. 그 친척이 나를 초대했어. 뭔지 알려주고 어떤 식으로 돌아가는지까지 설명해 주는 식으로."

"그게 뭔지 아는 사람이 지금보다 더 많아야 하는 거 아니야?"

"일단 거기에 들어간 사람은, 아무나 들어오지 않기를 바라거든."

"어째서?" 네더튼이 물었다.

"신들의 클럽이니까." 애시는 그렇게 말하고는 '8'처럼 생긴 눈동자로 네더튼의 눈을 마주 봤다.

레프는 눈살을 찌푸릴 뿐, 아무 말도 하지 않았다.

애시의 말이 이어졌다. "그루터기와 상호작용을 하면 우리는 궁극적으로 그루터기 전체를 변화시켜요. 장기적인 결과를 보면 그렇다는 거죠." 애시의 영상 재생용 구슬 한 개의 내부에 정지 화상이 떠올라 차츰 선명해지더니, 이내 또렷한 상태를 유지했다. 머리카락이 검은 젊은 남자가, 네더튼이 보기에는 키를 표시하는 눈금선 같은 것을 배경으로 서 있었다. "저 남자는 버튼 피셔야."

"저게 누군데요?" 네더튼이 물었다.

"너의 폴트." 레프가 말했다.

"우리 쪽 방문자들은 저 남자를 찾으려고 사람을 고용했어요." 애시가 말했다. "오시안이 보기엔 저 남자를 죽이려는 것 같다더군요."

레프가 콧등을 긁었다. "저자는 일하는 중이었잖아. 아엘리타가 리셉션을 여는 동안."

"아뇨, 그때는 리셉션이 끝난 후였어요. 어떤 사건이든 간에, 당신의 모듈이 추정하기로 그 사건은 리셉션이 끝난 다음에 일어났어요. 저 남자는 그 후에 임무에 투입됐을 거예요."

"그자들은 사실상 존재하지 않는 과거 속의 이미 죽은 남자를 죽이고 싶어 하는 거야?" 네더튼이 물었다. "어째서? 저쪽에서 무슨 일이 일어나든 우리한테는 아무 영향도 없다고 네가 입버릇처럼 말했잖아."

"정보는 양방향으로 흐르는 거야. 저 남자가 뭔가 안다고 믿는 세력이 이쪽 세계에 있는 게 틀림없어. 그 정보가 이쪽에 풀리면 그자들이 위험해질지도 모르지."

네더튼은 레프를 돌아봤다. 그 순간 레프 안의 클렙트가 네더튼의 눈에 들어왔다. 부잣집 막내아들인 한량 안에, 그리고 자상한 아버지이자 복제한 태즈메이니아늑대를 키우는 남자 안에 도사린 클렙트였다. 뭔가 유리처럼 단단하고 투명한 것. 명료한 것이었다. 다만 네더튼이 느끼기에 아주 많이 있는 것 같지는 않았다.

"어쩌면 목격자일 수도 있어요." 애시가 말했다. "아까 전화를 걸어봤는데, 그 남자가 받질 않네요."

"저쪽 세계에 전화를 걸었다고요?" 네더튼이 물었다.

"메시지도 같이 남겼어." 애시는 자신의 반지와 골무를 보며 말했다. "답신은 아직 안 왔고."

19
하늘색 접착테이프

크기가 울새만 한 그 조그마한 드론은 회전날개가 한 개뿐이었다. 가로등 불빛 아래 평탄한 노면이 쭉 이어지는 포터 로드 길에서 그 드론이 자전거의 속도에 맞춰 따라오는 동안, 플린은 드론 옆면에 정사각형 모양의 하늘색 접착테이프가 붙어 있는 것을 눈치챘다.

버튼이 트레일러로 거처를 옮길 무렵, 벼룩시장에 갔던 리언은 커다란 하늘색 접착테이프 한 롤을 사 왔다. 그런 색깔을 한 접착테이프는 그때껏 아무도 본 적이 없었다. 리언과 버튼은 드론 경주를 할 때 그 테이프를 자기네 장난감에 붙여놓고 피아 식별용 표지로 써먹었다. 플린이 보기에 그 둘이 지금 드론 경주를 할 리는 없었다. 드론은 아마도 지미스에서 집까지 돌아가는 자신을 마중 나온 모양이었다. 그렇다면 두 사람이 데이비스빌에서 돌아왔다는 뜻이었다.

머리는 조금 아팠지만, 그래도 지미스 주차장에 있던 코너 펜스케를 집에 돌려보내고 나니 엉망이던 기분이 조금 나아진 듯했다. 플린은 두 번 다시 버튼 대신 게임에 들어가지 않을 작정이었다. 셰일린이 하는 3D 프린팅 일을 거들거나, 다른 일을 찾아볼 생각이었다.

다만 버튼은 코너가 타란툴라의 꽁무니에 장착해 놓은 것이 무엇인지 책임지고 알아내야 했다. 그 물건은 불길했다. 플린은 그저 레이저였으면 하고 바랐지만, 아무래도 미심쩍었다.

플린은 빠르게 자전거 페달을 밟았다. 바퀴 축을 더 빨리 돌려 배터리를 충전하기 위해서만이 아니라, 몸을 혹사해 밤에 곯아떨어지기 위해서기도 했다. 다음번 가로등 아래서 위쪽을 보니 아까 그 드론이 다시 눈에 띄었다. 게임 속에서 본 파파라치 드론보다 그리 크지 않았지만, 십중팔구 포에버 패브에서 출력한 물건 같았다.

핸들을 틀어 포터 로드의 굽이진 내리막으로 들어서고 보니 다음번 가로등 불빛 아래 버튼과 리언이 기다리고 있었다. 둘 곁의 허술해 보이는 중국제 자동차는 데이비스빌에 갈 때 빌린 렌터카인 모양이었다. 버튼은 하얀 티셔츠 차림이었고, 리언은 보통 사람 같으면 집에서 잔디를 깎을 때조차도 입지 않을 낡은 진 재킷 차림이었다. 리언은 일할 때에는 일에 어울리는 복장을 갖춰 입어야 한다는 버튼의 신조를 존중하지 않았다. 아니, 어떤 경우에도 옷차림에는 신경을 쓰지 않았다. 플린은 리언이 허공으로 손을 들어 드론을 잡아채는 모습을 보며 브레이크를 잡아 두 사람 앞에서 자전거를 세웠다.

"안녕." 플린이 말했다.

"너도 안녕." 버튼이 대꾸했다. "차에 타. 네 자전거는 이따가 리언이 가져올 거야."

"왜? 리언은 페달도 잘 안 밟잖아. 나 배터리 충전해야 돼."

"우리 큰일 났다." 버튼이 말했다.

"설마 엄마가…."

"엄마는 괜찮아. 잠들었어. 너랑 할 얘기가 있어서 그래."

"배터리 충전은 내가 해둘게." 리언은 플린에게 약속했다.

플린이 자전거에서 내리자 리언은 한 손으로 핸들을 잡아 자전거를 받쳐 세웠다.

"자세한 얘기는 차 안에서 할게. 가자." 버튼이 말했다.

플린은 어머니가 보면 '달걀판'이라고 할 법한 2인승 차에 탔다. 종이로 만든 차체는 물이나 기름에 손상되지 않게끔 나노 방수 처리가 돼 있었다. 차 안에서 버터 팝콘 냄새가 났다. 조수석 아래쪽 바닥 깔개에 음식 포장지가 널려 있었다.

"무슨 일 있었어?" 버튼은 차 문을 닫자마자 대뜸 물었다.

"지미스에서?" 플린이 물었다. 바깥에서 자전거를 타던 리언은 한 손에 드론을 든 탓에 휘청거렸지만, 이내 균형을 잡았다.

"그 망할 놈의 게임 속에서 말이야, 플린. 저쪽에서 나한테 전화를 걸었다고."

"누가?"

"밀라그로스 콜디론 회사 사람이. 도대체 무슨 일이야?"

"무슨 일이긴, 그냥 이번에도 거지 같은 게임에 걸린 거지, 뭐. 게임 속에서 누가 웬 여자를 죽이는 걸 봤어. 무슨 나노 기술 전기톱 같은 걸 이용한 판타지 살인이야. 궁금하면 오빠가 직접 들어가 봐. 난 됐으니까."

버튼은 동생을 지긋이 응시했다. "사람이 살해됐다고?"

"산 채로 뜯어 먹혔어. 안쪽에서부터 바깥쪽으로."

"너 범인이 누군지 봤어?"

"오빠, 이건 그냥 게임이잖아."

"리언은 몰라." 버튼이 말했다.

"모르다니, 뭘? 그 회사에서 헤프티 팔로 송금하는 보수는 리언이 대신 받아준다고 했잖아."

"정확히 어떤 일인지 모른다고. 그냥 내가 돈을 좀 벌 일이 생겼다고만 알 뿐이야."

"그 회사에선 무슨 일로 오빠한테 전화했대?"

"내 근무 시간에 무슨 일이 일어난 건지 궁금해서. 그런데 난 아무 것도 모르는 채였지."

"회사는 왜 모르는데? 게임 내용은 다 캡처하는 거 아니야?"

"내가 보기엔 안 하는 것 같아. 네가 보기엔 안 그래?" 버튼은 손끝으로 운전대를 두드리다 말을 이었다. "저쪽에다 네 얘길 하는 수밖에 없었어."

"회사에서 오빠를 해고하겠대?"

"오늘 저녁에 웬 청부업자 게시판에 나를 제거하라는 의뢰가 올라왔는데, 멤피스 출신 놈들이 일을 맡았대. 보수는 무려 800만."

"말도 안 돼. 누가 그런 의뢰를 해?"

"저쪽도 모른다던데."

"왜?"

"네가 뭘 목격했는진 모르겠지만, 목격자가 네가 아니라 나라고 생각하는 사람이 있나 봐. 너 범인이 누군지 봤어? 플린, 너 거기서 누굴 본 거야?"

"내가 어떻게 알아? 그냥 어떤 개자식이었다고. 게임 속에서 본. 그 자식이 함정을 파서 여자를 끌어들였어. 여자가 그렇게 될 줄 이미 알았던 거야."

"돈은 진짜야."

"무슨 돈?"

"1,000만. 리언의 헤프티 팔 계좌에."

"리언이 자기 명의의 헤프티 팔 계좌에 1,000만 달러를 갖고 있으면 내일 당장 국세청이 리언에게 연락해 올걸."

"아직 입금은 안 됐어. 리언이 우리 주 복권에 당첨될 거야. 다음번 추첨 때. 그러니까 복권을 사야 돼. 그런 다음 저쪽한테 우리 복권 번호를 알려주는 거야."

"국토안보부가 무슨 짓을 했는진 모르겠지만, 오빠가 지금 제정신이 아니라는 건 확실히 알겠어."

"저쪽에서 너랑 꼭 할 얘기가 있대." 버튼은 그렇게 말하고는 차에 시동을 걸었다.

"국토안보부에서?" 이제 플린은 혼란스러운 정도가 아니라 아예 겁이 다 났다.

"콜디론 말이야. 통화 준비는 다 됐어." 뒤이어 두 사람은 포터 로드의 내리막길을 따라 나아갔다. 버튼은 전조등을 끈 채로 운전했다.

금방 부러질 것처럼 약해 보이는 운전대 위로 널따란 어깨를 움츠리

고서.

20
폴트

레프 할아버지의 캠핑 버스를 사무실 세트장으로 사용하자고 제안한 사람은 애시였다. 앞서 네더튼이 누워 자던 테이블을 변형시키면 겉멋이 잔뜩 든 사무용 책상으로 바뀐다는 것을 애시는 알고 있었다. 뒤이어 레프는 차량의 카메라 시스템으로 고전적인 분위기를 연출할 수 있다고 알려줬다. 이렇게 하면 폴트의 여자 동생에게는 어느 정도 동시대의 느낌으로 비칠지도 몰랐다. 인사부 책임자 배역으로 네더튼이 뽑힌 것은 본인이 생각하기에도 조금 의아했다.

오시안이 지하로 몇 층을 더 내려가 찾아내서 전동 카트에 실어 가져온 레프 할아버지의 디스플레이 장치들은 모양이 새카만 직사각형 거울 같았고, 프레임은 무광 티타늄이었다. 네더튼은 과거의 미디어를 통해 그런 종류의 컴퓨터 모니터에 익숙했지만, 상대에게 진짜처럼 보일 거라는 상상은 하지 않았다. 물론 실제로 사용하던 당시에는 진짜처럼 보이던 물건이었다. 마치 타고난 재능이라는 듯이 무대 연출에도 열정을 지닌 애시는 네더튼과 마주 보는 디스플레이 장치에 파란색 LED 전구 한 개를 테이프로 붙여놓았다. 그의 얼굴을 조금이나마 밝게 비추기 위해서였다. 디스플레이 스크린이 실은 꺼져 있는 것을 통화 상대방이 눈치채지 못하도록.

네더튼은 지금 그 스크린에 자신의 모습이 어떻게 비치는지 확인했다. 옷은 잘 때 입었던 양복 그대로였지만, 샤워하는 동안 오시안이 욕실에 걸어놓은 덕분에 그나마 주름은 대부분 펴진 상태였다. 재킷 안에 받쳐입은 검은색 터틀넥 스웨터는 오시안의 것이라서 어깨와 소매통이 너무 헐렁했다. 네더튼의 셔츠는 스카치위스키 자국으로 보이는 얼룩이 생겨서 세탁하는 중이었다. 그는 애시에게 메디시를 다시 부착해 달라고 했다가 거절당한 것이 아쉬웠다. 잠깐만 붙이고 있었어도 얼굴이 더 멀쩡해 보였을 텐데. 일이 시작되기를 기다리며, 그는 황금으로 무늬를 새긴 레프 할아버지의 검은색 다용도 대리석 테이블 상판을 손끝으로 두드렸다.

네더튼은 콜롬비아의 메데인에 있는 밀라그로스 콜디론 주식회사의 임원 행세를 할 예정이었다. 그가 거의 알지 못하는 나라에 위치한, 가상의 존재나 다름없는 회사였다. 레프는 자신의 그루터기에서 밀라그로스 콜디론을 콜롬비아와 파나마에 함께 등록해 뒀다. 두 곳 모두 서류 몇 장과 은행 계좌 몇 개로 이루어진 유령 회사였고, 파나마시티에 있는 법무법인을 통해 운영했다.

폴트를 실제로 목격하는 것은 의외로 흥미진진한 경험이었다. 네더튼이 지금 이곳에 있는 것 또한 크게 보면 그 사실 때문이었다. 실은 조금 지나치게 흥미진진했다. 여기에는 애시의 따분한 작업 공간도 극명하게 대비되는 배경으로서 한몫했을 듯싶었다. 그러나 앞서 네더튼의 눈앞에는 실제로 차를 모는 폴트의 모습이 보였다. 70여 년 전, 잭팟이 일어나기 전의 과거에, 어딘지 모를 곳의 자동차 도로에 시선을 두고서, 휴대전화는 어떤 장치를 이용해 차 계기판에 고정해 둔 채로. 폴트는 가슴이 몹시 넓은 체격에 얇은 흰색 러닝셔츠 차림이었고, 몸 전체가 인간이었다. 적어도 그 순간 네더튼에게는 그렇게 보였다. 위풍당당한 '포스트휴먼' 이전의 인간. 타고난 그대로의 상태였다. 그리고 사기를 치는 중이었다. 돈을 노리고서. 네더튼은 금세 간파했다. 폴트는 임기응변으로 말을 지어내고 있었다. 그것도 생판 모르는 일에 관해.

애시는 전화를 걸어 먼저 폴트와 통화했다. 애시는 자신의 신상에 관해서는 선택적 개조 수술을 광적으로 좋아하는 탓에 눈동자가 네 개라는 사실 말고는 아무것도 밝히지 않았다. 그리고는 마지막 근무 시간에 무엇을 목격했는지 폴트에게 따져 물었다. 폴트는 대답을 얼버무렸고, 그러자 애시는 레프의 승낙을 받은 후에 레프도 통화에 동참시켰다. 레프는 자기소개도 건너뛴 채 곧장 본론으로 들어갔다. 폴트는 해고당할 판이었다. 어찌된 상황인지 본인이 직접 설명하지 않는 한, 앞서 두 번의 교대 근무로 받을 돈마저 못 받은 채로 잘릴 판이었다. 그러자 폴트는 자기 동생에게 돈을 주기로 약속하고 근무를 대신시켰다고 즉시 인정했다. 동생은 폴트의 말에 따르면 '솜씨 좋고 믿을 만한' 사람이었다. 사촌 '루크※'가 싸움에 휘말려 크게 다치는 바람

※ 루크(Luke)는 『누가복음』의 저자 누가의 영어식 이름이다.

144

에 일이 그렇게 됐다고 했다. "제가 가봐야 했거든요. 루크가 살아날 가망이 없다고 해서."

"자네 사촌은 무슨 일을 하지?" 레프가 물었다.

"종교인이에요." 폴트가 대답했다. 그 순간 네더튼은 어디서 웃음소리가 난다는 생각이 들었고, 뒤이어 디스플레이 화면 속 폴트가 운전대에서 냉큼 한 손을 떼어 옆으로 뻗었다.

폴트는 다친 사촌의 병문안을 갔다가 지금 집에 돌아가는 길이며 동생하고는 아직 통화하기 전이라고 말했다. 레프는 통화하지 말고 기다렸다가 직접 만나서 얘기하라고 지시했다. 그런 다음 폴트에게 다크넷의 게시판에 올라온 그 청부 광고에 관해 알려줬다.

어느 시점엔가 네더튼은 레프의 역량으로 이 일을 감당하기란 불가능하다고 결론지었다. 비록 클렙트 혈통의 문화적 소양을 조금이나마 보유했다 한들, 레프에게는 무리였다. 폴트에게 광고 건에 관해 알려줄 필요가 없기 때문이었다. 차라리 폴트에게 우리는 너희 쪽과 시간선이 겹치지 않는 미래에서 전화를 걸고 있으며 그 미래에서 너는 돈 많은 강박증 환자의 취미 용품 세트에 들어 있는 부품이라고 얘기한다면 덜 현명한 짓일지는 몰라도, 더 쓸데없는 짓은 아니었다. 네더튼은 레프에게 메시지를 적어 보내려고 했다. 조각이 새겨진 테이블 상판에 전화기의 자판이 울퉁불퉁 돋아 있었다. 그러나 이내 자신과 레프 사이의 권력 관계에 생각이 미쳤다. 여기서는 가만히 앉아 듣기만 하는 편이 더 나았다. 폴트가 장차 더 큰돈을 벌 가망이 있는 거래상의 지위를 제 힘으로 만들어 차지하는 광경을 지켜보며. 네더튼은 폴트에게 전술적 역량이 있다는 것을 간파했다. 그 반면에 레프는 영리할뿐더러 집안 배경까지 든든한데도 그런 자질을 한껏 갈고닦을 명분을 이때껏 한 번도 갖지 못했다.

폴트는 레프에게 공교롭게도 자신은 살인 청부업자에게 딱히 손쉬운 표적이 아니라고 했다. 그런 상황에서 써먹을 만한 자원이 자신에게는 있다는 말이었다. 다만 자기 동생이 표적이 될지도 모른다는 사실은 '용납할 수 없다'고 했다. 그 표현은 애시의 비좁은 천막 안을 놀랍도록 묵직하게 내리눌렀다. 뒤이어 폴트는 레프에게 물었다. "그쪽은 이 건을 어떻게 대응할 생각인가요?"

"돈을 줄게." 레프가 말했다. "그걸로 자네 쪽에서 경호원을 고용할 수 있게."

네더튼은 자신의 눈길을 끌려 하는 애시의 기척을 눈치챘다. 그는 애시 또한 간파했다는 것을 알고 있었다. 이제 폴트가 우위에 있다는 것을, 레프는 저쪽에 휘둘리고 있다는 것을. 그는 애시와 눈을 마주쳤지만 눈빛은 담담할 뿐, 애시가 바라던 반응은 보여주지 않았다.

레프는 폴트에게 자신이 동생과 직접 얘기해야 한다고 했지만 폴트는 숫자를 듣고 싶어 했다. 그러니까, 구체적인 액수를. 레프가 제시한 돈은 1,000만, 살인 청부로 추정되는 광고의 보수보다 조금 더 큰 금액이었다. 폴트는 자기 사촌이 헤프티 팔이라는 서비스를 통해 받기에는 너무 큰돈이라고 했다.

레프는 폴트가 사는 주에서 발행하는 복권의 다음번 추첨 때 그 사촌이 당첨되게끔 처리해 줄 수 있다고 설명했다. 그렇게 하면 완전히 합법적으로 송금된다면서. 그 순간 네더튼은 도저히 참지 못하고 다시금 애시 쪽을 돌아봤다.

"그 복권 당첨 때문에 이번 일 전체가 파우스트식 거래처럼 비치거나 하지는 않겠지?" 통화가 끝난 후에 네더튼이 물었다.

"파우스트식?" 레프는 멍한 표정으로 되물었다.

"악마와 관련된 힘을 가진 것처럼 보일지도 모른다는 말이에요." 애시가 말했다.

"아. 음, 그래, 무슨 말인지 알겠어. 하지만 그건 내 친구 하나가 자기 그루터기에서 우연히 발견한 방식이야. 나한테 자세한 실행 지침이 있어. 전부터 너한테 알려주려고 했는데."

"여긴 너무 좁아." 네더튼은 자리에서 일어서며 말했다. 일부러 낡아 보이게 만든 벨루어 커튼이 어깨에 닿자 묵직한 느낌이 났다. "얘기 할 거면 벤츠 버스 안에서 하자. 거기가 더 편안하니까."

그리고 이야기는 사실상 그것으로 끝이었다. 이제 네더튼이 캠핑 버스 안에 앉아 폴트의 동생이 걸어올 전화를 기다리는 신세가 된 것만 빼면.

21
사기꾼

둘은 끝내 리언의 자전거를 따라잡지 못했다. 어쩌면 리언이 정말로 약속대로 페달을 웬만큼 밟았는지도 몰랐지만, 그보다는 페달을 밟는 동시에 바퀴축의 전동 기능을 사용했을 공산이 더 컸다. 플린의 자전거는 앞마당에 있는 참나무에 기대어져 있었고 리언은 어디에도 보이지 않았지만, 그 대신 앞마당에 있는 접이식 나무 의자에 버튼의 친구 리스가 무릎 위에 만돌린Mandolin을 올려놓고 앉아 있었다. 대문 앞에 차를 주차한 플린과 버튼이 가까이 가서 보니 만돌린이 아니라 군용 소총이었다. 총의 모양이 꼭 눈에 거꾸로 들이댄 망원경 같았다. 마치 총의 전면부를 후면부 쪽으로 꾹 눌러 찌그러뜨린 것처럼. 총 손잡이 뒤쪽에 탄창을 꽂도록 설계한 이른바 '불펍bullpup 소총'이었다. 리스는 야구 모자를 챙 끝이 눈썹에 닿을 정도로 깊게 눌러쓰고 있었다. 모자 겉면의 무늬는 쉬지 않고 계속 변했다. 리스는 군인 시절에 탁월한 인재였다. 특수부대 출신이었지만 그 부대가 해병대 햅틱 수색대보다는 덜 특수한 곳이었던 까닭에, 그는 플린이 보기에 불건전한 방식으로 버튼을 숭배했다. 다만 이 때문에 손해를 보는 쪽이 리스인지 아니면 버튼인지 플린으로서는 확신이 서지 않았다.

"안녕, 리스." 버튼이 인사했다.

"안녕, 버튼." 리스는 경례와 비슷한 손짓으로 야구 모자의 챙 끄트머리를 건드렸지만, 접이식 의자에서 일어서지는 않았다. 리스는 왼쪽 눈구멍에 비즈를 장착했다. 이 때문에 이제 지척까지 다가온 플린은 비즈에서 나온 움직이는 불빛이 그의 눈에 반사되는 것을 알아볼 수 있었다.

"또 누가 와 있지?" 버튼은 어둠에 물든 집을 올려다보며 물었다. 하얀 처마 판자가 새벽빛을 받아 조금씩 밝아져 갔다.

"비탈 위쪽에 듀발이 있어." 리스가 대답했다. 그러는 동안 플린은 리스가 쓴 모자 표면에서 픽셀로 이루어진 황토색 덩어리가 평범한 야구 모자라면 꼭지가 있을 자리 쪽으로 살짝 올라가는 모습을 지켜봤다. 해병대가 쓰는 모자는 꼭대기에 꼭지가 달려 있지 않았다. 누가 정수리를 내리치기라도 하면 꼭지가 두개골을 파고드는 수가 있기 때문이었다. "집 뒤쪽은 카터, 트레일러 쪽은 카를로스가 맡았고. 경계망은 전개 완료, 스무 대는 투입, 스무 대는 대기." 그 말이 무슨 뜻인지 플린은 알아들었다. 집 주변 하늘에 드론 스무 대가 떠 있다는 뜻이었다. 드론 부대는 같은 대형 몇 가지를 되풀이해 유지하며 일사불란하게 비행할 터였다. 리스가 말한 세 사람은 저마다 드론 부대의 3분의 1씩을 맡아 조종했다. 그 정도면 상당히 많은 병력이었다.

"우린 트레일러로 갈 거야." 버튼이 말했다. "카를로스한테 그렇게 전해줘."

야구 모자의 챙이 까딱거렸다. "누가복음 놈들이 쫓아오는 거야? 듀발이 소문을 들었다고 하던데."

"누가복음이 문제가 아니야. 그보다 더 무시무시한 놈들이 올 거니까 각오해." 버튼은 리스의 어깨를 꽉 쥐었다가 놓고 나서 비탈길을 내려갔다.

"잘 자, 플린." 리스가 말했다.

"밤샘 잘해." 플린도 인사를 남기고는 앞서 가던 버튼을 따라잡아 물었다. "아까 통화했던 회사 사람들, 어떻게 생겼어?"

"너 새크리파이셜 애너즈Sacrificial Anodes 기억나?"

플린은 기억이 가물가물했다. 그들은 아마도 네브래스카주 오마하 또는 그 비슷한 곳 출신이었다. "내가 태어나기도 전에 활동했던 밴드잖아."

"저쪽 회사 사람들 중 한 명은 여잔데 애너즈의 보컬리스트 캣 블랙스톡처럼 생겼고, 핼러윈 소품처럼 섬뜩한 콘택트렌즈를 끼었어. 다른 한 명은 내 또래 남잔데 덩치가 크고, 어수룩해 보이고, 턱수염을 길렀고, 골동품 스타일 안경을 썼어. 오냐 오냐 하는 소리만 듣고 자란 티가 나는 녀석이야."

"콜롬비아 사람들이었어? 라틴계?"

"영국인들이야. 잉글랜드 출신."

게임 속 도시가 기억났다. 그 도시에 흐르던 굽이진 강도. "뭘 보고 그 사람들 말을 믿어?"

버튼이 우뚝 멈춰 서는 바람에 플린은 하마터면 그에게 부딪힐 뻔했다. "믿는다고 한 적 없어. 난 그자들이 나한테 보내는 돈을 믿을 뿐이야. 그건 내 손으로 쓸 수 있는 거니까. 그자들이 리언의 헤프티팔 계좌에 1,000만을 입금하면, 난 그 돈도 진짜라고 믿을 거야."

"돈을 받고 오빠를 죽이려는 사람이 진짜로 있을 것 같아?"

"콜디론 쪽 사람들은 그렇게 믿는 것 같던데."

"고작 그걸 근거로 리스랑 다른 사람들을 우리 집으로 부른 거야? 총으로 무장까지 시켜서?"

"조심해서 나쁠 건 없잖아. 쟤들도 놀러 올 핑계가 생겨서 좋아하고. 리언이 복권에 당첨되면 친구들한테도 조금씩 나눠줄 거야."

"복권 추첨을 조작한다는 거야?"

"조작한다고 해도 그게 뭐 놀랄 일이냐?"

"콜디론 말인데, 오빠가 보기엔 정부 기관 같아?"

"중요한 건 돈이야. 혹시 최근에 너한테 돈 준 사람 있었어? 나 말고?" 버튼은 돌아서서 다시 비탈길을 내려갔다. 새들이 지저귀는 소리가 조금씩 들려왔다.

"만약 국토안보부가 판 함정 같은 거면?"

버튼은 어깨 너머로 돌아보며 대답했다. "저쪽에다 다음번 전화는 네가 받을 거라고 말해놨어. 네가 맡아줘야 돼, 플린."

"그치만 오빠 상대가 누군지조차 모르잖아. 그 회사는 처음부터 끝까지 다 찍은 영상을 갖고 있어야 하는 거 아니야? 우리한테 캠 드론을 조종하라며 돈까지 준 사람들이잖아."

버튼은 다시 걸음을 멈추고 뒤로 돌아섰다. "사람들이 이름도 모르는 생판 남을 찾아가서 죽이겠다고 자원하는 웹사이트 같은 것도 다 이유가 있어서 돌아가는 거야. 마약 조직을 빼면 우리 카운티에 먹고살 만한 사람이 한 명도 없는 것도 똑같은 이유 때문이고." 버튼은 그렇게 말하고는 동생을 빤히 봤다.

"알았어. 통화를 안 하겠다는 건 아니야. 그냥, 말이 안 되는 것 같아서 그래."

"국토안보부 현장 책임자가 나더러 자기네 부서에 지원해서 같이 일하자고 하더라. 부하 직원들은 그 사람 뒤에서 못마땅한 표정으로 눈을 부라리던데. 다들 살기가 팍팍한가 봐."

이제 두 사람은 불 꺼진 트레일러에 거의 도착한 참이었다. 나무 사이의 어둠 속에서 트레일러의 은은한 흰빛이 서서히 또렷해졌다. 플린은 그곳을 오랜만에 찾은 듯한 느낌이 들었다.

트레일러 너머에 있는 오솔길 옆, 잘 보이지도 않는 사람 형상 하나가 두 사람 쪽을 향해 돌아섰다. 카를로스. 플린은 속으로 짐작했다. 그는 아무 일도 없다는 표시로 엄지손가락을 들었다.

"로그인 비밀번호는 어딨어?" 버튼이 물었다.

"테이블 아래. 토마호크 케이스 안에 있어."

"도끼래도." 버튼은 동생의 말을 바로잡은 다음 트레일러 문을 열고 안으로 올라갔다. 실내등이 켜졌다. 버튼은 동생을 내려다봤다. "네가 정신 나간 짓이라고 생각하는 거 나도 알아. 하지만 잘하면 이번 일로 빠듯한 우리 형편이 나아질 수도 있어. 혹시 네가 아직 모를까 봐 말해주는데, 이런 기회는 좀처럼 보기 힘들어."

"내가 그쪽하고 얘기해 볼게."

중국제 의자가 버튼의 체격에 맞춰 저절로 커졌다. 플린은 로그인 정보가 적힌 포에버 패브 메모지를 케이스에서 꺼내어 버튼에게 비밀번호를 읽어줬고, 버튼은 자판을 두드려 입력했다.

다 입력하고 나서 시작 아이콘을 누르려던 찰나, 플린이 버튼의 손 위에 자기 손을 얹었다. "내가 얘기할게. 하지만 오빠가 같이 있으면 안 돼. 옆에 아무도 없어야 해. 무슨 얘길 하는지 바깥에서 듣고 싶다면, 그건 괜찮아."

버튼은 손을 뒤집어 동생의 손을 꽉 쥐었다. 그러고는 일어섰다. 의자가 주인을 찾아 저 혼자 움찔거렸다. "의자 고장 나기 전에 앉아." 버튼은 그렇게 말하고 토마호크를 들더니 순식간에 트레일러 바깥으로 나가 문을 닫았다.

플린이 앉자 의자는 또렷한 소리를 내며 크기를 줄여갔다. 한숨소리와 철컥대는 소리가 연달아 이어졌다. 기분이 꼭 커피 존스에서 일하던 시절로 돌아간 듯했다. 매장 안쪽 사무실로 불려 가 야간 관리자 바이런 버카트에게 싫은 소리를 들을 때마다 바로 지금 같은 기분이 들었다.

플린은 휴대전화를 풀어 똑바로 펴서 거울 대신 사용했다. 머리 모양은 시원찮았지만 그래도 립글로스가 있었다. 재니스가 헤프티 마트에서 일하던 무렵 상자째 챙겨서 갖다준 물건이었다. 튜브 표면의 글씨는 거의 다 벗겨지고 내용물도 눈곱만큼 남아 있었지만, 플린은 바지 주머니에서 립글로스를 꺼내어 입술에 발랐다. 지금부터 대화할 상대가 누구든 간에 가엾은 바이런은 아닐 터였다. 그는 밸런타인데이에 차를 몰고 가다가 자율 주행 대형 트레일러트럭에 깔려 납작해졌으므로. 플린을 해고하고 나서 3개월 후의 일이었다.

플린은 시작 아이콘을 클릭했다.

"미스 피셔?" 다짜고짜 날아온 말이었다. 남자는 플린 또래로 보였고, 짧은 갈색 머리를 뒤로 빗어 넘겼으며, 표정은 담담했다. 남자가 있는 방은 매니큐어처럼 반들거리는 미색 목재, 아니면 목재처럼 보이는 플라스틱을 많이 사용해 꾸민 곳이었다.

"플린이라고 부르시면 돼요." 플린은 공손하게 굴어야 한다고 머릿속으로 되뇌며 남자에게 말했다.

"플린." 남자가 말했다. 그러고는 구식 모니터 너머에서 플린을 빤히 바라봤다. 남자가 입은 옷은 목 부분이 높다란 검은색 터틀넥 스웨터였는데 플린은 현실에서 그런 옷을 본 적이 있는지 잘 기억이 나지 않았다. 이제 보니 남자 앞의 테이블은 대리석처럼 보이는 소재로 만들어졌고, 가짜 금으로 만든 잎맥 무늬가 구석구석 들어가 있었다. 꼭 금융 사기꾼들의 광고에 나오는 대출 상담실 같았다. 어쩌면 저곳은 콜롬비아인지도 몰랐다. 남자는 라틴계처럼 보이지 않았지만, 어차피 버튼이 설명해 준 턱수염이나 안경도 보이지 않기는 마찬가지였다.

"그쪽은요?" 플린이 물었다. 의도했던 것보다 더 짜증스러운 목소리가 나왔다.

"저요?" 남자는 당황한 눈치였다. 딴 데 정신이 팔렸던 것처럼.

"방금 제 이름을 가르쳐 드렸잖아요."

이제 플린은 이쪽을 보는 남자의 눈빛 때문에 혹시 자기 등 뒤에 뭐가 있기라도 한지 확인하고 싶을 지경이었다. "네더튼." 남자가 기침을 했다. "윌프 네더튼입니다." 목소리를 들어보니 놀란 모양이었다.

"버튼한테 들었는데 저랑 얘기하고 싶어 하셨다면서요."

"예. 맞아요."

버튼이 얘기를 나눴던 상대들과 마찬가지로 이 남자도 억양이 영국식이었다.

"왜죠?"

"저희가 알기로는 오빠 대신 일을 하셨다고요. 앞서 두 차례 교대 근무 때…."

"그거 게임 맞아요?" 미리 생각해 뒀다가 던진 질문이 아니었다. 저절로 튀어나온 말이었다.

뭔가 말하려는지 남자의 입이 벌어지기 시작했다.

"징그러운 게임 같은 게 맞다면 그렇다고 말해주세요." 플린은 이미 알고 있었다. 지금 이야기하는 것의 정체가 무엇이든 간에, 플린은 〈오퍼레이션 노스윈드〉의 플레이를 그만둔 이후로 줄곧 그것을 겪어왔다. 가끔은 버튼이 앓는 정신적 외상 후 스트레스 장애가 자신에게도 생긴 듯했다. 매디슨과 재니스네 집의 소파에 앉았던 그때에.

남자는 벌리려던 입을 다물었다. 표정도 살짝 찌푸렸다. 입술이 조개처럼 꾹 다물어졌다. 그러다가 이내 느슨하게 풀어졌다. "그건 굉장히 복잡한 구조체예요." 남자가 말했다. "더 커다란 시스템의 한 부분이죠. 밀라그로스 콜디론은 거기에 보안 서비스를 제공해요. 그게 뭔지 이해하는 건 저희 업무가 아니에요."

"그러니까 게임이라는 거예요?"

"원한다면 그렇게 생각해도 좋아요."

"그게 무슨 개똥 같은 소리예요?" 그것의 정체가 뭔지 알고 싶어 애가 탔지만, 플린은 도무지 감이 잡히지 않았다. 그런 것이 게임이 아닐 리가 없었다.

"그건 게임과 비슷하게 만든 환경이에요. 당신의 관점에서는 진짜가 아니라⋯."

"당신은 진짠가요?"

남자는 고개를 한쪽으로 갸웃했다.

"나로선 알 방법이 없잖아요." 플린이 말했다. "만약 그게 게임이라면, 당신이 그냥 인공지능인지 아닌지 내가 어떻게 알겠어요?"

"내가 형이상학을 강의하는 철학자처럼 보이기라도 하나요?"

"사무실에서 일하는 사람처럼 보여요. 거기서 하는 일이 정확히 뭐죠, 월프?"

"인사 관리요." 남자는 눈살을 찌푸리며 말했다.

플린은 속으로 생각했다. 만약 남자가 인공지능이라면, 괴팍한 사람이 디자인한 것 같다고. "버튼한테 들었는데 그쪽이 우리 문제를 해결해 준다고⋯."

"죄송하지만." 남자가 재빨리 말을 막았다. "이 회선은 전혀 안전한 것 같지 않아요. 그 문제는 더 좋은 방법을 찾은 후에 상의하도록 하죠. 나중에."

"그 파란 불빛은 뭐예요? 얼굴에 비치는 거요."

"모니터 불빛이에요. 고장 났어요." 남자는 얼굴을 찡그렸다. "오빠 대신 근무한 게 다 합쳐서 두 번인가요?"

"예."

"그때 일을 설명해 주시겠습니까?"

"뭐가 궁금한데요?"

"기억나는 건 전부 다요."

"그냥 저장 영상을 보면 되잖아요."

"저장 영상이라뇨?"

"영상을 저장하는 사람이 없다면 내가 그쪽의 캠 드론을 조종하는 것도 다 쓸데없는 짓 아닌가요?"

"그건 저희 고객이 결정할 문제라서요." 남자는 몸을 앞으로 숙였다. "부탁할게요. 좀 도와주세요, 예?" 남자의 표정은 정말로 근심스러워 보였다.

남자는 딱히 믿어도 될 사람으로 보이지는 않았지만, 적어도 사람으로 보이기는 했다. 그래서 플린은 이야기를 시작했다. "첫 번째 근무를 시작한 데는 무슨 밴의 짐칸 같은 곳이었어요. 위쪽 해치를 통해 바깥으로 나왔는데, 조종은 외부에서 통제하는 상태였고…"

22
고풍스러운 말투

여성의 말을 듣는 사이에 네더튼은 자신도 모르게 상대의 목소리에 빠져들었다. 불쾌한 경험은 아니었다. 상대의 억양에 매료됐기 때문이었다. 그 목소리는 잭팟이 일어나기 전의 미국에서 들려왔다.

플린 피셔는 과거 세계에 실제로 존재했다. 아직 살아 있다면 훨씬 더 나이 든 모습일 터였다. 다만 잭팟이 일어난 점을 감안하면 생존율이 얼마든 간에 여태 살아 있을 것 같지는 않았다. 그러나 레프는 몇 달 전에 처음으로 플린이 있는 연속체와 접촉했고, 따라서 지금 이 플린은 실제로 존재했던 플린과 매우 유사할 듯싶었다. 다시 말해 지금은 노인이 됐거나 죽었을 플린, 잭팟이 일어나기 전에 이 젊은 여성이었다가 잭팟이 터진 세상에서 살았거나, 다른 수많은 사람들과 마찬가지로 그 세상에서 죽었을 플린이었다. 이 여성은 아마도 레프가 개입했다는 사실과 그 사실이 초래할 뭔지 모를 결과 때문에 변하기 전의 상태 같았다.

"그 목소리들." 플린은 첫 번째 근무 때의 일을 다 얘기하고 나서 물었다. "20층까지 올라가기 전에 들린 목소리 말이에요. 뭐라고 하는지 알아들을 수가 없었어요. 그 사람들 누구죠?"

"난 당신 오빠의 임무에서 시시콜콜한 부분까지 알지는 못해요." 네더튼이 말했다. "전혀요." 플린은 네더튼이 보기에 꽤 엄격한 느낌이 나는 검은색 군복 셔츠 차림이었다. 목 단추가 끌러진 셔츠의 어깨 부분에는 견장 부착용 끈이 붙어 있었고, 왼쪽 가슴 주머니 위쪽에는 아마도 필기체일 법한 글씨로 뭐라고 적혀 있었다. 눈은 검은색, 암갈색 머리는 모양새로 보아 사람이 아닌 미치코이드가 잘라준 것 같기도 했다. 네더튼은 플린의 오빠가 복무했다고 레프에게서 들은 그 부대에 플린도 함께 있었는지 궁금해졌다.

애시는 이 젊은 여자의 영상 피드를 네더튼에게 전송하면서 상대와 눈을 맞추기 쉽게끔 네더튼의 시야 한복판에 피드를 비춰줬다. 네더튼은 시선을 아래로 향하며 꺼진 모니터를 보는 척해야 했으나 자꾸만 그 사실을 잊어버리고 앞을 똑바로 보곤 했다.

"버튼 말로는 파파라치라던데요." 플린이 말했다. "그 조그만 드론들 말이에요."

"그쪽에도 그런 게 있나요?" 네더튼은 플린과 얘기하는 사이에 자신이 그 시대를 얼마나 어렴풋이 파악하고 있는지 깨달았다. 역사는 그 나름의 매력이 있었지만, 한편으로 그 매력은 짐이 되기도 했다. 거기에 지나치게 심취했다가는 애시 같은 꼴이 되고 말았다. 멸종한 동물들의 목록에 집착하는, 한 번도 알지 못했던 것들의 노스탤지어에 중독되는 꼴.

"그쪽에는 드론이 없어요? 콜롬비아에?"

"있죠." 네더튼은 궁금했다. 어째서 저 여자는 무슨 잠수함이나 비행기 안에 앉아 있는 것처럼 보일까? 또 저곳의 내부 인테리어는 왜 죄다 자체 발광 꿀로 코팅한 것처럼 보이는 걸까?

"물어봐." 레프가 말했다. "저 여자가 목격한 게 뭔지."

"첫 번째 근무 시간에 겪은 일에 관해 설명해 주셨는데요." 네더튼이 말했다. "제가 알기로는 어떤 사건이 일어났을 겁니다. 두 번째 근무 때요. 그 얘기를 좀 들려주실 수 있을까요?"

"그건 배낭이었어요." 플린이 말했다.

"예?"

"어린애 책가방처럼 생겼는데, 재질은 보기 흉한 회색 플라스틱 같았어요. 네 귀퉁이에 촉수 비슷한 게 달렸고요. 다리 같은 거였죠."

"그럼 언제 처음 그 물체와 맞닥뜨렸나요?"

"밴의 해치를 통해 바깥으로 나와서 위쪽으로 똑바로 올라갔어요. 먼젓번하고 똑같이요. 20층 높이를 지나 더 올라가니까 그 목소리들이 안 들리더군요. 먼젓번처럼요. 그때 그게 눈에 띄었어요. 건물 위쪽으로 기어 올라가는 모습이."

"기어 올라갔다고요?"

"공중제비를 돌았어요. 벽면을 짚고 뒤로 돌아서 착지하는 식으로요. 그 상태로 계속 움직였어요. 난 그걸 추월해서 올라가다가 그만 놓쳐버렸고요. 37층에서 그게 나를 따라잡더니 그대로 추월해서 올라가더군요. 그래서 다시 놓쳐버렸죠. 56층에 도착해서 드론을 내

손으로 조종하기 시작했는데, 그때는 파파라치 벌레가 하나도 안 보였어요. 주변을 순찰했지만 벌레도, 그 회색 배낭 같은 물체도 전혀 안 보였고요. 그때 창문이 투명하게 변했어요."

"편광 효과가 해제된 거군요."

"나도 그렇게 생각했어요." 플린이 말했다. "그러자 파티가 열리기 전에 봤던 그 여자가 다시 보였어요. 파티는 끝났고, 가구는 다른 걸로 바뀌었고, 여자는 파자마 바지 차림이더군요. 다른 사람도 있었는데 내 쪽에서는 볼 수가 없었어요. 여자가 그 사람하고 눈을 맞추고 웃는 게 보였어요. 난 가서 순찰을 한 바퀴 더 돌았죠. 두 사람은 창가에 있었어요. 내가 돌아왔을 때."

"누굴 말하는 건가요?"

"그 여자요." 플린이 말했다. "옆에 있던 남자는 아마도 30대 초반, 머리는 검은색, 턱수염을 조금 길렀어요. 어떤 인종인지 특정하기 힘든 외모였죠. 갈색 목욕 가운 차림이었고요." 플린의 표정이 변했다. 이제 플린의 시선은 남자 쪽을, 또는 휴대전화 화면에 나타난 남자의 이미지 쪽을 향하고 있었지만, 실제로는 다른 것을 보고 있었다. "그 여자한테는 남자의 표정이 안 보였어요. 왜냐하면 남자 옆에 나란히 서 있었으니까요. 남자 팔에 안겨서. 남자는 알고 있었어요."

"알았다니, 뭘요?"

"그게 곧 여자를 죽일 거라는 걸요."

"그거라뇨?"

"그 배낭요. 보니까 두 사람한테 내 드론이 들킬 게 뻔했어요. 창문 한쪽이 열렸거든요. 아래쪽에서는 무슨 난간 같은 게 올라와서 발코니가 만들어졌고요. 두 사람은 이제 곧 발코니로 나올 참이었어요. 그러니 다른 데로 옮겨 가는 수밖에 없었죠. 난 순찰이나 한 번 더 돌까 하고 출발했지만, 모퉁이를 돌고 나서 우뚝 멈췄어요. 그러고는 57층으로 올라가서 다시 원래 자리로 돌아왔죠."

"왜요?"

"그 남자 표정 때문이에요. 딱 봐도 수상했거든요." 플린의 표정은 담담했고, 더없이 진지했다. "창문 위쪽에 그 배낭이 있었어요. 건물 57층의 앞쪽 벽면에요. 모습을 바꿔서 건물 표면의 다른 것들하고 비슷해 보였어요. 모양도, 색깔도 똑같았지만, 다른 것들은 죄다 젖어 있었죠. 그건 마른 상태였는데 말이에요. 그리고 숨을 쉬는 것 같았어요."

"숨을 쉬어요?"

"부풀었다가, 납작해졌다가, 다시 부풀었거든요. 아주 살짝."

"당신은 두 사람 위쪽에 있었나요?"

"둘은 난간 앞에 서서 바깥을 보고 있었어요. 강 쪽을요. 사진으로 찍고 싶었는데 찍는 방법을 알 수가 없더군요. 전에 우연히 한 장 찍기는 했어요. 첫 번째 근무 때, 벌레 사진을요. 접근 감지 촬영 기능이 있나 보다 하고 짐작했지만, 내가 조종하는 기체가 정확히 어떤 건지는 알 길이 없더군요. 그러다가 조금 더 가까이 다가갔을 때, 그 배낭이 뭔가 뱉어 냈어요. 빨리 움직이는 데다 크기도 너무 작아서 뭔지 보이질 않더군요. 내가 배낭 쪽으로 돌려놓은 카메라에 그것들이 하나둘 부딪히기 시작했어요. 부딪힐 때마다 렌즈를 조금씩 갉아댔고요. 난 배낭이 그걸 더 뱉어 내기 전에 로터를 다 정지시켜 3층 정도 아래 높이로 급강하한 다음, 다시 기동을 시작했어요. 카메라를 갉아먹던 것들이 사라졌길래 왼쪽으로 방향을 틀어 똑바로 상승했죠. 남자는 여자 뒤편에 있었어요. 여자 손을 잡고 눈을 가리게 하더군요. 징그럽게 귀에다 입까지 맞춰가면서. 그렇게 뭔가 소곤거렸어요. '깜짝 선물이 있어.' 분명히 그렇게 말했어요, '깜짝 선물'이라고. 그러고는 뒤로 물러나더니 돌아서서 집 안으로 들어갔어요. 그러고 나서 그 조그만 것들이 배낭에서 몰려나왔어요, 엄청 많이요. 가만히 보니 남자가 위쪽을 올려다보더군요. 이미 알았던 거예요. 그 배낭이 거기 있으리란 걸." 플린은 눈길을 아래로 돌렸다. 마치 자기 손을 내려다보는 듯이. 그러다가 다시 눈을 들어 네더튼을 봤다. "난 그놈 머리를 들이받으려고 했어요. 그런데 그 자식, 꽤 날쌨어요. 무릎을 짚고 넙죽 엎드리더라고요. 그러고 나서 그 조그만 것들이 여자 몸속으로 들어가서, 먹어치우기 시작했어요. 그놈은 일어나서 안으로 들어갔고, 문은 닫혔고, 창문은 다시 뿌옇게 변했고요. 아마 맨 처음 몸속에 들어간 놈이 여자를 죽였을 거예요. 그랬으면 좋겠어요."

"끔찍해라." 애시가 말했다.

"조용히 해." 레프가 지시했다.

"여자는 난간에 등을 기대고 있었어요." 플린이 말했다. "그랬는데 난간이 아래로 스르륵 내려가면서 건물 벽면 속으로 들어가 버린 거예요. 여자는 난간 너머로 떨어졌어요. 그대로 추락했죠. 난 여자를 쫓아 아래쪽으로 내려갔어요. 그것들이 여자를 먹어치우더군요. 지면에 닿을 즈음에는 남은 게 거의 없었어요. 여자가 입었던 옷 말고는요. 남은 건 그게 다였어요."

"당신이 목격한 여자가 이 사람인가요?" 네더튼은 애시가 아엘리타의 사이트에서 찾아 무광 인쇄한 얼굴 사진을 들어 보여줬다.

플린은 그 사진을 바라봤다. 그러다가 70여 년 전, 이제는 네더튼이 사는 세계를 빚어낸 시간선과 딱히 일치하지 않는 과거에서, 고개를 끄덕였다.

23
켈트식 매듭 무늬

플린은 커튼을 쳐놓고 침대에 누워 있었다. 지금 자신이 느끼는 감정이 어떤 것인지 갈피가 잡히지 않았다. 런던이 배경인 듯한 게임 속에서 겪었던 구역질 나는 경험, 지미스 주차장에서 본 코너와 타란툴라, 버튼에게서 들은 콜디론 이야기와 자신이 목격한 것 때문에 오빠 목에 현상금이 걸렸다는 이야기, 그리고 집에 돌아와 보니 기다리고 있던 오빠의 군인 출신 민병대 친구들.

끝으로 윌프 네더튼에게 자신의 이야기를 들려준 일까지. 네더튼은 이름 없는 상품을 조곤조곤 설명하는 해설식 광고에 나올 것처럼 생긴 남자였다. 영상 통화가 끝났을 때는 트레일러 근처에서 버튼의 모습은 보이지 않았다. 플린은 혼자 비탈길을 오르며 생각했다. 만약 자신이 들어갔던 곳이 어떤 게임 속이라면, 어째서 자신이 아니라 버튼이 그곳에 있었다고 생각하고 버튼을 죽이려는 사람이 있는 걸까? 게임 속에서 살인자를 목격했다는 이유로? 네더튼에게 그 이유를 물었을 때 그는 모른다고 말했다. 그는 게임의 캡처 영상이 존재하지 않

165

는 이유 또한 모르는 듯했고, 그 이유를 알고 싶어 안달하지도 않았으며, 플린 역시 알아서는 안 된다고 생각하는 모양이었다. 플린에게는 그때 그가 보여준 모습이 가장 진짜처럼 느껴졌다.

어머니는 일찍 일어나 부엌에서 커피를 내리는 중이었다. 플린이 태어나기도 전부터 입던 목욕 가운 차림으로, 코에는 산소 튜브를 끼고서. 플린은 어머니의 볼에 입을 맞추고 커피는 거절했다. 어디에 갔다 왔냐고 묻자 지미스에 있었다고 대답했다. "지미스라니, 그런 골동품 같은 데를." 어머니가 말했다.

플린은 바나나 한 개와 정수기 물 한 잔을 들고 위층으로 올라갔다. 물은 다 마시지 않고 조금 남겨뒀다가 양치질할 때 썼다. 이를 닦을 때면 늘 신경이 쓰이던 부분이 다시금 눈에 들어왔다. 한때는 반들반들하게 도금 처리가 됐던 세면대의 구리 부품 표면이 다 벗겨져 이제는 크롬 부스러기만이 아주 조금 남아 있었다. 그것도 대부분 도기와 닿는 자리에만.

방에 돌아온 플린은 문을 닫고 가게 상호인 커피 존스 패치를 떼어 낸 검은 셔츠와 브래지어와 검은 진 바지를 벗어던진 다음, 너무 커서 헐렁한 버튼의 해병대 스웨트셔츠를 걸치고 이불 속으로 들어갔다.

왠지 몸이 부르르 떨렸고, 지쳐서 녹초가 됐는데도 눈은 말똥말똥했다. 그러다가 전에 쓰던 휴대전화에 버튼과 리언이 설치해 둔 게임용 드론 조종 앱이 기억났고, 어쩌면 지금 쓰는 새 전화기에 메이컨이 그 앱을 다른 앱들과 함께 옮겨놨을지도 모른다는 생각이 떠올랐다.

플린은 베개 밑에서 전화기를 꺼내어 확인해 봤다. 설치돼 있었다. 앱을 실행하고 상공에서 내려다보는 시점을 선택하자 집 주변 부지의 저고도 위성 촬영 영상이 보였다. 침대에 누운 플린 위쪽의 지붕은 회색 직사각형으로만 표시된 반면, 그 위쪽에서는 드론 스무 대가 현란한 춤을 추듯 움직이고 있었다. 저마다 빛나는 점 한 개로 표시된 드론들이 서로 얽히며 자아내는 무늬를 뭐라고 부르는지 플린은 알고 있었다. 적어도 문신에서는, '켈트식 매듭 무늬'라고 했다. 각각의 드론은 여분의 드론 스무 대 가운데 한 대와 교대하는 식으로 돌아가며 배터리를 충전했다.

버튼은 드론 게임에서 여러 번 우승할 정도로 드론 조종 실력이 몹시 뛰어났다. 햅틱 수색대 제1대대는 여러 면에서 드론과 관련이 깊었다. 심지어 플린은 누군가 이렇게 말하는 것을 들은 적도 있었다. 버튼 본인이 일종의 드론이었거나, 부분적으로 드론 노릇을 했다고. 그의 몸에 아직 문신이 있었던 시절에.

집 상공에서 매듭 무늬를 그리는 드론들을 보고 있자니 마음이 놓이는 듯했다. 잘하면 곧 잠들겠다는 생각이 들었다. 플린은 앱을 닫고 전화기를 베개 밑에 쑤셔 넣은 다음, 눈을 감았다.

그러나 잠들기 직전, 플린은 그 여자의 티셔츠와 줄무늬 파자마 바지를 봤다. 펄럭이며, 뱅글뱅글 돌며 도로를 향해 추락하는 그 옷들을.

망할 것들.

24
아나테마

태즈메이니아늑대는 레프보다 앞서 벤츠 버스에 올랐다. 미색 목재가 짐승의 발톱에 긁혀 단조롭게 자그락거리는 소리가 났다. 그 짐승은 반짝이는 눈빛으로 네더튼을 보다가 하품을 했다. 널따랗게 벌어진 턱이 한눈에 봐도 갯과 동물 같지 않았다. 마치 조그만 악어의 주둥이가 위쪽이 아니라 아래쪽으로 벌어지는 듯했다.

"안녕, 하이에나." 네더튼은 짐승에게 덤덤한 인사를 건넸다. 버스의 큰방에 있는 침대에서 하룻밤 자고 나니 금 줄무늬가 박힌 책상은 수도사의 침대처럼 보였다.

레프는 인상을 찌푸렸다. 그 뒤편에 애시가 있었다.

네더튼은 이제 애시가 입은 옷을 그녀 나름의 '격식 차린 정장'으로 여겼다. 칙칙한 회색 펠트 천으로 지은 그 긴소매 원피스는 골동품 알루미늄 지퍼가 가랑이부터 목까지 기다랗게 달려 있었다. 다닥다닥 달린 겉주머니 가운데 몇몇은 스테이플러로 붙인 것이었다. 네더튼은 그 옷이 애시의 움직이는 동물 문신을 가려줄 뿐 아니라 야단스러운 몸짓마저 자제시키는 것 같다는 점에 주목했다. 짐작건대 그 옷을 입는 것 자체가 남들에게 더 진지하게 받아들여지고 싶다는 의미인 듯했다.

"하룻밤 곰곰이 생각해 봤겠군." 레프는 무심히 몸을 숙여 '타이에나'의 옆구리를 쓰다듬으며 말했다.

"커피 가져왔어?"

"원하는 게 있으면 저 바에서 다 만들어 줄 거야."

"잠금장치가 걸렸던데."

"뭐로 줄까?"

"아메리카노. 블랙으로."

레프는 버스 안의 바로 가서 타원형 인식 장치에 엄지손가락을 댔다. 잠금장치가 즉시 해제됐다. "아메리카노, 블랙으로." 레프가 말하자 바에서 커피가 한 잔 만들어졌다. 작동음은 거의 들리지 않았다. 레프는 김이 나는 커피를 들고 돌아왔다. 그러고는 커피 잔과 잔 받침을 건네며 물었다. "그 여자 이야기, 어떻게 생각해?"

"아무래도 사실인 것 같아." 네더튼은 타이에나가 주둥이를 다 물고 침을 삼키는 모습을 가만히 바라보며 말했다. "만약 그 여자가 본 게 아엘리타라면…" 레프의 눈길이 그에게 꽂혔다. "납치는 아니야." 그는 커피를 한 모금 홀짝였다. 입이 델 것처럼 뜨거웠지만 맛은 꽤 좋았다.

"아엘리타의 빌딩이 알려준 사건이 정말로 일어났는지 궁금했는데." 레프가 말했다.

"저는 안 궁금했어요." 애시가 말했다. "그런 건 안 한다는 소문을 들어서요."

"안 한다뇨, 뭘요?" 네더튼이 물었다.

"빌딩이 말하는 거 말이야. 아니면 아는 거나."

"어떻게 그 빌딩이 모를 수가 있죠?" 네더튼이 물었다.

"이 집이 모르는 것과 같은 이치지." 레프가 대답했다. "설정을 임시로 조정하면 알 수도 있지만, 그렇게 하려면 우선…." 그는 손가락 여러 개를 피아니스트처럼 빠르게 살며시 까딱거렸다. 전형적인 러시아식 손짓이었다. 클렙트 방식이라는, 다만 입조심할 필요가 조금은 있다는 뜻이었다.

"뭔지 알겠어." 네더튼은 모르면서도 그렇게 말했다.

"저쪽 그루터기에 자금이 필요해요." 애시가 말했다. "오시안이 임기응변으로 대처하는 것도 이제 한계에 이르렀으니까요. 당신이 거기서 계속 영향력을 유지하고 싶다면…."

"영향력이 다 뭐야. 거긴 내 건데."

"그렇다고 당신이 독점한 건 아니니까요. 우리 쪽의 방문자들은 그쪽에서 주저 없이 암살 의뢰부터 했어요. 문을 통과해 그쪽으로 들어서자마자 곧바로 말이죠. 혹시라도 상대편이 자금으로 압도하면, 우린 손쓸 방법이 없어요. 하지만 당신네 집안의 투자 분석가들을 동원하면…." 네더튼은 애시가 그 펠트 원피스를 입고 나서야 비로소 지금 하는 얘기를 꺼낼 엄두가 났으리라 판단했다. 목표는 주보프 일족의 금융 모듈을 그루터기와 연결하도록 레프를 설득하는 것이었다.

네더튼은 레프를 돌아봤다. 판단컨대 쉬운 일은 아니었다.

"오시안이라면." 레프가 말했다. "저쪽의 온라인 게임에서 통용되는 가상 통화의 시세를 최고 수준으로 조작할 수 있어. 그 친구가 지금 하는 일이 바로 그거야."

"방문자들이 정치인이나 미국 연방 수사 기관의 우두머리를 매수하기라도 하면, 우린 알지도 못하는 사이에 추격전에 뛰어든 신세가 될 거예요. 그리고 쫓기다 잡히는 쪽은 아마 우리겠죠."

"난 저쪽이 실제로 겪는 역사보다 더 복잡한 난장판을 만들고 싶은 생각은 없어. 이쪽에서 너무 많이 간섭하면 그런 꼴이 되기 십상이라고. 지금도 봐, 난 윌프의 꼬임에 넘어가 제3자가 폴트를 무슨 웃기게 생긴 맞춤 제작 인공지능처럼 사용하게 허락해 줬잖아."

"익숙해지는 게 좋아요, 레프." 애시는 레프를 이름으로 부르는 경우가 거의 없었다. "지금 누군가 다른 사람이 우리 그루터기에 접속한 상태예요. 그게 누구든 간에 우리보다 더 단단히 저쪽과 연결돼 있다고 보는 게 합리적이에요. 왜냐하면 우린 애초에 남의 그루터기에 접속하는 방법조차 모르니까요."

"혹시 말이죠." 네더튼이 말했다. "그냥 과거로 휙 점프해서 무슨 일이 일어나는지 보면 안 돼요? 한 1년 후에 저쪽 사람들이 어떻게 됐는지 들여다보고 미리 바로잡으면 안 되나요?"

"안 돼." 애시가 말했다. "그건 시간 여행이야. 지금 이건 현실이고. 저쪽 시대의 파나마에 처음 이메일을 보냈을 때, 우린 저들의 연속체와 고정된 비율로 지속되는 시간 속에 들어섰어. 일대일이란 말이야. 그루터기의 일정 기간은 이곳에서도 똑같은 기간이야. 처음 접촉한 순간부터. 우린 스스로의 미래를 모르는 것과 마찬가지로 저쪽의 미래도 알 수 없어. 그래도 끝에 가면 우리가 아는 역사대로 되지 않을 거라 짐작할 수는 있지만. 그리고 어째서 그런지는, 알 길이 없어. 그저 서버가 그런 식으로 작동할 뿐이야. 우리가 아는 한은 그래."

"가문 자산을 동원하는 건 우리 집안에선 아나테마anathema야." 레프가 말했다. "'신성불가침의 금기'라고."

"그건 제 가운데 이름인데요." 애시는 참지 못하고 그 사실을 지적했다.

"나도 알아." 레프가 말했다.

"내가 보기엔." 네더튼은 빈 잔을 잔 받침에 내려놓으며 레프에게 말했다. "네 평생에 너희 집안 자산이 전혀 없었던 아주 드문 장소 중에 저기도 포함될 것 같은데. 그루터기 말이야."

"바로 그거야."

"그렇다면 대안이 있어요." 애시가 말했다.

"대안이라니?" 레프가 물었다.

"프리랜서 자산 분석가들에게 역사 및 사회, 시장 관련 데이터를 제공하는 거예요. 덤으로 우리가 그루터기에서 얻은 정보도 함께요. 그러면 그들이 저쪽 경제를 조작해서 우리에게 수익을 넘겨주는 거죠. 당신 집안의 재정 운용만큼 정교하고 강력하고 신속하진 않겠지만, 그래도 그 정도면 충분할 거예요. 그들에게 지불할 보수도 마련해야겠죠. 이쪽에서, 현금으로요."

"그렇게 해." 레프가 말했다.

"그럼 여기서 정식으로 얘기해 둘게요." 애시가 말했다. "내가 첫 번째로 권한 방법은 당신 집안의 투자 분석가들을 활용하자는 거였어요. 그 대안으로 제시한 런던 정치경제대학교의 어린애들은 영리하기는 하지만, 그래도 그 정도 수준은 아니에요."

"어린애들이라뇨?" 네더튼이 물었다.

"혹시 나중에 우리 쪽 자금이 저쪽보다 부족하다고 해도." 애시는 레프에게 말했다. "내 탓으로 돌리지는 마세요."

그 순간 네더튼은 깨달았다. 사실 애시는 처음부터 레프가 방금 그 대안에 동의하기를 바랐던 것이다. 이 점이 네더튼에게는 충격이었다. 애시가 그렇게 효과적으로 남을 조종하리라고는 생각지 못했기 때문이었다. 이는 어쩌면 오시안의 아이디어인지도 몰랐다. "그래요, 그럼." 네더튼이 말했다. "흥미진진한 회의였어요. 새 소식이 있으면 잊지 말고 제때제때 알려주세요. 도움이 될 수 있어서 기뻤어요."

둘은 동시에 네더튼을 빤히 바라봤다.

"미안해요. 난 점심 약속이 있어서."

"어디서?" 애시가 물었다.

"버몬지에서요."

애시의 눈이 동그래졌다. 뻣뻣한 회색 펠트 천으로 만든 원피스의 밴드형 목깃 아래에서 카멜레온 문신이 머리를 쑥 내밀더니, 나올 때와 마찬가지로 재빨리 다시 들어갔다. 바깥에 있는 사람들을 보기라도 한 듯이.

"윌프, 넌 우리하고 같이 여기 있어야 해." 레프가 말했다.

"연락이야 아무 때나 해도 되잖아."

"넌 여기 있어야 돼. 왜냐하면 경찰에 신고했으니까."

"런던 경찰청에." 애시가 말했다.

"폴트의 동생 이야기를 근거로 추정하면, 거기다 여기서 벌어지는 상황의 관련 정보까지 감안하면, 우리로선 법조계에 알리는 수밖에 없었어." 레프가 말한 법조계란 자기 집안의 변호사들일 듯싶었다. 네더튼은 그 변호사들만으로도 하나의 업계가 만들어질 만큼 수가 많으리라 짐작했다. "그쪽 사람들이 면담 약속을 잡아줬어. 너도 당연히 가야 돼."

"로비어 경위가 당신을 기다릴 거야." 애시가 말했다. "나이가 아주 많아. 실망시키지 않는 게 좋을걸."

"당신 가운데 이름이 아나테마라면, 애시는 성이 아니라 이름인가요?" 네더튼은 애시에게 물었다.

"내 이름은 마리아야. 애시Ash는 성이고. 원래는 성 끄트머리에 이Ashe가 붙었는데 엄마가 잘라버렸어."

25
카이덱스

플린은 방 창문 커튼 사이로 버튼이 집 모퉁이를 돌아 다가오는 모습을 지켜봤다. 버튼은 쨍한 햇살 속에서 토마호크 손잡이를 휙휙 돌리며 빠른 걸음으로 걸어왔다. 그는 토마호크의 머리 부분을 지팡이의 T 자 모양 손잡이처럼 잡고 있었다. 이는 곧 도끼날에 그 자신이나 친구가 만든 카이덱스 재질의 소형 날 싸개를 씌웠다는 뜻이었다. 열가소성 수지인 카이덱스로 칼집이나 총집을 만드는 것은 그들 패거리에게 매듭 공예나 퀼트 만들기 같은 취미 활동이었다. 리언은 단체로 보이 스카우트 활동이라도 하는 거냐고 친구들을 놀리곤 했다.

대문 옆에 복고풍으로 보이는 대형 러시아제 오토바이가 대기하고 있었다. 오토바이는 번쩍거리는 붉은색이었고, 옆에 딸린 사이드카 역시 같은 색이었다. 운전자와 동승자는 둥그런 검은색 헬멧을 쓰고 있었다. 플린은 사이드카의 동승자가 리언인 것을 알아봤다. 재킷으로 보아 틀림없는 리언이었다.

앞서 플린은 다시 잠이 들었다. 꿈은 하나도 기억나지 않았다. 태양의 각도로 보아 이른 오후 같았다. 버튼이 빨간 오토바이 쪽으로 다가가자, 리언은 헬멧을 벗었지만 사이드카에서 내리지는 않고 그대로 앉아 있었다. 이내 리언은 재킷 주머니에서 뭔가 꺼내어 내밀었고, 버튼은 그것을 흘깃 보고 받아서 바지 뒷주머니에 넣었다.

플린은 커튼 앞에서 물러나 목욕 가운을 걸친 다음, 샤워 후에 입을 옷을 챙겼다.

그러나 그 전에 먼저 버튼에게 코너 이야기를 해야 했다. 플린은 가운과 슬리퍼 차림으로 아래층에 내려갔다. 갈아입을 옷은 수건으로 싸서 겨드랑이에 끼고 갔다. 러시아제 오토바이가 멀어지는 소리가 들렸다.

버튼은 포치에 있었다. 플린의 눈에 띈 토마호크의 날 싸개는 연분홍색이었다. 정형외과 치료용 보조기에 많이 쓰는 색이었다. 그들 모두 그 색조를 선호했다. 검정색은 너무 멋 부리는 티가 난다는 것이 이유였다. 혹시 누가 그들의 셔츠 밑단 아래로 드러난 정형외과 보조기 색깔을 본다면 무슨 수술을 받았다고 생각하고 넘어갈지도 몰랐다. "최근에 코너 만난 적 있어?" 플린은 버튼에게 물었다.

"아니. 근데 방금 연락하긴 했어."

"무슨 일로?"

"혹시 우릴 도와줄 생각이 있는지 보려고."

"나 어젯밤에 코너를 봤어. 지미스 주차장에서. 상태가 심각하던데. 미식축구 선수 둘한테 금방이라도 무슨 짓을 하려는 것 같았어. 남들이 다 보는 앞에서."

176

"밤에 도로를 감시할 사람이 필요해서 그래. 코너라면 농땡이 안 피우고 잘할 것 같아. 요즘 심심해서 아주 몸부림을 치더라고."

"그 삼륜 오토바이 뒤에 달린 거, 도대체 뭐야?"

"그냥 조그만 22구경 총이겠지."

"그 정도로 상태가 안 좋으면 누가 나서서 도와줘야 하는 거 아니야?"

"코너는 지금보다 훨씬 더 망가진다 해도 하나도 이상할 게 없어. 그리고 나서서 도와주는 건 내가 하는 중이야. 보훈부는 나설 가망이 없으니까."

"난 그때 무서웠어."

"그 녀석이 너를 해칠 일은 없을 거야."

"코너가 걱정돼서 무서웠다고. 리언은 무슨 일로 들렀어?"

"이것 때문에." 버튼은 바지 뒷주머니에서 하얗고 빳빳한 주 복권 한 장을 꺼내어 플린에게 보여줬다.

복권의 망막 스캔 칸 왼쪽, 흐릿한 은박 홀로그램 속에서 리언의 얼굴이 플린을 멍하니 보고 있었다. "리언의 유전 정보가 입력돼 있나 본데." 복권은 플린이 오랜만에 보는 물건이었다. 어머니는 복권이란 '멍청세稅' 같은 거라며 그들 남매에게 절대로 그런 데다 돈을 낭비하지 말라고 가르쳤다. "오빠가 보기엔 리언이 1,000만 달러에 당첨될 것 같아?"

"엄청나게 큰 금액은 아니지만, 그래도 당첨되면 이제 우리한테 기회가 생겼다는 뜻이지."

"어젯밤에 어디 나가서 안 들어왔지? 내가 밀라그로스 콜디론하고 얘기하고 나서."

"카를로스가 좀 도와달라고 해서. 드론 비행 패턴을 촘촘하게 수정했어. 넌 누구랑 통화했어?"

"오빠가 얘기해 준 사람들은 둘 다 없었어. 나랑 통화한 사람은 이름이 네더튼이라던데. 인사부 책임자래."

"그래서?"

"무슨 일이 있었는지 듣고 싶댔어. 그래서 얘기해 줬어. 오빠한테 한 거랑 똑같은 얘기."

"그래서?"

"다음에 연락하겠대. 저기, 오빠."

"왜?"

"만약 그게 게임이라면, 왜 누군가 오빠를 죽이려고 할까? 그것도 게임 속에서 뭘 목격했다는 이유만으로."

"게임을 만들려면 돈이 많이 들잖아. 그건 일종의 베타 버전이야. 철저히 비밀에 부쳐야 하는 거지."

"별로 대단한 건 없던데." 플린이 말했다. "그런 식으로 사람을 징그럽게 죽이는 게임은 쌔고 쌨잖아. 그딴 게임이야 흔해빠졌지, 뭐." 다만 확신이 있어서 한 말은 아니었다.

"우린 아직 모르잖아. 그 사람들이 네가 본 것 중에서 뭘 그렇게 대단하게 여기는지."

"알았어. 난 샤워하러 갈게." 플린은 버튼에게 복권을 건넸다.

다시 집으로 들어간 플린은 부엌을 지나 샤워실로 향했다.

목욕 가운을 막 벗으려는 참에 손목에 찬 휴대전화가 진동했다.
"여보세요."

"나 메이컨이야. 잘 있었어?"

"응. 그쪽은?"

"셰일린한테 들었는데 날 찾아다녔다며. 고객 만족도 문제 때문
에 이러는 게 아니면 좋겠는데." 메이컨의 목소리에서 걱정하는 기색
은 느껴지지는 않았다.

"그보다는 기술 지원 문제 때문인데, 나중에 직접 만나서 얘기하
는 게 좋겠어."

"마침 내가 지금 여기 스낵바에서 조촐한 다과회를 열었거든. 헤
프티 마트의 명물인 돼지고기 너빈pork nubbins도 있어. 거의 싹쓸이하
다시피 했지."

"비밀 모임이겠지."

"당연하지."

"지금 자전거 타고 갈게. 거기서 기다려."

"알았어."

플린은 샤워를 하고 전날 입었던 검은 진 바지와 헐렁한 회색 티
셔츠를 입었다. 목욕 가운과 수건과 슬리퍼는 바깥의 선반에 널어뒀
다. 그런 다음 집 모퉁이를 돌아 자전거가 있는 곳으로 갔다.

버튼의 민병대 친구들은 한 명도 보이지 않았지만, 다들 근처에 있
으리라는 짐작이 들었다. 전보다 더 감쪽같이 몸을 숨기고서. 그리고

드론들 역시 하늘에 떠 있을 듯싶었다. 플린은 그중 어떤 것도 현실로 느껴지지 않았다. 리언의 홀로그램과 망막 스캔 정보가 담긴 야단스러운 복권도 실감이 나지 않기는 마찬가지였다. 어쩌면 제정신이 아닌 사람이 코너 말고도 잔뜩 있는 걸까. 플린은 속으로 생각했다.

플린은 자전거 자물쇠를 해제한 후 안장에 앉았고, 리언이 무슨 수를 썼는지 정말로 배터리를 충전해 둔 것을 확인한 다음, 페달을 밟았다. 따뜻한 오후 햇살 속에 도로변 소나무에서 솔향기가 풍겨 왔다.

포터 로드를 3분의 1쯤 지났을 무렵, 맞은편 차로에서 타란툴라가 달려와 요란한 엔진 소리를 남기며 옆을 지나갔다. 하도 빨라서 코너의 모습은 보이지도 않았다.

프라이드치킨 냄새가 풍기는 배기가스 속을 지나 그 냄새가 옅어지다가 마침내 사라질 때까지, 플린은 계속 달렸다. 45분 후, 플린은 헤프티 마트 앞에서 자전거에 자물쇠를 채웠다.

메이컨은 마트 스낵바에 전용 테이블이 있었다. 계산대에서 가장 멀리 떨어진 자리였다. 그가 마트 지점장을 대신해 이런저런 문제를 해결해 줬기 때문에 누리는 특권이었다. 머나먼 델리에 있는 체인 본부의 입김이 닿지 않는 문제가 생기면 그가 대신 나서서 처리했다. 재고 확인이나 절도범 추적 같은 일이 잘못될 경우에 메이컨은 아예 현장에 직접 가서 해결하곤 했다. 급여는 한 푼도 받지 않았지만, 그 대신 스낵바 구석 테이블을 사무실로 사용하는 조건이 거래에 포함됐다. 장부를 만들어 놓고 간단한 음식과 음료를 자유로이 주문하는 것은 덤이었다.

메이컨은 마약 제조와 관련된 일이나 사람은 아예 상대도 하지 않았다. 그가 종사하는 업계에서는 흔치 않은 태도였다. 이 때문에 마약 업자들이 뭔가 해결할 문제를 들고 찾아오기라도 하면 그의 처지가 난처해질 만도 했지만, 그렇지 않은 한은 오히려 처신하기가 더 편했다. 플린이 보기에 이 일대에서 유일하게 '잘생긴 독신 남성'으로 쳐줄 만한 부보안관 토미 콘스탄틴은 일찍이 플린에게 말하길, 보안관 사무소에서도 도저히 해결 못 할 일이 생기면 메이컨에게 연락한다고 했다.

스낵바에서는 너빈 냄새가 났다. 돼지고기로 만든 너빈이었다. 치킨 너빈은 냄새가 그 정도로 강하지 않았는데 어쩌면 전통적으로 들어가는 붉은 색소가 빠져서인지도 몰랐다. 플린이 테이블 쪽으로 다가가는 동안 메이컨은 돼지고기 너빈 한 접시를 부지런히 먹어치웠다. 그는 여느 때처럼 벽을 등지고 앉아 있었고, 그의 왼쪽에는 에드워드가 앉아서 그곳에 없는 어떤 물건을 수리하는 중이었다.

에드워드는 양쪽 눈에 비즈를 끼고 있었다. 플린은 거리 감각을 유지하려 그렇게 했으리라 짐작했다. 이날 에드워드는 두 눈에 빛이 들어가지 않도록 라벤더색 새틴으로 만든 수면용 안대를 쓰고 있었다. 손에 긴 착 달라붙는 형광 주황색 장갑은 표면에 이집트 상형문자 같은 검은색 글자가 잔뜩 적혀 있었다. 플린은 에드워드가 수리하는 물건이 금방이라도 눈에 보일 것만 같다고 생각했지만, 물론 실제로 보일 리는 없었다. 그 물건은 그곳에 없었으므로. 어쩌면 위층의 관리자 사무실에 있을지도, 아니면 델리에 있을지도 몰랐다. 그러나 에드워드는 그 물건을 보는 것도, 아마도 그 물건을 들고 있을 플라스틱 손 한 쌍을 조종하는 것도 가능했다. 그 물건이 지금 어디에 있든 간에.

"안녕." 열심히 너빈을 먹던 메이컨이 고개를 들고 인사했다.

"안녕." 플린은 의자를 끌어당기며 답인사했다. 스낵바에 있는 의자는 죄다 버튼의 트레일러 내부를 코팅한 폴리머를 틀에 부어 만든 것처럼 보였지만, 탄력성은 그보다 덜했다.

에드워드는 찡그린 표정을 하고서 눈에 보이지 않는 물체를 테이블 위 15센티미터 높이의 허공에 조심스레 내려놓은 다음, 수면용 안대를 이마 위로 끌어 올렸다. 그러고는 비즈 두 개의 은색 거미줄 사이로 플린을 내다보며 씩 웃었다. 미소는 곧 성대한 환영이었다. 에드워드의 경우에는.

"너빈 먹을래?" 메이컨이 물었다.

"난 됐어." 플린이 대답했다.

"싱싱한 거야!"

"무려 중국에서 여기까지 온 거잖아."

"중국처럼 육즙이 풍부한 돼지 너빈을 재배하는 나라도 없다고." 메이컨은 에드워드보다 피부색이 옅고 주근깨가 조금 있었으며 눈이 굉장히 예뻤다. 초록빛이 도는 갈색 눈동자에 까만색이 점점이 박힌 눈이었다. 이제 그 두 눈 가운데 왼쪽은 비즈에 감싸여 있었다. "그래, 전화기가 먹통이 됐다면서?"

"그거 끼고 있으면 안 불안해?" 플린이 물었다. 비즈를 가리키며 한 말이었다. "안 보이는 게 없이 다 보이잖아."

"우리 건 아주 빈틈없이 개조해 놔서 괜찮아. 순정품을 그대로 끼고 다니는 경우에는 조심하는 게 현명하지만."

"내 전화기가 먹통이 된 건 아니고." 플린은 메이컨이 사정을 이미 다 파악한 것을 알면서도 그렇게 말했다. "실은, 국토안보부에서 버튼을 데이비스빌의 고등학교 운동장에다 붙잡아 뒀었어. 버튼이 누가복음 4장 5절을 패지 못하게."

"거 안됐군. 그래서 그놈들한테 손도 못 댄 거야?"

"보호 감호를 받을 만큼은 손봐줬어. 그래서 버튼이 전화기를 하룻밤 압수당한 거야. 난 국토안보부에서 그걸 갖고 내 전화기까지 들여다보진 않았을까 하고 걱정하는 거고."

"만약 그랬다면." 메이컨이 말했다. "내 전화기도 같이 들여다봤을 거야. 네 오빠하고 난 사업상 꽤 가까운 사이니까."

"확인할 수 있어? 그쪽에서 들여다봤는지 안 봤는지?"

"아마도. 보통 흰색 대형 밴 짐칸에 타고 다니는 국토안보부 직원 녀석들이 심심해서 포르노를 검색하거나 하면, 십중팔구 나한테 걸리게 마련이니까. 솔직히, 만약 네가 걱정하는 일을 시도한 놈이 있었다면 내가 이미 알았을 거야. 하지만 연방 기관이 운용하는 더럽게 전지전능한 인공지능 같은 게 끼어든다? 그러면 나로선 죽었다 깨어나도 알 방법이 없지."

"국토안보부에서 내 전화기를 수상하게 여길까?"

"그럴지도 모르지." 에드워드가 대답했다. "하지만 그랬다면 지금쯤 뭔가 널 감시하고 있을 거야. 특정 인물의 전화기에 관해 정말로 빠삭하게 알고 싶어 하는 어떤 장치가."

"실은 말이지." 메이컨이 말했다. "네 전화기는 우리가 꽤 빈틈없이 만들어 준 물건이야. 중국에 있는 제조 업체조차도 아직 우리 물건을 한 대도 못 찾아낼 정도라고."

"우리가 아는 한은." 에드워드가 덧붙였다.

"맞아. 그래도 그쪽에서 찾아내면 보통은 우리 귀에도 소식이 들어오니까."

"기본적으로는 모른다는 말이구나."

"모르지, 기본적으로는. 그래도 그 걱정은 더 안 해도 돼. 내가 보장할게. 100퍼센트."

"최근에 코너 펜스케한테 뭐 만들어 준 거 있어?"

메이컨과 에드워드는 슬쩍 눈길을 주고받았다. 뒤이어 에드워드는 수면 안대를 다시 내려 비즈를 가리고 그곳에 없는 물건을 집어 들었다. 그러고는 그 물건을 거꾸로 뒤집었다. 주황색과 검은색 장갑 속의 집게손가락으로 쿡쿡 찔러보기도 했다. "뭘 만들어 줬을 거라고 생각하는데?" 메이컨이 물었다.

"어젯밤에 지미스에 갔었어. 당신을 만나러."

"못 봐서 미안."

"코너도 거기 있었어. 껄렁껄렁한 고등학생 둘하고 금방이라도 싸울 것 같았는데. 삼륜 오토바이 뒤쪽에 뭐가 달려 있더라고."

"파병 군인의 무사 귀환을 기원하는 노란 리본?"

"내가 보기엔 무슨 로봇 뱀의 등뼈 같던데? 외알 안경처럼 생긴 조준 장치하고 연동해서 움직였고."

"그건 우리가 만들어 준 게 아니야." 메이컨이 말했다. "이베이에서 파는 불용 군수품이었어. 합법 상품이고. 우린 그냥 서보모터의 인터페이스하고 회로만 손봐줬어. 그게 다야."

"그 장치 끄트머리에 달린 건 뭐야?"

"우린 아무것도 몰라. 코너하고는 별로 안 친해서."

"코너는 그 장치 때문에 곤경에 처할 수도 있어. 알아?"

플린의 말에 메이컨은 고개를 끄덕였다. "코너 그 자식, 엄청 독종인 거 너도 알잖아. 안 된다고 거절할 수가 없더라고. 몸이 그렇게 돼서 이제 삼륜 오토바이에 의지하는 처지가 딱하기도 하고."

"그것도 그렇고, 눈만 뜨면 술부터 찾는 것도 그렇지. 그냥 삼륜 오토바이에 장난감 하나 단 정도라면 큰일도 아니지만."

플린을 보는 메이컨의 눈은 슬퍼 보였다. "끝에 조그만 머니퓰레이터가 달렸어. 에드워드가 지금 조종하고 있는 거랑 비슷하지만, 운동 자유도는 더 낮아."

"메이컨, 난 당신이 총도 거래하는 거 다 알아."

메이컨은 고개를 가로저었다. "코너한테는 안 팔았어, 플린. 그 녀석한테 총을 팔다니 말도 안 되지."

"그래도 총을 구할 순 있을 거 아니야."

"이 마을에선 산책하다가 아무 데서나 넘어져도 눈앞에 3D 프린팅한 총이 떨어져 있을걸. 그런 총을 구하는 건 일도 아니란 말이야. 만약 내가 코너를 상대하지 않고 피하면 그 녀석은 오토바이고 뭐고 금세 다 고장 내버릴 텐데, 보훈부에선 도와주질 않으니 사는 게 지옥이 돼버릴 거야. 그것도 순식간에. 그렇다고 내가 피하지 않고 이것저것 잘 돌아가게 봐주면, 코너 그 자식은 실실 쪼개면서 가지면 안 되는 것들을 갖게 해달라고 나한테 부탁한단 말이야. 금지된 물건인 줄 자기도 다 알면서. 솔직히, 여간 난처한 게 아니야. 무슨 말인지 알지?"

"버튼이 코너한테 일거리를 줄지도 몰라."

"난 네 오빠가 마음에 든다, 플린. 너도 그렇고. 너빈 진짜 안 먹을 거야?" 메이컨은 빙그레 웃었다.

"난 됐어. 기술 지원 고마웠어." 플린은 자리에서 일어섰다. "다음에 봐, 에드워드."

라벤더색 수면 안대가 위아래로 까딱거렸다. "잘 가, 플린."

플린은 바깥으로 나가 자전거 자물쇠를 풀었다.

비행선 한 척이 주차장 상공에 둥둥 떠 있었다. 그 비행선은 그저 다음 시즌에 출시될 비즈를 광고하는 척했다. 그러나 광고 배너 속에 커다랗게 인쇄된 비즈 안쪽의 눈은 꼭 모든 사람을 감시하는 것처럼 보였고, 물론 실제로도 그렇다는 것을 플린은 알고 있었다.

26
나이가 아주 많은 경찰

네더튼은 레프네 할아버지의 응접실에 이때껏 한 번도 가본 적이 없었다. 이제 처음으로 들어선 그곳은 우울하면서도 한편으로 화려했고, 너무나 강렬하게 영국적이어서 오히려 외국 같았다. 벽을 널따랗게 덮은 목재 패널은 이끼와 비슷한 암녹색 페인트로 칠해져 있었고, 반들거리는 에나멜페인트 표면은 곳곳이 금박 장식으로 강조돼 있었다. 가구는 검은색에 묵직해 보였으며 등받이가 높다란 안락의자는 벽과 비슷한 초록색이었다.

네더튼은 에인슬리 로비어 경위의 성별을 정확히 알려준 애시가 고마웠다. 레프네 할아버지가 이 저택을 구입한 후에 이곳에 발을 들인 법 집행관은 그녀가 처음이었던 탓이었다.

로비어 경위는 얼굴과 손이 똑같이 연한 분홍색이었다. 마치 피처럼 색이 진하지 않은 어떤 액체가 속에 들어차 살짝 부풀어 있는 듯했다. 일하기 편하게 뒷머리와 옆머리를 짧게 친 머리카락은 설탕 크림처럼 새하얗고 숱이 많았으며, 앞머리는 볼록하게 빗어 올린 모양새였다. 너무도 선명한 남보라색 두 눈은 경계심을 품고 예리하게 반짝였다. 입고 있는 슈트 역시 본인과 마찬가지로 성별을 짐작하기 애매했다. 새빌 로 아니면 저민 스트리트의 양복점에서 맞춘, 단 한 땀도 로봇이나 페리퍼럴이 바느질하지 않은 고급 정장이었다. 재킷은 떡 벌어진 어깨를 편안하게 감싸는 넉넉한 스타일이었다. 바지는 은행원이나 신을 것처럼 똑떨어지게 생긴 검은색 옥스퍼드 구두 조금 위쪽에서 밑단이 끝났고, 그 아래로 검은색 민무늬 양말에 감싸인 날씬한 발목이 드러났다.

"급하게 연락드렸는데도 이렇게 만나주시다니 정말로 친절하시군요, 주보프 씨." 안락의자에 앉은 로비어 경위가 말했다. "댁에서 뵐 기회를 주신 점에 특히 감사드립니다." 경위가 빙그레 웃자 교정하려면 큰돈이 들어갈 엉성한 치열이 드러났다. 그녀의 방문이 역사적인 사건이라는 점을 인정하는 의미에서 대형차 두 대가 이 순간에도 노팅 힐 지역을 빙빙 돌고 있다는 것을 네더튼은 잘 알았다. 각 차량에는 전투태세를 갖추고 파견된 주보프 집안의 변호사들이 타고 있었다. 네더튼은 그 지나치게 활동적인 구닥다리 패거리를 어떤 경우에든 가능한 한 마주치지 않고 피했다. 그들은 하나같이 너무나 심하게 아는 척을 했고, 예외 없이 기운이 넘쳤다. 다만 머릿수는 적은 편이었는데 아직까지는 그것이 그들의 가장 큰 장점이었다.

"별말씀을요." 레프가 대꾸하는 사이에 평소보다 훨씬 더 집사처럼 보이는 오시안이 차를 내왔다.

"머피 씨로군요." 로비어가 말했다. 오시안을 보고 기뻐하는 기색이 또렷했다.

"예, 경위님." 오시안은 은쟁반을 손에 들고 얼어붙은 듯 꼼짝도 하지 않았다.

"실례했습니다, 아직 정식으로 통성명도 안 했는데. 제 나이쯤 되면 피드만 들여다보고 살게 마련이랍니다, 머피 씨. 제 경우에는 어째선지 세상 거의 모든 소식에 계속 접속해 있는데, 그러다 보니 누구를 만나든 이미 알던 사람처럼 대하는 끔찍한 버릇이 생기고 말았답니다."

"괜찮습니다, 경위님." 오시안은 집사 연기를 계속하며 말했다. 눈길은 내리깐 채로. "저는 조금도 불쾌하지 않습니다."

"그런데 어떻게 보면." 로비어는 방금 오시안이 한 말을 듣지 못한 것처럼 다른 이들에게 말했다. "저야 당연히 누구에 관해서든 이미 다 알고 있죠."

오시안은 태연한 표정을 주의 깊게 유지하며 묵직한 다기 세트를 벽 쪽 테이블 위에 내려놓은 다음, 조그만 샌드위치를 내놓을 준비를 했다.

"이해해 주시리라 생각하는 일이 한 가지 더 있습니다만." 로비어의 말이 이어졌다. "저는 최근에 행방이 묘연해진 아엘리타 웨스트라는 여성을 찾는 중입니다. 런던에 거주하는 미국 시민권자인데요. 지금부터 한 분씩 돌아가면서 실종 당사자와 본인의 관계, 그리고 여러분 서로의 관계에 관해 설명해 주시면 수사에 도움이 되겠습니다. 먼저 시작해 주시겠습니까, 주보프 씨? 여기서 오가는 말은 당연히 하나도 빠짐없이 기록으로 남을 겁니다."

"기록 장치는 어떤 것도 사용하지 않는다고 미리 합의한 줄로 압니다만." 레프가 말했다.

"장치는 하나도 없습니다. 다만 저는 법원 인증을 받은 기억력의 소유자라서요. 정식 증거로 인정받기에 충분하답니다."

"어디서부터 시작해야 좋을지 모르겠군요." 레프는 로비어를 지그시 바라보다가 말했다.

"저는 연어 샌드위치로 주세요. 고맙습니다." 로비어는 오시안에게 말했다. "주보프 씨, 먼저 본인의 취미부터 설명해 주시면 좋을 것 같군요. 변호사들은 고용주인 주보프 씨를 열렬한 연속체 예찬자로 묘사하던데요."

"말처럼 쉽기만 한 건 절대 아닙니다." 레프가 말했다. "서버가 어떤 건지는 아시죠?"

"그럼요, 거대한 수수께끼죠. 중국제로 추정되고, 오늘날 중국의 여러 분야가 그렇듯이 우리로서는 그 수준을 상상조차 할 수 없죠. 그걸 이용하면 과거와 소통할 수 있다더군요. 아니, **하나의 과거**라고 해야겠군요. 실제 과거 속의 우리는 미래와 소통 같은 걸 한 적이 없으니까요. 그런 생각을 하면 전 머리가 아프답니다, 주보프 씨. 보아하니 주보프 씨는 안 그러신가 보군요?"

"가상의 시간 여행 문제에 관해 따져보자면, 우리 문화 속의 익숙한 시간 역설 개념보다는 훨씬 덜 복잡하죠." 레프가 말했다. "실은 꽤 단순합니다. 연결이라는 행위에서 인과 관계의 분기가 일어나는 겁니다. 고유한 인과성을 띤 새 가지가 생겨나는 거죠. 우린 그걸 그루터기라고 부릅니다."

"그런데 왜 그런 이름이 붙었나요?" 오시안이 차를 따르는 사이에 로비어가 물었다. "하필이면 그루터기라니요. 어딘가 모자란 느낌이 들잖습니까. 지저분하고. 우악스럽고. 보통은 갈라져 나온 새 가지가 계속 자라기를 바라지 않을까요?"

"저희가 기대하는 게 정확히 그겁니다." 레프가 말했다. "사실, 저는 예찬자들이 어째서 그런 명칭을 쓰기로 합의했는지 잘 모르겠더군요."

"제국주의죠." 애시가 말했다. "이미 존재하는 과거를 대체하는 연속체들을 제3세계로 취급하는 거예요. 거기에 그루터기라는 이름을 붙이면 그렇게 하기가 더 쉬우니까요."

로비어는 애시를 지그시 바라봤다. 이제 애시는 빅토리아시대 기차역의 지붕을 꽤 차분하게 표현한 옷을 입고 있었다. 눈에 띄는 피부 표면의 동물도 평소보다 더 적었다. "마리아 아나테마." 로비어가 말했다. "멋지군요. 당신은 주보프 씨가 이런 식의 식민지를 건설하는 걸 돕고 있겠죠? 머피 씨와 함께?"

"맞아요." 애시가 말했다.

"그럼 이건 주보프 씨의 첫 번째 연속체인가요? 첫 번째 그루터기인 거고요?"

"그렇습니다." 레프가 말했다.

"그렇군요. 그러면 다음으로, 네더튼 씨는 어떠신가요?"

"저요?" 때마침 오시안이 샌드위치를 권했다. 네더튼은 멍하니 샌드위치를 한 개 집었다. "전 그냥 친굽니다. 레프의 친구요."

"그 부분이 저로서는 혼란스러운데요." 로비어가 말했다. "네더튼 씨는 홍보 전문가이시죠. 꽤 훌륭하게 위장한 일련의 사업체에 복잡하게 고용된 상태로 홍보 업무를 담당하고 계시고요. 아니, '계셨다'고 해야겠군요."

"다 끝난 일처럼 말씀하시네요."

"죄송합니다." 로비어가 말했다. "하지만 사실이라서요. 네더튼 씨는 해고되셨습니다. 아직 읽지 않으신 이메일에 그런 취지의 내용이 담겨 있더군요. 저는 네더튼 씨와 전 동료인 토론토의 클라리스 레이니 씨가 최근에 일어난 살해 사건의 목격자라는 것 또한 알고 있습니다. 피해자는 하메드 알하비브, 미국의 위성 공격 무기 체계에 살해당했죠."

네더튼은 섬사람들 두목에게 이름이 있으리라는 생각이 그제야 처음으로 떠올랐다. "그게 그 남자 이름인가요?"

"그렇습니다. 아주 널리 알려지진 않았지만요."

"거기엔 목격자가 많이 있었는데요. 안타깝게도."

"네더튼 씨와 레이니 씨는 가상으로 현지화한 시점에서 사건을 지켜본 점이 눈에 띄었습니다. 아무튼, 지난 한 주를 꽤 바쁘게 보내신 것 같군요."

"예." 네더튼이 말했다.

"어떤 사정으로 지금 이 자리에 같이 계신지 설명해 주실 수 있을까요, 네더튼 씨?" 로비어는 찻잔을 들고 차를 홀짝였다.

"전 레프를 만나러 왔어요. 화가 났거든요. 섬사람들 일 때문에요. 그 사람들이 그렇게 살해당하는 걸 봤으니까요. 십중팔구 제가 프로젝트에서 해고당할 거라는 생각도 들었고요."

"누군가 같이 있을 사람이 필요했다는 말씀이군요?"

"바로 그거예요. 그래서 레프하고 이야기를 나누던 도중에…."

"도중에요?"

"그게 좀 복잡한데…."

"복잡한 얘기를 알아듣는 게 제 특기입니다, 네더튼 씨."

"아엘리타의 동생이 제 고객이라는 건, 그러니까 고객이었다는 건 아시죠? 데이드라 웨스트 말이에요."

"제가 꼭 듣고 싶었던 얘기가 그겁니다." 로비어가 말했다.

"저는 데이드라에게 레프의 선물이 전달되게끔 준비했어요. 레프가 저 대신 보내는 선물이었죠."

"선물이라. 그게 뭐였나요?"

"레프의 그루터기에 거주하는 어떤 남자에게서 서비스를 제공받는 거였어요."

"정확히 어떤 서비스였습니까?"

"경호원이었어요. 그 사람은 전직 군인이거든요. 무엇보다 드론 조종사죠."

"네더튼 씨가 보기에는 그 여성분께 경호 서비스가 꼭 필요한 것 같던가요?"

"아니요."

"그렇다면 왜 그런 선물을 하려고 하셨는지 여쭤봐도 될까요?"

"레프는 자기 그루터기의 어떤 군부대에 관심이 있었어요. 그 남자가 전에 소속됐던 부대죠. 그 부대는 과도기, 즉 잭팟이 일어나기 얼마 전의 기술을 사용했는데요." 네더튼은 레프 쪽을 돌아봤다.

"햅틱이죠." 레프가 말했다.

"전 데이드라가 재미있어할 거라고 생각했어요." 네더튼이 말했다. "그 기술의 기묘한 구석을 말이에요. 그렇다고 데이드라의 상상력이 엄청나게 풍부했던 건 아니에요. 어느 모로 보나."

"그 여성에게 잘 보이고 싶으셨던 거군요?"

"예. 아마도."

"그 여성과 성적 관계를 갖는 사이였나요?"

네더튼은 다시금 레프 쪽을 돌아봤다. "예. 하지만 데이드라는 그리 진지하지 않았어요."

"두 분의 관계에 대해서요?"

"폴트를 경호원으로 두는 일에 대해서요. 관계에 대해서도 마찬가지였고요. 얼마 안 가서 밝혀졌다시피." 네더튼은 로비어와 대화하다 보면 이상하게도 진실을 말하게 된다는 것을 차츰 깨달았다. 로비어가 무슨 수로 대화를 그렇게 끌어가는지는 알 수 없었지만, 그는 이런 식의 전개가 조금도 마음에 들지 않았다. "그래서 데이드라는 레프에게 폴트를 자기 언니에게 대신 주라고 했어요."

"아엘리타를 만나신 적이 있나요, 네더튼 씨?"

"아니요."

"주보프 씨는 어떠신가요?"

레프는 입안에 남아 있던 마지막 샌드위치 한 입을 꿀꺽 삼켰다. "없습니다. 그래도 점심 약속을 잡기는 했습니다. 실은 오늘 점심에 만날 뻔했죠. 아엘리타가 꽤 흥미를 보였거든요. 연속체에 관해서나, 그루터기에 관해서나." 레프는 그렇게 말하고는 애시를 힐끗 봤다. "경위님과 마찬가지로 말입니다."

"그렇다면 그 사람은." 로비어가 말했다. "그러니까 그루터기에서 온 그 전직 군인이라는 남자는, 아엘리타 웨스트가 자택에서 사라졌으리라 추정되는 시간대에 경호 업무를 수행하는 중이었겠군요."

"그 남자가 아니라." 네더튼은 그 말을 입 밖에 내고는 아랫입술을 깨물고 싶은 충동을 억눌렀다. "그 남자 동생이었어요."

"동생이라뇨?"

"그 남자가 누구한테서 전화를 받고 자리를 비웠거든요." 레프가 말했다. "그래서 동생이 오빠 대신 근무했어요. 최근 두 차례의 교대 근무 모두."

"그 남자 이름이 뭐죠?"

"버튼 피셔입니다." 레프가 말했다.

"동생은요?"

"플린 피셔예요." 네더튼이 말했다.

로비어는 찻잔과 잔 받침을 자기 자리 옆 테이블에 내려놨다. "그러면 이번 일에 관해 누가 그 동생과 이야기를 나누셨나요?"

"저요." 네더튼이 대답했다.

"그 동생이 뭘 봤다고 했는지 설명해 주시겠습니까?"

"그러니까 두 번째 교대 근무를 하러 올라가던 도중에…."

"올라간다고요? 어떻게요?"

"쿼드콥터 드론을 타고요. 아니, 쿼드콥터 드론이 돼서? 드론을 조종하면서 갔다고 해야겠군요. 그때 뭔가 건물 벽면을 올라가는 걸 봤대요. 직사각형 몸통에 팔, 아니면 다리가 네 개 붙은 물체가요. 알고 보니 그 물체 속에 무슨 군집 무기 같은 게 들어 있었다더군요. 발코니로 나온 여자, 그러니까 플린이 아엘리타의 사진을 보고 같은 사람이었다고 확인해 준 그 여자는, 바로 그 무기에 살해당했어요. 그러고 나서 시신이 산산이 흩어졌죠. 플린은 '먹어치웠다'고 하더군요. 송두리째."

"그렇군요." 이제 로비어의 표정에 웃음은 보이지 않았다.

"플린은 그 남자가 이미 다 알고 있었다고 했어요."

"누가 알았다는 말씀인가요?"

"아엘리타와 함께 있었던 남자요."

"그 목격자가 어떤 남자를 봤다고요?"

네더튼은 더 입을 열었다가는 무슨 말이 나올지 몰라 고개만 끄덕였다.

"그래서 그 플린 피셔라는 분은 지금 어디 계신가요?"

"과거에요." 네더튼이 말했다.

"그루터기에 있습니다." 레프였다.

"이거 참 더없이 흥미롭군요. 정말이지 너무나 특이합니다. 솔직히, 대부분의 사건은 수사 과정에서 특이하다는 표현을 쓸 일조차 없는데 말입니다." 로비어는 초록색 안락의자에서 느닷없이 일어섰다. "여러분 모두 큰 도움을 주셨습니다."

"끝인가요?" 네더튼이 물었다.

"뭐라고 하셨습니까?"

"더 물어보실 건 없나요?"

"아직 많이 남았습니다, 네더튼 씨. 하지만 여쭤볼 게 더 많이 떠오를 때까지 기다리고 싶군요."

뒤이어 레프와 애시가 자리에서 일어서자 네더튼도 따라 일어섰다. 거울이 딸린 검은 벽 테이블 곁에 서 있던 초크스트라이프 앞치마 차림의 오시안은 차렷 자세를 취했다.

"환대해 주셔서 감사합니다, 주보프 씨. 그리고 협조해 주신 것도요." 로비어는 레프와 사무적인 악수를 나눴다. "협조해 주셔서 감사합니다, 애시 씨." 다음으로 애시와 악수했다. "그리고 네더튼 씨도. 감사합니다." 로비어의 손바닥은 부드럽고 보송보송했고, 체온은 미지근했다.

"별말씀을요." 네더튼이 말했다.

"네더튼 씨, 혹시 데이드라 웨스트와 연락하고 싶으시다면 이 저택 부지나 주보프 씨 소유의 다른 부동산에서는 하지 마십시오. 복잡성이 과도하게 커질 위험이 있습니다. 불필요한 혼란도 함께요. 그런 일은 다른 데 가서 해주십시오."

"연락 같은 건 할 생각 없는데요."

"그렇다면 좋습니다. 그리고 머피 씨." 로비어는 오시안에게 다가가 악수했다. "감사합니다. 아주 바르게 살아오신 것 같군요. 사법기관과 자주 마주쳤던 귀하의 어린 시절을 감안하면요."

오시안은 아무 말도 하지 않았다.

"제가 배웅해 드리죠." 레프가 말했다.

"굳이 그러실 것 없습니다."

"집에 반려동물이 있어서요. 자기 영역을 아주 중시하는 녀석들이죠. 저랑 같이 가시는 게 좋을 겁니다."

네더튼은 고든과 타이에나에게서 존재 자체가 섬뜩하다는 것 말고는 어떤 느낌도 받은 적이 없었다. 그리고 어차피 그 짐승들은 행동 교정 훈련을 받았으리라는 짐작도 들었다.

"그렇다면 부탁드리겠습니다." 로비어는 돌아서서 모두를 둘러봤다. "필요하면 개별적으로 연락드리겠습니다. 저에게 연락하실 일이 생기면 여러분 연락처 목록에 이미 제 이름이 있을 테니 그리로 연락하시면 됩니다."

레프는 로비어와 함께 응접실을 나선 후에 문을 닫았다.

"우리 DNA를 채취해 갔어. 빌어먹을." 오시안은 로비어와 악수할 때 잡힌 손의 손바닥을 내려다보며 중얼거렸다.

"그거야 당연하지." 애시가 말했다. 암호 언어가 아니었고, 따라서 네더튼에게 하는 말이었다. "우리가 밝힌 신분이 진짜인지 어떻게 믿겠어?"

"우리도 저 여자 DNA를 채취하면 그만이야." 오시안은 로비어가 사용한 찻잔을 내려다보며 인상을 찌푸렸다.

"그다음은 범죄인 인도 조치를 당할 차례겠지." 애시가 말했다. 이번에도 네더튼에게 하는 말이었다.

"짜증 나 죽겠군." 오시안이 중얼거렸다.

"성이 머피였어요?" 네더튼이 물었다.

"조용히 해." 오시안은 그렇게 말하고는 거대한 두 손에 쥐고 있던 하얀 행주를 아주 잠깐, 그러나 힘껏 쥐어짰다. 그러더니 잔뜩 비틀어진 마른 행주를 벽 앞 테이블 위에 내던진 다음, 조그만 샌드위치 두 개를 집어 한꺼번에 입에 넣고 우걱우걱 씹기 시작했다. 그의 이목구비에 여느 때의 무심한 표정이 다시 돌아왔다.

시야에 애시의 인장이 나타났다. 네더튼은 애시와 눈을 마주쳤고, 아주 살며시 고개를 끄덕이는 것을 놓치지 않았다. 뒤이어 애시가 영상 피드를 열었다.

네더튼의 눈에 로비어가 보였다. 새, 그것도 미동조차 않고 가만히 떠 있는 새의 시점에서 내려다본 모습이었다. 로비어는 몹시도 흉하게 생긴 자동차의 뒷좌석에 들어가는 중이었다. 차는 둥글납작하고 무거워 보였으며 흑연처럼 새까만 색이었다. 레프가 뭔가 말하고 나서 뒤로 물러나자 차가 저절로 모습을 감췄다. 차체 표면의 무수히 많은 픽셀이 거리 풍경을 반사해 조각 맞추기 퍼즐처럼 재현하며 무광 차체를 따라 순식간에 퍼져 나갔다.

그렇게 은폐 상태로 출발한 차는 주위 거리를 일그러뜨리는 것처럼 나아가다가, 이내 사라졌다. 레프는 돌아서서 집 쪽으로 향했다. 영상 피드가 닫혔다.

오시안은 여태 샌드위치를 우물거리다가 그제야 삼키고는 크리스털 온더록스 잔에 홍차를 따라 단숨에 들이켰다. "그래서." 오시안이 말했다. 암호 언어가 아닌 것으로 보아 딱히 애시에게 한 말은 아니었다. "런던 정경대의 학생 녀석들을 분석가로 고용할 건가?"

"레프도 동의했잖아." 애시가 말했다. 네더튼에게 한 말이었다.

"폴트가 사는 카운티는 경제 전체가 마약 제조에 의지해 돌아가는 곳이야." 오시안이 네더튼에게 말했다. "그러니 우리에게 필요한 건 거기 이미 다 있을 거야."

레프는 웃는 얼굴로 문을 열고 들어왔다.

"어땠어요?" 애시가 물었다. 애시의 양 손등을 날갯짓하며 가로지르는 새 떼가 네더튼의 눈에 띄었다. 애시는 그 새들을 보지 못했다.

"정말 특이한 사람이야. 늙은 경찰은 처음 만나봤는데. 하긴, 따지고 보면 경찰을 만난 것 자체가 처음이지."

"경찰이 다 그 여자 같진 않습니다." 오시안이 말했다. "다행히도 말이죠."

"내 생각에도 그럴 것 같진 않아." 레프가 대꾸했다.

넌 방금 뭔가 강매당한 거야. 네더튼은 속으로 생각했다. 그것도 아주 용의주도하게, 눈 깜짝할 새에 아주 감쪽같이. 네더튼이 보기에 에인슬리 로비어 경위는 그러고도 남을 인물이었다.

27
죽은 남자들

플린은 남자들 목소리를 듣고 어둠 속에서 잠이 깼다. 목소리는 가까운 곳에서 들려왔고, 말하는 사람 중 한 명은 버튼이었다.

앞서 플린은 자전거를 타고 파마 존 약국에 가서 어머니의 약을 사고 다시 집에 돌아온 다음, 어머니와 함께 저녁을 준비했다. 뒤이어 리언과 어머니와 함께 부엌에서 저녁을 먹었고, 리언과 함께 설거지를 한 다음 어머니와 나란히 뉴스를 봤다. 그러고 나서 잠자리에 들었다.

이제 창밖을 보니 거대한 상자처럼 생긴 보안관 사무소의 흰색 차가 대문 옆에 서 있었다. "네 명이라고?" 상대에게 묻는 오빠의 목소리가 들렸다. 남자들은 플린의 방 창문 바로 아래, 집 앞쪽 포치로 이어지는 오솔길 위에 있었다.

"우리 관할 구역에선 이 정도면 엄청난 숫자야, 버튼. 장난이 아니라고." 그 말을 한 사람은 부보안관 토미 콘스탄틴이었다. "네가 같이 가서 한번 봐주면 좋겠어. 혹시 아는 얼굴이 있을지 모르니까."

"그놈들은 포터 로드에서 죽은 채로 발견됐고, 나는 포터 로드 끝자락에 산다는 이유로?"

"큰 기대는 안 하는데." 토미가 말했다. "그래도 한번 봐주면 고맙겠어. 난 이번 주는 완전히 잡쳤다고. 그 녀석들 시체 때문에."

"어떻게 하고 다니는 놈들인데?"

"권총이 두 정, 새로 산 스테이크 나이프 한 세트, 케이블 타이. 신분증은 아무도 없었어. 차는 어제 훔친 거고."

플린은 최대한 빠르고 조용하게 옷을 입었다.

"살해 방법은?" 버튼이 물었다. 말투가 무슨 야구 경기의 득점 상황을 묻는 듯했다.

"머리에 총을 맞았어. 총알구멍 크기로 봐선 22구경 같아. 총알이야 어차피 뚫고 나간 흔적이 없으니 몸속에서 찾겠지만."

"다들 차 안에 얌전히 앉아서 머리에 구멍이 뚫렸다고?"

플린은 깨끗한 티셔츠에 머리를 집어넣느라 바빴다.

"거기서부터 얘기가 복잡해진단 말이지." 토미가 말했다. "차는 중국제 4인승인데, 탑승자들은 바깥에서 쏜 총에 맞았어. 운전자는 차 앞 유리를 뚫고 들어온 총알에 맞았고 그 옆 사람은 조수석 차창 바깥에서 쏜 총알에, 그 뒤에 앉은 사람은 뒷문 차창으로 들어온 총알에, 운전석 뒤에 앉은 사람은 차 뒤 유리를 뚫은 총알에 당했어. 뒤통수를 맞았지. 꼭 누가 차 주위를 빙 돌면서 한 명씩 차례로 해치운 것 같단 말이야. 하지만 그중 둘은 총에 맞을 때 권총을 들고 있었는데, 왜 반격을 안 했을까?"

이때 플린은 물티슈로 얼굴을 닦느라 바빴다. 어제 입은 티셔츠는 얼굴의 물기를 닦는 수건으로 재활용했다. 그런 다음 청바지 주머니에서 립글로스를 꺼내어 입술에 살짝 발랐다.

"밀실 살인 수수께끼를 떠맡았구나, 토미." 버튼이 말했다.

"내가 떠맡은 건 주 경찰이야." 그렇게 말하는 토미의 목소리를 들으며 플린은 방 바깥 복도로 나섰고, 복도 책장에 줄줄이 꽂힌 《내셔널 지오그래픽》을 행운의 부적 삼아 쓰다듬은 다음 아래층으로 내려갔다.

이동하는 동안 집 안에서 어머니의 모습이 보이지 않았지만, 이렇게 늦은 밤이면 어머니는 약기운에 잠들어 있을 때가 많았다.

"토미, 잘 있었어?" 플린은 방충망 덧문 너머로 인사를 건넸다.

"안녕, 플린." 토미는 빙긋 웃으며 부보안관 모자를 벗었지만 그 인사치레가 반농담조라는 것은 플린도 아는 바였다.

"둘이 얘기하는 소리에 깼어." 플린은 방충망 덧문을 열고 바깥으로 나섰다. "우리 엄마까지 깨우진 마. 사람들이 죽었다며?"

"미안." 토미는 목소리를 낮췄다. "여러 명이 살해당했어. 그것도 쥐도 새도 모르게. 여기서 마을로 가는 길의 중간 지점에서."

"마약 제조업자들이 원한 관계 때문에 한 짓이야?"

"십중팔구는. 하지만 죽은 패거리가 차를 훔친 곳은 멤피스 외곽이야. 그 말은 곧 먼 길을 왔다는 뜻이지."

멤피스라는 말에 플린은 흠칫했다.

"내가 가서 한번 볼게, 토미." 버튼은 플린을 주시하며 말했다.

"고마워." 토미는 벗었던 모자를 다시 썼다. "만나서 반가웠어, 플린. 잠 깨워서 미안."

"나도 같이 갈게." 플린이 말했다.

토미는 플린을 바라봤다. "머리에 구멍이 난 시체들을 보러?"

"주 경찰 같은 데서도 왔을 거 아니야. 부탁 좀 할게, 토미. 이 일대에서는 흔히 볼 수 있는 일도 아니니까."

"만약 내 마음대로 결정할 수 있는 일이었으면 난 굴삭기를 한 대 빌려서 땅을 엄청 깊이 판 다음에, 시체가 안에 다 들어 있는 채로 차를 처넣고 흙으로 덮어버릴 거야. 생전엔 착하게 살았던 사람들은 아니니까. 전혀. 하지만 막상 그렇게 하고 나면 아직 누군지 모르는 범인은 그자들보다 더 나쁜 놈이 아닐까 하는 의심을 떨치지 못하겠지. 뭐, 그나마 순찰차의 커피 메이커는 새 거야. 커피 존스. 원두는 프렌치 로스트하고 콜롬비아 중에서 골라."

남매는 토미의 뒤를 따라가 커다란 흰색 차에 탔다.

플린이 조그만 종이컵에 든 커피 존스 프렌치 에스프레소를 다 마셨을 즈음 경광등 불빛과 천막과 주 경찰 소속 순찰차 및 구급차가 하나둘 시야에 들어왔고, 이내 토미가 차의 속도를 줄였다. 플린은 토미 옆의 조수석에 앉았다. 둘 사이의 콘솔 박스에는 커피 존스 커피 메이커가 떡하니 버티고 있었다. 조수석 사물함 아래, 플린의 발 위쪽 공간에 고정된 물건은 뭉툭하게 생긴 불펍 소총 두 정이었다.

천막은 흰색에 가설형이었다. 차 길이에 맞춰 세워놓은 천막 지붕 아래의 차는 그다지 크지 않았다. 버튼과 리언이 데이비스빌에 갈 때

빌린 차보다는 컸지만, 차이가 많이 나지는 않았다. 주 경찰 소속 순찰차는 표준 장비인 검은색 프리우스 인터셉터였고 차체에는 리언이 '가속 주름'이라고 부르는 종이접기 모양의 장식이 붙어 있었다. 구급차는 어머니를 클랜튼에 있는 병원까지 데려갔을 때 플린이 함께 타고 간 바로 그 차였다. 경찰은 가늘고 기다란 주황색 장대 끄트머리에 커다란 경광등을 달아 현장 곳곳에 꽂아두고 장대 밑동은 모래주머니로 고정시켰다.

"좋아." 토미는 길 한쪽에 차를 댄 다음, 차 안에 없는 누군가를 상대로 혼잣말을 했다. "신원 확인차 근처 주민을 데려왔는데, 아무래도 저 차 안의 친구들하고 아는 사이일 것 같진 않아. 다들 아직 죽은 상태 그대로지?"

"저것들은 저기서 뭘 하는 거야?" 플린은 손으로 한쪽을 가리키며 물었다. 큼지막한 흰색 쿼드콥터 두 대가 도로 위쪽 약 3미터 높이에 떠 있었다. 드론은 흰색 천막 옆 허공에서 위아래로 조금씩 오르락내리락하며 줄곧 한자리를 지켰지만, 그러면서도 이따금 이쪽저쪽으로 휙휙 움직이는 묘한 동작을 보였다. 플린이 게임 속에서 조종했지만 모습을 본 적은 없는 그 드론과 크기가 얼추 비슷할 듯싶었다. 두 드론은 자기들끼리 요란한 소리를 내며 신호를 주고받았고, 그 소리를 들으며 플린은 사건이 집과 더 가까운 곳에서 일어나지 않아 다행이라는 생각이 들었다.

"큰 녀석들이 작은 녀석들한테서 데이터를 받아 변환하는 중이야." 토미가 말했다. 플린은 그제야 조그만 드론들이 눈에 들어왔다.

수많은 연회색 드론 무리가 지면 위 몇 센티미터 높이를 돌아다니는 중이었다. "타이어 분자를 찾아내려는 거지."

"저 도로에는 잔뜩 있을 것 같은데." 플린이 말했다.

"데이터가 충분히 쌓이면 최근 게 나타날 거야."

"사건 신고는 누가 한 거야?" 토미 뒤쪽에 앉은 버튼이 물었다. 순찰차 뒷좌석의 철창은 그 자체로 전기 신호를 차단하는 패러데이 상자였다.

"주 경찰의 인공지능이. 차가 2시간 동안 꼼짝도 않는 걸 위성이 포착했어. 비정상적 드론 활동이 관측된다는 이유로 너희 집에도 확인 요청 표시가 붙었지만, 네가 친구들하고 드론 경주를 하는 중이라고 내가 얘기해 뒀지."

"고마워."

"언제까지 할 작정이야?"

"글쎄." 버튼이 말했다.

"무슨 특별 토너먼트 같은 거야?"

"그 비슷한 거지."

"그럼 이제 슬슬 보러 갈까?" 토미가 물었다.

"그래."

"넌 차에 있어도 돼, 플린. 커피 한 잔 더 할래?"

"아니, 커피는 됐어. 나도 같이 갈래." 차에서 내리자 몹시도 깨끗한 차체가 눈에 띄었다. 장만한 지 1년밖에 안 된 그 차가 보안관들의 자랑이자 기쁨이라는 것을 플린은 알고 있었다.

토미와 버튼도 차에서 내렸다. 토미는 모자를 쓰고 나서 휴대전화 화면을 확인했다.

도로변 배수로의 바닥에서 자라난 야생 당근 군락이 하얀 꽃을 카펫처럼 평평하고 가지런하게 피운 덕분에 배수로가 통째로 감춰지다시피 했다. 그곳은 플린이 학교와 집을 오가며 수백 번은 지나쳤을 장소였으나 눈여겨보기는 이번이 처음이었다. 이제 불빛과 네모난 흰색 천막을 보고 있자니 광고 촬영장 같다는 생각이 들었지만, 실제로는 살인 사건 현장이었다.

하얀 방호복 차림의 주 경찰 소속 여성 경관이 옷 앞쪽 지퍼를 반쯤 내린 채 포터 로드 한복판에 서서 돼지고기 바비큐 샌드위치를 먹고 있었다. 플린은 그 여성의 머리 모양이 예쁘다고 생각했다. 토미도 같은 생각일지 궁금했다. 뒤이어 이 한밤중에 돼지고기 바비큐 샌드위치가 어디서 났을지 궁금해졌다.

천막 안쪽에서 방호복을 입은 사람 둘이 바깥으로 나왔다. 그중 한 명은 권총이 든 커다란 비닐 지퍼 백을 양손에 하나씩 대롱대롱 들고 있었다. 권총 한 정은 검은색, 다른 한 정은 노란색과 연청색이 섞인 다색 무늬였다. 3D 프린터로 출력한 총, 뒷골목 스타일이었다.

"안녕, 토미." 총을 든 사람이 인사했다. 목소리가 방호복에 막혀 탁하게 들렸다.

"안녕, 제퍼스. 이쪽은 버튼 피셔야. 제1차 세계대전 때부터 집안 대대로 이 도로 저편에 살았어. 친절하게도 우리 고객들을 본 적이 있는지 확인해 주겠다고 승낙했지 뭐야. 내가 보기엔 어차피 모르는 사이일 것 같지만."

"안녕하십니까, 피셔 씨." 방호복 차림의 남자가 인사했다. 뒤이어 남자가 쓴 고글이 플린 쪽을 향했다.

"이쪽은 플린, 이 친구 동생이야. 동생은 우리 고객들하고 대면시키지 않아도 돼."

방호복 남자는 함께 나온 동료에게 지퍼 백을 건네고 고글이 붙은 후드의 지퍼를 열었다. 머리카락을 바짝 깎아 분홍빛을 띤 머리가 반짝였다. "고객들 지문을 조회했더니 네 명 모두 등록돼 있었어, 토미. 멤피스는 아니고 내슈빌. 전과가 화려하더군. 자네가 예상한 결과하고 거의 비슷해. 마약 제조업자들이 부리는 청부 폭력배야. 남들한테 심각한 상해를 입힌 적도 있고 살해 혐의도 수두룩하지만, 잡아넣을 결정적인 증거는 없었어."

"그래도 버튼이 한번 봐주면 좋을 것 같아." 토미가 말했다.

"시간 내주셔서 감사합니다, 피셔 씨." 제퍼스가 말했다.

"저도 방호복을 입어야 하나요?" 버튼이 물었다.

"아니요." 제퍼스가 대답했다. "지저분한 부분은 저희가 다 끝냈으니 이건 안 입으셔도 됩니다. 이제 증거가 오염될 염려는 없으니까요."

버튼과 토미는 하얀 천막 안으로 들어갔고 다른 경관은 권총을 들고 사라졌다. 이로써 플린은 제퍼스와 단둘이 남았다.

"무슨 일이 일어난 걸까요?" 플린은 제퍼스에게 물었다.

"죽은 사람들은 차를 타고 이 도로를 따라 이동하는 중이었어요. 두 분이 왔던 방향으로 가고 있었죠. 사람을 죽이기 위해 무장한 상태로요. 신분증은 아무도 안 갖고 있는데, 아마 나중에 찾을 생각으로 어딘가 숨겨뒀겠죠. 그것 말고는 저희도 아는 게 없어요. 앞바퀴는 배수로에 빠졌으니 고속으로 운전하다 처박힌 걸로 보이고, 차에 탄 사람들은 모두 죽었어요. 차 바깥에서 쏜 총에 머리를 맞아서."

플린은 도로 근처에서 빠르게 날아다니는 조그만 분자 채집용 드론 무리를 가만히 바라봤다. 경광등 불빛이 드리운 드론 그림자가 날벌레처럼 보였다.

"그러니까 운전자가 도로를 벗어났다는 말은, 누군가 차 앞을 막아선 사람이 있었을지도 모른다는 거예요." 제퍼스가 말했다. "누가 매복했다가 먼저 운전자를 쐈고, 차가 배수로에 빠지자 같이 매복한 패거리 두어 명이 달려와 차에 같이 탔던 세 사람에게 반격할 틈도 안 주고 총을 갈긴 거죠." 제퍼스는 우울해 보이는 눈을 동그랗게 뜨고 플린을 바라봤다. "아니면 혹시 이 근처에 삼륜 오토바이를 타고 다니는 사람이 있나요?"

"삼륜 오토바이요?"

방호복 차림의 제퍼스는 어깨를 으쓱하며 드론 무리 쪽을 가리켰다. "수집한 미립자에서 타이어 자국이 좀 나왔거든요. 바퀴가 세 개인 것 같은데, 아직은 윤곽선뿐이라 영 희미해요."

"그런 것도 다 알 수 있어요?" 플린이 물었다.

"잘만 하면요." 제퍼스의 말투는 시큰둥했다.

천막 안에서 먼저 버튼이, 뒤이어 토미가 나왔다. "생판 모르는 얼굴들이야." 버튼이 플린에게 말했다. "몰골이 처참해. 한번 볼래?"

"말만 들어도 충분해."

토미는 모자를 벗어 얼굴에 바람을 부치고는 다시 썼다. "이제 집까지 태워다 줄게."

28
밀회의 집

레프의 아버지가 밀회를 위해 마련한 집은 켄싱턴 고어에 있었다. 블록 귀퉁이에 있다는 것 말고는 눈에 띄는 구석이 없는 집이었다.

일행을 그 집까지 태워다 준 차는 조그마한 페리퍼럴이 운전했다. 차 계기판 꼭대기에 내장된 조종석에 앉은 호문쿨루스였다. 조종석 자체는 정교하게 만든 재떨이와 생김새가 꽤 비슷했다. 네더튼은 레프네 집안의 보안 담당 부서에 그것을 조종하는 이들이 있으리라 짐작했다. 그는 그 장치가 눈에 거슬렸다. 애시의 연극적인 태도와 마찬가지로 쓸데없는 것이기 때문이었다. 어쩌면 레프의 아이들을 즐겁게 해주려고 고안한 것인지도 몰랐지만, 설령 그렇다 해도 별 쓸모는 없을 듯싶었다.

노팅 힐에서 이곳까지 오는 동안 레프도 네더튼도 입을 열지 않았다. 네더튼은 레프의 집에서 벗어나서 기분이 후련했다. 셔츠가 다려져 있지 않아서 아쉬웠지만 그래도 세탁은 다 돼 있었고, 그 정도면 봇이 완전히 금지된 장소에서 제공하는 서비스로는 최상급이었다.

오시안이 말하길 밸리터라는 골동품 세탁 로봇이 있기는 하지만 고장 난 상태라고 했다.

"내가 보기엔." 네더튼은 밀회의 집의 편광 유리창을 올려다보며 레프에게 말했다. "너는 이 집을 쓸 일이 없을 것 같은데?"

"우리 형들이 써." 레프가 대답했다. "난 이 집이 치가 떨리게 싫어. 우리 어머니가 겪은 고통의 근원이니까."

"미안. 내가 멋모르고 그만." 뒤이어 네더튼은 자신이 실은 그의 가족사를 안다는 것을 떠올렸다. 언젠가 레프가 술에 취해 몹시도 자세히 털어놓았기 때문이었다. 타고 온 차를 돌아보니 때마침 조그마한 운전사가 눈에 들어왔다. 계기판 꼭대기에 서서 허리에 손을 짚은 채로, 두 사람 쪽을 지켜보는 듯했다. 이내 차창과 차 앞 유리가 캄캄해졌다.

"우리 아버지가 이런 쪽으로 그렇게 열심이었을 것 같진 않아." 레프가 말했다. "아버지의 외도는 언제나 형식적인 구석이 있었어. 꼭 남들에게서 그렇게 하라는 기대를 받은 것처럼 말이야. 내 생각엔 어머니도 그 점을 알아차렸던 것 같아. 그래서 더 고통스러워했고."

"그래도 지금은 같이 지내시잖아." 네더튼이 말했다.

레프는 알 바 아니라는 듯이 어깨를 으쓱했다. 그는 칼라 모서리가 둥그스름한 낡은 말가죽 재킷을 입고 있었다. 어깨를 으쓱하자 재킷이 마치 갑옷처럼 통째로 움직였다. "네가 보기엔 어떤 사람인 것 같아?"

"너희 어머니?" 네더튼은 레프의 어머니를 단 한 번 만났을 뿐이었다. 전에 리치먼드 힐에 있는 저택에서 러시아 전통 행사가 열렸을 때였다.

"로비어 말이야."

네더튼은 켄싱턴 고어의 위쪽과 아래쪽을 모두 둘러봤다. 지나가는 사람도 자동차도 전혀 눈에 띄지 않았다. 런던의 광막한 정적이 더럭 밀려오는 듯했다. "당장 얘기해야 돼? 여기서?"

"집 안보다 여기가 더 나아. 저 집에서 함정에 걸려 주머니가 탈탈 털린 사람이 한둘이 아니니까. 넌 로비어를 어떻게 생각해?"

"위협적이던데." 네더튼이 대답했다.

"나한테 도와주겠다고 제안했어." 레프가 말했다. "그래서 너랑 같이 이리로 온 거야."

"내가 걱정한 대로 됐군."

"걱정했다고?"

"네가 그 여잘 차까지 바래다주고 돌아왔을 때, 꼭 그 여자한테 홀린 것처럼 보였거든."

"난 우리 집안에 억압당하는 느낌이 들 때가 가끔 있어." 레프가 말했다. "그런데 우리 집안과 맞먹는 수준의 실행력을 지닌 사람을 만난 거야. 재미있더군."

"하지만 로비어가 실행하는 건 기본적으로 '시티'의 의지 아니야? 그리고 너희 집안하고 '길드 연합'은 아주 깊숙이 엮인 사이잖아."

"어차피 우리 모두는 시티의 의지를 실행하는 처지야, 윌프. 다른 상상은 하지도 마."

"그래서 로비어가 뭘 제안했는데?" 네더튼이 물었다.

"곧 보게 될 거야." 레프는 그렇게 대답하고는 밀회의 집 현관으로 이어진 계단을 올라갔다. "나야." 그가 현관문을 향해 말했다. "내 친구 네더튼도 같이 왔어."

문은 나직한 휘파람 소리를 내며 살짝 떨리는가 싶더니, 이내 안쪽으로 소리 없이 부드럽게 열렸다. 네더튼은 레프의 뒤를 따라 계단을 올라가 문을 통과한 다음, 다양한 농도의 분홍색과 산호색으로 알록달록 장식한 로비에 들어섰다.

"저 장식은 음순을 묘사한 거야." 레프가 말했다. "아주 참담하게 노골적이지."

"대음순이로군." 네더튼이 맞장구쳤다. 그러고는 목을 길게 빼고 광택 때문에 유독 선정적으로 보이는, 장미 석영에 투각 장식을 새겨 만든 아치를 올려다봤다. 어쩌면 투각 방식이 아니라 로봇이 한 조각 한 조각 쌓아 올려 만든 것인지도 몰랐다. 그곳은 전체적으로 사람의 손이 한 번도 닿지 않은 듯한 분위기가 풍겼다.

"레프 씨. 정말 반가워요, 레프 씨." 젊지 않다는 것 말고는 도무지 나이를 특정할 수 없는, 아마도 말레이시아계일 법한 여성이 나타났다. 얼굴에 웃음이 번지자 자잘한 세모꼴 레이저 흉터들이 우아한 호를 그리면서 광대뼈가 도드라져 보였다. "굉장히 오랜만이네요."

"안녕, 애나." 레프가 인사했다. 네더튼은 그 여성이 레프를 어릴 적부터 '레프 씨'로 불렀을지 궁금했다. 그랬을 듯도 싶었다. "이쪽은 윌프 네더튼이야."

"안녕하세요, 네더튼 씨." 여성은 고개를 숙이며 인사했다.

"그 친구들 와 있어?" 레프가 물었다.

"위에 있어요. 2층에요. 경호원은 우리가 합법적인 예비 구매자인 걸 알고 흡족해하며 돌아가더군요. 만약 구매하기로 결정하신다면, 영양 공급 장치를 비롯한 각종 서비스 모듈은 노팅 힐로 배송될 거예요. 구매하지 않으신다면 그쪽에서 사람을 보내서 수거해 갈 테고요."

"그쪽이 누군데요?" 네더튼이 물었다.

"메이페어에 있는 어떤 회사." 레프는 그렇게 대답하고는 둥그렇게 휘어진 산호색 계단을 오르기 시작했다. "유품 정리 및 위탁 판매를 주로 하는 회사야. 중고품을 파는 거지."

"어떤 물건의 중고품을?" 네더튼이 물었다. 여성은 몇 걸음 뒤에서 둘을 따라왔다.

"페리퍼럴. 제법 고급품이야. 수집 가치가 있는 초창기 모델. 우린 시간이 없어서 새걸 프린트하기는 힘드니까."

"로비어가 도와준다는 게 그거야?"

"내가 그쪽을 도와주는 거야. 서로 돕는 거지." 레프가 말했다.

"내가 무서워한 게 바로 그건데."

"블루 살롱으로 가시면 돼요." 뒤쪽에서 여성이 말했다. "마실 것 좀 갖다 드릴까요?"

"진 토닉으로 주세요." 네더튼이 말했다. 그 말이 어찌나 빨리 튀어나왔던지 여성이 제대로 알아듣지 못했을까 봐 불안했다.

"난 됐어." 레프가 말했다.

네더튼은 계단 위에서 몸을 틀어 여성과 눈을 마주치고는 손가락 두 개를 펴 들고 고개를 끄덕였다.

"이쪽이야." 레프는 계단이 끝나는 곳에서 네더튼의 팔을 잡았다. 그러고는 네더튼을 이끌고 깊이를 알 수 없을 만큼 질푸른 색을 띤 방으로 들어섰다. 방 안의 네 벽은 굉장히 먼 동시에 정확히 가늠하기 힘든 거리만큼 떨어져 있는 것처럼 보였다. 레프네 집 응접실보다 더 좁은 듯한 방 안에 기막히게 촌스러운 황혼이, 2류 나이트클럽이나 해변 카지노에서 볼 법한 저물녘 하늘빛이 환각처럼 펼쳐져 있었다.

"이건 정말 역겨운데." 네더튼이 감탄하며 말했다.

"여기가 그나마 제일 덜 징그러운 방이야. 침실은 보고도 믿기 힘들 만큼 추악하지. 난 네가 폴트의 동생과 나눈 대화를 로비어에게 전달했어."

"그랬어?"

"그게 제일 빠른 방법이었어. 로비어가 그 여자와 잘 맞는 짝을 찾아서 현지 조달을 하려면 말이야. 어때, 잘한 것 같아?"

"하다니, 뭘?"

"일어서." 레프가 명령했다. 그러자 네더튼은 아직 방 안에 있는 줄도 몰랐던 웬 젊은 여성이 쿠션이 불룩한 파란색 안락의자에서 일어섰다. 여성이 입은 희끄무레한 블라우스와 검은 치마는 요즘 유행을 감안하면 둘 다 매우 수수해 보였다. 여성은 레프를 보다가 네더튼을 돌아보더니, 다시 레프에게로 눈을 돌렸다. 얼굴 표정에 호기심이 은은하게 감돌았다. "로비어가 그러는데 얼굴 인식 결과만 보면 더 비슷한 게 둘 있었지만, 느낌은 이게 더 좋았대. 자기 딴에는."

네더튼은 젊은 여성을 물끄러미 봤다. "페리퍼럴이야?"

"10년 된 모델이야. 이전 소유주는 한 명. 맞춤형이고. 유품 정리 경매에 나왔어. 파리에서."

"조종은 누가 하는데?"

"안 해. 기본 인공지능으로 움직이거든. 폴트의 동생하고 닮았어?"

"눈에 띄게 닮진 않았어. 그게 왜 중요해?"

"로비어가 중요할 거라고 했어. 그 여자가 여기 와서 처음 거울을 들여다볼 때." 레프가 가까이 다가가자 페리퍼럴이 고개를 들어 그를 올려다봤다. "우린 그 여자가 느낄 충격은 최소한으로 줄이고, 이곳에 적응하는 속도는 더 높여야 해."

앞서 봤던, 뺨에 레이저로 홈을 새긴 여성이 쟁반을 들고 나타났다. 쟁반에는 하이볼 글라스가 두 개 놓여 있었고, 얼음을 넣은 진 토닉에서 공기 방울이 올라왔다. 레프의 눈길은 페리퍼럴을 떠날 줄 몰랐다. 네더튼은 유리잔 한 개를 집어 단숨에 비우고 재빨리 쟁반에 도로 놔둔 다음, 남은 잔을 집어 들고 여성에게서 등을 돌렸다.

"그루터기에서 특수 기능 프린터를 구입해야겠어." 레프가 말했다. "그쪽에서 일반적으로 쓰는 프린터로는 벅찰 테니까."

"프린터를?"

"자율신경 차단기의 3D 출력용 파일을 보낼 거야."

"플린한테? 언제?"

"되도록 일찍. 페리퍼럴은 이거면 되겠어?"

"아마도." 네더튼이 대답했다.

"그럼 우리가 데리고 돌아가자. 지원 장비는 업체 쪽에서 배송해 줄 거야."

"장비라니?"

"이건 소화기관이 없거든. 식사도, 배설도 안 해. 12시간마다 영양분을 주입해 줘야 되는 거지. 그리고 도미니카가 끔찍이 싫어할 테니까, 이 페리퍼럴은 너랑 같이 지낼 거야. 우리 할아버지의 랜드 요트에서."

"주입한다는 게 무슨 말이야?"

"그건 애시가 알아서 할 거야. 구식 기술을 좋아하니까."

네더튼은 진 토닉을 한 모금 마셨다. 토닉과 얼음을 함께 넣어 달라고 했던 것이 후회됐다.

페리퍼럴은 그를 바라보고 있었다.

29
안마당

밀라그로스 콜디론에 근무한다는 그 네더튼이라는 남자는 꼭 뭔가의 목구멍을 등지고 서 있는 듯, 배경이 온통 분홍색으로 번들거렸다.

플린은 전화를 받으러 포치로 나왔다가 부엌에서 나는 접시 달그락거리는 소리를 들었다. 전날 밤 플린은 커피 존스의 프렌치 에스프레소를 마신 일을 후회하며 잠들려고 애썼고, 조금이기는 해도 눈을 붙이기는 했다.

토미가 대문 앞에서 내려준 후, 두 사람은 입을 꾹 다문 채 집 쪽으로 걸어가다가 토미의 순찰차가 멀어진 후에야 비로소 코너 이야기를 꺼냈다. "코너가 한 짓이야." 플린이 말했지만 버튼은 고개만 끄덕였을 뿐, 동생에게 눈 좀 붙이라는 말을 남기고 트레일러 쪽을 향해 내려갔다.

리언은 아침 7시 30분에 플린네 식구들을 죄다 깨우고는 자기가 무려 1,000만 달러짜리 주 복권에 당첨됐다고 알렸다. 그리고 이제 부엌에서는 플린의 어머니가 아침을 차리는 중이었다. 이윽고 부엌 안쪽에서 리언의 목소리가 들려왔다.

"드론 말인데요." 플린이 전화를 받자 온통 분홍색으로 둘러싸인 월프 네더튼의 조그마한 얼굴이 나타나 말했다.

"안녕하세요, 월프." 플린이 인사했다.

"드론이 있다는 말씀을 하셨죠. 지난번에 통화했을 때."

"우리한테 드론이 있냐고 물어보셨잖아요, 그래서 그렇다고 했고 요. 그 뒤쪽의 분홍색은 다 뭐예요?"

"이 집 안마당이에요." 네더튼이 대답했다. "3D 프린터로 직접 출 력해서 쓰시나요? 드론 말이에요."

"그쪽 동네에서도 해는 동쪽에서 뜨지 않나요?"

네더튼은 멍한 표정을 하고 있다가 이내 시선을 위로, 다시 오른 쪽으로 옮겼다. 뭔가 보면서 읽는 모양이었다. "직접 한다는 말이군 요. 내부 회로도 마찬가진가요?"

"거의 다요. 우리 대신 만들어 주는 사람이 있어요. 엔진은 기성품 을 쓰고요."

"3D 출력은 외주를 맡기는 거군요?"

"맞아요."

"외주 업자는 믿을 만한가요?"

"예."

"실력도 좋아요?"

"예."

"출력 작업을 좀 주선해 줘야겠어요. 작업은 빠르고, 능숙하고, 은밀하게 마쳐야 해요. 그쪽 외주 업자로서는 벅찰 수도 있겠지만, 기술 지원은 우리 쪽에서 맡을게요."

"그런 얘기는 오빠하고 하셔야 될 것 같은데요."

"당연하죠. 다만 아주 급한 일이라서, 지금 당장 우리 둘이 이렇게 얘기하는 수밖에 없어요."

"설마 그쪽이 공급책이라거나 그런 건 아니죠? 그렇죠?"

"공급책이라뇨?"

"마약 사업 말이에요."

"아니에요." 네더튼이 말했다.

"우리 3D 출력 외주 업자는 마약 업계 일은 안 맡아요. 나 역시 그런 일은 맡을 생각 없어요."

"마약하고는 아무 상관도 없어요. 파일을 보낼게요."

"무슨 파일을요?"

"어떤 하드웨어의 파일이에요."

"뭐에 쓰는 물건인데요?"

"어떻게 설명해야 좋을지 모르겠군요. 작업을 주선해 주면 보수는 두둑하게 받을 거예요."

"내 사촌이 방금 복권에 당첨됐어요. 알아요?"

"몰랐는데요." 네더튼이 말했다. "그래도 그보다 더 좋은 방법을 찾아볼게요. 지금 궁리하는 중이에요."

"우리 오빠하고 바로 통화하실래요? 아침 먹으려던 참인데."

"아뇨, 괜찮아요. 가서 아침 드세요. 오빠한테는 나중에 연락할게요. 하지만 외주 업자한테는 미리 얘기해 두세요. 일을 추진해야 하니까."

"그럴게요. 그 집 안마당 참 징그럽게 생겼네요."

"그러게 말이에요." 네더튼은 그렇게 말하고는 아주 짧게 빙긋 웃었다. "그럼, 잘 있어요."

"들어가세요." 휴대전화 화면이 검게 변했다.

"오늘 아침은 비스킷이다." 부엌에서 리언이 외쳤다. "그레이비소스도 있어."

플린은 방충망 덧문을 열고 그늘진 현관의 서늘한 아침 공기 속으로 나섰다. 파리 한 마리가 윙윙 소리를 내며 머리 옆을 지나 날아갔고, 플린은 머릿속으로 경광등 불빛과 하얀 천막과 전날 밤에 보지 못했던 죽은 남자 네 명을 떠올렸다.

30
에르메스

"애시랑 같이 있어도 되잖아." 네더튼은 오징어 등의 불빛으로 물든 페리퍼럴을 힐끗 보며 말했다. 그러면서 그녀가, 또는 그것이, 지각을 갖춘 존재가 아니라는 사실을 되새겼다.

다만 그녀는 물건처럼 보이지 않았다. 그리고 객관적으로 말하자면, 일종의 인공지능에 통제받으며 두 사람 사이에서 걸어가는 지금 그녀의 모습은, 실제로 지각을 갖춘 것처럼 보였다. 그 모습은 관광 명소에 많이 돌아다니지만 네더튼은 최대한 마주치지 않으려고 피해 다니는 지나간 시대의 인간 모형 로봇과 다르지 않았다.

"애시는 여기 안 살잖아." 레프가 말했다.

"그럼 오시안한테 맡기든가."

"오시안도 여기 안 살기는 마찬가지야."

"애시의 천막 점집에서 묵으라고 해."

"테이블에 똑바로 앉아 있으라고?"

"그러면 왜 안 되는데?"

"잠을 자야 돼." 레프가 말했다. "뭐, 말 그대로 자는 건 아니지만, 누워서 쉬어야 해. 운동도 해야 하고."

"그냥 위층에서 재우면 안 돼?"

"도미니카가 못 견딜 거야. 저 여자는 요트 뒤쪽 방에다 넣어둬. 시트로 덮어두든가 해. 그러는 게 보기에 더 낫다면."

"시트를?"

"우리 아버진 자기 페리퍼럴에 먼지 막이용 덮개를 씌웠어. 둘, 아니면 셋이 시트를 뒤집어쓴 채 집 안쪽 침실의 의자에 앉아 있었지. 난 그것들이 유령이라고 상상했어."

"그건 너무 비인간적인 대접인데."

"세포 차원에서는 우리하고 다를 바 없이 인간적인데 말이지. 그 정도면 진짜 인간이나 마찬가지지. 소유자의 관점에 따라서는."

페리퍼럴의 시선은 둘 중 말하고 있는 사람 쪽을 향해 번갈아 움직였다.

"플린을 닮진 않았어." 네더튼이 말했다. "딱히."

"이 정도면 충분히 비슷해." 레프는 앞서 밀회의 집 현관에서 플린과 네더튼의 통화를 촬영하는 동시에 감시했다. "처음 통화할 때 입었던 의상을 토대로 애시가 옷을 몇 가지 만드는 중이야. 그 여자가 보고 친숙하게 느끼게끔."

네더튼은 그제야 비로소 눈치챘다. 이 전용 차고 동굴의 수많은 아치 아래에 레프의 아버지가 잔뜩 모아놓은 자동차 컬렉션이 플린의 눈에 어떻게 비칠지, 짐작이 갔다. 대부분 잭팟 이전의 모델을 완벽

224

하게 복원한 차들이었다. 크롬과 에나멜, 스테인리스스틸, 육각 무늬 바닥 매트, 테니스장 두 군데를 다 덮고도 남을 이탈리아산 가죽 시트까지. 플린이 얼마나 감탄할지는 상상하기도 힘들었다.

두 사람은 이제 고비바겐에 다가가는 중이었다. 머리 위의 아치에서 환한 빛이 비치자 버스 옆의 통로에 있는 러닝머신이 눈에 띄었다. 그 곁에 머리가 없는 흰색 유인원 형상이 양팔을 늘어뜨린 채 서 있는 것을 보고 네더튼은 더럭 불안해져서 물었다. "저건 뭐야?"

"근육 강화 훈련용 외골격 슈트. 도미니카가 한 벌 갖고 있더군. 이제 저 여자 손을 잡아."

"왜?"

"왜냐하면 난 위층으로 올라갈 거니까. 저 여잔 너랑 같이 여기 있을 거고."

네더튼은 손을 내밀었다. 페리퍼럴이 그 손을 잡았다. 그것의 손은 따뜻했고, 완전히 사람의 손 같았다.

"애시가 와서 같이 작전을 짤 거야. 이 여자도 돌봐주고."

"알았어." 네더튼은 불편한 심기를 감추지 않은 채 대답하고 나서 페리퍼럴을 데리고 탑승 계단을 올라가 랜드 요트로 들어선 다음, 침실 세 칸 가운데 가장 작은 방으로 향했다. 둘이 들어서는 곳마다 센서등이 저절로 켜졌다. 그는 미색 베니어판 벽에 내장된 하드웨어를 꼼꼼히 살펴본 끝에 마침내 좁다란 침대가 벽에서 저절로 내려오게끔 조작하는 데 성공했다. "자, 여기 앉아." 그가 말하자 페리퍼럴이 침대에 앉았다. "누워." 이번에도 명령대로 했다. "이제 자." 마지막 명령은 따를지 어떨지 확신이 서지 않았다. 페리퍼럴은 눈을 감았다.

레이니의 인장이 시야에 나타나 깜박거렸다.

"여보세요?" 네더튼은 재빨리 물러나 침실 바깥으로 나온 다음, 문 위아래 중앙에 경첩이 달린 접이식 문을 닫았다.

"메시지를 통 확인하지 않던데."

"맞아요." 네더튼은 문을 덜그럭거리며 대답했다. "이메일도 안 읽었어요. 내가 잘렸다는 건 이미 아는 사실이니까요." 그는 짧고 좁다란 버스 안 통로를 지나 큰방으로 향했다.

"누가 자신을 고용했는지 모르는 채 일하는 게 너의 긍지라고 내가 말했을 때." 레이니가 말했다. "여기 사람들은 내 말을 안 믿었어. 그러다가 네가 해고되니까 그제야 다들 네가 어떤 인물인지 찾아보더군. 널 해고한 게 누군지는 알 길이 없었겠지만. 지금 어디야?"

"친구네 집이에요."

"나한테 보여주면 안 돼?"

네더튼은 그 말대로 했다.

"저 구식 스크린은 다 뭐야?"

"친구가 수집가예요. 그쪽 상황은 어때요?"

"난 공무원이잖아, 엄밀히 말하면. 그러니까 난 사정이 다르지. 그리고 네 탓으로 돌리기도 했고."

"그랬어요?"

"당연하지. 너 우리 정부 기관 쪽에 이력서를 돌리거나 하진 않겠지, 설마?"

"그런 날이 안 오길 바라야겠죠."

"친구 취향이 특이하네. 되게 좁은 곳인가 봐?"

"무지막지하게 큰 메르세데스 벤츠 버스 안이에요."

"뭐라고?"

"랜드 요트 말이에요. 러시아 올리가르히가 고비사막을 여행하려고 맞춤 제작한 캠핑 버스죠."

"너 그런 걸 타고 돌아다니는 중이야?"

"아뇨, 이건 차고 안에 세워져 있어요. 어떻게 이 안에 가져다 놨는지 모르겠지만요. 아마 분해해서 들여왔겠죠." 네더튼은 책상 앞에 앉아 한때는 기하급수적으로 팽창하는 레프 할아버지네 제국의 데이터를 보여줬을 검은 거울을 마주봤다.

"너무 좁아서 폐소공포증에 걸릴 것 같아."

"당신 이름이 클라리스라고 누가 그러던데요." 네더튼이 말했다. "충격이었어요. 내가 그걸 몰랐다는 사실이."

"네가 너무 지독하게 자기중심적이라서 그런 것뿐이야."

"레이니, 당신 이름이 참 예뻐요."

"지금 뭐가 우리 얘길 엿듣고 있는 거야, 윌프? 굉장하잖아. 내 보안 모듈이 아주 새파랗게 질렸어."

"나랑 같이 지내는 친구의 가족이 보유한 모듈일걸요."

"그 친구라는 사람은 차고에서 사는 거야?"

"자기 차고가 따로 있어요. 그 친구 아버지의 차고라고 하는 게 맞겠네요. 지하로 끝도 없이 이어지는 차고죠. 내가 듣기로는 그 집

안 보안 모듈도 마찬가지예요."

"대강만 봐도 규모가 웬만한 국가 수준인데."

"그렇다면 그 집안 모듈이 맞겠네요."

"그게 문제가 될까?" 레이니가 물었다.

"아직은 아니에요."

"데이드라 말인데." 레이니는 잠시 뜸을 들였다가 물었다. "언니가 있었던 거 알아?"

"정말요?"

"소문이 돌고 있어." 레이니가 말했다. "뒤쪽 채널에서. 섬사람들 짓이래. 복수한 거라던데."

"섬사람들이요?" 그 구역질나는 재생 플라스틱 패거리. 플린 피셔가 묘사한, 이든미어 맨션스의 벽을 기어 올라가 아엘리타를 살해했다던 그 물체. "누가 그런 소문을 퍼뜨려요?"

"중국 쪽에서 귓속말이 돌아. 영연방의 유령들 사이에서도."

"뉴질랜드 쪽에서요?" 네더튼은 머릿속으로 상상했다. 자신들이 주고받는 한 마디 한 마디가 도시만큼이나 널따란 깔때기 속을 빙빙 돌며 내려가다가 끝내는, 아마도 레프네 집안의 보안 모듈이 소유한, 정체를 상상하기조차 힘든 의식 속으로 쏟아져 내리는 광경. 문득 가식적이고 지나치게 번들거리는 이 공간이, 좁고 지루하고 안락한 이곳이 소중하게 느껴졌다.

"난 그런 말 한 적 없는데."

"물론 안 했겠죠. 하지만 지난번에 우리가 통화했을 때 마지막까지 남은 데가 거기였잖아요. 미국인들하고 같이."

"지금도 마찬가지야, 원론적으로는. 하지만 이제 모든 게 원점으로 돌아갔어. 우리는, 아니 이제 난 공식적으로 손을 뗀 상태니까 그들이라고 해야겠군. 그들은 새로 헤쳐 모여서, 새 이름을 걸고, 모든 걸 새로 검토해야 해. 섬사람들 두목 자리를 새로 차지하려고 나타나는 자가 누군지 잘 봐둬."

로비어는 그 두목의 이름을 언급한 적이 있었다. 너무 낯설어서 퍼뜩 기억나지 않는 이름이었다. "레이니. 지금 대체 뭣 때문에 전화한 거죠?" 네더튼이 물었다.

"네 친구네 집안 때문에 눈치가 보여서 말하기가 좀 그런데."

"그럼 만나는 게 어때요? 지난번하고 같은 곳에서."

"언제?"

"일단 일정을 한번 보고…."

"안녕." 문간에서 애시가 말했다. 양손에 한 개씩 든 무광 알루미늄 서류 가방은 테두리를 미색 가죽으로 마감한 물건이었다.

"끊어야 해요. 내가 다시 걸게요." 네더튼이 말했다. 레이니의 인장이 사라졌다.

"그 여자 어딨어?" 애시가 물었다.

"뒤쪽 방에요. 그 가방은 뭐예요?"

"에르메스. 공장에서 출고할 때 같이 보내준 키트야."

"에르메스요?"

"루이 비통은 금발 모델만 취급하거든." 애시가 말했다.

31
수상한 물건

셰일린은 손님들을 위해 크로넛 한 상자를 준비했다. 커피 존스에서 파는, 소금 캐러멜을 입힌 크로넛이었다. 플린이 커피 존스에 근무할 당시에 했던 업무 중 하나가 바로 갓 출력한 크로넛을 쟁반 여러 개에 담아 오븐에 넣는 일이었다. 제대로 굽지 않으면 격자무늬 소금 캐러멜이 크루아상 반죽 도넛 속으로 내려앉아 납작하고 맛도 별로인 크로넛이 만들어졌다. 이런 크로넛을 허겁지겁 씹었다가는 치아 충전재가 토핑에 박혀 뽑히는 수가 있었다. 그럼에도 회의를 위해 친절하게 크로넛을 준비해 준 셰일린에게는 감사할 따름이었다. 셰일린은 리소니아라는 여성도 함께 데려왔다. 이따금 메이컨의 일을 거드는 리소니아는 이날 회의가 방해받지 않도록 스낵바의 카운터를 봐주기로 했다.

"먼저 이것부터 물어볼게. 얼마나 수상한 물건이야?" 셰일린이 말했다. 눈길이 메이컨에게서 에드워드에게로, 다시 플린에게로 향했다. 그들 넷이 둘러앉은 카드 테이블은 절단용 받침대로 쓰는 물건이라 상판에 거듭된 칼질의 흔적이 남아 있었다.

"나도 그게 궁금해." 메이컨이 말했다.

"그래서, 어때?" 셰일린은 커피 존스 상자를 열었다. 따뜻한 캐러멜의 냄새가 플린의 코끝을 스쳤다.

"파일과 일치하는 특허는 하나도 못 찾았어요." 에드워드가 대답했다. "이와 같은 제품이 없는 건 말할 것도 없고요. 그러니까 우리가 하려는 게 위조 행위는 아니란 말이죠. 우리가 출력하려는 건 훨씬 더 발달한 기술로 만들면 훨씬 더 잘 써먹을 수 있는 물건인 것 같아요."

"그걸 어떻게 알아?" 플린이 물었다.

"불필요한 부분이 너무 많아. 작동 방식도 임시로 통하게 해놨다는 게 다 보이고. 우리가 지금 돈을 받고 만들려는 물건의 진짜 설계도는 따로 있어. 하지만 우린 비슷한 기성품 부품에다 우리가 직접 출력하는 부품을 더해서 그걸 만들어야 해. 게다가 기성품 부품 몇 가지는 우리 손으로 개조도 해야 돼. 주문 출력 방식으로." 에드워드는 앞서 메이컨과 마찬가지로 비즈를 벗어 주머니에 넣어뒀다. 동종 업계 종사자들끼리의 예의였다.

셰일린은 에드워드에게 크로넛을 권했다. 그는 고개를 저어 사양했다. 메이컨은 한 개를 집었다. "그래서?" 셰일린이 물었다. "얼마나 수상한 물건이라는 거야? 그리고 만약 수상한 물건이 아니라면, 도대체 왜 최고 사양의 프린터를 두 대나 사주겠다는 사람이 나타난 거야? 달랑 물건 한 개 출력하면서?"

"출력하는 건 네 개야." 메이컨이 정정했다. "본체가 한 개, 예비용이 세 개."

"국토안보부 짓이야. 이런 식으로 함정을 파는 거지." 셰일린은 그렇게 말하고는 플린을 돌아봤다.

"버튼이 물어 온 거래야." 플린이 셰일린에게 말했다.

"그럼 왜 본인은 코빼기도 안 비치는데?"

"리언이 오늘 아침에 복권 당첨금을 수령하러 갔거든. 기자들을 상대하려고 버튼도 같이 갔어." 그 말은 겉만 보면 진실이었지만, 캐러멜이 입혀진 크로넛처럼 속은 격자무늬로 패어 있었다.

"그 얘긴 우리도 들었어." 메이컨이 말했다. "피셔 집안에 돈벼락이 떨어졌다더군."

"그렇게 많진 않아. 1,000만 달러, 그것도 세전 금액이니까. 그치만 이 출력 건은 노다지야. 버튼은 그 사람들 일을 이때껏 몰래 해줬어. 나도 조금 거들었고."

"무슨 일을 했는데?" 셰일린이 물었다.

"게임. 뭔지는 가르쳐 주려고 하질 않아. 무슨 베타테스트라도 하는 것처럼."

"게임 회사야?" 메이컨이 물었다.

"경호 업체래. 게임 회사에 고용된."

"그렇다면 앞뒤가 맞네." 에드워드가 말했다. "우리가 출력하는 건 핸즈프리 인터페이스 하드웨어거든."

"보훈부에서 코너한테 만들어 줄 만한 장치야. 그럴 예산만 있으면 말이지." 메이컨은 플린을 보며 말했다. "생각만으로 사물을 조종하게 해주거든. 제일 비슷한 특허는 신경과 쪽의 의료 장비하고 일치해." 메이컨이 크로넛을 손으로 잡아 뜯자 캐러멜이 길게 늘어지며 축 처졌다. "버튼이 해병대에서 사용하던 햅틱하고도 비슷하고."

"어떻게 생겼는데?" 플린은 셰일린이 건네는 크로넛을 받아 들며 물었다.

"위에 상자가 달린 머리띠야." 에드워드가 대답했다. "너무 무거워서 불편해. 전용 케이블로만 출력해서 써야 하고. 프린터 두 대 중한 대는 그 케이블 출력용으로만 쓸 거야. 지금 우리 주에 딱 서른두 대밖에 없는 프린터인데 말이지."

"거기다 합법적으로 등록까지 된 거고." 셰일린이 말했다.

"만약 수상한 물건을 만들 게 아니라면, 등록된 프린터를 써도 괜찮아. 어차피 등록이 안 된 물건은 구할 수도 없고. 우리가 이미 찾아봤어." 메이컨이 말했다.

"프린터는 두 대 모두 내일 이리로 도착할 거야." 셰일린이 말했다. "그 고스족의 말이 사실이라면."

"고스족이라니?" 플린이 물었다.

"잠깐, 벌써 일을 맡겠다고 승낙한 거야?" 메이컨이 물었다.

"배송을 취소시키는 건 아직 가능할 것 같아." 셰일린은 그렇게 대답하고는 플린 쪽을 돌아봤다. "나랑 통화한 사람은 영국인 여자였는데, 괴상한 콘택트렌즈를 끼었어. 네가 그쪽에 내 번호를 가르쳐 줬겠지."

"버튼이 그랬을 거야. 내가 상대한 건 어떤 남자였으니까."

"자기들은 콜롬비아에 있다고 했어." 셰일린이 말했다. "프린터 주문서는 파나마에서 왔고. 한 대 값이 내 연수입을 까마득히 초과할 만큼 비싼 프린터야. 공식 수입품이고 밀수품이고 다 통틀어서 말이지. 일단 이리로 배달되면 다 내 소유가 되는 건데, 그 여자는 프린터 값이고 출력 비용이고 안중에도 없는 눈치였어. 내가 보기엔 마약 제조업자 같던데."

"게임이 있긴 있어." 플린이 말했다. "내가 봤어, 그리고 나랑 얘기한 남자도 자기네는 경호 업체인데 게임 회사에 고용돼서 일한다고 했고. 내가 그 남자한테 혹시 마약 업자 아니냐고 물어봤어. 그런데 아니래. 회사에 자금이 많아서 돈 쓰는 걸 별로 꺼리지 않나 봐. 메이컨, 당신이 이런 일에 신중하다는 거 알아, 그건 나도 마찬가지야. 하지만 이번 건은 우리가 다 아는 마약 업자 패거리한테서 돈을 받는 게 아니잖아." 플린은 자신이 하는 말이 스스로도 납득이 가지 않았고, 그래서 메이컨을 설득할 자신이 없었다. "버튼도 같은 의견이야."

아무도 입을 열지 않았다. 플린은 크로넛을 처음으로 베어 물었다. 격자무늬 캐러멜이 제대로 입혀진 크로넛이었다.

"콜롬비아는 합성 마약 제조업자들이 등장하기 전까지 마약 중심지였어." 에드워드가 말했다. "그러다가 지금은 돈의 중심지가 됐지. 스위스처럼."

플린은 크로넛을 꿀꺽 삼켰다. "이번 일, 할 거야?"

에드워드는 메이컨을 바라봤다.

"큰돈이긴 해." 메이컨이 말했다. "셰일린이 받는 수수료에서 우리 몫이 얼만지 따져보면."

"당신은 조심성이 많잖아, 메이컨." 플린이 말했다. "그런데 왜 이 번 일을 맡으려고 해?"

"조심성이야 많지. 그런데 호기심도 많거든. 균형을 맞추느라고."

"나중에 당신이 날 원망하는 건 바라지 않아. 맡으려는 이유가 뭐야?"

"그쪽에서 보낸 파일 때문이야." 에드워드가 말했다. "우리가 출력을 의뢰받은 건 이때껏 만들어진 기록이 단 한 건도 찾아지지 않는 물건이라고."

"어쩌면 의뢰하는 쪽은 산업 스파이인지도 몰라." 메이컨이 말했다. "그렇다면 일이 재미있어지겠지. 그쪽 분야는 이때껏 발을 들인 적이 없으니까. 우린 그 점에 관심이 끌렸어."

그 말에 에드워드는 고개를 끄덕였다.

"출력물이 어디에 쓰는 물건인지 알아내면, 혹시 더 만들 수도 있을까?" 플린이 물었다.

"더 만드는 거야 어차피 어렵지 않지만." 메이컨이 말했다. "어디다 써먹든 간에 일단 무슨 일을 하는 물건인지부터 알아내야 해. 우리가 아는 수준에서는 조종할 뾰족한 수단이 없으니까."

"그게요." 에드워드는 크로닛 쪽으로 수줍게 손을 뻗으며 말했다. "아마도 할 수 있을 거예요. 역설계를 하면요."

셰일린은 남아 있는 크로닛 세 개를 내려다보며 다이어트에 대한 결심과 치열한 내적 투쟁을 벌였다. "그럼 너도 하겠다는 거네." 셰일린은 고개를 숙인 채 말했다. 그러고는 고개를 들어 플린을 바라봤다. "우리, 이거 하자." 셰일린이 말했다.

플린은 크로넛을 한 입 더 먹었다. 그러고는 고개를 끄덕였다.

32
경찰봉

헨리에타 스트리트에 도착한 네더튼이 택시에서 내리려 할 때, 시야에 레프의 인장이 나타나 깜박거렸다. 네더튼은 전화를 받았다.

"여보세요?"

"네 생각엔 시간이 얼마나 걸릴 것 같아?"

"나도 몰라." 네더튼이 대답했다. "무슨 일에 관해 논의하려는 건지도 모르겠고. 내가 아까 얘기했잖아."

"만남이 끝나면 오시안을 보낼게."

"고맙지만 오시안은 필요 없어. 오시안은 안 돼."

"이런 건 10대 시절 이후로 처음인데." 웬 날씬한 청년이 네더튼 곁의 보도에 멈춰 서며 한 말이었다. 피부는 하얬고 머리색은 그보다 더 하얬다. 납작한 트위드 모자를 쓴 요정 왕자 같았다. 네더튼이 혀 차는 소리를 내자 레프의 인장이 사라졌다. 청년의 눈은 쨍하게 선명한 초록색이었다.

"뭐라고 하셨죠?" 네더튼이 물었다.

"또 오페라 공연이야. 페리퍼럴 대여소에 사람이 바글거리지 뭐야. 여자애 모델도 있었지만, 너를 좀 편하게 해줘야겠다 싶어서. 체격이 아주 떡 벌어진 모델이 있었으면 더 재미있을 뻔했는데."

"레이니?" 레이니의 인장이 시야에 나타났다가 사라졌다.

"안녕." 청년이 말했다. "자, 갈까?"

"당신이 앞장서요." 네더튼이 말했다.

"신중하기는." 대여용 페리퍼럴은 시큰둥한 어조로 말했다. 그러고는 모자챙의 각도를 조절했다. "저기 봐." 페리퍼럴이 헨리에타 스트리트 건너편을 가리키며 말했다. "조지 오웰의 첫 책을 낸 출판사가 저기 있었어." 관광객들이 하는 짜증스러운 짓이었다. 런던 시내에 즐비한 파란색 명판을 촬영해 영상 피드를 하나씩 여는 식으로.

네더튼은 오웰과의 인연만 빼면 별 볼 일 없는 건물은 무시하고 피드의 텍스트도 혀 차는 소리로 닫아버렸다. "가죠." 네더튼이 말했다. 대여용 페리퍼럴은 코번트 가든 방향으로 걷기 시작했다. 네더튼은 그 페리퍼럴도 무광 알루미늄 서류 가방으로 영양분을 주입받는지 궁금했다.

코번트 가든의 길거리는 사람들로 붐볐다. 또는, 다른 곳에 비해 붐비는 편이었다. 오페라를 보러 가는 연인들일 거라고 네더튼은 짐작했다. 대여용이든 아니든 간에 그중 얼마나 많은 수가 페리퍼럴일지 궁금했다. 가랑비가 내리기 시작했다. 네더튼은 재킷의 칼라를 세웠다. 대여용 페리퍼럴에게 앞장서라고 한 까닭은 사실 그것이 레이니인지 알 길이 없기 때문이었다. 남의 인장을 도용하는 자들이 있다는 것은 이미 아는 바였다. 그 점을 감안하면 상대가 페리퍼럴인지 인간인지 알 방법은 전혀 없었다. 한편으로 말하는 것만 들으면 레이니 같기도 했다. 목소리는 당연히 달랐지만, 말투는 레이니였다.

가로등이 하나둘 켜졌다. 진열창에 상품을 늘어놓은 상점에서는 오토마톤이나 호문쿨루스 점원이, 또는 실제 인간인지 페리퍼럴인지 알기 힘든 기묘한 외양을 한 점원이 일하는 중이었다. 네더튼은 한때 이 근처의 상점에서 일하던 여성과 알고 지냈지만 그 가게가 있는 거리의 이름도, 여성의 이름도 기억나지 않았다. "난 그동안 내내 네 걱정을 했어. 어째 이 동네는 갈수록 이상해지는군." 대여용 페리퍼럴이 말했다. 둘은 승마복 차림의 미치코이드가 스카프를 개고 있는 상점 앞을 지나가는 중이었다. "넌 턱수염이 자라는 걸 어떻게 참아?" 대여용이 자신의 하얀 뺨을 손끝으로 쓸어내리며 물었다.

"안 참는데요." 네더튼이 대답했다.

"면도를 해도 또 자라잖아. 난 비명이라도 지르고 싶은데."

"그것 때문에 내 걱정을 했을 것 같진 않군요." 네더튼이 말했다. 대여용은 대꾸하지 않고 계속 걸었다. 신발은 양옆에 신축 밴드가 달린 갈색 반장화였다.

이윽고 둘은 엄밀한 의미의 시장, 즉 건물 안으로 들어섰다. 네더튼은 대여용이 아래층으로 이어지는 계단 쪽으로 자신을 유도하는 것을 알아챘다. 여태까지도 심각하게 의심하지는 않았지만, 이제는 그 페리퍼럴이 레이니라는 확신이 섰다.

"조금이나마 프라이버시를 보장받을 거야. 순전히 상징적이기는 하지만." 대여용이 말했다. 둘은 계단 맨 아래에 도착했다. 좁다란 아치 길에 자리 잡은 술집 마이나데스 크러시가 네더튼의 눈에 들어왔다. 손님은 한 명도 없었고, 바 안쪽에서는 미치코이드가 유리잔을 닦고 있었다.

"멋지네요." 네더튼이 앞장서며 중얼거렸다. 그러고는 미치코이드를 향해 말했다. "우린 안쪽 방으로 들어갈게. 위스키, 더블로. 브랜드는 알아서 줘. 같이 온 친구는 안 마실 거야."

"예, 알겠습니다."

진홍색 벨루어 커튼을 본 네더튼은 애시의 점집 천막이 떠올랐다. 미치코이드가 위스키를 가져다주기가 무섭게 그는 커튼을 쳤다.

"사람들 말이 네가 한 짓이라던데." 대여용이 말했다.

"뭐가요?" 네더튼의 입까지 절반쯤 올라간 위스키 잔이 허공에서 멈췄다.

"아엘리타를 죽인 거 말이야."

"누가 그래요?"

"미국인들이겠지. 아마도."

"아엘리타가 죽었다는 증거가 있기는 해요? 실종된 건 분명하지만, 죽었다고요?" 네더튼은 위스키를 조금 홀짝였다.

"악의적인 홍보전을 모호하게 전개하는 거야. 이미 가십 피드 여기저기에 네 이름이 등장하기 시작했어. 아주 조직적으로."

"누구 짓인지 진짜 몰라요?"

"혹시 데이드라? 어쩌면 너한테 화가 나서 그러는지도."

"우리죠. 우리한테 화가 난 거겠죠."

"지금 상황이 심각해, 윌프."

"심각한 동시에 우스꽝스럽기도 하죠. 데이드라가 전부 다 망쳐 놨잖아요. 일부러. 당신도 거기 있었잖아요. 무슨 일이 있었는지 다 봤을 거 아니에요. 데이드라가 그자를 죽였잖아요."

"그리고 부탁인데 제발 취하도록 마시지는 마."

"사실, 요즘은 술을 아주 많이 줄였어요. 그런데 데이드라는 왜 나한테 화가 났을까요?"

"나도 몰라. 그런데 내가 피하고 싶었던 유형의 고질적이고 복합적인 문제가 바로 그거란 말이지."

"실례합니다, 손님." 커튼 너머에서 미치코이드가 말했다. "누가 찾아오셨는데요."

"우리가 만난다는 말을 다른 사람한테 한 거야?" 초록색 눈 한 쌍이 동그래졌다.

"아뇨." 네더튼이 대답했다.

"손님?" 미치코이드가 말했다.

"만약 누가 이 물건에 총구멍을 뚫어놓으면." 대여용은 왁스를 입힌 면 재킷의 가슴 부분을 손으로 톡톡 두드렸다. "난 소파에 누운 채로 깨어날 거야. 하지만 넌 그럴 처지가 아니지."

네더튼은 마음을 다잡을 겸 위스키를 마시고 커튼을 걷었다.

"방해해서 죄송합니다만, 저로서는 이 방법밖에 없어서요." 로비어가 말했다. 그녀는 복슬복슬한 트위드 재킷에 잘 매치되는 치마를 받쳐 입은 차림새였다. 네더튼은 그 옷이 레이니의 페리퍼럴이 입은 옷과 꽤 잘 어울린다는 생각이 들었다. "아무쪼록 합석을 좀 허락해 주셔야겠습니다." 의자를 가져오는 미치코이드의 모습이 네더튼의 눈에 띄었다. "레이니 씨, 저는 런던 경찰청의 에인슬리 로비어 경위입니다. 안드로이드 아바타 법에 따라 본인이 법적으로 이곳에 존재한다는 사실을 알고 계시죠?"

"알아요." 대여용은 시큰둥하게 대답했다.

"캐나다 법은 물리적으로 구현된 원격 현존체를 따로 구분해 특정하게 취급하지만, 영국 법은 그렇지 않습니다." 로비어는 자기 몫의 의자에 앉았다. "탄산이 없는 물을 줘." 뒤이어 미치코이드에게 마실 것을 주문한 다음, 시장의 지하층을 흘깃 내다보며 네더튼에게 말했다. "커튼은 열어두는 게 좋을 겁니다."

"왜요?" 네더튼이 물었다.

"누가 당신을 해치려 할지도 모르니까요, 네더튼 씨."

대여용의 눈이 동그래졌다.

"누가요?" 네더튼은 위스키를 더 많이 주문하지 않은 걸 잘못했다고 생각하며 물었다.

"저희도 모릅니다. 저희는 최근 무기로 사용될 소지가 있는 페리퍼럴의 대여 건을 주의 깊게 살펴봤습니다. 일반 대중은 그런 거래가 얼마나 면밀히 감시되는지 인식하기 힘들죠. 저희는 그 페리퍼럴이 여기서 가까운 곳에 있다는 것을 알고 있고, 표적은 네더튼 씨라고 생각합니다."

"내가 뭐랬어." 대여용이 네더튼에게 말했다.

"그렇다면 레이니 씨는 왜 네더튼 씨가 위험에 처했다고 보시는지 여쭤봐도 될까요?" 로비어가 물었다. 그러는 사이에 미치코이드는 로비어의 물잔을 테이블에 내려놨다.

"되죠. 당연히." 대여용은 레이니의 언짢은 기분까지 꽤 실감 나게 전달했다. "경찰이라니, 윌프. 나한테 말도 없이."

"말하려고 했어요."

"쓰레기 섬에서 사건이 일어났을 때 네더튼 씨와 동료 관계셨죠. 그 후에 레이니 씨도 함께 해고되셨나요?" 로비어는 그렇게 묻고 나서 물을 한 모금 마셨다.

"사직 처리된 거예요." 대여용이 말했다. "하지만 그 프로젝트에서만 물러났을 뿐이에요. 난 전문직 공무원이니까요."

"저도 그렇습니다. 지금도 공무를 수행하는 중이고요. 레이니 씨도 그런가요?"

초록색 눈이 로비어를 가만히 응시했다. "아뇨. 여기엔 사적인 용무 때문에 왔어요."

"지난번 프로젝트에서 더 진전됐을 가능성이 있는, 그런 일에 지금도 관여하십니까?"

"난 그 주제에 관해 마음대로 논의할 처지가 아니에요."

"하지만 지금 이렇게 네더튼 씨와 사적으로 만나고 계시잖습니까. 네더튼 씨의 안전에 우려를 표하시면서요."

"이 사람이 뭐랬냐면." 네더튼은 무심코 말을 꺼내고 제풀에 움찔했다. "미국인들이 내가 아엘리타를 죽였다는 소문을 퍼뜨린다고 했어요."

"아니." 대여용이 말했다. "난 소문을 퍼뜨리는 가장 유력한 용의자가 미국인들 같다고 했을 뿐이야."

"데이드라 짓인지도 모르겠다고 했잖아요." 네더튼은 그 말을 하고 나서 위스키 잔을 비웠다. 그러고는 미치코이드를 찾으려고 주위를 두리번거렸다.

"음해 공작에 관해서는 저희도 파악했습니다. 근원지가 어디인지는 여전히 불명확하지만요." 로비어는 다시금 커튼 바깥쪽을 흘긋 돌아보고 중얼거렸다. "이런, 맙소사." 그러고는 갈색 가죽 가방의 덮개 속으로 손을 뻗었다. "당장 자리를 떠야 할 것 같군요." 로비어는 가방에서 명함을 꺼내더니 때마침 호출이라도 받은 것처럼 도착한 미치코이드에게 건넸다. 미치코이드는 두 손으로 명함을 받아 들고 목례한 다음 민첩하게 물러났다. 로비어는 다시 가방 속에 손을 넣어 뭔가 꺼냈다. 그 물건은 처음에는 금과 상아로 조잡하게 장식한 립스틱, 또는 향수 분무기처럼 보였지만, 곧바로 변신해 짤따란 의식용 단장短杖처럼 변신했다. 세로줄 무늬가 새겨진 몸통 부분은 상아였고 꼭대기 부분은 도금된 왕관이었다. 틀림없는 경찰봉이었다. 네더튼은 그때껏 실물 경찰봉을 본 적이 한 번도 없었다. "저랑 같이 가시죠, 어서." 로비어가 말했다.

레이니의 페리퍼럴이 일어섰다. 네더튼이 빈 위스키 잔을 내려다보고 일어서려던 찰나, 경찰봉이 다시금 변신하는 광경이 눈에 들어왔다. 결과물은 총신이 기다랗고 상아 손잡이에는 오목하게 홈이 파인 바로크풍 도금 권총이었다. 로비어는 그 총을 들어 겨냥한 다음 발사했다. 귀가 아플 정도로 요란한 폭발음이 들려왔지만 폭발이 일어난 곳은 지하층 저 너머 어딘가였고, 권총 자체의 발사음은 전혀 나지 않았다. 뒤이어 찾아온 압도적인 침묵 속에서 또렷이 들려온 것은 조그만 물체들이 비 오듯 쏟아지는 소리, 그것들이 벽과 판석을 두들기는 소리였다. 누군가 비명을 지르기 시작했다.

"이런, 망할." 로비어는 근심과 놀라움이 함께 밴 목소리로 중얼거렸다. 권총은 다시 경찰봉으로 돌아간 상태였다. "자, 이제 저를 따라오십시오."

로비어가 마이나데스 크러시 바깥으로 네더튼과 대여용 페리퍼럴을 몰아내는 동안에도 비명 소리는 계속 이어졌다.

33
멍청세

리언은 지미스의 카운터 자리에 앉아 두 번째 아침 식사를 거의 다 먹어치운 참이었다. 곁에는 플린이 앉아 있었다. 앞서 리언은 본인 말에 따르면 '복권 판매점의 얼간이'와 나란히 서서 당첨자의 의무인 홍보 영상을 촬영하러 복권 발행처 직원과 함께 시내에 들렀다. 버튼은 그들을 차에 태워 데려다줬다.

"얼간이라고 욕할 거면 왜 일부러 그 사람 가게에서 복권을 샀어?" 플린이 리언에게 물었다.

"왜긴, 내가 당첨된 걸 알면 그 자식이 배 아파 죽으려고 할 게 뻔하니까 그랬지."

"세금이랑 헤프티 팔 수수료를 제하고 얼마나 받았어?"

"한 650만 달러."

"그거면 개념상으로는 증명된 셈이네."

"개념이라니, 무슨 소릴 하는 거야?"

"나도 그게 알고 싶어. 이런 일을 실제로 할 수 있는 사람은 아무도 없으니까. 콜롬비아의 무슨 경호 업체라던데?"

"나한테는 전부 다 영화 같아." 리언은 조그맣게 트림을 했다.

"혹시 우리 엄마 약값도 선불로 좀 냈어?"

"8만 달러." 리언은 허리띠를 한 칸 풀었다. "그러면 최근에 복용하시는 생물학적 제제製劑 값으로 충분할 거야."

"고마워, 리언."

"뭐, 너도 나만큼 부자가 되면 다들 네 돈에 눈독을 들일 거야."

플린은 리언을 흘겨봤다. 애써 웃음을 참는 그의 표정이 눈에 들어왔다. 뒤이어 바 안쪽의 거울에 있는 어떤 것이 눈에 띄었다. 거울 안쪽 깊숙이, 주차장 바닥의 자갈에 반사된 햇빛 속에, 만화풍 황소가 보였다. 그 황소가 플린에게 윙크를 보냈다. 플린은 황소를 향해 가운뎃손가락을 펴 들고 싶은 충동을 꾹 참았다. 그 황소가 이미 파악한 자신의 자질구레한 신상 정보에 손가락 욕까지 추가하고 싶지는 않아서였다.

이곳에 있다 보니 코너와, 포터 로드의 네모난 흰색 천막과, 타이어 분자를 빨아들이러 돌아다니던 드론 무리가 머릿속에 떠올랐다. 플린은 버튼과 마주 앉아 그것들에 관해 얘기할 시간을 여태 갖지 못했다. 코너가 버튼에게서 집 주변 경호를 부탁받은 첫날 밤에 그 남자들 넷을 죽였으리라는 것이 플린의 짐작이었다.

코너는 신속하고 과격하고 폭력적으로 그 일을 해치웠다. 그것이야말로 해병대의 전투 신조였다. 어쩌면 햅틱 수색대는 더더욱 그런지도 몰랐다. 플린이 이해하기에 그 신조는 설령 정보가 부족하고 작전이 엉성하고 장비가 부족해도 그저 돌격함으로써, 늘 변함없이 우직하고 빠르게 돌격함으로써 벌충하라는 뜻이었다. 버튼의 경우에는 그 신조뿐 아니라 상황을 올바르게 인식해야 한다는 신념도 함께 지녔지만, 플린은 그 신조가 적어도 부분적으로는 가족이 먹을 식량을 구하러 사냥에 나서는 행위에서 비롯됐으리라 짐작했다. 그리고 버튼은 언제나 사냥의 명수였다. 그런 반면에 코너는 버튼과 순수하게 다른 사람이었다.

"포에버 패브에는 뭐 하러 갔어?" 리언이 물었다.

"셰일린이랑 메이컨이랑 회의하러."

"수상한 짓 하지 마."

"나한테 그런 말 할 처지야? 그것도 하필 오늘?"

"내가 오늘 한 일은 이 마을 사람들이 멍청세를 내게끔 도와준 게다야. 다음번 복권 당첨을 위해서." 리언은 스툴에서 미끄러지듯 내려선 다음 청바지 허리를 위로 추켜올렸다.

"버튼은 어디 있어?" 플린이 물었다.

"코너네 집에 있겠지. 할 일을 제대로 다 마쳤다면."

"차를 빌려서 거기까지 좀 데려다줘. 자전거는 차 뒤에 실을게."

"이 리언님이야 렌터카 빌리는 것쯤 일도 아니지, 부자니까."

"버튼은 네가 이제 부자로 사는 데 익숙해졌으면 하던데."

"글쎄, 그건 잘 모르겠어." 리언의 말투가 문득 진지해졌다. "너랑 버튼이 얘기했다는 사람들, 사기꾼 같아. 전에 인터넷에 잔뜩 퍼졌던 사연 있잖아, 플로리다에 사는 소아과 의사가 상상 속의 여자 친구한테 재산을 다 줘버렸다는 이야기. 그거랑 비슷한 거지.”

"상상보다 더 지독한 게 뭔지 알아, 리언?”

"뭔데?”

"절반만 상상인 거.”

"무슨 소릴 하는 거야?”

"나도 그게 알고 싶어.”

플린이 렌터카를 호출한 후, 둘은 차가 스스로 운전해 도착할 때까지 가게 바깥에서 기다렸다.

34
머리가 날아가 버린

"향초를 좀 켜도 될까요? 저는 폭발을 목격하면 몸이 안 좋은 쪽으로 반응해서요." 로비어가 물었다. 그러고는 네더튼에게서 대여용 페리퍼럴에게로 눈을 돌렸다. "저는 기억을 일부 소거했습니다만, 그래도 어떤 것들은 남아서 여전히 방아쇠 노릇을 하더군요. 이건 천연 밀랍과 방향유, 그을음이 적은 심지로 만든 향초입니다. 유독 성분은 하나도 없습니다."

"이 페리퍼럴은 후각이 없는 것 같아요." 레이니가 말했다. "그렇게 고급 모델은 아닌가 보네요."

애시가 함께 있었다면 벌이 없는 세계에 어떻게 천연 밀랍이 있는지 지적했을 것 같다고 네더튼은 생각했다. "향초 켜주세요." 네더튼이 말했다. 그는 방금 전에 본, 키가 크고 몹시도 우아해 보이던 남자의 박박 깎은 검은 머리가 터지는 광경이 자꾸만 눈앞에 선히 떠올랐다. 심지어 슬로모션으로, 다양한 각도와 거리에서 본 광경으로 떠올랐다. 폭발은 그 남자가 마이나데스 크러시 앞의 계단을 내려왔을 때 일어났다. 남자는 지금도 그 자리에, 네더튼이 기억하기로는 머리가 통째로 사라진 채 큰대자로 뻗어 있었다. 로비어가 카메라 여러 대로 찍은 영상 피드를 둘에게 보여줬지만, 네더튼은 차라리 안 봤으면 좋았을 거라 생각했다.

차창이 없는 것처럼 보이는 로비어의 차 뒷좌석 공간에는 높이가 낮은 원형 테이블이 있었고, 그 주위로 푹신해 보이는 소형 가죽 안락의자 네 개가 저마다 회전식 받침대 위에 놓여 있었다. 네더튼과 대여용 페리퍼럴은 앞쪽을 바라보는 맨 뒤의 두 의자에, 로비어는 맞은편 의자에 앉아 둘을 마주 봤다. 의자는 가죽이 조금 닳은 데다 테두리의 구슬 장식도 흠집이 나 있었지만 묘하게 아늑했다.

"머리가 폭발한 그 페리퍼럴은 대여용 스파링 파트너입니다. 쇼어디치에 있는 무술 도장에서 대여한 거죠." 로비어는 그렇게 말하며 가방에서 밀랍 향초가 채워진 조그만 유리잔을 꺼냈다. 로비어가 테이블에 잔을 내려놓자 초에 불이 붙었다. "당신이 택시에게 코번트 가든으로 가자고 말한 바로 그 순간에 대여됐습니다, 네더튼 씨. 아까 그 페리퍼럴을 조준했을 때, 저는 당신이 물리적으로 공격당할 거라 예상했습니다. 아마도 손이나 발로 타격했을 테지만 십중팔구 치명상을 입었을 겁니다. 맨손 격투에 최적화된 모델이었으니까요."

네더튼은 로비어에게서 촛불로 시선을 돌렸다가 다시 로비어를 돌아봤다. 마이나데스 크러시에서 나왔을 때 그들 눈에 들어온 것은 갖가지 비행 장치였다. 과장해서 말하면 허공을 가득 메울 정도로 많았다. 노란색과 검정색 줄무늬가 사선으로 그려진 런던 경찰청 소속 드론 네 대는 저마다 파란 경광등을 두 개씩 깜박이며 허공에 떠 있는 상태로 꼼짝도 하지 않았고, 그 밑의 땅바닥에는 머리가 날아간 시체가 바닥에 등을 댄 채, 네더튼과 레이니가 방금 전에 내려왔던 계단 앞에 널브러져 있었다. 그보다 더 작은 드론 여러 대는 윙윙 소리를 내며 빠르게 날아다녔다. 개중에는 크기가 고작 집파리만 한 것들도 있었다.

현장에 뿌려진 피는 계단과 맞닿은 석조 부분에만 고인 것처럼 보였다. 비명 소리는 이미 거칠게 흐느끼는 소리로 바뀌었고, 출처는 계단 발치의 판석 위에 무릎을 세우고 앉은 여성이었다. "저 여자한테 가봐." 네더튼의 귀에 로비어의 목소리가 들려왔다. 보이지 않는 상대에게 내리는 지시였다. "어서." 뒤이어 로비어는 경찰봉을 어깨 높이로 들고 돌아서서 사람들에게 보여줬다. 네더튼은 사람들이 눈길을 돌리는 것을 알아차렸다. 경찰봉을 목격했다는 이유로 표적이 될까 봐 두려워서 한 짓이었지만, 물론 그들은 이미 표적이었다.

구경꾼들이 줄곧 시선을 피하는 사이에 로비어는 네더튼과 대여용을 데리고 건물 반대편 끄트머리까지 간 다음, 다시 지붕 없는 계단을 한 층 더 올라갔다. 그들 일행이 건물을 나서자 로비어의 차가 투명 은폐 기능을 해제했고, 조수석 문이 열렸다. 이제 네더튼은 자신들을 태운 그 차가 지금 서 있는 곳이 어딘지 짐작도 가지 않았다. 코번트 가든에서 아주 먼 곳은 아니었다. 아마도 새프츠버리 애비뉴 쪽 같았다.

"그 여자분은 참 안됐습니다." 로비어가 말했다.

"몸을 다친 것 같지는 않던데요." 대여용이 말했다. 조그맣고 묵직한 가죽 의자에 구부정하니 앉아서, 트위드 모자를 이마까지 푹 눌러쓴 채로.

"정신적 외상을 입었으니까요." 로비어는 그 말을 하고 나서 자기 향초를 바라봤다. "네롤리유 향초입니다. 소녀 취향이지만, 원래부터 좋아하던 거라서요."

"머리를 날려버렸더군요." 네더튼이 말했다.

"일부러 그런 건 아닙니다." 로비어가 말했다. "그 페리퍼럴은 무술 도장에서 리스한 차를 타고 쇼어디치를 떠났습니다. 혼자였을 거라 추정되고요. 하지만 거기까지 혼자 왔을 리가 없습니다. 왜냐하면 누가 그 페리퍼럴의 두개골을 열었으니까요."

"두개골을요?"

"두개골은 조립식입니다. 출력한 뼈를 생체 접착제로 붙이는 방식이죠. 구조상의 강도는 보통 두개골과 같지만 뼈를 따로따로 분리할 수 있습니다."

"그런 기능이 왜 있는 거죠?" 네더튼이 물었다. 문득 페리퍼럴에 관해 더 많이 알수록 그것들이 더 싫어진다는 생각이 들었다.

"스파링용 모델의 머리에는 대개 세포 단위까지 프린터로 출력한 복제품 뇌가 들어 있습니다. 훈련용 뇌라서 인지 기능은 전혀 없지만, 뇌진탕의 강도를 인식하고 비교적 뚜렷한 외상의 흔적을 감지해 사용자에게 알려주죠. 사용자는 자신이 가한 타격의 효과를 정확히 측정할 수 있습니다. 하지만 훈련용 뇌는 사용자가 수리할 수 있는 물건이 아니고, 이는 조립식 두개골 또한 마찬가집니다. 정체가 밝혀지지 않은 인물 또는 여러 인물들이 쇼어디치를 출발해 코번트 가든까지 이동하는 차 안에서 무술 도장이 보유한 페리퍼럴의 서비스 보증서를 무효화했습니다. 훈련용 뇌를 제거하고 그 자리에 폭발 장치를 대신 넣어둔 겁니다. 그 페리퍼럴은 네더튼 씨에게 접근해 폭발했을 겁니다. 저는 그런 사실을 알지 못했기 때문에 플래시봇을 호출했습니다. 제 출동 요청이 접수되자 가장 가까이 있던 네 대가 반응하더군요. 봇들은 페리퍼럴의 머리를 둘러싸고 동시에 폭발했습니다. 사용한 폭약은 저마다 몇분의 1그램에 지나지 않지만, 거리를 제대로 설정하고 간격도 정확히 유지했기 때문에 사실상 뭐든지 정지시킬 수 있었죠. 실제 결과는 이와 달랐지만, 그래도 제 행동 때문에 사망한 사람은 아무도 없으니 우리는 매우 운이 좋습니다."

"하지만 그렇게 안 됐으면 그게 윌프를 죽일 뻔했잖아요." 대여용이 말했다.

"그야 그렇습니다만, 폭발물을 사용하는 건 드문 일입니다. 그리고 저희는 그런 일이 드물게 일어나게끔 억제하는 편이죠. 비대칭 전쟁과 너무 유사하니까요."

"테러 말이군요." 대여용이 말했다.

"그 용어는 되도록 안 쓰려고 하는 편입니다." 로비어가 말했다. 향초의 촛불을 가만히 바라보는 그녀의 표정이 네더튼의 눈에는 뭔가 후회하는 것처럼 보였다. "저희는 테러가 국가의 고유한 특권으로만 남기를 바라거든요." 로비어는 고개를 들어 네더튼을 봤다. "누군가 네더튼 씨의 목숨을 노렸습니다. 어쩌면 네더튼 씨가 사망한 후에 혼자 남을 동업자에게 겁을 줄 의도였는지도 모릅니다."

"윌프하고 내가 동업자였던 건 이제 그냥 과거 일이에요." 대여용이 말했다.

"사실, 제가 염두에 둔 사람은 주보프 씨였습니다만." 로비어가 말했다. "누구든 주보프 씨에게 겁을 주려는 사람이 있다면 분명 그 집안에 관해 까맣게 모르거나, 엄청난 권력자거나, 뼛속까지 무모한 사람일 겁니다."

"그 페리퍼럴이 코번트 가든으로 올 줄 어떻게 알았죠?" 네더튼이 물었다.

"숙모님들 덕분입니다."

"숙모님요?"

"저희가 붙인 이름입니다. 알고리즘인데요. 저희는 수십 년에 걸쳐 아주 많은 알고리즘을 구축했습니다. 제 생각에 오늘날 그 알고리즘들이 어떻게 작동하는지 잘 아는 사람은 아무도 없을 겁니다. 어떤 상황에서든 말입니다." 이제 로비어는 대여용 페리퍼럴을 보고 있었고, 그러는 사이에 표정이 차츰 변해갔다. "저 페리퍼럴은 피츠데이비드 우를 모델로 만들어졌군요. 참 낭만적이네요. 두 분은 그 사람이 누군지 잘 모르실 겁니다. 단언컨대 당대 최고의 셰익스피어극 배우였습니다. 그 사람 어머니가 저와 아주 친한 친구였죠. 물론 저 눈은 후천적으로 바꾼 겁니다만, 나중에 후회하더군요. 한번 선택하면 돌이키기가 쉽지 않았으니까요. 그 시절에는."

네더튼은 위스키를 한 잔 더 마시고 싶은 마음이 간절했고, 한편으로는 로비어가 본인의 남보라색 눈에 대해서도 그 배우와 같은 감정을 느끼는지 궁금했다.

35
그 집 마당에 있는 것들

코너는 포터 로드를 따라가다가 지미스 앞을 지나 더 가면 갈라져 나오는 그레이블리 로드Gravely Road에 살았다. 길 이름은 자갈을 뜻하는 '그래블'이 아니라 '그레이블'로 발음했지만, 실제 노면에는 자갈이 깔려 있다 보니 아이들은 그 길의 이름으로 농담을 하곤 했다. 고등학생 시절에 그레이블리 로드는 더듬기 명소, 즉 데이트할 때 차를 세워놓기 좋은 곳으로 통했다. 리언이 모는 차가 코너의 집 차고 진입로로 보이는 곳에 들어서는 동안, 플린은 이때껏 그레이블리 로드를 따라 이렇게 깊이 들어올 일이 한 번이라도 있었는지 궁금했다. 길 끝자락은 낯선 느낌이 들었지만, 어차피 딱히 기억에 남을 만한 구석이 있는 것도 아니었다. 그러나 누구네 집이든 간에 이렇게 외진 곳에 있는 집을 자신이 알았을 것 같지는 않았다. 이곳은 대부분 출입 금지 팻말이 세워진 숲이거나 재분할된 공터였고, 그런 곳은 아무도 집을 짓지 않아 이제는 풀이 수북하게 자라 있었다.

코너의 집은 플린네 집만큼 오래되지 않았는데도 상태는 더 암담했다. 오랫동안 페인트칠을 하지 않은 탓에 칠이 벗겨진 곳은 나무가 회색으로 변해 있었다. 도로와 단층짜리 집 사이에 자리 잡은 마당은 한때 잔디밭이었지만 이제는 나팔꽃이 수북이 자란 쓰레기장이 되어 있었다. 키가 높다란 트랙터 한 대는 표면에 페인트가 손톱만큼도 남지 않아 온통 녹이 슬었고, 버튼의 것보다 작은 트레일러는 모든 타이어에 바람이 빠져 차축째 주저앉은 몰골이었으며, 가스레인지와 냉장고는 그 자체로 중학교 역사 수업 교재였다. 거기에 커다랗고 낡은 육군 쿼드콥터도 한 대 있었다. 코너의 타란툴라만큼이나 커다란 기체가, 콘크리트블록 네 개를 받침대 삼아 놓여 있었다. 그 기체를 조종하려면 면허가 있어야 했지만, 그것도 애초에 비행 허가를 받았을 때의 얘기였다.

타란툴라는 집 옆으로 이어지는 진입로 끝자락에 세워져 있었고, 그 뒤편에는 메이컨과 에드워드가 커다란 경주용 타이어를 옆에 놔둔 채 부지런히 손을 움직이는 중이었다. 타이어 옆에 깔린 연청색 비닐 방수포에 줄줄이 늘어놓은 공구 세트가 보였다.

플린은 리언이 브레이크를 밟기가 무섭게 차에서 내려 두 사람 쪽으로 걸어갔다. 지미스에서 봤던 마디 진 촉수 모양 로봇 팔에 뭐가 달려 있는지 보고 싶어서였다.

"안녕." 메이컨이 허리를 펴면서 인사했다. 에드워드와 마찬가지로 그 또한 파란 라텍스 장갑을 끼고 있었다. 비즈는 둘 다 끼고 있지 않았다.

"여긴 무슨 바람이 불어서 왔어?" 플린은 로봇 팔을 봤다. 끄트머리에 뭔지 모를 기계장치가 붙어 있었다. 분명 움직이는 장치였지만 플린으로서는 정체가 뭔지 짐작도 가지 않았다.

"코너를 위해 출장 수리 왔어. 봐." 메이컨이 그 장치를 가리켰다. "이건 '그래플'이라고, 주유기 노즐을 잡는 장치야. 코너한테 큰 도움이 될 거야. 주유소에서."

"방금 막 단 거야?"

"아니." 메이컨은 그렇게 대답하며 플린에게 눈짓을 했다. "전에 로봇 팔을 설치할 때 뒤에다 달아줬어. 코너가 주유할 때마다 고생했거든."

"요즘은 좀 편해졌겠지." 에드워드가 담담하게 말했다.

그 말이 헛소리인 줄 플린은 뻔히 알았고 두 사람 또한 이를 알았지만, 어쩔 수 없는 노릇이었다. 아는 사람이 누굴 죽였는데 그 사람이 경찰에 잡히지 않기를 바라는 경우에는, 그럴 수밖에 없었다. 그 둘은 플린에게 남들 귀에 어떤 이야기가 들어가야 하는지 일러주는 중이었다. 그것도 플린이 둘에게서 들은, 있는 그대로의 이야기 말고는 무엇 하나 보태지 않아도 되게끔 친절하게 가르쳐 주고 있었다. "저기 저 까만 건 뭐야?" 그래플에는 전에 봤던 그 뭔지 모를 장치가 붙어 있지 않았다. 플린은 두 사람이 이미 손을 썼으리라 짐작했다.

"완충재 같은데." 에드워드가 대답했다. "트럭 짐칸 바닥에 까는 고무 패드 있잖아."

둘은 총을, 아니면 뭔지는 몰라도 총을 쥐고 움직이던 장치를 로봇 팔에서 제거했고, 그 자리에 저 패드를 붙여놨다. 어쩌면 그 장치는 이제 공구 세트 사이에 끼어 있는지도 몰랐다. 아니면 버튼의 친구가 이미 다른 곳으로 빼돌렸거나.

"덕분에 코너가 편해지면 좋겠네. 버튼 여기 있어?"

"안에 있어." 메이컨이 대답했다. "실은 말이야, 네 머리를 좀 스캔해야 돼. 레이저로."

"뭘 한다고?"

"네 머리의 치수를 잰다고." 에드워드가 말했다. "우리가 출력할 헤드피스는 신축성이 없거든. 접촉성이 관건인데도 말이야. 모든 건 머리에 꼭 맞느냐 안 맞느냐에 달렸어."

"그리고 착용감도 편해야 하고." 메이컨이 그나마 위안이 될 거라는 듯이 덧붙였다.

"내 머리에 맞아야 한다고?"

"그 헤드피스는 네 거야. 애시한테 물어봐." 메이컨이 말했다.

"애시가 누군데?"

"콜디론에서 일하는 여자. 기술 소통 담당자라던데. 툭하면 우리한테 전화를 걸어. 아주 꼼꼼한 사람이야."

"당신도 그렇잖아." 플린이 메이컨에게 말했다.

"그래서 나랑 죽이 잘 맞아."

"잘됐네." 말은 그렇게 했지만, 플린이 느끼기에 딱히 잘된 것은 하나도 없었다.

"리언. 축하해, 백만장자가 됐다며." 메이컨은 그들이 있는 곳에 도착한 리언에게 말했다.

"진심인 티를 그렇게 하나도 안 낼 수가 있다니 대단하네." 리언은 마당의 나팔꽃 덤불 속에서 햇빛에 바랜 나무 상자를 끌어냈다. 상자 옆면에 **수로 굴착용 다이너마이트**를 비롯한 자잘한 글자가 검정색으로 희미하게 적혀 있었다. "이건 이베이에다 올려야겠어." 리언은 상자에 적힌 설명을 가만히 살펴보고 나서 상자 위에 걸터앉았다. "수집가들이 살 거야. 난 일하는 남자들을 보는 게 좋으니까, 여기서 너희를 구경할게."

"그런 게 왜 좋은데?" 메이컨이 물었다.

"열심히 일하는 직업 정신 때문에. 그건 아름다운 거거든."

플린은 계단을 올라가 방충망이 쳐진 쪽문을 열고 집 안으로 들어갔다. 쪽문의 테두리는 다이너마이트 상자보다 더 오래된 나무였다. 플린이 들어선 부엌은 생각보다 깔끔했지만 자주 쓰는 것 같지는 않았다. 거실에 들어서니 갈색과 베이지색 덮개가 씐 소파가 쿠션이 푹 꺼진 몰골로 놓여 있었고 바로 거기에 버튼이 앉아 있었다. 코너는 몹시도 꼿꼿한 자세로 다른 의자에 앉아 있었다. 이내 코너가 일어서자 플린은 그곳에 의자가 없다는 것을 알았다.

코너는 보훈부에서 사준 의족과 의수가 달린 활동 보조기에 벨크로 띠로 몸통을 고정한 상태였다. 발목 부분이 허벅지 부분보다 더 굵다란 의족 때문에 꼭 오래된 만화영화에 나오는 로봇 같았다. 보조기는 실제로 움직이기 전까지는 역동적으로 보였고, 이 때문에 플린은 그가 왜 그 기구를 차기 싫어하는지 이해가 갔다.

"귀염둥이 동생." 코너는 플린을 보며 씩 웃었다. 갓 면도한 얼굴이 놀랍도록 제정신인 사람으로 보였다.

"안녕, 코너." 플린은 인사를 건네며 버튼을 봤다. 이곳에서도 아까 메이컨과 에드워드와 나눴던 식의 대화가 오갈지 궁금했다. "진입로에 메이컨이 와 있던데."

"오토바이를 손봐달라고 불렀어. 코너가 기름 넣을 때 애먹어서."

"우리 지난번에 봤을 때 말이야." 플린은 코너에게 말했다. "별로 즐거워 보이지 않던데."

코너의 웃는 얼굴이 매섭게 굳었다. "그땐 국토안보부 놈들이 너희 오빠를 체포할까 봐 걱정돼서 그랬지. 맥주 마실래?" 그는 왼팔과 그 팔 끄트머리에 남은 손가락 두 개로 부엌 쪽을 가리켰다. "아니면 레드불 줄까?"

"고맙지만 사양할게." 플린이 알기로 보훈부는 코너에게 엄지손가락 대신 쓰도록 발가락 이식 수술을 시켜주려 했을 터였다. 그에게 남은 발가락이 있었다면 말이었다. 그는 대기자 명단에 서명하고 차례를 기다릴 마음만 먹으면 지금도 엄지손가락을 이식받을 가능성이 있었다. 어쩌면 오른발도 그런 식으로 새로 생길지 몰랐다. 다만 그의 오른팔이나 왼쪽 다리는 이식받을 가망이 전혀 없었다. 남은 부분이 너무 짧기 때문이었다. 신경을 접합하려면 이식받는 당사자에게 일정 길이 이상의 신경이 남아 있어야 한다고 했다. 그러나 가장 끔찍한 것은 다름 아닌 코너의 정신이 입은 부상이라는 것을 플린은 낯선 방식으로 문득 깨달았다. 왜냐하면 지금 눈앞의 코너는 완전히 평온해 보였고, 심지어 행복하게까지 보였기 때문이었다. 그리고 플린이 짐작건대 이는 그가 생판 모르는 사람 넷을 죽인 지 얼마 되지 않았기 때문이었다. 플린은 눈물이 핑 도는 느낌이 들었다. 그래서 버튼이 앉은 소파의 반대편 끝자락에 재빨리 앉았다.

"그 사람들, 돈을 무슨 물처럼 펑펑 퍼줘." 버튼이 말했다.

"나도 알아. 방금 복권 당첨자하고 같은 차를 타고 왔으니까."

"그게 다가 아니야. 더 괜찮은 걸 같이 넣어줬어."

"무슨 말이야?"

"오늘 클랜튼에서 누굴 보냈더라고. 현금을 들려서."

"버튼, 그 사람들이 마약 업자면 어쩌려고 그래?"

"아까 온 사람은 변호사였어."

"마약 업자들은 죄다 변호사를 부리잖아."

"나 맥주 좀 줘." 버튼이 코너에게 말했다.

보조기는 코너를 신고 부엌으로 이동해 번쩍이는 새 냉장고 앞에 데려다줬다. 코너가 두 손가락으로 냉장고 문을 잡아채는 모습이 보였고, 뒤이어 빠르게 윙윙거리는 서보모터의 작동음이 플린의 귓가를 스쳤다. 보조기의 오른팔 의수에 달린 엄지손가락이 그제야 플린의 눈에 들어왔다. 코너는 냉장고 문을 열고 맥주를 꺼낸 다음, 보조기의 어깨로 냉장고 문을 살짝 밀어 닫고 다시 쿵쾅쿵쾅 걸어 버튼 앞으로 돌아왔다. 그 보조기는 한 가지 걸음걸이밖에 모르는 모양이었다. 뒤이어 코너는 만약 오른팔이 남아 있었다면 위팔 두 갈래근이 있었을 자리에 병목을 걸고 세게 당겨 뚜껑을 땄다. 플린이 가만히 보니 의수 위팔 부분의 검은 플라스틱 표면에 녹슬고 오래된 병따개가 접착제

263

로 붙여져 있었다. 병뚜껑은 맨 비닐이 깔린 바닥에 떨어져 통통 튀다가 소파 밑으로 굴러들어 갔다. 코너는 플린을 보며 씩 웃고는 버튼에게 맥주를 건넸다.

"걱정 안 해도 돼." 버튼은 그렇게 말하고는 맥주를 한 모금 홀짝였다. "그 사람들은 마약 업자 같지도 않고, 국토안보부 같지도 않아. 내 생각엔 저쪽에서 만드는 게임 때문인 것 같아. 그래서 네가 다시 게임에 들어와 주면 좋겠대. 자기네한테도 이지 아이스가 필요하다는 거지. 저쪽에서 메이컨한테 인터페이스 장치를 만들라고 주문한 이유도 바로 그거야."

"그 망할 놈의 게임." 플린이 말했다.

"네 게임 실력은 이제 굉장히 비싼 자산이 됐어. 클랜튼에서 변호사가 찾아온 것도 다 그 이유 때문이야." 버튼은 맥주를 조금 더 마시더니 병에 붙은 상표를 흘긋 보고 뭔가 말하려는 눈치였지만, 입을 열지는 않았다.

"그러니까 나를 대신해 그쪽 제안에 동의했다는 거야?"

"안 그러면 거래가 깨질 판이었으니까. 네가 아니면 안 돼."

"나한테 물어볼 수도 있었잖아, 버튼."

"우린 파마 존에 약값을 내야 돼. 이번 일의 정체가 뭔지는 몰라도, 지금 우리 수중에 있는 돈이 언제 바닥날지 알 길이 없잖아. 그러니까 우린 일을 해서 되도록 돈을 많이 벌어놓고 그다음에 어떻게 되는지 봐야 해. 난 너도 찬성할 거라고 짐작했는데."

"제대로 짐작한 것 같네." 플린이 말했다.

코너가 다시 앉는 자세를 취하자 보조기의 의족 부분이 의자로 변했다. "소파는 집어치우고. 이리 와서 나랑 여기 같이 앉자." 코너가 플린에게 말했다.

"머리 치수 잴 준비 다 됐는데." 메이컨이 부엌 문 쪽에서 말했다. 손에는 형광 주황색을 띤 가느다란 막대와 고리로 이루어진 기구를 들고 있었다. 생김새가 레이저 스캔 장치보다는 헤프터 마트에서 파는 사냥용 활의 부착물에 더 가까웠다. "소파에 앉아서 할래?"

"앞쪽 포치에서 할게." 플린이 말했다. 앞서 리언이 차를 몰고 들어설 때 포치에 놓인 빛바랜 빨간색 플라스틱 의자가 눈에 띄었기 때문이었고, 당장 그 자리를 뜨고 싶기 때문이기도 했다. "나중에 같이 앉을게, 코너. 지금은 우리 오빠 때문에 짜증 나서 안 되겠어."

그 말에 코너는 씩 웃었다.

현관문을 나선 플린은 포치로 가서 엉덩이 모양대로 우묵하게 성형된 의자 좌판에 작년부터 수북이 쌓인 갈색 낙엽 더미를 쓸어 내고 앉은 다음, 높다랗게 우뚝 서 있는 녹슨 트랙터를 바라봤다. 메이컨이 건넨 눈가리개는 모양이 선탠 살롱에서 쓰는 것과 비슷해서 우스꽝스러웠지만, 소재는 매끈하게 연마한 스테인리스스틸이었다. "이 레이저 얼마나 강력한 거야?" 플린이 물었다.

"눈을 꼭 가려야 할 만큼 강하진 않지만, 안전이 제일이니까."

"시간은 얼마나 걸려?"

"일단 조정을 끝내면 1분 정도. 자, 써봐."

눈가리개에 가늘고 하얀 고무줄이 붙어 있었다. 플린은 가리개를 쓰고 볼록한 눈 모양 스테인리스스틸 판을 눈 위에 덮은 다음 칠흑 같은 어둠 속에 앉아 기다렸고, 그러는 동안 메이컨은 스캔 장치에 다리처럼 달린 말랑말랑한 끄트머리 부분을 플린의 어깨에 올려놨다.

"3D 출력은 언제 시작할 거야?" 플린이 물었다.

"회로 쪽은 이미 출력하는 중이야. 이 헤드셋 부분은 오늘 밤에 할 거고. 밤샘 작업을 하면 내일 둘 다 완성할지도 몰라. 자, 이제 꼼짝 말고 가만히 있어. 말도 하지 말고."

스캔 장치의 둥그런 고리 부분을 따라 무언가가 째깍거리며 오른쪽을 향해 움직였다. 플린은 코너의 집 마당에 있는 것들을, 나팔꽃 덤불에 뒤덮인 채 그곳에 웅크린 것들을 머릿속에 그려봤다. 해병대에 아예 입대한 적이 없는 코너의 모습도 상상해 봤다. 치명적이지는 않아도 그때껏 까맣게 모른 채 살았던 장애 때문에 신체검사에서 불합격한 그의 모습을. 그리하여 그는 이 집에 쭉 살면서 제대로 된 직업을 구했고, 여자를 만나 결혼도 했다. 물론 플린이나 셰일린과 결혼하지는 않았지만, 그래도 누군가 만났다. 어쩌면 클랜튼에 사는 여자를. 아이도 낳았다. 그리고 그의 아내는 저 나팔꽃 덤불을 죄다 걷어내고 쓰레기도 모조리 치운 다음, 잔디를 심어 진짜 마당을 가졌다. 그러나 플린은 그 상상을 오래 이어가지 못했고, 그 상상이 진짜라고 믿지도 못했다. 그저 믿을 수 있었으면 하고 바랄 뿐이었다.

그때까지도 레이저 스캔 장치는 플린의 뒤통수 쪽에서 여전히 나직하게 째깍거렸다. 그러다가 이내 왼쪽 귀 옆에서 째깍거리는가 싶더니, 다시 이마 쪽으로 돌아왔을 때는 째깍거리는 소리가 들리지 않았다. 메이컨은 스캔 장치를 들어 플린의 머리에서 벗기고 눈가리개도 치웠다.

코너의 집 마당에 있던 것들은 원래 자리에 그대로 있었다.

36
어떻게 해도 결국에는

"안톤 형도 페리퍼럴이 하나 있었어." 레프가 그렇게 말했을 때, 네더튼은 코번트 가든에서 무슨 일이 일어났는지 다 이야기한 참이었다. "그런데 가든파티에서 턱이 떨어져 나갈 정도로 패버렸지. 술에 취해 날뛰다가."

둘은 고비바겐의 탑승구 꼭대기에 나란히 서서 러닝머신 위에서 달리는 페리퍼럴을 지켜봤다. "저 물건에 어떤 아름다움이 깃들어 있다는 건 부정할 수 없어." 네더튼은 대화의 주제가 바뀌기를 바라며 말했다. 그러지 않으면 왠지 이야기가 퍼트니의 행동 교정 서비스 업체 쪽으로 흘러갈 것 같아서였다. 다만 페리퍼럴에 아름다움이 깃들어 있다는 생각은 진심이었다. 러닝머신 옆에 서 있는 애시는 표정이 꼭 데이터 피드를 읽는 사람 같았고, 실제로도 그럴 듯싶었다.

"그때 도미니카는 불같이 화를 냈어." 레프가 말했다. "형이 그러는 걸 우리 애들이 볼까 봐서. 형은 페리퍼럴을 공장으로 돌려보내 수리시켰어. 나중에는 총으로 쏴버렸지. 몇 발이나. 볼로흐 클럽의 댄스

홀에서 그랬어. 난 그 자리에 없었지만. 물론 그 일은 소리 소문 없이 묻혔지. 우리 아버지한테는 그 일이 결정적인 계기였어."

애시가 페리퍼럴에게 뭐라고 말하는 모습이 네더튼의 눈에 띄었다. 페리퍼럴은 달리는 속도를 차츰 늦췄다. 네더튼에게는 그것의 아름다움이 다른 방식으로 보였다. 그것은 달리기라는 반복적인 동작에 우아함을 부여했고, 묘하게도 이로써 스스로의 개성을 대체했다.

"안톤은 왜 그랬을까?" 네더튼은 그것의 허벅지 근육이 더없이 정교하게 움직이는 모습을 주시하며 물었다.

"형은 페리퍼럴의 난이도를 조정하는 걸 싫어했어. 최고 수준으로 설정해 놓고 스파링을 했지. 그건 번번이 형을 이겼어. 춤 실력도 형보다 훨씬 더 뛰어났고."

페리퍼럴의 걸음은 어느새 속보 수준으로 느려졌다. 그것은 이내 러닝머신에서 훌쩍 뛰어내리더니, 제자리에서 조깅을 시작했다. 걸친 옷은 헐렁한 검은색 반바지에 검은색 러닝셔츠였다. 랜드 요트의 옷장 두 개는 이제 그것을 위해 애시가 지은 옷으로 채워져 있었다. 다시 말해 검은색 옷이 아주 많았다.

이제 페리퍼럴이 위를 올려다봤다. 네더튼을 보는 듯했다.

이윽고 레프가 몸을 틀어 버스 안으로 돌아갔다. 네더튼도 뒤따라갔지만, 페리퍼럴의 눈빛 때문에 찜찜한 느낌이 들었다. 이제 차 안에서는 생활감이 전보다 더 많이 느껴졌지만, 어쩌면 그저 더 어수선해졌을 뿐인지도 몰랐다. 줄줄이 놓인 골동품 모니터와 페리퍼럴의 지원용 키트 때문이었다.

"라거." 레프가 말했다. 네더튼은 영문을 몰라 눈만 껌벅거렸다. 레프는 차 안 바의 문에 장착된 조그마한 타원형 철제 장치에 엄지손가락을 갖다 댔다. 바의 문은 위쪽으로 미끄러지듯 열려 사라졌고, 뚜껑이 열린 맥주병 한 개가 카운터 속에서 소리 없이 올라왔다. 레프는 그 병을 집다가 네더튼의 기척을 눈치챘다. 그는 차갑게 식혀진 그 병을 네더튼에게 내밀고 앞서 했던 말을 반복했다. "라거." 바에서 병이 한 개 더 나왔다. "이거면 됐어." 레프가 말하자 아까 열렸던 문이 다시 아래로 스르르 내려와 닫혔다. 레프는 자신이 든 병의 밑동을 네더튼이 든 병의 밑동에 찰캉 부딪친 다음, 축배를 들듯 병을 한 번 들어 보이고 맥주를 마셨다. 그러고는 병을 든 손을 아래로 내렸다. "로비어가 뭐라고 하던? 네 친구의 대여용을 반납하고 돌아오는 길에 말이야."

"나한테 우 이야기를 했어."

"누구?"

"피츠데이비드 우. 배우야. 그 사람 어머니가 로비어 친구였대."

"우라." 레프가 말했다. "햄릿 역을 많이 맡았지. 우리 할아버지가 제일 좋아하는 배우였어. 짧게 잡아도 40년 전일걸."

"네가 보기엔 그 여자, 몇 살이나 먹었을 것 같아?"

"100살, 아니면 더 먹었을지도. 정말 그 얘기밖에 안 했어?"

"로비어는 불안해 보였어. 정신도 딴 데 가 있는 것 같았고. 향초까지 켜놓을 정도로."

"촛불, 에센스. 그런 걸 하는 사람들은 나도 본 적이 있어. 기억하고 무슨 관련이 있는 활동이던데.”

“로비어는 자기가 어떤 기억을 소거했다고 했어. 폭발하고 관련된 기억일 거야, 아마도.”

“그런 데 빠져드는 사람들이 있지.” 레프가 말했다. “우리 할아버지는 그런 걸 죄악으로 여기지만. 자수성가한 양반인데, 독실한 정교회 신자이기도 하거든. 로비어가 무슨 꿍꿍이를 꾸미는지 대강이나마 더 알면 좋을 텐데.”

“넌 그 여자하고 거래한 당사자잖아.” 네더튼은 레프에게 그 사실을 일깨워 줬다. “거래 내용은 아주 철저하게 비밀에 부쳤고.”

“그랬지. 하지만 남들하고 같이 알면 안 되는 내용이라서 그래. 만약 내가 거래 조건대로 움직이지 않으면, 아마 로비어에게 들키고 말 거야.”

“어쩌면 로비어가 너한테 대놓고 물어볼지도 모르지.” 네더튼이 말했다. “그리고 넌 자신도 모르게 그 여자한테 다 불지도 모르고.”

레프는 인상을 찌푸렸다. “그건 네 말이 맞아.” 그는 남은 맥주를 다 들이켜고 빈 병을 대리석 테이블 상판에 내려놨다. “다만 그러는 동안에도 그루터기 쪽은 진전이 있었어. 네가 폴트의 여동생을 시켜 현지에서 고용한 기술자들을 보고 애시가 감탄하더군. 자율신경 차단기는 그 기술자들이 최대한 비슷하게 준비하는 중이야. 또 애시가 고용한 런던 정경대의 애송이 분석가들도 그루터기 내부의 재정 문제를 아주 많이 해결해 줬어. 다만 그대로 계속하다간 우리가 있다는 게 탄로 날 텐데, 그냥 탄로 나는 걸로 끝나진 않겠지.”

"그 애송이들은 하는 일이 뭐야?" 네더튼은 자기 몫의 맥주를 다 마시고 물었다. 몇 병 더 마시고 싶은 마음이 간절했다.

"기본적으로는 금융 거래 알고리즘을 대규모로 조작하지. 그루터기 사람들은 그런 조작을 벌일 능력이 아예 없어. 하긴, 그런 현상이 가끔 자연적으로 나타난다는 건 그쪽에서도 이미 감지했지만. 그쪽 사람들도 조만간 자력으로 그런 조작을 실행할 거야. 그래도 우린 이제 위급 상황에 대처할 자금을 확실하게 손에 넣었어. 그리고 그런 자금이 필요하다는 건 이미 사실로 입증됐고."

"그랬어?"

"암살자들이 계약을 이행하러 나타났어. 무려 넷이나. 일을 시작하기도 전에 플트의 지인 한 명이 모두 제거했지만."

"그런데 돈이 왜 필요해?"

"살인은 불법이니까." 레프가 말했다. "그자의 임무는 혹시 암살 계약을 실행하러 오는 것처럼 보이는 자가 있는지 감시하는 거였어. 그런데 그 패거리의 행색이 수상해서 다 죽여버렸잖아. 그런 일을 무마하려면 어느 정도 비용이 들지. 그쪽의 직속 행정 단위는 카운티야. 법 집행 기관의 우두머리는 보안관이고. 그 카운티에서 제일 수지맞는 경제 활동은 분자 합성을 통한 불법 약물 제조더군. 보안관은 현지에서 가장 부유한 마약 업자한테서 뇌물을 받는 중이고."

"그런 걸 다 어떻게 알아?"

"오시안 덕분에."

"그럼 너도 플트 남매를 시켜 경찰에 뇌물을 줬어?"

"아니." 레프가 말했다. "우리 폴트는 마약 업자한테 돈을 줬어. 그쪽 경로를 통하는 게 적절할 거라고 오시안이 그랬는데, 폴트도 동의하더군. 그나저나 오늘 낮에 누가 널 죽이려고 했잖아. 넌 걱정도 안 돼?"

"그 일은 아직 제대로 생각해 보질 않았어." 네더튼은 자신의 그 말이 본심인 것을 문득 깨달았다. "로비어가 그랬어. 만약 내가 아까 죽었다면, 너한테 보내는 경고가 됐을 거라고."

레프는 네더튼을 바라봤다. "내가 겉보기엔 깡패 같지 않다는 거 나도 알아. 그래서 다행이라고 생각하고. 하지만 설령 네가 그렇게 됐다고 해도 난 겁먹지 않았을 거야. 슬펐겠지, 화도 났을 테고. 하지만 겁먹진 않았을 거야."

네더튼은 자신이 죽어서 슬퍼하는 레프의 모습을 머릿속에 그려 봤다. 아니, 그려보려 애썼다. 아무래도 실감이 나지 않았다. 그러나 코번트 가든에서 일어난 일도 실감이 나지 않기는 마찬가지였다. 그저 원할 때면 언제든 레프 할아버지의 바에서 차가운 독일산 라거 맥주가 나왔으면 좋겠다는 생각만 들 뿐이었다.

37
카운티

플린은 재니스에게 이때껏 있었던 일들을 죄다 털어놓기로 마음 먹은 적이 없었다. 그냥 덜컥 얘기해 버렸을 뿐이었다. 재니스가 매디 슨의 머릿수건을 쓰고 주방에서 커피를 만들기 시작했을 때의 일이 었다. 머릿수건은 검은 바탕에 해골과 그 아래 교차한 뼈다귀 두 개 가 흰색으로 그려져 있었다. 메이컨은 언젠가 재니스와 매디슨이 오 토바이 폭주족의 DNA를 타고난 학교 선생들 같다고 말한 적이 있었 다. 그리고 플린이 보기에 그 말은 꽤 사실에 가까웠다. 플린에게 재 니스는 말이 샐지도 모른다는 걱정 없이 뭐든 다 털어놓을 수 있는 상 대였다. 어쩌면 매디슨은 예외일지도 몰랐지만, 그 역시 누구에게 말 을 옮길 사람은 아니었다.

재니스는 지미스에서 코너와 미식축구 선수들이 으르렁댄 일을 화제로 꺼내며 그때는 플린이 코너를 구해준 셈이라고 했다. 플린은 그렇게 말하면 너무 과장하는 거라고 했다.

"그 재수 없는 자식들." 재니스는 미식축구 선수들을 가리켜 그렇

274

게 말했다. "난 케겔 운동을 하다가도 그 자식들만 생각하면 열이 뻗쳐서 폭주해 버려. 맨날 그렇게 분노의 케겔 운동을 하지. 4년마다 새로운 놈들이 나타나니까."

"잘못한 건 코너야." 플린이 그 말을 했을 때 재니스는 원두 분쇄기의 손잡이를 다 돌린 참이었다. 분쇄 작업은 숙달된 솜씨 덕분에 서두르지 않고도 금세 끝났다. "코너가 그 애들을 도발했어. 누굴 못살게 군 건 코너 쪽이었다고."

"그건 나도 알아." 재니스는 분쇄된 원두를 잼 병에 쏟아부은 다음 음료수 받침처럼 생긴 저울에 올려 무게를 쟀다. "하지만 그 자식들은 몰랐지. 자기네가 코너를 갈군다고 생각했으니까. 그 정도로 멍청한 자식들이라고 해서 꼭 나까지 편들어 줄 필요는 없잖아? 그때 이후로 코너 본 적 있어?"

"안 그래도 코너네 집에 들렀다 왔어. 방금 전에."

"내 말은 코너가 미쳤다는 게 아니라." 재니스는 그램 단위로 정확히 잰 커피 가루를 세라믹 여과기의 연갈색 종이 필터에 옮겨 담으며 말했다. 필터는 화학물질의 맛이 나지 않게끔 미리 물로 축여됐다. "자꾸 그렇게 모나게 구는 게 답답하다는 거야. 이유가 있어서 그러는 건 알지만, 그래도 지겹다고." 재니스는 주전자의 온도를 확인하고 커피 가루에 물을 조금 부은 다음, 뜨거운 물이 자리를 잡도록 조금 기다렸다. "근데 네 표정이 썩 밝아 보이지 않는 건 코너랑은 별 상관이 없지 싶은데."

"상관없는 게 맞아."

"그럼 뭐 때문인데?"

그리하여 플린은 재니스에게 털어놨다. 시작은 버튼이 데이비스빌에 가면서 자기 대신 맡아달라고 부탁했던 일 이야기였다. 재니스는 플린의 이야기를 들으며 의식을 거행하듯 진지하게 커피 만들기를 계속했고, 오래지 않아 맛이 아주 훌륭한 진한 커피 두 잔을 내놨다. 플린은 자기 커피에 우유와 설탕을 넣었지만 재니스는 블랙으로 마셨다. 그러면서 플린의 이야기에 귀를 기울이는 한편으로 적절한 대목에서 고개를 끄덕일 뿐, 질문은 거의 하지 않았다. 이야기가 기괴해지는 대목에서는 눈을 동그랗게 떴다가 이내 다시금 고개를 끄덕였다. 그러다가 플린이 토미와 버튼과 함께 순찰차를 타고 포터 로드에 갔을 때, 그리하여 생전 처음 보는 차를 둘러싼 천막과 죽은 남자 넷이 있는 곳에 도착했을 때의 이야기가 나오자 재니스는 손을 번쩍 들고 말했다. "정답."

"정답이라니?"

"코너가 한 짓이지." 재니스가 말했다.

플린은 고개를 끄덕였다.

재니스는 찌푸린 표정으로 고개를 살며시 가로저었다. "더 얘기해 봐."

그리하여 플린은 남은 이야기를 들려줬다. 메이컨과 에드워드가 코너네 집에서 뭘 했는지에 관한 추측은 자세히 얘기하지 않았지만 재니스는 이 또한 간파했고, 그래서 리언이 차로 이 집까지 태워다 줬다는 얘기와 오는 길에 조그만 드론 두 대를 봤다는 얘기까지 죄다 털어났다. 드론은 저마다 네모난 하늘색 접착테이프가 붙어 있었고, 코너네 집에서 이 집까지 오는 길 내내 서로 교대해 가며 플린이 탄 차를 지켜봤다.

둘은 거실 소파로 자리를 옮겼다. 플린이 〈오퍼레이션 노스윈드〉를 마지막으로 했던 바로 그 소파였다.

"클랜튼에서 온 남자." 재니스가 말했다. "돈 가방을 들고 왔다는 남자 말이야. 누군지 알아?"

"아니. 변호사라던데?"

"이름이 비티야. 클랜튼에 변호사 사무소가 있어."

"자기는 그걸 어떻게 알았어?"

"몇 시간 전에 리스가 여기 들러서 매디슨하고 일 얘기를 했거든. 그래서 지금 우리 집에도 그 사람이 준 돈이 있어. 지하실에, 보일러 뒤쪽 구멍 속에."

"진짜야?"

"차라리 진짜가 아니었으면 좋겠어. 아무튼, 이렇게까지 많지는 않았으면 좋았을 거야."

"돈을 왜 줬는데?"

"드론 날리는 걸 도와달래. 그것도 대형 드론을. 코너한테 육군용 드론이 있는데 매디슨을 시켜서 그 드론을 조종하고 싶다는 거야."

플린은 코너네 집 마당에 있던 쿼드콥터 드론을 떠올렸다. "나도 봤어. 무기 탑재형 기체 같던데."

"지하실에 있는 돈은 매디슨하고 내가 〈수호이 플랭커스〉로 버는

1년 치 수입보다 더 많아." 재니스는 그 돈 때문에 언짢아하는 기색이 역력했다.

"리스는 무슨 얘길 했어?"

"너무 많은 얘길 했지, 버튼과 코너의 관점에서 보면. 내 관점에선 성에 안 차는 얘기만 했고. 리스는 그 둘의 광팬이야. 비밀이라면 사족을 못 쓰는데, 그걸 또 자기 입으로 떠벌리지 않고는 못 배겨. 자기가 그 비밀을 안다는 걸 남들한테 알려야 하거든. 그런데 하필 버튼하고 코너를 끔찍이도 떠받들다 보니까, 그 친구들이 무슨 일을 하는지 제 입으로 밝히지 않고는 못 배기는 거야. 떠받들기는 피켓도 마찬가지고."

성씨가 피켓인 사람 가운데 플린의 머릿속에 떠오르는 인물은 카운티에 마지막까지 남아 있다가 문을 닫은 신차 판매 대리점 '코벨 피켓 테슬라'의 소유주뿐이었다. 코벨 피켓은 지금도 카운티에서 으뜸가는 부자로 여겨졌지만, 남들 눈에 띄는 일은 많지 않았다. 플린은 카운티 축제 퍼레이드에서 피켓을 한두 번 본 적이 있었으나 근 몇 년 동안은 본 기억이 없었다. 그는 플린 또래인 딸을 유럽에 있는 학교에 유학 보냈는데 플린이 아는 한 그 딸은 두 번 다시 고향 집에 돌아오지 않았다. "코벨 피켓 말이야?"

"빌어 처먹을 코벨 피켓 말이지."

"그 사람이 버튼이랑 코너하고 무슨 상관인데?"

"거기서부터 수상한 냄새가 난다, 이거야." 재니스가 말했다.

"자기가 보기엔 그 돈이 코벨 피켓 주머니에서 나온 것 같아?"

"퍽이나 그랬겠다. 버튼은 클랜튼의 변호사가 갖다준 돈을 두둑하게 떼서 코벨 몫으로 챙겨줬어. 리스는 카를로스하고 같이 그 돈의 배달을 맡았다며 잔뜩 흥분했고. 돈을 담을 쇼핑백이 두 개나 필요했다고 몇 번이나 얘기할 정도로."

"버튼이 왜 피켓한테 돈을 주는데?"

"포터 로드에서 발견된 남자 시체 네 구 때문에. 그 시체들의 신원을 추적하는 걸 방해하려고. 어차피 우리 카운티에선 순식간에 묻혀버릴 사건이지. 주 경찰은 좀 더 오래 관심을 갖고 조사할 테지만, 코벨은 주 정부에도 인맥이 있으니까 그 시간을 더 짧게 줄일 수도 있어. 대가를 지불받으면."

"피켓은 테슬라 대리점 사장이라서, 시장하고 나란히 차를 타고 크리스마스 퍼레이드에도 참가했어. 우리가 어렸을 때."

"번쩍번쩍한 새 차를 타고 말이지." 재니스가 말했다. "난 네 앞에서 요정 할머니 행세를 할 생각은 없지만, 우리 카운티에는 어떤 마약업자든 코벨 피켓한테 두둑이 상납하지 않는 한 약을 단 1그램도 못만든다는 전설이 있단다."

"말도 안 돼. 그런 사정이 있었다면 나도 진작 들었을걸."

"여기서 중요한 건 네 친구들이랑 식구들이 다 같이 너를 보호해줬는데 정작 너는 그 사실을 모른다는 거야. 무엇보다 그 빌어 처먹을 인간의 이름을 입에 올리지조차 않는 방식으로 지켜줬는데 말이지. 그래서 네가 그 인간을 그렇게 쉽게 잊어버린 거라고."

"자기는 피켓을 싫어하는구나." 플린이 말했다.

"말하면 입만 아프지."

"하지만 보안관 사무소 직원들을 매수했다면, 토미도 다 안다는 말이잖아."

재니스는 플린을 빤히 봤다. "그리 잘 알 것 같진 않은데."

"알거나 모르거나, 둘 중 하나지."

"토미는 착한 사람이야. 매디슨이 착한 사람인 것처럼. 그 문제에 관해선 날 믿어. 알았지?"

"알았어."

"네가 착한 사람인 거랑 같은 이치지. 하지만 지금 네 처지를 좀 봐. 자기네 말로는 콜롬비아에 있다는 패거리랑 단단히 얽힌 판인데, 그 패거리가 주 복권 추첨을 조작해서 리언한테 당첨금을 몰아주는 능력이 있다? 이건 심각하게 수상쩍은 상황이야, 플린. 근데 그렇다고 해서 네가 전보다 덜 착해졌다고 할 수 있어?"

"글쎄." 그 말을 하고 나서 플린은 스스로도 그 질문의 답을 모른다는 생각이 들었다.

"이 아가씨야, 뭐가 어떻게 되든 간에, 넌 혼자서 잘살아 보겠다고 이 정신 나간 일에 뛰어든 게 아니야. 넌 엄마 암 치료 때문에 파마 존에 번번이 약값을 갖다 바쳐야 하잖아. 그런 사람들은 너 말고도 많아. 어떨 땐 대부분 다 그렇게 사는 것처럼 느껴지기도 하지."

"암은 아니야."

"아닌 줄은 나도 알아. 그치만 내 말이 무슨 뜻인지 알잖아. 그리고 토미도. 그 애는 카운티가 제대로 돌아가게 자기 딴에는 최선을 다하고 있어. 정직한 애라서, 법치주의를 신봉하지. 하지만 잭먼 보안관은 얘기가 달라. 잭먼은 어차피 계속 보안관으로 재선되니까 제멋대로 하고 다니지. 그러니까 여기선 토미가 곧 법이야. 너희 엄마한테 너랑 버튼이 필요한 것처럼, 우리 카운티에는 토미가 필요한 거야. 그리고 그 말은 곧 토미가 이런저런 일들을 모른 척하느라 남들보다 더 애를 먹는다는 뜻이기도 하지."

"난 그걸 왜 이날 이때까지 모르고 살았을까?"

"사람들이 너한테 친절을 베푼 거야. 그런 지저분한 일에 관해선 네 앞에서 입도 뻥긋 안 하는 식으로 말이야. 이 일대는 우리가 고등학교에 들어가기도 전부터 이미 마약 제조를 기반으로 경제가 돌아갔어."

"나도 어느 정도는 알고 있었어. 아마도."

"우리 카운티에 잘 왔다, 얘야. 커피 더 마실래?"

"아무래도 너무 많이 마신 것 같아."

38

그루터기의 여자

레프가 도미니카의 전화를 받고 위층으로 올라간 후, 네더튼은 캠핑 버스 탑승구로 돌아와 페리퍼럴이 외골격 슈트를 입고 근력 강화 운동을 하는 광경을 지켜봤다. 페리퍼럴의 맨팔과 허벅지에는 근육이 실로 몹시도 또렷하게 발달해 있었다. 네더튼은 근육이 원래 그런 식으로 출력되는지 궁금했다.

애시는 필시 다른 곳에 있을 오시안과 말다툼을 벌이느라 네더튼의 시야에서 벗어난 상태였다. 네더튼이 이를 아는 까닭은 그 둘이 유사 슬라브어족 암호 언어의 최신 버전으로 주고받는 대화에서 애시가 하는 말만 들렸기 때문이었다. 네더튼은 문이 닫힌 바로 가서 타원형 철제 인식 장치에 엄지손가락을 댔다. 아무 일도 일어나지 않았다.

그러다가 이제 애시가 나타났다. 꽃이 담긴 커다란 흰색 도자기 꽃병을 들고서, 조용히 근력 운동을 하는 페리퍼럴 앞을 지나 캠핑 버스 탑승구의 계단을 올라왔다. "뭘 이런 걸 다 가져왔어요." 애시가 계단을 다 올라왔을 때 네더튼이 말했다.

"저 여잔 환영받을 자격이 있어." 애시의 창백한 얼굴이 화사한 꽃과 대조를 이뤘다. "그렇다고 마실 걸 내놓을 수도 없잖아."

'페리퍼럴 속에 머무는 플린'이라는 좀처럼 파악하기 어려운 개념에 네더튼은 뜻밖에도 측은함을 느끼고 가슴이 저릿해졌다. 마실 것을 대접받지 못할 처지이기는 플린도 마찬가지였다.

"물을 주면 돼. 시간당 섭취 한도 내에서." 애시는 네더튼이 페리퍼럴을 걱정해서 그런 표정을 짓는다고 오해한 모양이었다. "탈수 경보가 울릴 거야. 하지만 술은 안 돼." 애시는 그 말을 남기고 꽃병을 든 채 네더튼 앞을 지나갔다.

"그 여자는 언제 와요?"

"이제 2시간 남았어." 애시가 네더튼의 뒤편에서 말했다.

"2시간이나요?" 네더튼은 뒤로 돌아섰다. 애시는 꽃병을 네더튼의 책상 위 이곳저곳에 놓으며 맵시를 가늠하는 중이었다.

"메이컨은 실력이 아주 좋아." 애시가 말했다.

"메이… 누구요?"

"메이컨. 그 여자가 거래하는 출력업자야. 그루터기에 사는. 손이 빠르더군."

"무슨 이름이 그래요?"

"도시 이름이야. 조지아에 있어. 미국 조지아주." 애시는 꽃병의 꽃들을 보기 좋게 다시 정리했다. 아득히 멀리 보이는 들짐승 무리가 애시의 왼쪽 손등을 가로질러 우르르 몰려갔다. "나도 너랑 같이 여기 있을게."

"그럴래요?"

"너 페리퍼럴을 사용한 지 얼마나 됐어?"

"마지막은 열 살 때였어요." 네더튼이 말했다. "햄스테드 히스에서 열린 호문쿨루스 파티에 갔죠. 학교 친구의 생일 파티에."

"기억이 정확하군." 애시는 돌아서서 허리에 손을 짚은 채 네더튼을 마주 봤다. 그녀는 이날도 자기 나름의 '격식 차린 정장'을 입고 있었다. 네더튼의 머릿속에 문득 레프의 차 계기판 위에 있던 호문쿨루스의 자세가 떠올랐다.

"당신이었군요. 맞죠? 이 집에서 다른 집으로 오고 갔던 차를 운전한 게?"

"물론이지. 그런데 그 여자가 도착하면 뭐라고 얘기할 생각이야?"

"뭐에 관해서요?"

"지금 벌어지는 일에 관해." 애시가 말했다. "여기가 어딘지에 관해. 또 지금은 언젠지에 관해서도. 넌 그런 얘기를 하라고 돈을 받는 거 아니야?"

"말은 고맙지만 아무도 나한테 돈을 안 주던데요."

"돈 문제는 레프하고 상의해."

"난 이번 일을 돈벌이로 보지 않아요. 레프를 도와주려고 여기 있는 거예요."

"그 여잔 지금 벌어지는 일을 단 하나도 이해 못 할 거야. 페리퍼럴을 경험해 본 적도 없고. 그런 경험은 너도 거의 없지. 그러니까 더더욱 내가 여기 있어야 해."

"난 레프한테서 그 여자가 2시간 후에 이리 올 거라는 얘기 못 들었는데요."

"레프는 아직 몰라." 애시가 말했다. "오시안도 방금 알았어. 레프는 부인 마님과 함께 위층에 있어. 부인 마님과 함께 있을 땐 전화 금지야. 나중에 우리가 얘기하면 레프는 로비어한테 알려줄 거야. 그러면 로비어가 우리한테 조언을 하겠지. 그러니까 지금 우리로선 로비어가 끼어들지 않는 상태에서 그 여자한테 무슨 얘길 할지 정해놓는 게 최선이야."

"레프가 로비어하고 같이 무슨 일을 꾸미는지 알아요? 나한테는 얘길 안 해주던데요."

"그렇다면 레프도 구제 불능의 바보는 아니로군. 아직은."

"하지만 이건 로비어가 내놓은 아이디어였잖아요. 플린을 이리로 데려오는 거 말이에요, 안 그래요?"

"그래."

"왜 그랬을까요?"

"이유가 뭐든 간에, 로비어는 지금 허둥지둥 움직이고 있어." 애시는 합판 벽의 한쪽 부분을 손으로 건드렸다. 벽이 열렸다. 애시가 조종 장치를 조작했다. 네더튼은 살며시 불어오는 산들바람을 느꼈다. "공기가 후텁지근해서."

"우리 사무실은 콜롬비아에 있는 걸로 돼 있는데요."

"콜롬비아에도 에어컨은 있을 거야, 틀림없이. 로비어는 너랑 그 여자 둘 다에게 다양한 옷을 만들어 주고 싶어 했어. 그중 몇 가지는 아무리 봐도 입고 여기 가만히 앉아 있을 옷은 아니야. 그 여자는 런던을 구경하러 다닐 거야. 너도 마찬가지고."

"로비어가 내 옷을 주문했다고요?"

"나쁜 생각은 아니야. 넌 입성을 보면 프로답지 않으니까."

"처음 대화를 나눴을 때 플린은 내가 게임의 한 부분인 줄 알았어요." 네더튼이 말했다. "자기가 맡은 일이라고 생각했던 그 게임요."

"우리가 그 여자 오빠한테 게임이라고 속여서 그런 거잖아."

"플린한테 솔직하게 말하는 게 좋을 것 같아요."

애시는 말이 없었다. 그저 네더튼을 빤히 볼 뿐이었다.

"뭘 그렇게 봐요?"

"네가 전에 그런 말을 한 적이 있는지 궁금해서."

"굳이 속이려고 할 필요가 뭐가 있어요? 플린은 영리해요. 알아챌 거라고요."

"난 그게 전략상 최선일지 잘 모르겠어." 애시가 말했다.

"그럼 플린한테 돈을 더 주든가요. 당신한텐 그 사람들 세상의 돈이 썩어날 만큼 많잖아요. 아니면 그렇게 많이 벌 능력이 있든가요. 어차피 여기선 한 푼도 못 쓰는 돈이에요. 그러니까 플린한테 사실대로 얘기하고, 보수는 두 배로 줘요. 우리가 플린의 너그러운 미래가 되는 거예요."

애시는 고개를 들어 왼쪽을 봤다. 뒤이어 혀를 잔뜩 굴리며 방금 전까지 존재하지도 않았던 합성 언어로 뭐라고 떠들어 댔다. 그리고는 네더튼에게로 눈길을 돌렸다. "가서 샤워해. 땀이 나서 끈적끈적해 보이니까. 네 옷은 방 맨 안쪽, 왼쪽 옷장 안에 있어."

"로비어가 고른 옷이에요?"

"내가 골랐어. 로비어의 제안에 따라."

검은색이겠군. 네더튼은 속으로 짐작했다. 로비어가 뭔가 더 활기
찬 분위기를 염두에 뒀다면 또 모르겠지만. "무슨 정신병원에 들어온
것 같은 느낌이 슬슬 드는군요."

"난 그 느낌에 어울리는 이름이 뭔지 아는데."

"뭔데요?"

"리얼리즘. 넌 앞으로 한동안 우리 곁에 붙어 있어야 할 거야."

39
구두장이 요정들

메이컨의 렌터카에서는 갓 출력한 전자 제품의 냄새가 났다. 플린의 휴대전화도 이와 비슷한 냄새를 풍겼다. 헤프티 마트의 스낵바에서, 메이컨이 새 전화기를 건네줬을 때. 그 냄새는 한두 시간이 지나자 사라졌다. "내일이나 돼야 다 준비될 거라며." 플린이 메이컨에게 말했다.

"도움을 좀 받았지. 일부는 패빗에서 출력해 줬어. 우리가 프린터를 빌려줘서."

"패빗에다 수상적은 출력 작업을 맡겼단 말이야?"

"수상한 거 아니야." 차 뒷좌석에서 옆쪽을 보고 앉은 에드워드가 말했다. "그냥 특이한 거지."

"패빗은 다 같은 체인 소속이잖아. 소유주는 헤프티 마트고." 플린이 말했다.

"내 사촌이 거기서 시간제 매장 관리자로 일해." 메이컨이 말했다. "사실, 보통은 어림도 없는 일이지. 근데 네 오빠가 내 사촌한테 제안을 하나 했는데 그게 괜찮아 보였나 봐. 그쪽 매장에 있는 폴리머 중에서 쓸 만한 건 질감이 케이크에 입히는 아이싱 같아서, 그게 좀 아쉽긴 하지만. 보통은 크리스마스 때나 쓰는 소재인데 이게 피부 전도체 부분하고 완벽하게 결합하더라고. 그 덕분에 넌 이제 백설공주의 왕관을 머리에 쓰게 됐어. 게다가 모양이 그렇게 생겨서 패빗 직원 중에 자기네가 뭘 출력하는지 눈치챈 사람이 한 명도 없으니 더 잘됐지."

"피부 전도체라니?"

"네 이마를 가로지르는 부분을 말하는 거야. 우리가 처음 뽑은 설계도대로 했으면 넌 뒤통수 둘레를 따라 5센티미터 너비로 머리를 밀어야 했을 거야."

"헛소리 집어치워."

"그렇게 나올 줄 알았지. 그래서 일본산 소재를 대신 썼어. 그건 이마에 붙이기만 하면 되거든. 식염수를 살짝 바르면 더 좋고."

"게임용 컨트롤러라고 했잖아."

"원격 현존 인터페이스야. 손은 사용할 필요도 없어."

"직접 써봤어?"

"난 못 써. 애초에 써봤자 할 일이 없거든. 네 친구들은 너한테 이걸 쓰고 뭘 좀 조종해 달라고 부탁했을 뿐이지, 우리한테 그걸 먼저 조종할 기회를 주진 않았으니까. 이 장치를 머리에 쓸 땐 어딘가 누워야 해. 안 그러면 턱에 침이 질질 흐를지도 몰라."

"그게 무슨 말이야?"

"만약 이 물건이 제대로 작동하면, 반드시 그래야겠지만, 넌 저쪽의 네 친구들이 갖고 있는 어떤 장치를 온몸으로 조종하게 될 거야. 모든 동작을 다 취하면서. 하지만 그러는 동안 네 몸은 꼼짝도 안 할 거야. 어떻게 그렇게 작동하는지 생각해 보면 참 재미있단 말이지."

"왜?"

"왜냐하면 이 물건에 적용된 기술 중에 특허가 등록된 게 있는지 찾아봤는데, 도무지 찾을 수가 없기 때문이지. 그리고 만약 특허가 있다고 해도 사용료가 비쌀 거야. 그것도 굉장히."

"군용 기술일 수도 있어." 사람들 뒤쪽에서 에드워드가 말했다. 이제 그들은 포터 로드를 절반쯤 지난 참이었고, 플린은 전에 본 하얀 천막이 어디에 있었는지, 드론 무리가 코너의 타이어에서 나온 미립자를 찾아 노면을 샅샅이 뒤지던 곳은 또 어디였는지 벌써부터 가물가물했다.

도로 오른편은 플린이 눈여겨본 적조차 없는 들판이었고, 폭풍에 부러져 제대로 자라지 못한 소나무들이 옹기종기 서 있었다. 도로 왼편의 경사진 땅을 내려가면 나오는 개울은 플린네 집 아래쪽으로 흘러 버튼의 트레일러 옆을 지나갔다. 이제 곧 포터 로드가 좁아지는 곳에 이르면 날이 저물어 가장 높이 자란 나무들의 우듬지만 간신히 보일 듯싶었지만, 그곳에서 집까지는 지척이었다. "혹시 그 사람들이 나한테 뭘 시키려고 하는지 얘기했어?"

"아니." 메이컨이 대답했다. "우린 그냥 구두장이 요정이잖아. 무도회에 가는 주인공은 너고."

"과연 그럴까."

"넌 우리가 만든 왕관을 아직 안 봐서 그렇게 말하는 거야."

플린은 메이컨에게 더 대꾸하지 않고 생각에 잠겼다. 코벨 피켓을, 재니스에게서 들은 이야기를, 그리고 토미를 생각했다. 자동차 대리점이 있었던 건물의 옆벽에는 지금도 **코벨 피켓 테슬라**라는 상호가 있었지만, 글자 표면은 페인트도 칠하지 않은 콘크리트였다. 알루미늄과 탄소 섬유로 만든 글자 모양 간판이 제자리에서 떨어져 나간 탓이었다.

대문 옆에 카를로스가 서서 그들을 기다렸다. "너희 엄마는 리언하고 리스하고 같이 저녁 드시고 계셔." 카를로스는 차에서 내리는 플린을 보며 말했다. "너 방금 전에 혹시 뭐 먹었어?"

"아니. 그건 왜?" 플린이 물었다.

"그쪽에서 너한테 빈속으로 있으라고 해서." 카를로스가 말한 '그쪽'은 정체는 알 수 없어도 어쨌든 돈을 주는 쪽이라는 뜻으로 그들 사이에서 이미 통하는 용어였다. "첫 시도에서는 토할지도 모른다고 했어. 말하자면 기도 폐쇄가 우려된다는 거지." 플린은 카를로스가 자원봉사 응급 구조사라는 사실이 기억났다.

"알았어."

메이컨과 에드워드는 차 뒤에서 짐을 내리는 중이었다. 짐 가운데 수술용 장갑과 똑같은 파란색을 띤 더플백 두 개는 원단이 초고분자 합성 섬유인 다이니마였고, 빳빳한 새 골판지 상자 세 개의 옆구리에는 패빗 로고가 찍혀 있었다.

"도와줄까? 안에 가서 누굴 데려올게. 난 이것 때문에 손을 빌려줄 수가 없어서." 카를로스는 자신의 팔 아래 허리 움푹한 곳에서 멜빵에 매달려 대롱거리는 불펍 소총을 가리켰다. 총구 쪽에 다닥다닥 붙은 갖가지 보조 장치의 용도를 플린은 도무지 제대로 기억할 수가 없었다.

"아니." 메이컨이 말했다. 이제 그와 에드워드 둘 다 쪼글쪼글한 더플백 끈을 어깨에 걸치고 있었다. 에드워드는 골판지 상자 두 개를 들고 그는 한 개를 들었지만, 그가 든 상자 쪽이 더 컸다. 다만 무거워서 낑낑대는 기색은 조금도 없었다. "이거 트레일러로 가져가는 거 맞지?"

"버튼도 거기 내려가 있어." 카를로스는 플린에게 그만 가보라고 손짓했다.

플린은 버튼이 데이비스빌에 갔던 날 저녁이 떠올랐다. 그때도 지금처럼 어둑어둑했다. 해는 거의 넘어갔는데 달은 아직 뜨지 않은 지금처럼.

트레일러에는 불이 켜져 있었다. 가까이 다가가서 보니 닫힌 출입문 옆에 버튼이 앉아 파이프를 뻐끔거리는 중이었다. 둥그런 파이프 몸통이 발간빛을 내자 어둠 속에서 버튼의 얼굴 위쪽 절반이 드러났다. 담배 냄새가 플린의 코끝을 스쳤다.

"트레일러 안에서 담배 피우면 내 손에 죽을 줄 알아."

파이프 주위로 보이는 버튼의 얼굴에 웃음이 번졌다. 하얀색 파이프는 점토로 만든 싸구려였다. 그런 파이프는 산 지 며칠도 안 돼 기다란 물부리 부분이 부러져 만화 속 뱃사람이 물고 다니는 것처럼 짤따래졌다. 버튼은 그 파이프를 입에서 뗐다. "안 피웠어. 이제부터 피우려는 것도 아니고."

"방금 피웠잖아. 이제 담배 좀 끊어."

버튼은 한 다리로 서서 반대편 다리를 허벅지 위에 걸친 다음, 파이프를 신발 바닥에 대고 두드렸다. 빨갛게 이글거리는 조그만 눈덩어리처럼 생긴 동그란 자가제 담배 덩어리가 오솔길에 떨어졌다. 버튼은 그 덩어리를 발로 밟고 짓이겨 불을 껐다.

"준비하는 동안 잠깐만 기다려." 메이컨이 말했다. 에드워드는 상자를 내려놓고 문을 연 다음 트레일러 안으로 들어갔다. 메이컨은 자기 상자를 에드워드에게 건네고 뒤이어 에드워드가 들고 온 상자 두 개까지 애드워드에게 마저 건넨 다음, 더플백이 문틀에 부딪히지 않게 손으로 가린 채 출입구 계단을 올라갔다. 그러고는 트레일러 안으로 들어서서 출입문을 닫았다.

"금식해야 된다는 말은 아무도 안 해줬잖아." 플린이 말했다.

"일이 생각보다 더 빠르게 한꺼번에 진행돼서 그래."

"그쪽에서 만나자는 용건이 뭔지는 알아?"

"전에 너랑 같이 얘기했던 인사부 사람을 만나보래. 그리고 기술 연락 담당자인 애시도 같이."

"게임 속에서?"

"어딘가에서."

"코벨 피켓 말인데." 플린은 찡그러지는 버튼의 표정을 어둠 속에서도 놓치지 않았다. "관련해서 나랑 얘기 좀 해야겠어."

"누가 가르쳐 주던?"

"재니스가."

"피켓한테 돈을 주는 수밖에 없었어. 코너 일 때문에."

"코너 짓이라는 걸 남들도 알아?"

"아무도 몰라. 아직은."

"웃기지 마, 다들 알아. 돈을 받고 모르는 척하는 것뿐이잖아."

"대충 그런 셈이지."

"토미도 알아?"

"토미는 말이지, 이런저런 일들을 모른 척하느라 애를 먹는 팔자야." 버튼이 말했다.

"재니스도 똑같은 말을 하던데."

"그렇게 된 게 내 잘못은 아니잖아, 안 그래?"

"이제 오빠도 그 사람들하고 한 패야?"

"내가 보기엔 안 그런 것 같아."

"뭘 어떻게 보길래 안 그렇다는 건데?"

트레일러 문이 열렸다. "백설공주, 출동 준비 완료." 메이컨이 말했다. 그는 플린의 눈에 잘 보이도록 손에 쥔 물건을 위로 들었다. 그 물건은 드론, 그것도 꽁무니에 로터가 한 개 달린 드론의 동체 부분처럼 보였지만, 크기가 더 커다랬다. 다만 플린의 머리 굴곡에 맞게끔 타원형으로 구부러져 있었고, 동체의 불룩한 앞쪽 부분은 플린의 이마 한복판을 덮는 모양새였다. 그때껏 본 어떤 왕관하고도 비슷해 보이지 않았지만, 소재는 뭔가 반짝이는 하얀 물질이었다. 마치 플라스틱으로 된 크리스마스용 스노 글로브 속의 눈사람처럼.

40

헛소리 예술가

샤워를 마친 네더튼은 회색 바지와 목이 없는 검은색 스웨터를 입은 다음, 애시가 제공한 옷 중에서 고른 검은 재킷을 걸쳤다.

이제 페리퍼럴이 샤워할 차례였다. 네더튼은 물 펌프가 작동하는 소리를 들으며 그 물 가운데 얼마만큼이 방금 자신이 쓴 물일지 궁금해했다. 랜드 요트의 물 관리 시스템이 사막 탐험을 염두에 두고 설계한 것이기 때문이었다. 애시는 샤워하는 도중에 물을 삼키면 절대 안된다고 경고했다. 누군가 샤워할 때면 늘 적어도 펌프 두 대가 작동했고, 그중 한 대는 재활용을 위해 바닥에 떨어진 물을 물방울 하나도 놓치지 않고 빨아들였다.

샤워 소리가 멈췄다. 몇 분 후, 애시가 모습을 드러냈고 그 뒤를 따라 페리퍼럴이 나타났다. 샤워를 마친 후에 보니 갓 만들어진 것처럼 광채가 났다. 애시는 여전히 '격식 차린 정장' 차림이었지만 페리퍼럴은 검은 셔츠에 검은 진 바지를 입고 있었다. 애시가 네더튼과 플린이 처음 만난 날 플린이 입었던 옷을 참조해 만든 의상이었다.

"머리는 당신이 해줬어요?" 네더튼이 물었다.

"도미니카의 미용사를 잠깐 빌렸어. 그 남자한테 네가 그 여자하고 대화할 때의 파일을 보여줬지. 아주 감명 깊게 보더군."

"그 여자를 닮은 것 같진 않아요. 뭐, 머리 모양은 좀 비슷하네요. 이런 일, 전에도 해봤어요? 그루터기에서 온 사람이 페리퍼럴을 사용한 적이 있나요?"

"생각하면 할수록 자연스러운 일처럼 보이지만, 내가 아는 한은 없어. 하지만 연속체 예찬자들은 보통 감추는 게 많고, 이 정도 등급의 페리퍼럴은 매우 사적인 소유물인 경우가 많지. 소유자들은 자신에게 뭐가 있다는 소문을 좀처럼 흘리지 않아."

"그럼 우린 플린을 데리고 어떻게 해야 할까요?" 페리퍼럴은 네더튼을 빤히 바라봤다. 아닐 수도 있었지만, 겉보기에는 그랬다. 네더튼은 눈살을 찌푸렸다. 페리퍼럴이 눈길을 돌렸다. 그는 사과하고 싶은 마음을 꾹 참았다.

"침대에 눕힐 거야. 안쪽 방 침대에." 애시가 말했다. "처음에는 균형 문제 때문에 속이 메스꺼워지기도 하거든. 그 여자가 이쪽에 도착하면 내가 맞이한 후에 적응하게끔 도와줄게. 그러고 나서 데리고 나올 테니까 그때 네가 만나. 넌 전에 그 여자 쪽 화면에 보일 때처럼 책상 앞에 앉아 있으면 돼. 경험의 연속성을 감안해서."

"아뇨. 난 그 여잘 보고 싶어요. 도착할 때의 모습을."

"왜?"

"책임감 같은 게 느껴져서요." 네더튼이 말했다.

"역시 우리 헛소리 예술가라니까. 계속 그렇게만 해."

"당신이 날 좋아할 거란 기대는 안 하지만…."

"내가 널 눈곱만큼도 안 좋아했다면 너도 이미 눈치챘을걸?"

"로비어한테서는 아직 연락 안 왔어요?"

"안 왔는데." 애시가 말했다.

그 순간 로비어의 인장이 시야에 나타나 부드럽게 깜박이기 시작했다. 금박과 상아로 만들어진 인장이었다.

41
0

트레일러 안에 있는 물건들은 메이컨과 에드워드가 올 때 가져온 것을 빼면 모조리 직각으로 정리돼 있었다. 앞서 둘은 파란 더플백과 골판지 상자에서 내용물을 꺼내놨다. 에드워드는 중국제 의자에 앉아 버튼의 디스플레이에 케이블을 연결하는 중이었다. 케이블 한 개는 하얀 컨트롤러에 연결됐고 컨트롤러 자체는 버튼의 침대 위에, 북 가죽처럼 팽팽하게 개어놓은 군용 담요 한복판에 놓여 있었다. "무선 장비는 하나도 없는 거야?" 플린이 물었다.

"이건 단순한 케이블이 아니야. 무려 전체 장비의 3분의 1에 해당한다고. 전화기 줘봐."

플린은 메이컨에게 휴대전화를 건넸고, 메이컨은 전화기를 다시 에드워드에게 넘겼다.

"비밀번호는?"

"이지 아이스." 플린이 말했다. "다 소문자야, 띄어쓰기 없이."

"비밀번호를 너무 아무렇게나 지었잖아. 비밀도 뭣도 아니게."

"난 그냥 아무렇게나 사는 보통 사람이라고, 메이컨."

"네가 지금부터 하려는 게 뭐든 간에, 아무렇게나 사는 보통 사람은 절대로 안 하려고 할걸." 메이컨은 빙그레 웃었다.

"준비됐어." 에드워드가 말했다. 이미 플린의 전화기에 케이블을 꽂아놓은 그는 바퀴 달린 의자를 뒤로 밀어 테이블에서 물러났다.

"불빛 좀 줄여도 될까?" 메이컨이 물었다. "너야 어차피 눈을 감을 테지만, 그래도 불빛이 너무 환해서. 아니면 눈가리개를 써도 되고."

플린이 디스플레이 스크린 앞으로 가서 손을 흔들자 LED 조명의 밝기가 10대 소년이 상상하는 야한 방 정도로 어두워졌다. "이 정도면 돼?"

"완벽해." 메이컨이 말했다.

"이제 어떻게 하면 돼?" 플린이 메이컨에게 물었다.

"여기 침대에 누워서 머리를 편한 각도로 기대고, 이걸 머리에 써." 메이컨은 컨트롤러를 가리켰다. "그다음엔 눈을 감아. 혹시 필요할지 모르니까 우린 네 옆에 있을게."

"뭐 때문에?"

메이컨은 헤프티 마트의 스티커가 그대로 붙어 있는 노란색 플라스틱 양동이를 가리켰다. "속이 메스꺼울 수도 있거든. 내이 부위의 문제 때문에. 그 여자 말로는 '환각 내이'라던데, 아마 우리가 알아듣기 쉽게 줄인 말 같아. 너 빈속이지?"

"우연히도. 배고파 죽겠어."

"이제 화장실에 갔다 와." 메이컨이 말했다. "그다음은 우리가 시작할 차례야."

"내가 시작하는 거겠지."

"알아. 그래서 기분 나빠."

"왕관을 못 써서 질투라도 느껴?"

"호기심은 느껴. 언제나처럼."

"뭐든 간에 내가 다 얘기해 줄게."

"다 끝나기 전에는 못 할 거야. 이 장치가 작동하면 넌 유도된 수면마비 상태에 들어갈 거라서."

"우리가 꿈속에서 이렇게 저렇게 움직이면서도 실제로는 다치지 않는 것처럼 말이지?" 플린은 SF 시트콤 드라마 〈시엔시아 로카Ciencia Loca〉에서 그런 내용을 다룬 에피소드를 본 적이 있었고, 자각몽이나 가위 눌림 같은 현상도 익히 알고 있었다.

"바로 그거야. 자, 이제 화장실 갔다 와. 시간 다 됐으니까."

트레일러에서 나와 보니 5미터쯤 떨어진 곳에 서 있는 버튼과 카를로스가 눈에 띄었다. 플린은 둘에게 손가락 욕을 날리고 아예 전등도 없는 변소로 들어가 부디 앉는 자리에 떨어진 삼나무 톱밥이 몸에 묻지 않기를 바라며 소변을 본 다음, 변소에서 나와 손 소독제로 손을 닦고 버튼과 카를로스 쪽은 쳐다보지도 않은 채 트레일러 안으로 올라갔다. 그러고는 등 뒤의 문을 닫았다.

메이컨과 에드워드는 그런 플린을 빤히 바라봤다. "신발 벗어." 메이컨이 말했다.

플린이 침대에 앉자 메이컨은 플린에게 자리를 마련해 주려고 컨트롤러를 조심스레 옆으로 옮겼다. 운동화를 벗는 동안 플린은 컨트롤러를 찬찬히 살펴봤다. 플린의 휴대전화를 비롯해 메이컨이 출력한 최고급 물건이 다 그렇듯이 그 컨트롤러 또한 멋져 보였지만, 출력할 때 사용한 소재 때문에 사탕 요정의 머리 장식 같은 느낌이 난다는 점은 예외였다. 에드워드는 버튼의 베개를 어떻게 놔야 더 편할지 궁리하는 중이었다. "혹시 베개 더 있어?" 에드워드가 물었다.

"아니, 그냥 그걸 반으로 접어. 그쪽 로그인 정보는 받았어?"

"받았어." 메이컨은 조그마한 플라스틱 튜브를 꺼내어 플린에게 튜브에 적힌 파마 존 로고를 보여줬다. "이걸 바르면 느낌이 싸할 거야."

"약국에서 맨날 듣던 말이네." 플린이 말했다.

메이컨은 식염수 젤을 자기 손끝에 발랐다.

"눈에 안 들어가게 해줘."

메이컨은 플린의 이마를 가로질러 축축하고 싸늘한 선을 한 줄 그었다. 그 모습이 마치 기묘한 방식으로 떨떠름한 축복을 내리는 듯했다. 그러고 나서 컨트롤러를 집었다. "머리를 뒤로 넘겨." 플린이 그 말대로 하자, 메이컨은 컨트롤러를 플린의 머리에 씌웠다. "잘 맞아?"

"그런 것 같아. 묵직하네. 앞쪽이."

"직감상 진품은 무게가 일회용 선글라스 정도밖에 안 될 것 같지만, 빠듯한 기한 안에 우리 프린터로 출력했으니 이 정도가 최선이야.

어디 꼭 끼는 데는 없고?"

"없어."

"좋아. 알다시피 이게 좀 묵직해, 그렇지? 그러니까 내가 이렇게 잡고 있는 사이에 넌 뒤로 천천히 누워. 베개 높이는 에드워드가 손봐 줄 거야. 알았지? 자, 누워."

플린은 침대에 등을 대고 누워 다리를 쭉 폈다.

"케이블이 있으니까 머리랑 얼굴에 손을 대면 안 돼. 알았지?"

"알았어."

"우리도 우리 나름대로 이쪽에서 지원할 거야. 만일의 경우에 대비해서."

"어떤 경우를 말하는 거야?"

"그것 역시 네가 꼭 명심해야 하는 사실인데."

메이컨을 보던 플린은 눈만 움직여 에드워드를 보다가, 다시 메이컨에게로 눈을 돌렸다. "그런데?"

메이컨은 아래로 손을 뻗어 플린의 오른쪽 손목을 잡고 꾹 쥐었다. "우린 계속 네 곁에 있을 거야. 뭐든 너무 수상쩍게 돌아간다 싶으면, 우리가 널 꺼내줄게. 아주 기본적인 계측 장치를 몇 개 심어놨거든. 우리만 아는 장치야. 활력 징후 파악용이지." 그 말을 하고 나서 메이컨은 플린의 손목을 놨다.

"고마워. 이제 난 뭘 하면 돼?"

"눈을 감아. 15부터 카운트다운을 하는 거야. 10 정도에 이르면 요동이 시작될 거야."

"요동?"

"그 여자가 그랬어. 넌 눈을 감고 0까지 계속 카운트다운을 해. 다 끝나면 눈을 떠. 만약 네가 눈을 뜨는 게 우리 눈에 보이면, 일이 실패했다는 뜻이야."

"알았어. 그래도 내가 '시작'이라고 하기 전엔 시작하지 마." 머리는 움직이지 않고 가만히 둔 채로, 플린은 시선을 들어 오른쪽을 봤다. 창문. 창문은 침대 옆 벽에 나 있었다. 위를 봤다. 천장. 천장에는 폴리머 속의 기다란 조명등이 빛나고 있었다. 발 쪽을 봤다. 발 쪽에는 버튼의 디스플레이 스크린과 에드워드가 보였다. 왼쪽. 왼쪽에는 메이컨과 그 뒤편의 닫힌 문이 보였다. "시작해." 플린은 눈을 감았다. "15. 14. 13. 12. 11. 10."

펑.

버튼의 햅틱 홀스터와 비슷한 색깔이 시야에 나타났지만, 플린은 그 색깔을 자신의 잇속에서 느꼈다. "9. 8. 7. 6." 컨트롤러는 작동하지 않았다. 아무 일도 일어나지 않았다. "5. 4. 3." 두 사람에게 실패했다고 알려야 했다. "2. 1. 0." 플린은 눈을 떴다. 평평한 천장이 휙 멀어졌다. 눈에 보이는 천장은 표면이 반들반들했고 트레일러 천장보다 2미터는 더 높았다. 이와 동시에 주위 실내의 위아래가 바뀌었고, 뒤쪽을 향해 움직였다. 트레일러 안이 아니었다. 왕관의 무게는 느껴지지 않았고 배 속이 뒤집히는 느낌이 들었다. 여자의 눈 한 쌍이 보였다. 가까이에 있는데도 두 눈이 이상하게 흐릿해 보였다.

플린은 일어나 앉은 기억이 없었지만 어느새 자신의 두 손이 내려다보였고 그 손은 남의 것이었다. 자신의 손이 아니었다.

"혹시 필요하면 써요." 여자는 철제 원통을 내밀며 말했다. "당신 배 속에는 물만 조금 들어 있지만요." 플린이 몸을 숙이자 둥그렇고 거울처럼 반들반들한 통 바닥에 자신이 아닌 다른 여자의 얼굴이 보였다. 플린은 얼어붙었다. "미친." 통 바닥의 입술은 플린이 하는 말을 따라 움직였다. "이게 대체 어떻게 된 거죠?" 플린은 침대를 벗어나 허겁지겁 일어섰다. 침대가 아니었다. 쿠션이 깔린 선반 같은 곳이었다. 이제 플린의 키는 평소보다 더 컸다. "뭔가 이상해요." 플린의 귀에 자신이 하는 말이 들렸지만, 목소리는 자신의 것이 아니었다. "색깔이…."

"당신은 의인화된 드론을 통해 외부 입력 정보에 접속하는 중이에요." 여자가 말했다. "원격 현존 아바타죠. 당신이 의식적으로 조종할 필요는 없어요. 시도하지도 마세요. 우리가 지금 재보정하는 중이니까요. 메이컨의 장치는 완벽하진 않아도 작동은 하고 있어요."

"메이컨을 알아요?"

"컴퓨터 속에서는요." 여자가 말했다. "난 애시라고 해요."

"당신 눈이…."

"콘택트렌즈예요."

"색이 너무 많아 보이는데…." 이는 플린 자신의 눈에 비치는 것을 묘사하는 말이었다.

"미안해요, 우리가 그걸 깜박했지 뭐예요. 당신의 페리퍼럴은 사색형 색각 보유자tetrachromat예요."

"뭐라고요?"

"눈의 색채 인식 범위가 원래의 당신보다 더 넓다는 뜻이에요. 하지만 우리가 이미 시각 설정 부분을 찾아서 재보정 작업에 포함시켰어요. 얼굴을 만져봐요."

"메이컨이 그러지 말라고 했는데요."

"이건 달라요."

플린은 손을 들어 별생각 없이 얼굴을 만져봤다. "미친…."

"좋아요. 재보정의 효과가 나타나는군요."

다시금, 이번에는 두 손으로 만져봤다. 마치 실제로는 없는 어떤 것을 통해 자신을 만지는 듯했다.

플린은 위를 올려다봤다. 천장은 광이 나는 미색 목재로 만들어져 번들거렸고, 여기저기 박힌 동그랗고 평평한 소형 금속 조명 기구가 은은한 빛을 비췄다. 조그맣고 양옆보다 위쪽으로 더 긴 방이었다. 에어스트림 트레일러보다 더 좁았다. 벽 또한 천장과 같은 목재였다. 방 끄트머리에 열려 있는 폭이 좁다란 문 옆에 웬 남자가 서 있었다. 검은 셔츠에 검은 재킷 차림이었다. "안녕하세요, 플린." 남자가 인사했다.

"인사부 책임자시군요." 플린은 남자의 정체를 알아차렸다.

"이건 없어도 될 것 같네요." 애시라는 여자는 그렇게 말하며 플린이 방금 깨어났던 쿠션 깔린 선반에 철제 원통을 내려놨다. 깨어났다고 해야 할까? 아니면 도착했다고? "지금 메이컨하고 얘기할래요?"

"어떻게요?"

"전화로요. 그 사람이 걱정할 거예요. 내가 안심시켜 두긴 했지만, 그래도 직접 통화하면 마음이 더 놓일 거예요."

"전화기가 있어요?"

"예." 여자가 말했다. "그런데 당신한테도 있어요."

"어디에요?"

"글쎄요. 어디에 있건 상관없어요. 봐요."

플린의 시야에 조그만 원이 나타났다. 모양이 꼭 배저에서 쓰는 배지 같았다. 원은 흰색이었고, 사슴 같은 동물이 달리는 모습을 선으로 묘사한 GIF 파일이었다. 플린은 눈을 움직여 봤다. 움직이는 그림 파일이 눈과 함께 움직였다. "저게 뭐예요?"

"내 전화예요. 당신한테도 같은 게 있어요. 지금 메이컨하고 통화하는 중이에요. 이제 내가 피드를 열 테니까…."

GIF 파일 오른쪽에 더 커다란 원이 새로 나타났다. 플린의 눈에 버튼의 디스플레이 앞에 앉아 있는 메이컨이 보였다. "플린? 이거 너 맞아?"

"메이컨! 이건 말도 안 돼!"

"네가 방금 여기서 뭘 했는지 얘기해 봐. 우리가 시작하기 직전에." 메이컨의 표정은 진지해 보였다.

"오줌 싸러 갔다 왔는데?"

메이컨의 얼굴에 웃음이 번졌다. "이야…." 그러고는 빙그레 웃으며 고개를 절레절레 흔들었다. "이건 무슨 우주 관제 센터 상황실 같잖아!"

"내 눈에 보이는 건 저 사람한테도 보여요." 애시가 말했다.

"너 괜찮아?" 메이컨이 물었다.

"그런 것 같아."

"이쪽에 있는 너도 괜찮아." 메이컨이 말했다.

"이분은 우리가 책임지고 돌려보내 드릴게요, 메이컨." 애시가 말했다. "그런데 지금은 이쪽에서 따로 할 얘기가 있어요."

"우리 집에 누구 보내서 샌드위치 좀 가져오라고 해." 플린이 메이컨에게 말했다. "이따가 돌아가면 엄청 배고플 것 같으니까."

메이컨은 빙그레 웃으며 고개를 끄덕이더니 조그맣게 줄어들어 사라졌다.

"내 사무실로 가서 얘기하죠." 남자가 말했다.

"아직 안 돼." 애시가 그렇게 말하고는 미색 벽을 건드리자 벽 한쪽 부분이 옆으로 스르륵 열려 사라졌다.

변기와 세면대, 샤워기, 모두 철제였다. 거울도 한 개 있었다. 플린은 거울 앞으로 다가갔다. "세상에." 플린은 거울을 물끄러미 보며 중얼거렸다. "이 사람은 누구죠?"

"우리도 몰라요."

"이거… 기계예요?" 플린이 손으로 더듬어 본 몸은… 사람이었다. 배도. 가슴도. 플린은 거울을 봤다. 〈오퍼레이션 노스윈드〉에서 썼던 프랑스인 여자 캐릭터 같은 걸까? 아니었다. "이건 분명 사람인데." 플린이 말했다.

"맞아요. 하지만 누군지는 우리도 몰라요." 애시가 말했다. "지금은 기분이 어때요?"

플린은 철제 세면대를 만져봤다. 누군가 다른 이의 손으로. 자신의 손으로. "이게 느껴져요."

"속이 메스꺼워요?"

"아뇨."

"어지럼증은요?"

"없어요. 근데 이 여잔 왜 나한테 있는 것하고 비슷한 셔츠를 입고 있죠? 옷감은 무슨 실크 같은 거라 다르긴 하지만요. 옷에 내 이름까지 붙어 있잖아요."

"당신에게 집처럼 편한 느낌을 주려고요."

"여긴 어디죠? 콜롬비아예요?" 마지막 말을 할 때의 목소리는 플린 스스로 듣기에도 사실일 거라 기대하는 기색이 희박했다.

"거기서부터는 내 담당이에요. 말하자면요." 인사부의 그 남자가 플린의 등 뒤에서 말했다. 네더튼이야. 플린은 기억을 떠올렸다. 윌프 네더튼. "내 사무실로 나와요. 거기가 좀 더 넓거든요. 궁금한 점이 있으면 내가 힘닿는 데까지 대답해 볼게요."

플린이 돌아서자 그 자리에 서 있는 남자가 눈에 들어왔다. 기억 속의 얼굴보다 눈이 더 커다랬다. 꼭 유령을 본 사람처럼.

"그래요." 애시는 손으로 플린의 어깨를 감싸며 말했다. "가요."

손은 이 여자 거지만. 플린은 생각했다. 이 어깨는 누구 거지?

플린은 애시의 뒤를 따라갔다.

42

몸짓 언어

네더튼은 플린이 애시의 손에 이끌려 자신 쪽으로 다가오는 동안 페리퍼럴의 몸짓 언어가 완전히 바뀌어 버린 것을 알아차렸다. 플린이 속에 머무는 상태에서, 페리퍼럴의 얼굴은 플린의 것이 아니면서도 어째선지 플린으로 변했다.

네더튼은 어느새 폭이 어깨 너비밖에 안 되는 차 안 통로를 뒷걸음질하며 고비바겐의 가장 작은 방에서 멀어지는 중이었다. 그녀의 모습이 시야에서 벗어나지 않게 하려고, 또한 얼마간 두려움과 비슷한 감정 때문에 그는 등을 돌릴 수가 없었다.

앞서 애시가 설명하길, 페리퍼럴이 인공지능에 제어될 때 인간처럼 보이는 까닭은 미리 프로그램된 미세 표정을 잠시도 쉬지 않고 얼굴에 표시하기 때문이었다. 애시는 이 기능이 빠진 페리퍼럴은 독특하고 섬뜩한 느낌이 나는 물건이 된다고 했다. 이제 플린은 페리퍼럴에 자신의 미세 표정을 제공하는 중이었고, 이로써 매우 다른 인상이 느껴졌다. "괜찮아요." 네더튼은 그렇게 말하는 자신의 목소리를 들었

지만 스스로에게 하는 말인지 아니면 그녀에게 하는 말인지는 알 수
가 없었다. 상황은 그가 예상했던 것보다 훨씬 더 기묘했다. 마치 무
언가 상상도 못 할 것의 탄생이나 출현처럼.

네더튼은 애시가 마련해 둔 꽃향기 속으로 돌아갔다.

애시는 오시안을 시켜 레프 할아버지의 디스플레이 여러 개와 함
께 짐까지 다 치우게 했다. 그것들이 불필요할뿐더러 공간 속 에너지
의 '흐름'에도 좋지 않다고 여겼기 때문이었다. 이로써 책상 한쪽 끄
트머리에 애시가 가져온 꽃병이 놓였고, 그 바로 옆에는 바닥의 보이
지 않는 수납공간에서 애시가 꺼낸 조그만 안락의자 두 개가 있었다.
네더튼은 이를 보고 로비어의 차에 있던 의자가 떠올랐지만 이쪽 의
자는 모양새가 더 날렵했고 닳은 흔적도 없었다.

"당신을 위해 준비했어요." 애시는 꽃을 가리키며 말했다. "먹을
거나 마실 건 전혀 대접할 수가 없어서요."

"배고파 죽겠어요." 플린이 말했다. 억양은 평소 자신의 억양이었
지만, 목소리는 기억 속 자신의 목소리가 아니었다. 플린은 애시를 돌
아봤다. "아니, 안 고픈가? 이게 지금⋯."

"자율신경 전이轉移예요." 애시가 말했다. "허기는 당신의 원래 몸
이 느끼는 거예요. 페리퍼럴은 허기를 느끼지 않으니까요. 그건 음식
을 먹지 않고, 소화기관도 없어요. 꽃향기가 느껴지나요?"

플린은 고개를 끄덕였다.

"색채도 아까보다 정상으로 보여요?"

플린은 대답하지 않고 망설였다. 그러다가 심호흡을 천천히, 두

번 하고 나서 입을 열었다. "아까는 눈이 아팠는데요. 지금은 안 아파요. 그런데 땀이 막 나네요."

"당신 때문에 페리퍼럴의 부신 호르몬 체계가 폭주해서 그래요. 전환 단계에서 이 정도로 불편한 경험은 다시는 없을 거예요. 페리퍼럴을 처음 사용하는 분이라서, 우리로서는 충격을 줄여드릴 방법이 빈속으로 누워서 눈을 감게 하는 것밖에 없었어요."

플린은 천천히 몸을 돌려 사무실 안을 둘러봤다. "전에 당신이 있던 곳이 여기였군요." 네더튼에게 한 말이었다. "그때도 이렇게 조잡해 보이긴 했지만, 더 넓을 줄 알았는데. 그때 그 안마당은 어디 있어요?"

"다른 곳에 있어요. 앉지 그래요?"

플린은 네더튼의 제안을 무시하고 그대로 창가로 갔다. 앞서 네더튼과 애시는 블라인드를 내릴지 말지를 놓고 논쟁했다. 그러다 결국에는 애시가 오시안에게 블라인드는 올린 채 놔두고 차고 구석에 있는 자기 천막에 들어가 있으라고 지시했다. 차고 안에서 움직이는 물체가 사라지자 아치의 빛은 가장 희미한 밝기로 어두워졌다. 플린은 허리를 살짝 굽히고 바깥을 내다봤지만, 가장 가까운 아치가 플린의 움직임을 감지하고 슬며시 초록빛을 발했다. "주차장인가요?" 레프 아버지의 수많은 차가 플린의 눈에 띈 모양이었다. "우리 캠핑카 안에 있는 거예요?"

"뭐라고 했죠?" 네더튼이 물었다.

"캠핑카요. 레저용 차량." 플린은 더 많은 것을 눈에 담으려고 두리번거렸다. "캠핑카가 사무실이에요?"

"예." 네더튼은 플린이 그 말을 어떻게 받아들일지 판단이 서지 않았다.

"트레일러를 떠나서 온 곳이 캠핑카라니." 플린이 중얼거렸다.

플린의 말을 들은 네더튼은 예전에 본 짧은 홍보 영상 요약본이 떠올랐다. "다시 말해줄래요?"

"이동 주택을 말하는 거야." 애시가 말했다. "앉으세요, 두 사람 다. 플린, 궁금한 게 있으면 물어봐요. 우리가 할 수 있는 한은 대답해 줄게요." 애시는 꽃병 바로 옆의 의자를 플린 몫으로 비워두고 다른 의자에 앉았다.

네더튼은 금과 대리석으로 치장한 책상 앞에 앉으며 조폭에게나 어울릴 법한 그 화려한 분위기 때문에 마음이 찜찜했다.

플린은 마지막으로 창밖을 내다보며 목덜미를 긁적거렸다. 네더튼이 보기에 페리퍼럴이 알아서 했다고는 상상도 못 할 행동이었다. 뒤이어 플린은 남아 있는 빈 의자로 향했다. 의자에 앉고 나서는 양 무릎을 꼿꼿이 세워 넓게 벌렸다. 그러고는 몸을 앞으로 숙인 채 양손을 들어 손톱을 자세히 살펴보다가, 고개를 절레절레 흔들었다. 손을 아래로 내리고 나서, 플린은 고개를 들어 네더튼을 봤다. "전에 어떤 부자 대신 게임을 해준 적이 있는데요." 플린이 말했다. "돈이 필요해서 한 일이었어요. 그 남자가 나를 시켜서 싸운 상대는 진짜 거지 같은 인간이었는데, 실은 그냥 게임에서 우연히 만난 사이였죠. 그 둘 한테는 게임이 돈벌이가 아니었어요. 우리하고는 다르게요. 취미였

312

던 거예요, 그 작자들한테는. 재수 없는 부자 놈들. 그놈들은 누가 이길지를 놓고 내기를 했어요." 플린은 네더튼을 물끄러미 봤다.

그토록 뛰어난 네더튼의 언변이, 솔깃한 문구를 그토록 척척 만들어 내는 그의 말 공장이, 어째선지 방금 들은 말 앞에서는 조용히 공회전만 할 뿐 가동할 기회를 좀처럼 찾지 못했다.

"당신들은 마약 업자가 아니라고 했죠." 플린은 애시 쪽을 돌아봤다. "무슨 게임하고 관련된 경호 업체라고 들었어요. 그치만 만약 그게 게임이라면, 왜 누가 사람을 보내서 우릴 죽이려고 한 거죠? 버튼만이 아니라 우리 모두를요. 우리 엄마까지요." 플린은 다시 네더튼에게로 눈을 돌렸다. "당첨 복권의 번호는 또 어떻게 알았나요, 네더튼 씨?"

"윌프라고 부르세요." 네더튼은 방금 자기 입에서 나온 말이 이름이 아니라 어색한 기침 소리처럼 들리는 것 같았다.

"우리도 몰랐어요." 애시가 말했다. "그래서 당신 사촌이 복권을 사야 했던 거예요. 당신 오빠는 우리에게 복권 번호를 가르쳐 줬고요. 그 뒤를 이어 우리가 추첨 메커니즘에 개입해 당첨 번호를 조작했죠. 예언의 마법 같은 건 없었어요. 오로지 더 월등한 연산 속도뿐, 다른 비결은 없어요."

"클랜튼의 변호사도 보내줬잖아요, 돈이 한가득 든 가방을 들려서요. 그 사람도 복권에 당첨시켜 줬나요?"

"아뇨." 애시는 그 말을 하고 나서 언짢아하는 표정으로 네더튼을 봤다. 표정이 꼭 이렇게 설명하는 일은 원래 그의 소관이라고 말하는 듯했다. 그리고 실제로도 그랬다.

"여기는 말이죠." 네더튼이 말했다. "당신의 세계가 아니에요."

"그럼 뭐예요? 게임인가요?"

"미래예요." 네더튼은 도무지 말이 안 되는 소리라는 느낌이 들었다. 그래서 충동적으로 그해의 연도를 덧붙여 말했다.

"말도 안 돼요."

"그런데 당신의 미래는 아니에요." 네더튼이 말했다. "처음 접촉한 순간에 우리는 당신네 세계를, 당신네 우주를, 그러니까 그게 뭐든 간에…."

"연속체예요." 애시가 말했다.

"…다른 경로에 올려놨어요." 네더튼은 말을 끝맺었다. 평생 입 밖에 낸 어떤 말보다 더 터무니없게 들렸지만, 그럼에도 그가 아는 한은 진실이었다.

"어떻게요?"

"우리도 몰라요." 네더튼이 말했다.

플린은 어이없다는 듯 허공을 올려다봤다.

"우리는 어떤 서버에 접속한 상태예요." 애시가 말했다. "서버의 정체에 관해선 눈곱만큼도 모르면서요. 황당무계한 소리나 얼버무리는 말처럼 들리겠지만, 우린 사람들이 이곳에서 하는 일을 그쪽에서 하고 있을 뿐이에요. 그리고 어쩌면." 애시는 네더튼을 흘깃 봤다. "당신이 말한 그 재수 없는 두 부자가 하는 짓하고도 비슷할걸요."

"왜 우리 오빠를 고용했어요?"

"그건 네더튼의 아이디어였어요. 그러니까 본인이 직접 설명해야겠죠. 신기하게도 아까부터 입을 꾹 다물고 있지만."

네더튼이 입을 열었다. "그렇게 하면 내 친구가 재미있어할 것 같아서…."

"재미있어한다고요?" 플린은 눈살을 찌푸렸다.

"일이 이렇게 될 줄은 상상도 못 했어요."

"그 말은 사실이에요, 정말로요." 애시가 말했다. "네더튼의 상황은 본인이 상상했던 것보다 훨씬 더 엉망진창이었거든요. 사귀는 여자한테 잘 보일 방법을 찾다가 그만 당신 오빠를 시켜 그 여자에게 서비스를 제공하려고 했으니까요."

"하지만 그 여자 눈에는 대단찮게 보였어요." 네더튼이 말했다. "그래서 그 여잔 당신 오빠를, 아니 당신 오빠가 제공하는 서비스를 자기 언니한테 넘겼어요." 이제 네더튼은 자포자기 상태였다. 상대를 설득할 힘 같은 것은 조금도 남아 있지 않았다.

"당신은 그 여자의 언니가 살해당하는 광경을 목격했을지도 몰라요." 애시가 플린에게 한 말이었다.

페리퍼럴의 눈이 휘둥그레졌다. "그게 진짜였다고요?"

"'목격했을지도 모른다'라뇨?" 네더튼이 애시에게 물었다.

"뭔가 목격하긴 했지. 하지만 정확히 뭘 봤는지 입증할 증거가 하나도 없잖아."

"그것들이 그 여잘 먹어치웠어요." 플린이 말했다. 땀방울 하나가 이마를 타고 미끄러져 눈썹에 스몄다. 플린은 팔뚝 바깥쪽으로 그 땀

을 닦아 냈고, 네더튼은 이 또한 페리퍼럴이 한 행동이라고는 상상할
수조차 없었다.

"당신이 무슨 수로 지금 여기에 있는지 곰곰이 생각해 봐요." 애시
가 플린에게 말했다. "당신이 가상의 존재인 동시에 몸을 지니고 여
기에 있다는 걸 잘 생각해 보면, 당신이 뭘 봤는지 정확히 알지 못하
는 우리 처지가 차츰 이해가 갈 거예요."

"당신 때문에 피셔 씨가 혼란스럽겠어요." 네더튼이 말했다.

"난 익숙해지게 도우려고 이러는 거야. 네가 여태 지지리 실패만
한 그 일을 하려고."

"여긴 어디죠?" 플린이 따지듯 물었다.

"런던이에요." 네더튼이 대답했다.

"그 게임은요?"

"그건 처음부터 게임이 아니었어요. 우리로서는 당신 오빠한테
게임이라고 하는 게 가장 쉬운 방법이었죠."

"이 차는요." 플린은 캠핑 버스의 실내를 손으로 가리켰다. "정확
히 어디에 있는 거예요?"

"여긴 런던의 노팅 힐이라는 구역이에요." 애시가 말했다. "이 차
는 어느 집 지하 차고에 있어요. 실제로는 연이어 붙어 있는 집 몇 채
의 지하죠."

"탑이 많이 있는 그 런던 말이에요?"

"탑이라. 샤드shards 말이군요." 네더튼이 말했다. "여기 사람들은
그걸 샤드라고 해요."

플린은 일어섰다. 의자에 어색하게 앉아 있다가 일어서는 페리퍼럴의 동작은 가녀린 한편으로 문득 역동적인 기세가 느껴져 우아해 보였다. 플린은 손을 뻗었다. "저 문 바깥에는 뭐가 있어요?"

"차고예요." 애시가 말했다. "역사적으로 가치 있는 차들을 보관하고 있죠."

"저 문은 잠겼어요?"

"아뇨." 애시가 대답했다.

"여기가 미래란 걸 확신할 증거가 저 바깥에 있기는 해요?"

"이걸 보여드릴게요." 애시가 일어서자 뻣뻣한 천으로 지은 정장이 버석거렸다. 애시는 양쪽 옷소매의 지퍼를 열어 손목부터 팔꿈치까지 드러낸 다음, 재빨리 소매를 접어 올렸다. 선으로 그린 문신들이 우르르 달아났다. "다들 혼비백산했어요. 당신이 누군지 몰라서." 애시는 목 뿌리 쪽의 오목한 홈에 있는 옷 앞쪽 지퍼의 알루미늄 고리에 엄지손가락을 걸고 아래로 당겼다. 복잡한 구조의 언더 와이어가 지지하는 검은색 레이스 브래지어가 드러났고, 브래지어 아래쪽에는 멸종한 동물들이 겁에 질려 옹기종기 모여 있었다. 검은 잉크로 그린 동물들의 윤곽이, 창백하다 못해 희끄무레하게 빛나는 애시의 살갗과 대비를 이루며 어지럽게 일렁거렸다. 동물들은 플린을 보기라도 한 듯 다시금 달아났다. 등으로 달아나는 거겠지. 네더튼은 속으로 짐작했다. 애시는 옷 앞쪽 지퍼를 올리고 양 소매의 지퍼도 한쪽씩 차례로 다시 채웠다. "도움이 좀 됐나요?"

플린은 애시를 물끄러미 봤다. 그러고는 고개를 살짝 끄덕였다.

"이제 바깥에 나가도 돼요?"

"그럼요." 애시가 말했다. "그건 그렇고, 내 눈은 콘택트렌즈를 끼어서 이런 게 아니에요."

네더튼은 플린이 일어선 후부터 자신이 움직이기는커녕 어쩌면 숨도 쉬지 않았으리란 생각이 퍼뜩 들었고, 그래서 금줄이 구석구석 새겨진 대리석 상판에 양 손바닥을 힘껏 짚고 책상 앞에서 벌떡 일어섰다.

"이게 게임이 아니라고 어떻게 확신하죠?" 플린이 물었다. "내가 해본 게임 중에서 적어도 절반은 어떤 형태로든 미래가 배경이었는데요."

"그런 게임을 할 때도 큰돈을 받았나요?" 네더튼이 물었다.

"공짜로 하진 않았어요." 플린은 그 말을 하고 출입구 쪽으로 다가가 문을 열었다.

네더튼은 책상 모서리에 허벅지를 찧어 멍이 드는 고통을 무릅쓴 끝에 애시보다 한발 앞서 움직였다. 플린은 출입문 계단 꼭대기에 서서 가장 가까이에 있는 아치를 올려다봤고, 그러는 동안 아치의 세포들은 플린의 존재를 알아차리고 빛을 발했다.

"저게 뭐죠?" 플린이 물었다.

"해양 동물의 유전자를 조작해 만든 거예요. 동작을 감지해서 작동하죠."

"우리 오빠도 전쟁터에서 오징어 슈트를 입었어요. 갑오징어 위장복이라고 하던데. 저건 뭐예요?" 플린의 손끝이 아래쪽을 가리켰다. 계단 왼편에 커다란 인체 모양의 근육 강화 훈련용 외골격이 보였다.

"당신 거예요."

"내 거라고요?"

"당신의 페리퍼럴이 사용하거든요. 운동 기구죠. 당신이 착용하고 움직이는 거예요."

플린은 네더튼 쪽으로 돌아선 다음, 손바닥을 쫙 펴 그의 가슴에 대고 살짝 밀었다. 그가 실제로 그 자리에 있는지 실험하려는 듯이. "비명을 질러야 할지 큰 걸 지려야 할지 모르겠네요." 그러고는 빙그레 웃었다.

숨 쉬는 거 잊지 마. 네더튼은 그렇게 스스로에게 일러줬다.

43
머리가 터질 것 같은

플린의 입속은 큼직하고 바삭바삭한 흰 빵 사이에 구운 돼지 안심을 끼우고 마늘 마요네즈 드레싱을 뿌려 만든 샌드위치로 가득했다. "목 안 막히게 조심해." 재니스는 버튼의 침대 위에 있는 플린 옆에 앉으며 충고했다. "이게 다 무슨 일인지는 몰라도 슬픈 결말로 끝나면 안 되니까. 마실래?" 재니스는 플린에게 검은색 〈수호이 플랭커스〉 물병을 건넸다.

플린은 돼지고기를 삼키고 물을 조금 마신 다음 물병을 돌려줬다. "사람 몸인데." 플린이 말했다. "몸속에 전화기가 내장돼 있어. 비즈처럼 생겼는데, 몸속에 있는 거야. 어딘가에. 전원이랑 조작 메뉴는 입천장에 있고. 무슨 키보드처럼."

"그걸 조작하려면 혀가 내 것보다 훨씬 더 뾰족해야겠네."

"엄청 조그만 자석이 붙어 있어. 혀 끄트머리에." 앞서 플린은 다시 0까지 카운트다운을 했고, 살짝 흔들리는 느낌을 받은 후에 에어스트림 트레일러에서 눈을 떴다. 목이 뻣뻣한 상태로 버튼과 메이컨,

에드워드, 재니스를 올려다보며, 플린은 그때껏 평생 느껴보지 못한 강렬한 허기를 느꼈다.

"다시 돌아갈 거야? 오늘 밤에?" 곁에 앉은 재니스가 물었다.

플린은 샌드위치를 한 입 더 베어 물고 고개를 끄덕였다.

"지금 다 먹지 말고 남기는 게 좋을걸. 저쪽에선 네가 토할까 봐 걱정했다며. 시작하기 전에."

플린은 샌드위치를 우물우물 씹다가 삼켰다. "그건 처음에만 겪는 거야. 사용해 본 사람은 점점 익숙해진대. 난 좀 먹어야 돼. 저쪽에 더 오래 있으려면."

"저쪽 사람들은 그걸 왜 페리퍼럴이라고 불러?"

"원래의 몸을 연장한 거라서 그러지 않을까? 컴퓨터의 주변 장치peripheral처럼?"

"속살 부분도 사람하고 똑같아?"

"그건 미처 확인할 생각을 못 했어."

"헤프티 마트에 갖다 놓고 팔면 온 동네 사람들이 다 난리겠네. 구식 비행 시뮬레이션 게임 같은 건 노인네들하고 교회 다니는 사람들만 빼고 아무도 안 해서 망하겠지. 매디슨도 그걸 조종하는 법을 배울 수 있을까?"

"아마 할 수 있을 거야."

"저쪽에서 너한테 마련해 준 페리퍼럴은 침대에서 과자를 먹다 부스러기를 흘려도 아무도 혼이 안 날 것처럼 생겼더라. 메이컨이 스크린샷을 보여줘서 알아." 재니스는 빙그레 웃었다. "네가 버튼하고 저쪽 사람들한테 '숙녀는 마음을 가다듬을 시간이 필요하다'라고 핑계를 대다니, 나 감동받았어."

"숙녀고 나발이고 그거야 당연히 필요하지." 플린이 말했다.

"너 거기가 진짜 미래라고 믿는 건 아니지, 설마?" 재니스가 물었다. 더없이 단호한 표정이라 다른 기색은 전혀 읽히지 않았다.

"진짜로 믿는다면 내 정신이 회까닥한 거다, 이 말이지?"

"응, 아무래도."

플린은 재니스가 먹을 것을 담아 온 비닐봉지 위에 남은 샌드위치를 내려놨다. "그럴지도 모르지. 원래 있던 곳에서 엘리베이터를 타고 위층으로 올라가 보니 멋지게 생긴 크고 오래된 저택이었어. 그다음엔 집 뒤쪽의 담으로 둘러쳐진 테라스 같은 곳으로 나갔는데 밤이었고, 거기 태즈메이니아늑대가 두 마리 있었어."

"멸종했잖아. 〈시엔시아 로카〉에서 컴퓨터 그래픽으로 재현한 걸 봤는데."

"진짜가 아니야. 저쪽 사람들이 태즈메이니아주머니곰의 DNA를 조작해서 만들었어. 난 온갖 꽃향기에 흙냄새까지 맡았고, 새소리도 들었어. 그땐 날이 캄캄해지기 직전이었는데. 꼭 새들이 잠자리에 들려고 준비하는 것 같더라. 이상했어."

"뭐가?"

"새소리가 들리는 거. 왜냐하면 우린 도시 한복판에 있었거든. 사방이 너무 조용했어."

"너무 늦은 시간이라 그랬나 보지."

"시골인 여기처럼 조용했다니까. 그것도 여기의 밤처럼."

"그래서 네가 보기엔 거기가 어딘 것 같아?"

"만약 게임 속이라면, 그냥 흔한 게임은 아니야. 완전히 새로운 플랫폼일지도 몰라. 그러면 그렇게 큰돈을 주는 것도 납득이 가지."

"주 복권의 당첨 번호를 조작하는 것도 납득이 가?"

"그 사람들은 나한테 거기가 게임이라고 말하지 않아. 미래라고 하지. 정확히 말해 우리 미래는 아니야. 왜냐하면 이제 그 사람들하고 우리가 엮였으니까. 처음 접촉한 순간부터 우린 다른 쪽으로 향하게 됐대."

"어디로?"

"그건 자기들도 모른대. 드라마에 나오는 시간 여행하고는 다르 댔어. 그냥 정보만 이동하는 거야, 이쪽저쪽으로. 여기서 1분이 흐르 면 저쪽에서도 1분이 흘러. 내가 일주일 있다가 돌아가면 아마 그쪽 도 일주일 후일 거야."

"그 사람들은 그걸 해서 무슨 이득을 보는데?"

"몰라. 그 저택 주인은 레프라는 남잔데, 실은 자기 아빠 집이 여 러 채고 거긴 그중 하나래. 그러니까 지금 이건 〈오퍼레이션 노스윈 드〉에서 드와이트가 하던 내기하고 비슷해. 부자들의 취미 활동인 거 지. 레프는 애시랑 윌프랑 또 다른 남자 한 명한테 돈을 주면서 자기 대신 자잘한 일들을 처리시키고, 전체 판이 돌아가게 해. 그런데 윌프 가 웬 여자 때문에 실수를 저질렀어. 그리고 또 다른 누군가가 우리가 사는 지금 여기에 끼어들었어. 테네시주에서 온 그 죽은 남자들을 고용해 우리 식구들을 죽이려고 한 게 바로 그 누군가야."

재니스의 눈이 한껏 동그래졌다. "머리가 터질 것 같아."

"머리가 터지고 자시고 할 여유도 없어." 플린이 말했다. "저쪽의 정체가 뭐든 간에 판은 이미 돌아가는 중이니까. 제각각 따로 움직이는 부분도 많은데, 우리 오빠 자기가 죄다 조종할 수 있다고 생각해. 그래서 코벨 피켓하고 거래를 하고, 레프 쪽 사람들하고도 나를 놓고 협상을 할 거야. 꼭 나를 놓고 하는 것만은 아니지만, 그 재수 없는 부자를 만난 사람이 나니까. 어쩌면 앞으로도 나 말고는 아무도 그 인간을 못 만날지도 모르지."

"그럼 맨 먼저 할 일은 이거야." 재니스는 팔을 뻗어 플린의 손을 잡았다. "지금 벌어지는 일에서 네 몫의 발언권을 차지하는 거."

44
변태같이 까다로운

플린이 빠져나간 페리퍼럴은 아까보다 더 작은 공간을 차지하는 것처럼 보였다. 그것은 앞서 플린이 앉았던 자리에 앉아서, 책상 모서리에 기대어 있는 레프를 보고 있었다. "일이 잘 풀렸어." 레프는 네더튼을 보며 그렇게 말하고는 반대편 안락의자에 앉은 애시 쪽으로 눈을 돌렸다. "그 여자 아주 물건이던데, 안 그래?"

"아까 로비어하고 얘기했는데." 네더튼이 말했다. "로비어도 바깥에서 잠깐 시간을 보내는 건 좋은 생각이라고 동의했어." 실은 로비어의 제안이었지만, 네더튼은 플린의 방문 건이 성공리에 마무리된 이상 조금은 자신의 공으로 돌려도 된다고 생각했다. 따지고 보면 밖에 나가겠다고 고집한 사람은 플린 본인이었지만 정원에 가보자고 권한 사람은 네더튼이기 때문이었다. 그것도 실은 우연히 애시의 꽃병 쪽으로 눈길이 가서 꺼낸 말일 뿐이었다. 이윽고 그들은 정원에서 고든과 타이에나를 데리고 있는 레프를 발견했다. 그 짐승들은 비싼 돈을 주고 조작한 DNA 덩어리를 옥잠화 화단에 배설하러 나온 참이었다.

"그래." 레프는 네더튼을 힐긋 봤다. "네가 위층으로 올라오는 사이에 로비어가 나한테 전화했어."

"다시 올 거예요." 애시가 말했다.

"로비어 말이에요?" 네더튼이 물었다.

"네 폴트 여자애 말이야. 우린 그 애의 관심을 확실히 끌었어. 그렇다고 그 애가 우리 제안을 무턱대고 따르진 않겠지만." 애시는 네더튼을 빤히 봤다.

"당연하죠."

"넌 남을 조종하는 솜씨가 훌륭하다고 들었는데." 애시가 말했다. "솔직히, 난 네가 솜씨를 발휘하는 걸 한 번도 못 봤어."

"나도 할 때는 한다고요. 늘 같은 결과를 똑같이 낼 수야 없죠. 사실, 내가 보기에 말발은 오히려 당신이 더 훌륭하던데요."

"그만." 레프가 말했다. "애시는 만물박사에 가까운 반면에 넌 고도로 전문화된 인력이야. 나한테는 그 정도면 아주 만족스러워."

"내가 애를 먹는 건 맥락이 없기 때문이야." 네더튼이 말했다. "로비어가 원하는 게 뭐고 하려는 게 뭔지 네가 가르쳐 주지 않으면, 난 일을 하려고 해도 할 게 없어."

"로비어하고 통화하면서 무슨 얘길 들었지?" 레프가 물었다.

"난 로비어한테 지금 이건 게임이 아니라고 플린에게 털어놓는 게 최선이라고 했어. 로비어도 동의했고. 그러면서 나더러 플린에게 그루터기에 관해 내가 아는 데까지 슬슬 설명해 주라더군. 그런데 내가 알기로는 너나 나나 아는 게 별로 없기는 마찬가지거든. 너 그 서버라는 게 뭐고 또 어디에 있는지 전혀 모른다는 게 사실이야?"

"까맣게 몰라." 레프가 말했다. "중국에 있을 거다, 거기 없다고 해도 어쨌든 중국제일 거다, 그렇게 추정은 하지만 어디까지나 추정일 뿐이야. 누군가 과거와 현재 양쪽으로 정보를 주고받는 장치를 가진 자가 있어. 그런 장치가 작동하면 맨 먼저 연속체가 생성돼. 만약이미 존재하는 연속체들이 없었다면 말 그대로 무한히 많은 수의 연속체가 생성되겠지만, 거기서부턴 학문의 영역이니까 넘어갈게. 서버는 정체가 뭐든 간에 아주 철통같이 암호화돼 있어. 애시하고 오시안이 침투 경로를 찾는 데만 몇 달이나 걸렸을 정도야. 심지어 숙련된 연속체 예찬자 몇 명이 기꺼이 도와주기까지 했는데도."

"변태같이 까다롭더군요." 애시가 말했다.

"그런데 말이지." 네더튼이 물었다. 의미 있는 대답이 돌아오리라고 진심으로 기대하고 던진 질문은 아니었다. "로비어는 대체 뭘 원하는 거야?"

"로비어는 아엘리타가 어떻게 됐는지, 어쩌다 그렇게 됐는지 알고싶어 해. 그리고 누가 그랬는지도."

"혹시 네 취향이 변태같이 까다로운 걸 즐기는 쪽으로 변해가는중이라면." 네더튼이 말했다. "데이드라하고 그 패거리한테서 로비어가 원하는 정보를 캐내는 도중에 취향상의 만족도 함께 얻을 거야. 그자들이 그 정보를 안다는 가정하에 말이야. 하지만 난 그런 일에는 조금도 관여하고 싶지 않아."

그 말에 레프는 네더튼을 쳐다봤다. 그는 그 말이 거슬렸다.

45
저 위쪽에

"버튼한테는 내가 얘기할게." 플린이 재니스에게 말했다. "너는 메이컨한테 얘기해. 당장 머리 치수부터 재고 장치 출력도 해야 하니까."

"메이컨을 그리로 데려가서 뭘 하려고? 나 지금 진지해, 이 아가씨야. 네 말대로라면 받는 돈은 그대론데 장소만 옮겨서 일하는 셈이잖아."

"그쪽에 내 편이 생길 거 아냐. 그리고 내가 뭘 봤는지 증명해 줄 목격자도 필요하고. 게다가 둘이서 힘을 합쳐 버튼을 말릴 수도 있어. 꼭 그래야 할 상황이 벌어지면."

"그래서 애초에 버튼하고 같이 가지 않았던 거야?"

"아마도. 난 지금 임기응변으로 헤쳐 나가는 중이야, 재니스."

"너야 임기응변 그 자체지." 재니스가 말했다.

플린은 몸을 돌려 출입문 손잡이로 손을 뻗었다.

"잠깐만." 재니스가 말했다. "의상팀에 들렀다 가자." 재니스는 버튼이 트레일러 앞쪽 공간을 가로지르는 기다란 봉에 극도로 가지런히 걸어둔 옷들을 뒤적거렸다. 대부분 낡아서 너덜너덜한 그 옷들은 헤프티 마트에서 산 옷걸이에 걸린 채 다 함께 한쪽 방향을 보고 있었다. 그 옷들 사이에서 재니스는 기다랗고 구릿빛으로 번쩍거리는 옷을 꺼냈다. 버튼이 지난 겨울 데이비스빌에서 열린 이종 격투기 대회에 나갈 때 입은 로브였다. 튼튼한 나일론 천으로 지은 로브의 라펠은 밤색이었고, 등판에는 울부짖는 흰머리수리가 널따랗게 수놓여 있었다. 권투 선수가 입는 가운 같았다. 플린은 버튼이 그 옷을 아직도 갖고 있는 것이 놀라웠다. "완벽해." 재니스는 플린이 입기 쉽도록 로브를 허공에 펼쳐 들었다.

"그걸 입으라고?"

"자기는 방금 미래에 갔다 온 몸이잖아. 아니면 저쪽 사람들이 미래라고 우기는 곳이든가. 어쨌거나 대사건이잖아."

"나한테는 너무 커." 플린은 불평하면서도 어깨를 으쓱해 로브에 팔을 넣었다.

재니스는 로브를 단단히 여민 다음 밤색 벨트를 묶고 매듭을 고쳐 맸다. "방금 막 해병대 격투기 교관을 때려눕히고 뺏어 입은 것 같다, 야. 지금은 이게 최선이야."

"좋아. 그치만 메이컨한테 그 얘기 꼭 해, 알았지?"

"그럴게."

플린은 돌아서서 버튼의 헐렁한 로브 때문에 사라진 느낌이 드는 어깨를 쫙 편 다음, 트레일러 문을 열었다. 우레 같은 박수 소리가 사방을 뒤덮었다.

열린 문으로 쏟아진 트레일러 불빛 속에 버튼이 서 있었다. 그 뒤에 메이컨과 에드워드, 리언, 카를로스가 있었다. 리언은 손가락 두 개를 입에 물고 휘파람을 불었다.

"여긴 별일 없는 것 같네." 플린은 그렇게 말하며 문 앞 계단을 내려왔다.

"사정이 달라질지도 모르지." 메이컨이 말했다. "내가 거기 있는 널 어떻게 봤는지 기억나지?"

"그쪽에서 당신한테 맡기려는 일이 더 있어." 플린은 메이컨에게 그 말을 하는 사이에 등 뒤에서 계단을 내려오는 재니스의 발소리를 들었다. "재니스가 얘기해 줄 거야." 뒤이어 플린은 다른 사람들 쪽을 봤다. 딱히 누구랄 것 없이 다들 무슨 일이 벌어지는지 모른다는 생각이 문득 들었고, 거기에는 플린 자신도 포함됐다. "나 버튼하고 둘이서 할 얘기가 있어. 잠깐 실례할게." 플린은 그 말을 남기고 오솔길을 걸어 올라갔고, 버튼이 곁에 따라붙자 걸음을 멈췄다.

"이제 얘기할 준비가 됐어?" 버튼이 나직이 물었다.

"얘기할 정신이 없었어, 아까는. 아예 얘기하는 걸 잊어버렸어. 생각 자체를 할 수가 없더라고. 그 장치 때문에 머리가 어떻게 됐나 봐."

"메이컨은 네가 어떤 곳에 갔다고 하던데. 자기 전화로 거기 있는 널 봤다고 했어. 어디에 간 거야?"

"콜롬비아는 아니야. 그 사람들은 거기가 미래라고 했어. 런던이래. 우리가 게임에서 본 거기가."

"네가 보기엔 뭐 같아?"

"모르겠어."

"만약 네가 트레일러 안에 있었다면, 메이컨은 어떻게 다른 곳에 있는 널 본 거지?"

플린은 달빛이 비치는 버튼의 얼굴을 봤다. "로봇 몸 같은 게 있었어. 메이컨이 본 게 그거야. 하지만 인간처럼 느껴져. 드론 같은 건데, 내가 조종하지 않아도 돼. 트레일러 안에서 내가 머리에 쓴 장치 있잖아, 그 사람들은 그걸 자율신경 차단기라고 했어. 페리퍼럴로 뭘 할 때 내 진짜 몸이 덩달아 반응하지 않게 막아주는 장치래."

"뭐라고?"

"페리퍼럴. 그 사람들은 그걸 그렇게 불러. 몸 말이야."

"그 사람들이란 게 누굴 말하는 거야?"

"애시 말이야. 오빠가 맨 처음에 통화했던 여자. 애시는 레프의 부하야. 그러니까 레프라는 남자가 또 있는 거지. 아마 러시아인 같은데, 러시아계 영국인일지도 몰라. 거기서 자랐으니까."

"그 사람들은 자기네가 사는 시대가 언제래?"

플린은 버튼에게 그쪽의 연도를 가르쳐 줬다.

"70년이 조금 넘게 지난 후라고? 지금하고 얼마나 달라 보여?"

"전에 직접 봤잖아. 다르긴 해도 큰 차이는 없어. 아니면 크게 다른데 다 드러나진 않았을 수도 있고."

"넌 그 사람들 말을 믿어?"

"뭔가 있기는 있어."

"돈이야 엄청나게 많이 있겠지." 지금은 그 얘기를 할 때가 아니었지만, 플린이 보기에 버튼은 반박당하고 싶어서 그 말을 꺼낸 것이 아니었다.

"잘은 몰라도 돈이야 톤 단위로 쌓아놓고 살겠지. 그래봤자 그 돈은 단 한 푼도 여기로 가져오지 못해. 여기서 시장을 조작할 방법을 찾는 중이긴 하지만."

"무슨 일이 일어날지 미리 다 아니까?"

"그런 식으로 돌아가는 게 아니라고 가정해 보자. 그 사람들은 자기네가 있는 곳에서 돈을 쓰는 거야. 그쪽에 있는 사람들한테 보수를 지불하고, 그 대신 이쪽에서 돈을 벌 방법이 뭔지 찾게 하는 거지. 그런 다음 콜디론의 변호사들을 시켜 이쪽에서 일을 처리하게 하는 거야. 그쪽에서 전해진 정보는 이쪽 세상에 영향을 미치니까. 하지만 그 사람들은 우리 미래가 어떤지는 알지 못해. 어차피 우리 미래를 몰라도 큰돈을 벌 수 있어. 왜냐하면 우리의 현재에 관해 알아야 하는 건 그쪽에서 뭐든지 찾아낼 수 있으니까. 그것도 언제든지. 그쪽의 자료는 우리보다 70년 치가 더 쌓여 있거든."

"알았어." 버튼이 말했다. 플린은 그의 눈에 비치는 것이 해병대 특유의 신속성과 과격성과 폭력성의 전조인지, 아니면 눈치가 빠른 사람의 눈빛인지 궁금했다. 왜냐하면 그가 방금 상황의 맥락을 단숨에 파악했기 때문이었다. 말도 안 되는 부분은 무시하고 전술적으로 판단해 전진하는 식이었다. 그리고 플린은 그런 버튼이 몹시도 이상하다는 것을, 또 그런 방식이 몹시도 버튼답다는 것을 간파했고, 잠깐 동안 어쩌면 자신에게도 그런 면이 있지 않을지 궁금해했다.

"돈을 따라가 보자." 버튼이 말했다. "그 사람들이 우리한테 돈을 주고 얻는 게 뭐지?"

"거기서부터 문제가 더럽게 복잡해진단 말이지."

"여태까지는 더럽게 복잡하지 않았다는 것처럼 말하네?" 버튼의 눈가에 주름이 잡혔다. 꼭 금방이라도 플린을 비웃으려는 것처럼.

"레프한테는 게임 같은 거였어. 우린 그 사람들의 과거가 아니야. 그 사람들이 여기서 이런저런 것들을 바꿔놓는 바람에, 우린 다른 방향으로 나아가게 돼. 여기서 일어나는 일은 그 사람들이 사는 세상에 영향을 미치지 않는 거지. 그건 지금 일어나는 일도, 앞으로 일어날 일도 마찬가지야. 그런데 그 사람들 쪽에서 뭔가 다른 방식으로 문제가 생겼어. 왜냐하면 그 여자가 살해당하는 걸 내가 목격했기 때문이지. 그게 뭐 때문에 벌어진 일이든 간에 말이야. 난 그 여자가 살해당할 걸 미리 알았던 남자를 봤어. 그 물체에 잡아먹히게끔 그 여잘 발코니로 데리고 나온 남자를. 그리고 저 위쪽에 있던 누군가가 이제 여기에도 와 있어."

"여기에?"

"현재에… 우리 시대에."

"누가?"

"멤피스에서 온 그 남자들을 고용한 사람. 우릴 죽이려고."

"그런데 그 레프라는 남자는 왜 지금 이 일에 끼어 있는 거야? 레프가 보스잖아, 맞지? 지금도 레프가 대장인 거 아니야?"

"나도 몰라. 지금 다시 그쪽으로 돌아가서 알아보려고."

"지금?"

"수세식 변기에 앉아 볼일만 본 후에 곧장 돌아와서 다시 백설공주 모자를 쓸 거야. 재니스가 샌드위치랑 물을 갖다줬으니까, 저 위쪽에 다시 가 있는 동안 배고파서 고생할 일은 없어. 돌아오면 우리가 할 일이 더 생길 거야. 오빠는 아무것도 하지 마, 알았지? 상황은 지금도 충분히 복잡하니까. 그냥 전부 다 자물쇠를 채우고 꽉 잠가놔. 제일 친한 사람들만 빼고 아무도 집에 들이지 말고. 지금은 아는 게 별로 없어서 다음 수를 어떻게 둬야 할지 모르는 상태니까."

버튼은 동생을 물끄러미 봤다. "이지 아이스." 버튼이 말했고, 플린은 달빛에 물든 오빠의 몸이 햅틱 때문에 부르르 전율하는 것을 목격했지만, 떨리는 기색은 이내 사라졌다.

"코너는 어딨어?" 플린이 물었다.

"자기 집에."

"다행이네. 거기 계속 있으라고 해."

"가서 수세식 변기나 마음껏 써. 아무도 안 말리니까."

46
관광

네더튼은 페리퍼럴이 눈을 뜨는 모습을 지켜봤다. 애시는 그것을 안쪽 방의 침대에 다시 눕혀놓고 조명의 밝기를 재조정해 뒀다.

"좋아요." 플린은 머뭇머뭇 말했다. "나쁘진 않네요."

"다시 온 걸 환영해요." 레프가 네더튼의 등 뒤에서 어깨 너머로 인사했다.

"사색형 색각은 어때요?" 애시가 물었다.

"그게 어떤 느낌이었는지 기억이 안 나요. 마음에 안 들었다는 거 말고는요."

"일어나서 한번 앉아봐요." 애시가 제안했다.

플린은 몸을 일으켜 앉은 다음, 눌렸던 머리카락이 퍼지도록 머리를 흔들고 나서 머리카락을 만져보다가 우뚝 손이 멈췄다. "내 원래 머리하고 똑같아요. 전에 여기 있는 거울을 보긴 했지만 그땐 미처 몰랐는데. 당신들이 이렇게 손본 거예요?"

"이쪽 미용사가 보고 감탄하던데요." 애시가 말했다. "아마 당신의 원래 머리 모양을 그 사람이 이쪽에서 따라 할 것 같아요."

"그건 카를로타 솜씨예요. 마리아나제도에 사는데, 우리 동네 미용실 헤프티 클립스Hefty Clips에 미용 봇 의자를 하나 갖고 있죠. 최신 스타일을 잘 따라잡아요."

"그럼 원격 현존에는 이미 익숙하겠군요." 레프가 말했다.

"우리 쪽에선 그걸 '머리하기'라고 하는데요." 플린은 침대에서 일어서며 레프 쪽을 봤다. "오래전 개척 시대부터요."

"당신이 보고 싶어 할 만한 게 있어요." 레프가 말했다. 그러고는 네더튼의 등 뒤에서 돌아서서 통로를 따라 걸어갔다. 네더튼은 플린에게 예의상 그러는 것처럼 빙긋 웃어 보이고는 레프의 뒤를 따라갔고, 애시는 맨 뒤에 걸어갔다.

"그 개들은 어딨어요?" 세 사람 뒤편에서 플린이 물었다. 좁다란 합판 벽 사이로 목소리가 커다랗게 울렸다.

"위층에요." 레프가 대답하며 돌아서는 사이에 플린이 방에서 나왔다.

네더튼은 이것저것 만져보는 플린을 가만히 지켜봤다. 플린은 반들거리는 합판을 손가락으로 슥 문질렀다. 손가락 관절로 철제 손잡이를 콩콩 두드려 보기도 했다. 네더튼이 짐작하기에는 페리퍼럴의 감각 중추를 시험하는 듯했다.

"난 그 애들이 마음에 들어요. 보니까 개도 아닌 애들을 애견 야구장에 데려다 놓은 것 같던데." 플린은 그렇게 말하고는 자신이 입은 검은 바지를 만져봤다. "이 옷들은 왜 다 요가 바지 같은 느낌이 나죠?”

“솔기가 없어서 그래요.” 애시가 대답했다. “겉면의 솔기들은 장식이에요. 전통적인 느낌이 나게 만든 거죠. 어셈블러들이 당신을 위해 만들었어요. 전부 다 똑같이요.”

“출력한 거군요. 저기, 무례하게 굴 생각은 없는데요. 눈에 콘택트렌즈를 낀 게 아니라고 저번에 그랬는데, 그럼 무슨 선천적인 질환 같은 건가요?”

“개조했어요.” 애시가 대답했다. “일종의 시각적 언어유희예요. 다동공증pupula duplex이라는 거의 상상 속에나 있을 법한 증상을 표현한 거죠. 보통은 한쪽 눈에 눈동자가 양옆으로 한 쌍씩 나란히 들어 있는 모습으로 묘사하지만, 난 그걸 문자 그대로 표현하기로 마음먹었어요.◈”

“그 눈으로 보면 세상이 어떻게 보여요?”

“아래쪽 한 쌍은 거의 안 써요. 적외선 인식 기능이 있어서 캄캄한 곳에선 재미있게 써먹기도 하지만요.”

“뭐 좀 물어봐도 돼요? 여긴 뭐가 뭔지 잘 모르겠어서요. 당신 눈이야 태어날 때부터 그랬을 수도 있죠. 아니면 종교나 다른 이유 때문에 그랬을 수도 있고요. 그런 걸 내가 어떻게 알겠어요? 하지만 살갗에서 돌아다니는 문신이라니, 그건 왜 새겼는지 이해가 가요.”

“물어보세요. 편하게.” 애시가 말했다.

◈ 다동공증의 ‘duplex’는 구조가 동일한 2층 가옥을 한 대지에 나란히 붙여 지은 공동주택, 이른바 땅콩 집을 가리킨다.

"이 안의 전화기, 정확히 어디 있는 거예요?" 플린은 양손을 든 채로 물었다. "친구한테 설명하려고 했는데 모르겠더라고요."

"내가 에르메스에 한번 문의해 볼게요." 레프가 대답했다. "다만 전화기 부품들은 아주 작고 뿔뿔이 흩어져 있어요. 개중에는 생체 조직에도 있고요. 의료 기록에 접속하면 모를까, 나도 내 전화가 어디 있는지 알 수가 없어요. 내 사촌은 전화기 일부가 불타는 바람에 교체하는 수밖에 없었죠. 두개골 밑단에 있었는데 말이에요. 하지만 넣는 건 몸속 어디에나 가능해요." 레프는 책상 모서리에 몸을 기댔다. "이제 런던을 보여드려도 될까요? 집 상공에 헬리콥터가 있어요. 당신이 우리를 위해 조종했던 것과 비슷한 기종이에요. 일단 앉으세요."

"내가 조종해도 돼요?"

"관광은 우리가 시켜드릴게요." 레프는 빙그레 웃었다.

플린은 레프에게서 애시에게로, 다시 네더튼에게로 눈길을 돌렸다. "좋아요." 플린은 그렇게 말하고는 의자에 앉았다.

맞은편 의자에는 애시가 앉았다. 네더튼은 책상 끄트머리의 레프 곁에 나란히 서서 책상 앞에 앉지 않아도 되는 처지에 안도했다. 거기에 있으면 책상 앞에 앉을 때 작동하는 위계와 위협이라는 심리적 기능이 더 약하게 작용하기 때문이었다. "이번에는 충격이 별로 크지 않더군요." 네더튼은 플린에게 말했다.

"이리로 빨리 돌아오고 싶어서 안달이 날 정도였어요. 그렇다고 당신들이 하는 말을 하나라도 곧이곧대로 믿는다는 뜻은 아니에요, 알겠어요?" 플린이 말했다.

"그럼요." 레프가 대답했다.

네더튼은 자신이 몹시도 바보 같아 보이는 표정으로 헤벌쭉 웃고 있다는 것을 문득 알아차렸다. 그 반면에 애시는 회색 눈을 평소보다 곱절로 날카롭게 뜨고서 네더튼을 보며 히죽 웃었다. 그러나 이내 고개를 돌리더니 플린에게 말을 걸었다. "지금 보이는 건 내 인장이에요." 애시의 말에 플린은 고개를 끄덕였다. 애시의 인장은 네더튼에게도 보였다. 이제 시야에 레프의 인장이 나타났고, 아무 모양도 없는 플린의 것도 함께 나타났다. "이제 피드를 열게요." 애시가 말했다. "양쪽 눈의 시야가 모두 꽉 찰 거예요."

캠핑 버스 내부는 사라지고 그 자리에 공중에서 내려다보는 안개 낀 아침나절의 런던 풍경이 나타났다. 오밀조밀 복잡하게 이루어진 시가지에 각진 윤곽을 띤 샤드가 일정한 간격으로 우뚝 서 있었다. 빽빽한 도심에 드문드문 보이는 빈틈은 네더튼이 어릴 적에 하이킹을 다녔던 산책로였고, 별 가치가 없다고 평가되는 장소를 깔끔하게 밀어버린 흔적이었으며, 깊고 무성하게 자라난 새 숲이기도 했다. 청소 및 준설을 마친 여러 하천 위의 유리 지붕에는 얼마 안 되는 햇볕이 칙칙하게 되비쳤고, 템스강 수면에 다시 배치된 이동식 인공 섬도 눈에 띄었다. 섬 아래에 장착된 스크루는 물살을 더 잘 타도록 위치가 조정된 상태였다.

"세상에." 플린이 중얼거렸다. 감탄한 기색이 역력했다.

애시는 일행을 햄스테드로 안내했다. 네더튼이 열 살 때 부모와 함께 반 친구의 파티에 참석하러 갔던 곳이었다. 그날 그는 무쇠 벤치

아래 묻힌 기다란 하수도 토관 속에서 오후를 보냈다. 그 공간에서는 줄줄이 매달린 색색의 조그만 전등 아래서 무대 의상을 차려입은 쥐들이 노래하고 춤을 추고 모의 결투를 벌였다. 그의 호문쿨루스에 달린 양손은 섬사람들의 손과 마찬가지로 만듦새가 조잡하고 투명했다. 그가 이때의 기억을 더듬는 사이에 애시는 플린에게 복원된 여러 하천의 가장자리에서 돌아가는 수차에 관해 설명했지만 지금까지의 역사는, 그러니까 바로 전의 시대, 즉 암흑기에 관해서는 전혀 언급하지 않았다.

네더튼은 관광보다는 혀끝으로 입천장을 훑어 영상 피드를 지우고 고비바겐으로 돌아와 플린의 표정을 지켜보는 쪽을 택했다.

"그런데 사람들은 다 어디 있어요?" 플린이 물었다. "사람이 한 명도 없잖아요."

"그 부분은 설명하기가 복잡한데요." 애시의 목소리는 담담했다. "하지만 이 고도에서는 어차피 아무도 안 보여요."

"차도 거의 안 보이는데요. 그건 전에도 눈치챘지만."

"이제 시티에 거의 다 왔어요." 애시가 말했다. "여긴 칩사이드Cheapside예요. 당신이 찾던 인파는 여기 있어요."

하지만 그건 사람이 아니지. 네더튼은 속으로 중얼거렸다. 그러고는 이 모든 광경을 받아들이는 플린의 표정을 가만히 지켜봤다.

"여긴 코스튬플레이 구역이에요." 레프가 말했다. "재현하는 시대는 1867년이고요. 만약 이 헬리콥터에 투명 은폐 기능이 없었거나 소리를 냈다면, 우린 벌금을 물었을 거예요."

네더튼이 입천장의 명령 사분면을 혀끝으로 두드려 애시의 피드로 돌아와 보니 일행은 오전 러시아워의 도로 상공에 떠 있었다. 벌써부터 길이 꽉 차 교통이 마비된 것처럼 보였다. 승용 마차, 수레, 짐마차, 모두 다 말이 끌고 있었다. 소문에 따르면 레프의 아버지와 할아버지도 진짜 말을 소유했다. 이따금 말을 타기도 했지만 칩사이드에서는 절대로 타지 않았다고 했다. 네더튼은 어릴 적에 어머니를 따라 이곳의 가게들을 구경한 적이 있었다. 은도금 식기, 향수, 테두리에 술이 달린 숄, 끽연 용구, 묵직한 은시계와 금시계, 신사용 모자 따위가 있었다. 그는 말이 길거리에 푸짐하게 싸놓은 똥과 그 똥을 치우려고 어린애들이 앞다퉈 달려드는 광경을 보고 기겁했다. 자신보다 더 어린 그 아이들은 그가 알기로 거리의 말들과 마찬가지로 진짜가 아니었지만 진짜처럼, 완전한 진짜처럼 보였고, 짧고 투박한 빗자루를 쥔 채 살벌한 욕을 지껄이며 말의 다리 사이로 뛰어들어 필사적으로 돈벌이를 해내는 모습이 섬뜩해 보이기도 했다. 그러는 사이에 그의 어머니 말에 따르면 은행가이거나 변호사, 상인, 중개인인 사람들, 또는 그들의 복제품들은 높다란 모자를 쓰고 서둘러 걸음을 옮겼고, 그들 뒤편으로 보이는 손 글씨 간판에는 구두와 도자기, 레이스, 보험, 판유리 같은 말들이 적혀 있었다. 그는 그런 간판이 마음에 들었고, 그래서 이곳에 올 때 반드시 입어야 하는 뻣뻣한 의상 때문에 움직이기 불편한 상태로 어머니의 손을 잡고 돌아다니는 동안 되도록 많은 간판의 이미지를 눈에 담았다. 눈빛이 사나운 남자애들이 덜컹거리는 손수레를 밀면서, 달리면서, 또는 소리를 지르면서 컴컴한 건물 앞마당으로 돌아가는 동안 그는 경계를 늦추지 않고 그 아이들을 주시했고, 그 앞마당에서 풍기는 악취는 초록빛이 도는 말똥과 다름없이 진짜일 거라 짐작했다. 어머니는 그곳을 방문할 때 펑퍼짐한 검은색 치마를 입었다. 허리는 좁다랗고 아래로 갈수록 점점 넓어져서 보도를 쓸고 다닐 것처럼 생긴 그 치마 위에는 같은 색의 몹시 꼭 끼는 재킷을 입었고, 머리 한쪽에 보기 드문 모양의 모자를 썼다. 어머니는 그 의상들 가운데 어떤 것도 좋아하지 않았다. 아들을 그곳에 데려간 까닭은 그래야 한다는 의무감을 느꼈기 때문이었다. 어쩌면 나중에 아들이 그 경험을 더 자세히 곱씹으리라는, 그리하여 그 비슷한 것이라면 뭐든 혐오하는 제 나름의 취향을 키우리라는 예감과 함께.

"저것 봐요." 플린이 말했다.

"진짜가 아니에요." 네더튼이 말했다. "당대의 기록물을 보고 만든 것들이죠. 당신 눈에 보이는 사람 중에 진짜 인간은 거의 없어요. 그리고 진짜인 경우는 관광객이거나 역사 공부를 하러 온 학생들이에요. 밤에는 더 볼만해요. 착시 효과 덕분에." 어쨌거나 짜증은 낮보다 덜했다.

"저 말도 진짜가 아니라고요?"

"아니에요." 애시가 대답했다. "지금은 말이 드물어요. 다른 가축들은 대부분 더 잘 복원했지만요."

제발. 네더튼은 속으로 중얼거렸다. 동물 얘기는 시작도 하지 마. 레프도 같은 생각을 했는지 이내 이렇게 말했다. "실은 당신한테 소개해 줄 사람이 있어서 이리 데려왔어요. 이번에는 인사만 하는 거지만요."

일행은 아래로 하강하기 시작했다.

이내 하늘을 올려다보는 로비어의 모습이 네더튼의 눈에 들어왔다. 로비어가 입은 치마와 재킷은 그의 어머니가 입던 것과 몹시 비슷했다.

47

권력관계

마치 걸어가는 숲처럼 빽빽하게 모여 움직이는 검은색 신사용 모자 무리 한복판에 머리가 하얗고 눈은 새파란 여성 한 명이 서 있었다. 남자들은 그 여성에게 눈길조차 주지 않는 것처럼 보였는데 이는 애시가 조종하는 뭔지 모를 비행체에 대해서도 마찬가지였다. 레프는 그 기체가 그들 눈에는 보이지 않는다고 했지만 회전날개가 일으킨 돌풍은 느껴지는지, 돌풍 속을 통과하는 동안 저마다 손을 올려모자가 날아가지 않도록 붙잡았다. 남자들이 곁을 빙 돌아 걸어가는 사이에 여성은 제자리에 가만히 서서 남들 눈에는 보이지 않는 것을 올려다보며, 자신이 쓴 조그마한 모자가 하강 기류에 날아가지 않도록 회색 장갑을 낀 한쪽 손으로 잡고 있었다.

레프와 애시, 윌프의 배지 옆에 새 배지가 나타났다. 윤곽은 수수하게 생긴 왕관과 비슷했고 색깔은 크림색 바탕에 금색이었다. 다른 배지들은 이제 흐릿하게 보였다. "우리 통화는 비공개 모드로 설정됐습니다." 여성이 말했다. "다른 사람들한테는 우리가 하는 말이 안 들리죠. 저는 런던 경찰청 소속 에인슬리 로비어 경위입니다." 여성의 목소리는 플린의 머릿속에서 들려왔고, 지나가는 사람들이 내는 소리와 교통 소음은 소거됐다.

"저는 플린 피셔예요. 제가 여기 불려 온 건 경위님 때문인가요?"

"당신은 당신 자신 때문에 여기 와 있습니다. 만약 오빠 일을 대신 해주기로 선택하지 않았다면, 제가 조사 중인 범죄를 목격하지 않았을 테니까요."

"죄송해요."

"조금도 죄송해할 필요 없습니다. 당신이 없었다면 저는 완전히 빈손이었을 테니까요. 짜증 날 정도로 감쪽같이 아무것도 남질 않았습니다. 혹시 이곳에 온 후로 겁에 질린 상태이신가요?"

"가끔은요."

"지금 같은 상황에서 그 정도면 정상입니다만, 그것도 이 상황 자체를 정상이라고 할 수 있을 때의 얘기죠. 페리는 마음에 드십니까?"

"뭐라고요?"

"페리퍼럴 말입니다. 제가 직접 골랐습니다, 시간이 촉박해서 그만. 저는 그 페리퍼럴에서 어떤 우아함이 느껴지더군요."

"저랑 얘기하고 싶어 하시는 이유가 뭐죠?"

"당신은 매우 끔찍한 살인 사건을 목격하셨습니다. 범인, 아니면 공범일지도 모르는 사람의 얼굴을 보셨죠."

"그것 때문일 거라고 생각하긴 했어요."

"그때 이후로 신원이 밝혀지지 않은 인물 또는 복수의 인물이 당신이 거주하는 연속체에서 사람을 시켜 당신을 죽이려 했습니다. 추측건대 당신이 목격자인 걸 알기 때문에 그랬을 겁니다. 저에게는 놀라운 얘기입니다만, 듣자하니 여기서는 당신을 계획적으로 살해해도 결코 범죄로 인정되지 않는다고 합니다. 왜냐하면 당신은 여기서는 현실의 존재로 간주되지 않기 때문이죠. 현존하는 최고의 법률가가 제공한 견해에 따르면 말입니다."

"전 경위님하고 똑같이 진짜인데요."

"실제로 그렇습니다." 여성이 말했다. "하지만 당신을 노리는 자들 같은 부류는 당신이든 아니면 다른 누구든, 조금도 거리끼지 않고 죽일 겁니다. 지금 여기서든 아니면 다른 어디서든요. 그런 자들은 당연히 저의 관심사입니다." 여성의 눈은 새파랬고, 냉철해 보였다. "그런데 당신도 저의 관심사이기는 마찬가지입니다. 제가 져야 하는 책임이죠. 다른 방식으로요."

"왜요?"

"제가 지은 죄 때문이겠죠. 아마도." 여성은 빙긋 웃었지만, 플린은 그 웃음을 보고도 어떠한 위안도 느끼지 못했다. "아시겠지만 레프 주보프는 당신네 세계의 경제를 엉망으로 만들려고 합니다."

"그쪽 경제는 어차피 지금도 엄청 개판인데요." 플린은 그렇게 내뱉고는 곧바로 다른 표현을 썼으면 좋았을 거라고 후회했다.

"그게 옳은 말씀인 줄은 저도 익히 아는 바입니다만, 제 얘기는 그런 뜻이 아닙니다. 저는 주보프를 포함한 이른바 연속체 애호가라는 자들이 하는 짓이 마음에 안 듭니다. 연속체 자체는 저 역시 아주 매력

적이라고 생각하지만요. 어떤 사람들은 저라는 사람 자체보다 당신이 더 진짜에 가깝다고 생각할 겁니다."

"그게 무슨 말이죠?"

"저는 매우 늙었거든요. 정교하게, 또 인공적으로 그렇게 됐습니다. 솔직히 말하면 저조차도 저 자신이 완전한 진짜라는 느낌이 안 들 정도랍니다. 하지만 당신이 저를 돕겠다고 동의하면, 그 대가로 저도 당신을 도와드리겠습니다. 힘닿는 데까지는요."

"이거 남자 몸도 있어요? 페리퍼럴 말이에요."

경위의 눈이 동그래지면서 눈썹연필로 그린 눈썹도 덩달아 쑥 올라갔다. "남성형이 더 좋으신가요?"

"아뇨, 저 말고 다른 사람도 여기 와서 이걸 봤으면 해서요. 집에 가서 사람들한테 무슨 일이 벌어지는 중인지 얘기할 때 거들어 줄 사람이 필요하니까요."

"분명 주보프가 마련해 드릴 겁니다."

"경위님은 그 회색 배낭같이 생긴 걸 보내서 그 여잘 죽인 범인을 추적하시는 거죠? 그리고 그 여잘 발코니로 데리고 나온 망할 자식도 함께요."

"예, 그렇습니다."

"제가 증인이 될게요. 나중에 재판이 열리면요. 안 열려도 증언은 할 거예요."

"재판은 열리지 않을 겁니다. 처벌만 있을 뿐이죠. 그래도 감사합니다."

"어쨌든 남자용 페리퍼럴은 있으면 좋겠어요. 그것도 서둘러서요. 이 정도면 거래가 성립됐나요?"

"성립됐다고 보시면 되겠습니다." 로비어가 말했다. 다른 배지들도 다시 또렷해졌고 칩사이드의 시끌벅적한 소음도 물밀듯이 되돌아왔다. 이제는 커다란 교회 종의 우렁찬 종소리도 한몫 거들었다. "저희끼리 하는 통화는 다 끝났습니다." 로비어가 모두에게 말했다. "피셔 씨를 모셔와 주셔서 진심으로 감사합니다. 안녕히 계십시오!"

뒤이어 칩사이드의 풍경이 시야에 보이는 배지 한 개 크기로 작아지더니, 이내 더 작아졌다가, 사라졌다. 플린은 레프를 건너다보며 눈을 깜박였다. 플린은 그가 자신을 보고 있다는 것을, 윌프 네더튼 역시 마찬가지인 것을 알아차렸다. 그러나 애시의 기묘한 두 눈은 아무것도 없는 합판 벽을 뚫어지게 보고 있었다.

"경위님, 실은 저희가 한 대 대여할 수 있을 것 같은데요." 애시가 말했다. "예. 물론이죠. 미스터 주보프와 상의해 볼게요. 감사합니다." 애시는 레프 쪽으로 몸을 돌려 이제는 그를 바라봤다. "형님 되시는 안톤 씨의 스파링 파트너 말인데요. 아버님께서 리치먼드 힐에 있는 집에 보관하고 계시죠? 안톤 씨에게 어리석은 실수를 일깨워 줄 용도로 가끔 꺼내시지 않나요?"

"대강 그런 셈이지." 레프는 플린을 힐끗 보며 대답했다.

"그 페리퍼럴을 이리로 보내라고 해주세요. 로비어가 여기로 가져오라고 했어요."

"왜?"

"그건 안 물어봤어요. 직접 통화하셨어도 안 물어보셨을걸요. 로비어는 우리 쪽에 남성형 페리퍼럴이 필요하다고 했어요. 그것도 당장. 그래서 그 집에 있는 게 기억났죠."

"그게 제일 쉬운 방법이긴 하겠군." 레프가 말했다. "누가 쓸 건가요?" 그는 플린을 돌아보며 물었다.

"화장실은 저 안쪽에 있나요?" 플린이 물었다.

"예." 레프가 대답했다.

"잠깐 실례할게요." 플린은 그 말을 남기고 자리를 떴다.

캠핑 버스 안쪽의 조그만 방에 딸린 좁다란 철제 화장실 겸 샤워실 안에서, 닫힌 문을 등지고 서서, 플린은 거울을 봤다. 검은 셔츠의 단추를 풀자 입은 줄도 몰랐던 브래지어와 자신의 원래 몸보다 조금 더 큰 가슴이 눈에 들어왔다. 자신의 가슴이 아니었고, 그래서 마음이 놓였다. 왼쪽 빗장뼈 위의 조그맣고 평평한 사마귀도 자신의 것이 아니기는 마찬가지였다. 바로 그 이유 때문에 확인해 보고 싶었다는 것을 플린은 단추를 채우며 깨달았다. 다만 실제로 확인하기 전에는 스스로도 알지 못했던 이유였다.

플린은 페리퍼럴이 소변을 보고 싶어 하는지 궁금해졌다. 스스로는 요의가 느껴지지 않았고, 그래서 페리퍼럴도 괜찮을 거라 짐작했다. 애시가 말하길 페리퍼럴은 물은 마셔도 음식은 먹지 않는다고 했다. 머리는 누가 잘라줬는지 몰라도 카를로타가 보면 뿌듯해할 솜씨였다.

플린은 돌아서서 문을 연 다음, 네더튼이 밀라그로스 콜디론에 있는 자기 사무실이라고 속였던 방으로 돌아갔다. 네더튼과 레프는 보이지 않았다. 애시는 창가에 서서 바깥을 보고 있었다. "다들 어디 갔어요?" 플린이 물었다.

"집으로 올라갔어요. 네더튼하고 오시안이 대기하고 있다가 페리퍼럴이 도착하면 맞이할 거예요. 당신이 턱에 관심이 많으면 좋겠네요."

"턱이라뇨?"

"그 페리퍼럴은 턱선이 아주 멋지거든요. 뺨도 굉장히 갸름하고요. 동화에 나올 것처럼 생긴 슬라브계예요."

"당신은 그걸… 잘 아나요?" '그것'은 과연 적당한 단어일까?

"인간 조종자와 함께 있는 걸 본 적은 한 번도 없어요. 제작 업체의 클라우드 인공지능이 조종하는 것만 봤죠. 원래는 레프의 형 소유였어요."

"죽었나 보군요. 레프 씨의 형은."

"살아 있어요. 아쉽게도."

그렇군요. 플린은 속으로 중얼거렸다. "그건 운동 능력이 뛰어난가요? 이것도 그래 보이는데요."

"굉장히요. 실은 아예 측정이 불가능할 정도예요."

"잘됐네요." 플린이 말했다.

"무슨 꿍꿍이를 꾸미는 거죠?" 애시가 물었다. 눈살을 찌푸리면서 두 눈이 가늘어진 탓에 플린에게는 위쪽 눈동자만 보였다.

"로비어가 모르는 꿍꿍이는 하나도 없는데요."

"당신은 권력관계라는 줄타기에 꽤 능하군요, 안 그래요?"

"그건 언제 여기 도착하나요?"

"한 30분 후?"

"메이컨한테 전화하는 방법 좀 가르쳐 줘요." 플린이 말했다.

48
파벨

레프의 집 현관 복도에는 육아 용품이 어지럽게 널려 있었다. 조그마한 고무장화, 코트 걸이에 빼곡히 걸린 밝은색 우비, 네더튼의 머릿속에 섬사람들이 떠오르게 한 조그만 자전거, 공놀이용 방망이와 수많은 공 같은 것들이었다. 그런 잡동사니의 아래쪽 지층에는 길을 잃은 레고 블록 몇 개가 밝은색을 띤 직선형 딱정벌레처럼 군데군데 비죽 튀어나와 있었다.

네더튼과 오시안은 이런 잡동사니를 마주한 채 나무 벤치에 앉아 있었다. 네더튼 쪽 벤치 끄트머리의 얼룩은 그가 보기에 아직 덜 마른 잼 같았다. 안톤의 스파링 파트너는 리치먼드 힐을 출발해 이곳에 곧 도착할 예정이었다. 오시안은 바깥에서 기다리자는 네더튼의 제안을 거절했다.

"육아 도우미들이 아주 지리게 놀랐어. 저것 때문에." 오시안이 불쑥 말했다. 밑도 끝도 없이 꺼낸 말처럼 들렸다.

"저거라뇨?"

"유아차 말이야. 저기 있는." 네더튼은 처음에는 옷이 잔뜩 걸린 코트 걸이를 가리키며 하는 말이라고 생각했다. "저 벽에 기대놨잖아." 오시안이 손끝으로 한쪽을 가리켰다. "은폐 기능이 작동 중이야."

네더튼은 그제야 접혀 있는 유아차의 윤곽을 알아봤다. 지금은 마침 가장 가까이 있는 물체의 표면을 그대로 모방한 상태였다. 이 경우에는 애벌레 같은 황백색을 띤 벽과 낡은 재킷 안감의 갈색 타탄체크 무늬였다.

"레프네 할아버지가 모스크바에 주문해서 받은 물건이야." 오시안이 말했다. "증손녀가 태어났을 때. 외교 행낭에 담겨 있었어. 저런 물건을 들여올 방법은 그것뿐이라서."

"어째서요?"

"무기 체계가 내장됐거든. 총이 두 정 있어. 다만 탄환이 나가진 않아. 수명이 아주 짧은 어셈블러를 발사하지. 사실, 이 경우에는 분해하는 게 목적이니까 '디스어셈블러'라고 해야겠지만. 연한 조직을 찾아 파고드는 놈들이야. 분자 단위에서 갈가리 찢어버려. 전에 그걸 소 옆구리에 대고 발사하는 영상을 본 적이 있어."

"어떻게 됐어요?"

"뼈만 남더군. 자율 조종에 자동 조준, 위협 수준 자체 판단 기능까지 갖췄어."

"누가 위협을 하는데요?"

"러시아인 납치 조직." 오시안이 대답했다.

"아기를 태운 상태에서 그런 식으로 싸운다고요?"

"그 정도로 상황이 심각해지면 정신적 외상을 입지 않게 아기한 테 판다를 보여줘. 그러고는 집으로 돌아오지. 육아 도우미야 따라오든 말든, 무장 탈출 모드로."

네더튼은 희미하게 보이는, 아무런 해도 끼치지 않을 것 같은 유아차를 물끄러미 바라봤다.

"주보프댁 사모님은 저걸 집에 두지 않으려고 했어. 시아버지하고 사이가 안 좋았거든. 그래서 육아 도우미들을 편들었지."

"오시안, 여기서 일한 지 얼마나 됐어요?"

오시안은 네더튼을 유심히 봤다. "5년. 거의 그 정도."

"전에는 무슨 일을 했는데요?"

"지금하고 별로 다르지 않은 일. 거의 비슷해."

"이 일을 하려고 따로 교육도 받았어요?"

"받았지." 오시안이 대답했다.

"어떤 식으로요?"

"엉뚱한 데다 청춘을 낭비하는 식으로. 그러는 넌 어떤 교육을 받았길래 똑똑한 척하면서 아무한테나 거짓말을 하고 다녀?"

네더튼은 오시안을 쳐다봤다. "당신하고 마찬가지예요. 거의 비슷해요."

비스듬히 비치던 햇빛 한 줄기가 그림자에 가려졌다. 초인종이 울렸다.

"저게 그거겠지." 오시안은 일어서서 검은색 정장 조끼 밑단을 아래로 당겼다. 그러고는 현관문 쪽으로 돌아서서 어깨를 쫙 펴고 문을 열었다.

"안녕하세요." 키가 크고 어깨가 떡 벌어진 암회색 슈트 차림 남자였다. "만나서 반갑습니다, 오시안. 아마 저를 기억 못 하시겠죠. 파벨입니다."

"꾸물거리지 말고 들어와." 오시안은 지시를 내리고 물러섰다.

페리퍼럴이 현관에 들어서자 오시안은 문을 닫았다. "파벨이라고 합니다." 페리퍼럴은 네더튼에게 인사했다. 턱선이 또렷하고 얼굴 윤곽은 억세 보였고, 눈빛은 흐리멍덩하면서도 어째선지 상대를 비웃는 듯했다.

"윌프 네더튼이야." 네더튼이 손을 내밀었다. 둘은 악수를 나눴다. 페리퍼럴의 손은 따뜻했고, 조심스러웠다.

"차고로 가." 오시안이 말했다.

"아무렴요." 파벨은 그 말을 남기고 둘보다 앞서 엘리베이터 쪽으로 어슬렁어슬렁 걸어갔다. 마치 자기 집인 양, 더없이 느긋하게.

49
그가 내는 소리

이 파벨이라는 녀석은 광대뼈가 하도 오뚝해서 얼음을 깰 때 송곳 대신 써도 되겠는걸. 플린은 속으로 생각했다. 그래도 파벨의 목소리는 듣기 좋았다.

"지금 인격은 인공지능이에요." 아일랜드인 남자가 말했다. "그쪽에서 올 남자가 들어가기 전에 미리 꺼놓을게요."

"난 플린이라고 해요." 플린은 페리퍼럴에게 인사했다.

"만나서 반갑습니다." 페리퍼럴은 답인사를 하고 나서 플린에게는 더 볼일이 없다는 듯이 아일랜드인 남자를 쳐다봤다.

"오줌도 쌀 수 있게 프로그램됐어요." 오시안이 말했다. "스파링용의 기능 중 하나예요. 오줌을 지릴 때까지 패고 싶어지게끔."

페리퍼럴은 듬직한 몸을 움직여 자세를 고쳐 잡았다. 키는 180센티미터가 훨씬 넘어서 버튼보다 더 컸고, 색이 연한 금발 머리는 한쪽으로 빗어 넘긴 모양새였다. 그것은 금색 눈썹 한쪽을 쫑긋 올리며 플린을 봤다. "제가 무엇을 도와드리면 될까요?"

"안쪽 방으로 들어가." 애시가 말했다. "거기 누워 있어. 공장에는 클라우드 조종 기능이 이제 필요 없다고 알리고."

"물론이죠." 페리퍼럴이 말했다. 그것은 자기 머리카락과 색이 거의 비슷한 반들거리는 통로 벽 사이를 지나가느라 어깨를 살짝 틀어야 했다.

"안톤이 왜 저 녀석을 번번이 죽였는지 알겠어요." 오시안이 말했다. "정신이랄 게 없는데도 언제나 표적을 노리고 있거든요."

애시는 둘이서만 쓰는 괴상한 비밀 언어 한 가지로 오시안에게 뭔가 말했다.

"애시가 그건 조정할 수 있다고 하네요." 오시안이 플린에게 말했다. "사실이긴 한데, 안톤은 그렇게 할 수 있는 사람이 아니었어요. 그런 건 자기 방식이 아니었거든요. 난 안톤이 저걸 흠씬 망가뜨려서 공장에서도 수리를 못 하게 되면 좋겠다고 늘 바랐죠."

"메이컨은 준비가 끝났대요." 애시가 플린에게 말했다. "지금 연결돼 있어요. 당신하고 통화하고 싶다는군요."

"좋아요." 플린의 시야에 애시의 배지가 나타났고, 이내 그 옆에 노란 바탕에 징그럽게 생긴 빨간 덩어리가 있는 배지가 새로 나타났다. 뒤이어 메이컨이 보였다. "저거 혹시 너빈이야, 메이컨? 벌써 미래 인용 배지를 자기 스타일로 만들어 단 거야?"

"네 건 참 딱하게 생겼다. 그냥 휑한데. 애시한테 한 개 만들어 달라고 해." 메이컨은 그 말을 하고는 씩 웃었다.

"좀 바빠서."

"별일 없어?"

"처음 왔을 때처럼 엉망으로 힘들진 않았어. 이쪽을 돌아다니면서 구경도 좀 했고. 코너는 준비됐어?"

"내가 보기엔 지나치다 싶을 정도로 준비됐어."

"버튼도 알아?" 플린이 메이컨에게 물었다.

"하필이면." 메이컨은 옆을 슬쩍 보며 대답했다.

"버튼도 거기 있는 거야?"

"응."

"젠장."

"다 잘됐어. 출발만 하면 돼."

"이제 해보자."

"네 쪽에서 준비되면 바로 시작해." 메이컨이 말했다. 너빈이 있는 배지가 희미해졌다.

"저 방에는 애시하고 내가 들어갈게요." 플린은 네더튼과 오시안에게 말했다. "그 사람이 이 상황을 어떻게 받아들일지 아직 모르니까요. 너무 몰아붙이면 안 된다는 거 명심해요, 알았죠? 그 사람이 흥분하면 당신들은 물러나는 게 좋을 거예요. 그것도 재빨리."

네더튼과 오시안은 서로를 마주 봤다.

"이제 가요." 플린은 애시에게 말하고는 통로로 들어섰다. 성큼성큼 세 걸음 만에 도착한 안쪽 방 안에는 페리퍼럴이 선반 침대 위에 누워 있었다. 양 발목이 침대 끄트머리 바깥에 비죽 나와 있었다.

"파벨." 애시는 플린의 어깨를 팔로 감싸며 그것에게 말했다. "눈

감아."

그것은 플린을 힐끗 보고 나서 눈을 감았다.

"15." 애시가 말했다. 플린이 짐작건대 메이컨에게 한 말이었다.

플린은 머릿속으로 카운트다운을 했다. 10에 이르러서는 요동치는 느낌을 상상했다. 그런 다음 카운트다운을 계속했다.

"0." 애시가 말했다.

페리퍼럴이 눈을 번쩍 떴다. "미치고 환장하겠네." 그것은 그렇게 중얼거리며 큼지막한 양손을 자기 눈에 보이는 높이까지 들어 올렸다. 그러고는 양손의 손가락을 꿈지럭거리더니, 양쪽 엄지손가락으로 나머지 손가락들을 차례로 만져본 다음, 다시 집게손가락을 만졌다. 벌떡 일어나 앉는 모습이 꼭 등에 용수철이 달린 듯했다. 바닥에 내려서는 동작은 물 흐르듯 매끄러웠다.

"나야, 코너." 플린이 말했다.

"알아. 메이컨이 캡처 화면을 보여줬어. 그리고 당신은." 코너는 애시를 보며 말했다. "애틀랜타에 있는 클럽에서 당신 눈하고 비슷한 걸 본 적이 있어. 거기 있던 녀석 말로는 '하이퍼스페이스 엘프'라던데, 엄밀히 말하면 약물 남용이지."

"이쪽은 애시야. 예의는 지켜줘. 색깔은 괜찮아?"

"색깔? 난 이게 무슨 약물 체험 같은 것만 아니면 좋겠는데."

"이 페리퍼럴은 사색형 색각이 아니에요." 애시가 말하자 코너는 미심쩍어하는 눈빛으로 그녀를 유심히 봤다.

"기분은 괜찮아?" 플린이 물었다.

코너는 섬뜩하게 씩 웃었다. 앞서 파벨의 것이었던 얼굴이 소름끼치게 변했다. "젠장. 이 손가락들 다 붙어 있는 것 좀 봐."

"이쪽으로 가면 돼. 근데 바깥에 남자 둘이 있어. 우리 편이야. 걱정 안 해도 돼. 알았지?"

"알고말고." 코너는 다시 자기 손을 내려다보고 있었다. "맙소사."

플린은 코너의 손을 잡고 방 바깥으로 데리고 나갔다. 애시는 오시안 곁에, 네더튼은 그 둘 뒤에 서 있었다. "이쪽은 코너 펜스케예요." 플린은 그의 손을 놓으며 말했다. "코너는 우리 오빠랑 같이 해병대에서 복무했어요."

세 사람은 고개를 끄덕이며 물끄러미 바라봤다. 페리퍼럴은 이제 서 있는 자세가 아까와 달랐다. 코너는 세 사람을 차례로 보고 나서 악수는 적당한 인사법이 아니라고 판단했는지, 회색 바지 주머니에 손을 넣었다. 그러고는 실내를 둘러봤다. "여긴 보트 안이야? 배를 수리하느라 드라이독dry dock에 들어와 있나?"

"멋진 대형 캠핑카야." 플린이 대답했다.

코너는 창가로 가서 허리를 숙이고 바깥을 내다봤다. "말도 안돼. 바깥에 나가봐야겠어." 코너가 말했다. 아마도 다른 이들에게 한말 같지는 않았다. 코너가 버스 출입문을 벌컥 당겨 열었을 때 플린은 그의 바로 뒤에 있었다. 그는 출입구 계단을 거들떠보지도 않았다. 난간 너머로 곡예사처럼 공중제비를, 그것도 옆으로 돌아서, 4미터는 족히 넘는 곳에서 그대로 뛰어내렸다. 그러고는 지면에서 일어서자마자 달렸다. 아마도 플린이 평생 본 어떤 달리기선수보다도 더 빠르게, 차고를 똑바로 가로질러, 사람들 말로는 레프의 아버지가 수집했다고 하는 기다랗게 늘어선 수많은 자동차 앞을 지났다. 그가 달리는 동안 기다란 아치들은 저마다 발광 물질을 환히 밝혔다. 곡선 부분이 너무 얕게 파여서 거의 들보처럼 보이는 아치들은 아래에서 그가 통과하면 다시 어두워졌고, 플린은 그제야 이곳에 아치가 얼마나 많은지, 또한 이곳이 얼마나 넓은지 상상이 갔다. 그리고 달리는 동안 코너는 비명을, 아마도 몸의 상당 부분이 날아가 버리는 일을 당했을 때 질렀을 것과는 다른 비명을 질렀는데, 그런 비명 사이사이에 목소리가 갈라질 정도로 거센 환호를 지르기도 해서, 플린은 어떤 참을 수 없는 환희나 안도감 때문일 거라고, 그저 저렇게 달리는 것만으로, 손가락이 있다는 것만으로 그럴 거라고 짐작했고, 그래서 그 환호가 비명보다 더 듣기 힘들었다.

코너가 마지막 아치 아래를 통과하자 그 아치 역시 어둠에 묻혔고 이로써 그곳에는 오로지 암흑, 그리고 그가 내는 소리뿐이었다.

50
일이 잘 풀리는 동안에

"저 사람한테 가봐야 할까요?" 애시가 물었다.

오시안과 네더튼은 이렇게 될 줄 미리 알았기에 엘리베이터 전원을 차단해 뒀고, 아마 다른 것들도 잠가뒀을 터였다. 안톤의 스파링 파트너는 조종자가 누구든 간에 이 지하층에만 머물 운명이었다.

"안 돼요." 플린이 말했다. 출입구 계단 꼭대기에 서서, 캄캄해진 차고 저편을 바라보며.

"저 사람 지금 뭐 하고 있어요?" 네더튼이 오시안에게 물었다. 오시안은 겉으로는 잠금장치가 걸린 바를 유심히 보는 듯했지만, 실제로는 저택의 내부 제어 시스템을 통해 앞서 파벨이었던 것을 감시하는 중이었다.

"뒤로 성큼성큼 걷고 있군." 오시안이 말했다. "이제 다시 앞으로 걷고 있어. 손으로 뭔가 복잡한 동작을 하는데."

"저건 '전신 통합 운동'이라는 거예요." 플린은 버스 안으로 다시 들어서며 말했다. "해병대에서 하는 거죠. 전에도 많이 했어요. 장애를 입기 전에는."

"저 사람은 어쩌다 저렇게 됐나요?" 네더튼이 물었다.

"전쟁 때문에요."

네더튼은 코번트 가든의 계단에서 봤던 머리 없는 사람 형상이 떠올랐다.

"지금은 재킷의 먼지를 털고 있어." 오시안이 중계하듯 말했다. "자기 손을 보는군. 그나저나 저 물건의 야시경 모드 조작법을 벌써 터득했어. 이쪽을 향해 출발하는데. 느긋하게 달리는 속도로." 오시안은 플린 쪽을 돌아봤다. 이제 내부 제어 시스템이 아니라 실제로 플린을 보는 기색이 또렷했다. "당신 친구, 도착하자마자 꽤 하는군요. 군 경험자, 맞죠?"

"햅틱 수색대 제1대대 출신이에요." 플린이 대답했다. "부대 구호가 '선봉 침투, 최후 퇴각'이라나 뭐라나. 아마 몸속에 박은 장치 때문에 무슨 문제를 겪고 있을 거예요. 우리 오빠처럼요. 뭐가 문제인지 브이에이VA에서 조사하긴 했는데."

"브이에이라면, 빅토리아 앨버트Victoria and Albert 박물관 말인가요?" 애시가 물었다.

"보훈부Veterans Administration 말이에요."

네더튼은 문 쪽으로 갔다. 스파링 파트너가 버스에서 가장 가까운 아치 아래를 천천히 달리며 지나가자 아치에 불빛이 켜졌다. 그는 플린이 추천한 저 정체 모를 불안정한 남자보다는 차라리 클라우드 인공지능 쪽을 택하고 싶었다. 플린은 왜 이 남자를 미래로 데려왔을까? 자기 오빠가 아니라?

이제 그것이 출입구 계단을 올라오고 있었다.

"손가락이 하나 탈구된 것 같아." 그것이 출입문 앞에서 말했다. 그것의 억양을 들으며 플린은 네더튼의 말씨가 떠올랐다. 그것은 왼손을 들고 새끼손가락을 폈다. "나머지는 괜찮아. 괜찮은 정도가 아니라 아주 훌륭해. 이것들, 원래 다 이래?"

"그건 격투기용으로 최적화됐어요." 네더튼이 말했다. 그 말에 그것의 눈이 동그래졌다. "훈련용 모델이라서요. 우리 친구의 형이 소유한 거죠."

애시가 메디시를 꺼냈다. "이쪽으로 와주세요."

그것은 어린애처럼 손가락을 내민 채 애시 쪽으로 다가갔다. 애시는 메디시를 그것의 손가락에 가져다 댔다. "삐었네요. 불편한 느낌은 바로 사라지겠지만, 너무 많이 쓰지 않게 주의하세요."

"그건 뭔가요?" 페리퍼럴은 메디시를 내려다보며 물었다.

"병원이에요." 애시는 메디시를 다시 집어넣었다.

"고마워요." 페리퍼럴은 다친 손을 주먹 쥐었다가 다시 폈다. 그러고는 플린에게 가서 양어깨에 손을 얹었다. "메이컨이 예상한 게 바로 이거였어."

"메이컨한테 너무 바람 넣지 말라고 당부했는데. 잘 안될까 봐 불안했거든."

"나 다시 멀쩡해진 기분이 들어." 그것은 플린의 어깨에서 손을 떼며 말했다. "그러다가도 퍼뜩 마음을 다잡으면서 여긴 꿈속이고, 난 멀쩡하지 않아, 그렇게 혼자 중얼거리곤 해."

"이건 꿈이 아니야. 뭔지는 모르지만, 꿈은 아니야. 그리고 우리 중에 멀쩡한 사람이 있기는 한지도 잘 모르겠고."

"꿈속에서 손가락을 뻔 적은 한 번도 없는데." 페리퍼럴이 말했다. "그게 어떤 기분일지 조금은 알 것 같아. 아까 바깥에 나갔을 때, 살살 움직이지 않으면 이 녀석 목이 부러질지도 모르겠다 싶더라고."

"그럴 수도 있어요." 애시가 말했다. "이걸 인간으로 여기도록 하세요. 유전적으로는 상당 부분이 인간이니까요. 한편으로는 매우 값나가는 소유물이기도 해요. 우리가 당신을 여기 오게 하려고 빌린 물건이죠."

그것은 딱 소리가 나게 양 발뒤꿈치를 붙이고 커다란 턱을 우스꽝스럽게 당겨 차렷 자세를 취하더니 날렵하게 경례를 했다. 그러고는 부드럽게 자세를 흐트려 앞서 봤던 파벨과 사뭇 다른, 태평하고 시종 삐딱해 보이는 자세로 돌아갔다. "메이컨은 여기가 미래인 줄 알던데." 그것이 플린에게 말했다. "그리고 버튼도. 나한테 여기가 미래라고 했어."

"지금 그쪽 집에 있어? 버튼 말이야." 플린이 물었다.

"내가 출발할 때까진 우리 집에 있었어. 지금쯤은 갔겠지."

"나 때문에 화난 상태였어?"

"보니까 너무 바빠서 그럴 겨를도 없는 것 같던데. 누군가 주 정부 고위층을 매수해서는, 이제 보안관까지 압박하는 중이야. 토미가 나더러 멤피스에서 온 놈들에 관해 얘기 좀 하자더군." 네더튼은 씩

365

웃는 그것의 얼굴을 보고 섬뜩한 느낌이 들었다. 그것의 말이 이어졌다. "버튼 말로는 너랑 자기를 해코지하려고 그러는 거랬어. 그 문제에 관해선 이쪽에서 관심을 좀 가져야 한다고 너한테 전해달라던데."

"어떤 관심을 말하는 건데?"

"이제 주지사를 한편으로 끌어들여야 한댔어. 아직 일이 잘 풀리는 동안에 말이야. 그런 건 돈이 웬만큼 많은 정도론 힘들겠지."

"그건 오시안과 애시가 할 일이죠." 네더튼이 말하자 플린과 페리퍼럴이 동시에 몸을 돌려 그를 봤다. "미안해요. 하지만 시급한 문제라면 지금 당장 얘기하는 게 좋을 거예요. 런던 정경대가 뭐든 도와드릴 테니까요. 학부생들이 비공식적으로 일하는 거긴 하지만, 그래도요."

이제 오시안과 애시도 네더튼을 빤히 쳐다봤다.

"그냥 돈 문제잖아요." 네더튼이 둘에게 말했다.

51

탱고니 호텔이니 하는 군대식 암호

레프의 집 뒷마당은 전에 왔을 때와 똑같았다. 담은 너무 높아서 바깥이 아예 보이지 않았고, 땅바닥은 화단 몇 군데를 제외하고 판석이 깔려 있었다. 플린은 사람들이 마실 커피를 준비하는 레프와 나머지 일행을 주방에 남겨두고 코너와 함께 뒷마당으로 나왔다. 둘이 바깥으로 나왔을 때 그곳에는 플린이 보기에 레프의 아내일 법한 키가 늘씬한 금발 여성이 있었지만, 여성은 몹시도 불쾌해하는 표정으로 집 안의 네더튼을 흘긋 보고는 서둘러 떠나버렸다. 주방에 있던 이들은 레프에게 주지사를 매수할 돈이 필요하다는 얘기를 하는 중이었는데 플린은 그들에게 그 정도 돈은 사실 별문제가 아니라는 느낌을 받았다. 그런데도 그들은 레프에게 마치 그것이 큰 문제인 것처럼 얘기했고, 그러다가 곧 자신들이 그 문제를 이미 해결했다는 얘기를 꺼냈다. 이런 식의 화법은 플린도 써먹은 적이 있었고 실제로도 잘 통했다. 다만 플린이 보기에 레프는 애초에 그런 얘기를 듣지 않았더라면 더 흡족했을 듯싶었다.

정원에 나와서 본 하늘은 헬리콥터를 타고 칩사이드에 갔던 날보다 더 우중충했다. 꼭 냉장고용 밀폐 용기를 돔처럼 뒤집어씌워 놓은 것 같았다.

"이거 정말 미래 맞아, 플린?" 코너가 물었다.

"난 너무 걱정하지 않으려고 애쓰는 중이야. 우리 둘 다 미친 사람은 아닌데, 둘 다 지금 자기가 여기 있다고 생각하잖아."

"난 내가 미친 줄 알았는데. 그랬는데 메이컨이 나한테 와서 그 장치를 머리에 씌웠어. 눈을 떠보니 네가 보이더라. 그런데 그건 네가 아니었어. 이런데도 안 미쳤다고?"

"인상 구기지 마. 그 얼굴로 인상 쓰면 너무 무섭단 말이야."

"머릿속에 다른 사람들의 목소리가 들리는 남자가 있다고 가정해 봐." 코너가 말했다. "그런데 그 남자가 금성으로 물질 전송이 됐어, 무슨 말인지 알지? 그렇다면 그 남자는 거기서도 전처럼 목소리를 들을까? 아니면 망할 놈의 금성에 와 있는 걸 보니 내가 미쳤나 보다 하고 생각할까?

"평소에 환청이 들렸어?"

"그냥, 들으려고 해봤을 뿐이야. 뭔가 색다른 할 일이 필요해서."

"어휴, 코너. 그런 거 하지 마."

"안 해, 이제. 근데 저것들은 대체 뭐 하는 족속들이야?" 코너는 유리문 너머 집 안쪽을 돌아봤다.

"덩치 큰 남자가 레프야. 넌 지금 레프 형의 페리퍼럴에 들어가 있어. 레프가 빌려 온 거야."

"눈동자가 네 개인 여자는?"

"애시. 저 여자하고 오시안은 레프의 심부름꾼이야. 아니면 정보 기술자라고 해야 할까? 남은 한 명은 월프 네더튼. 자기 말로는 인사부 직원이라지만, 근무하는 회사는 사실상 유령 회사야."

"저것들 꿍꿍이가 뭔지 혹시 짚이는 구석 있어?"

"별로 없어. 이때껏 들은 얘기가 다 사실이라고 해도 말이야."

"처음에 어떻게 시작된 거야?" 코너가 물었다.

"네더튼이 무슨 일을 망쳤대."

"딱 봐도 그럴 것처럼 생겼네." 코너는 그렇게 말하고는 플린을 봤다. "저것들 내가 해치워 줄까?"

"안 돼!" 플린은 코너의 팔을 주먹으로 쳤다. 바윗덩이를 치는 느낌이 들었다. "소파로 다시 돌아가고 싶어? 메이컨한테 전화하는 수가 있어."

"너한테 고맙다는 인사를 하려고 해도 머리에 든 게 워낙 없어서 말이지. 그냥 맨 처음 떠오른 말로 해야겠어. '이 빚은 꼭 갚을게.'"

"나한테 고마워하지 않아도 돼. 다만 난 이것 안에 들어온 상태로 눈을 떴는데." 플린은 자신의 얼굴에 손을 대며 말을 이었다. "네 생각이 났던 거야. 우리 둘 다 살면서 이 일을 후회할 날이 올지도 몰라."

"뭐가 어찌 됐든, 나한텐 이 손가락들이 생겼어. 그러니까 말만 해, 내가 할 일은 뭐고 하면 안 되는 일은 뭔지."

애시의 배지가 나타났다. "에드워드예요." 애시가 말했다.

애시의 배지 옆에 다른 배지가 나타났다. 이번 것은 노란색 바탕

위에 진홍색 너빈 두 개가 포개져 있었다. "플린? 나 메이컨이 연결해 줘서 통화하는 건데." 목소리뿐, 영상은 보이지 않았다.

"웬일이야?"

"나 지금 트레일러에 와 있어. 네 옆에."

"메이컨은 어딜 가고?"

"코너네 집에. 지금 상황이 좀 당황스럽게 됐어."

"무슨 일인데?"

"아무래도 너, 소변을 보러 가야 될 것 같아."

"뭐라고?"

"몸을 막 배배 꼬면서 꿈틀거린다고. 이쪽에 있는 네가."

플린은 에드워드가 버튼의 의자에 앉아 침대에 누운 자신을 지켜 보는 광경을 머릿속에 그려봤다. "내가 돌아가는 게 좋겠어?"

"잠깐 정도는?"

"기다려 봐. 애시?"

"왜요?" 애시가 대답했다.

"나 잠깐 저쪽에 가봐야겠어요. 그렇게 할 수 있을까요?"

"그럼요. 집 안으로 돌아와요. 앉을 자리를 찾아볼게요."

"에드워드, 방금 그 말 들었지?"

"응. 고마워." 에드워드가 말했다. 너빈 두 개가 겹쳐진 배지가 사라졌다.

"집 안으로 들어가." 플린은 코너에게 말했다. "난 트레일러에 잠깐 들렀다 와야겠어."

"왜?"

"에드워드가 그러는데 내가 오줌 누러 가야 할 것 같대."

코너는 오뚝한 광대뼈 너머로 플린을 바라보다가 말했다. "에드워드가 네 곁에 있어도 그런 일까지 도와주진 못하겠지." 그러고는 집 쪽을 향해 걸음을 옮겼다. "그래도 이 일은 명심해 둬야겠군."

"왜?"

"다음번엔 타란툴라에 장착한 소변 주머니를 떼다가 저쪽 내 몸에 채워두려고."

"이쪽이에요." 애시는 주방에 들어서는 둘을 보며 말했다. "갤러리에서 하면 돼요." 그러고는 커피 잔을 내려놨다. 플린은 애시 뒤를 따라갔고 코너는 맨 뒤에 서서 갔다. 널따란 복도를 따라 왼쪽으로 쭉 가다가 오른쪽으로 돌자 몹시도 넓은 방이 나왔다.

"방이 집에 비해 너무 큰데요." 플린이 말했다.

"양옆의 두 집까지 뻗어 있어서 그래요." 애시가 말했다.

"피카소 그림의 모사품들인가요?" 플린은 고등학교 미술 시간에 본 그림 몇 점이 떠올랐다.

"만약 저 그림들이 가짜라면 누군가는 처지가 굉장히 난처해질걸요. 여기 앉으세요." 애시는 골동품처럼 오래돼 보이는 대리석 벤치를 가리키며 말했다. "이제 이행 단계에 익숙해졌으니까, 이론상으로는 이렇게만 해도 돼요. 숨을 들이쉬고, 눈을 감고, 숨을 내쉬고, 눈을 뜨는 거예요."

"눈은 왜 감나요?"

"안 감으면 불쾌하다고 하는 사람들이 있어서요. 펜스케 씨는 곁에서 기다리셔도 돼요."

"코너라고 불러요." 코너가 말했다. "어차피 그럴 생각이었어요."

플린은 벤치에 앉았다. 페리퍼럴이 입은 진 바지를 뚫고 대리석의 냉기가 전해졌다. 플린이 마주한 커다란 그림 두 점은 여태껏 살면서 내내 스크린으로만 본 것들이었다. "좋아요." 플린은 중얼거리며 숨을 들이쉰 다음, 눈을 감았다.

"지금이에요." 애시가 말했다.

플린은 숨을 내쉬었다. 그러고는 눈을 떴다. 누운 채 뒤로 확 던져지는 느낌이 들었지만 실제로는 조금도 움직이지 않았고, 에어스트림 트레일러의 빛나는 바셀린색 천장은 너무나 가까워 보였다.

에드워드 말이 옳았다. 플린은 화장실에 가야 했다.

"잠깐만." 몸을 일으키는 플린에게 에드워드가 말했다. "이건 벗어야지." 그는 눈에 비즈를 꼈고, 그러고는 플린의 머리에서 왕관을 벗겼다.

"버튼 여기 있어?" 플린은 몸을 다 일으켜 똑바로 앉으며 물었다. 머리가 어질어질했다.

"코너네 집에 가 있어. 메이컨이랑 같이."

"재니스는?"

"너희 집에 있어. 너희 엄마를 돌보느라."

플린은 비틀비틀 일어섰다. "알았어. 금방 올게." 그렇게 말하고는 문으로 가다가 살짝 휘청거려 방향이 틀어졌고, 이 때문에 멈춰서 걸음을 바로잡았다. 트레일러 문을 여는데 총소리가 들렸다. 아마도 자동소총 발사음일 법한 소리가 세 번, 뒤이어 두 번 더. 간격으로 보아 서로 다른 총인 듯했다. 가깝지는 않았지만 그리 멀지도 않았다. 플린은 에드워드 쪽을 돌아봤다. "망했다."

에드워드는 비즈를 끼지 않은 쪽 눈을 동그랗게 떴다.

"지금 보초 서는 사람 누구야?"

"여러 명이라, 일일이 다 알진 못해." 에드워드가 말했다.

"무슨 일인지 알아봐." 플린은 그 말을 남기고 트레일러를 나섰다. 그러고는 귀를 쫑긋 세웠다. 벌레 소리. 시냇물 소리. 나무를 스치는 바람 소리. 변소에 들어서자 문에 붙은 용수철이 삐걱거리는 소리가 들렸다. 바지를 내리고, 피카소 그림에서 우주만큼이나 멀리 떨어진 어둠 속에 쪼그리고 앉았다. 볼일을 다 보고 나서는 구멍 속에 톱밥을 조금 뿌리는 것도 잊지 않았다.

안쪽에서 변소 문을 열 때 나는 용수철 소리는 아까와 달랐다. 트레일러에서 비치는 불빛 속으로 드론 네 대가 쌩하니 날아갔다. 하늘색 접착테이프를 붙여 표시한 드론들이었다.

"방금 총 쏜 사람 누구야?" 플린은 에어스트림 트레일러에 들어서며 에드워드에게 물었다.

"너희 집 땅에 누가 들어왔었어."

"들어왔었다니?"

"그랬던 것 같은데, 사람들이 탱고니 호텔이니 하는 군대식 암호로 떠들어서 못 알아듣겠어. 누군지는 몰라도 네 오빠가 추적하는 중이야. 이리로 돌아오는 길에."

"분명 주 정부 놈들일 거야. 나 다시 보내줘." 플린은 침대에 앉아 제과용 설탕으로 만든 왕관처럼 보이는 컨트롤러를 가리켰다.

"어쩌려고?"

"저쪽으로 돌아가야지. 가서 돈을 좀 모아야겠어. 버튼한테 그리로 전화하라고 해. 애시가 연결해 줄 거야. 버튼이 전화를 안 받으면 메이컨한테 얘기해 둬."

"코너는 괜찮아?"

"내가 아는 한 거기서 제일 태평한 사람이 코너야. 괜찮다는 말로는 턱없이 부족할걸."

에드워드는 차가운 식염수 젤을 플린의 이마에 살짝 바른 다음 왕관을 제자리에 놨다. 그러고는 플린이 똑바로 눕게 거들었다.

플린은 숨을 들이쉰 다음, 눈을 감았다.

52
지상군 병력

네더튼은 갤러리 입구에 서 있었다. 플린의 페리퍼럴은 거기서 3 미터 떨어진 벤치에, 그를 등진 채 앉아 있었다. 언뜻 보면 레프의 아버지가 수집한 피카소 작품 가운데 최고 걸작 두 점을 감상하는 사람 같았다. 스파링 파트너는 그 근처에 서서 입구 쪽을 보고 있었다. 양손을 바지 주머니에 꽂은 채로. "그 정도 거리가 딱 적당하겠네요." 그것이 말했다.

"예." 더 가까이 가려고 걸음을 떼기 직전이던 네더튼이 말했다.

"여긴 미술관인가요?" 스파링 파트너가 물었다.

"개인이 소유한 갤러리예요. 집 안에 있는."

"미술관에서 사는 거예요?"

"예술품과 함께 사는 거죠." 네더튼이 말했다. "실제 소유주는 다른 데 살지만요."

"예술품을 이렇게 많이 가지지 않았다면 여기서 살 수도 있었을 텐데. 저 아래층 주차장만 해도 그렇게 넓으니."

"저는 월프 네더튼이라고 합니다."

"난 코너예요." 그것이 말했다.

"혹시 궁금하신 게 있으면 제가 아는 대로 대답해 드리죠."

"그쪽이 일을 망쳤다고 하던데요."

"누가 그러던가요?"

"플린이요. 이게 다 그쪽이 일을 망쳐서 일어난 소동이라던데."

"그럴 거예요. 아마도."

"어쩌다가?"

"내가 프로답지 않게 굴었어요. 여자 때문에. 사건이 꼬리에 꼬리를 물고 터졌죠."

"물린 꼬리가 굉장히 많던데요."

"아무래도 그런 것 같은…." 네더튼은 그렇게 말하며 무심코 한 걸음을 내디뎠다.

"동작 그만." 그것이 말했다.

네더튼은 그 말대로 했다. "플린하고는 잘 아는 사이인가요?"

"고등학교를 같이 다녔어요. 제일 친한 친구 동생인데, 애가 똑똑해요. 아마 집을 떠나 다른 데로 갔을 거예요. 자기 엄마만 아니었으면."

네더튼은 플린의 페리퍼럴이 시각 정보를 받아들이는 중인지, 만약 그렇다면 그 정보가 어디로 가는지 궁금했다. 이내 그 페리퍼럴이 깨어났다.

"다른 사람들은 어딨어요?" 플린이 물었다. "뭔가 일이 터졌어요.

그 사람들한테 알려야 해요. 당장요."

"저쪽한테 물어봐." 페리퍼럴이 말한 '저쪽'은 네더튼이었다.

"아직 주방에 있어요." 네더튼이 말했다.

플린은 벤치에서 일어서서 몸을 돌렸다. "주지사를 매수할 돈은 아직 마련 못 했어요?"

"내가 보기엔 당신이 있는 쪽에서 이미 꽤 많은 돈을 확보해 뒀을 거예요. 지금은 오히려 그 돈을 전달할 방법을 궁리하는 중일걸요."

"사람들을 찾아봐." 그 말을 하기가 무섭게 플린은 이미 문 바깥에 있었고, 주방 쪽으로 향하는 중이었다. 스파링 파트너는 네더튼 앞을 쏜살같이 지나갔다. 네더튼은 그 뒤를 따라가며 그것이 등 뒤를 허락할 만큼 자신을 별 위협으로 여기지 않는다는 것을 알아차렸다.

"안녕하십니까." 로비어가 말했다. 결코 혼동할 일 없는 목소리였다. 주방 입구에 레프와 애시도 함께 서 있었다. "이쪽은 펜스케 씨겠군요."

"집에 문제가 생겼어요." 플린이 말했다. "총격 사건이에요."

"누가 누굴 쏘는 겁니까?" 로비어가 물었다.

"방금 저쪽에 잠깐 갔다 왔는데요. 총소리가 들렸어요. 우리 집 부지 안에서요. 우리 편 사람들이 얘기하는 걸 에드워드가 들었는데, 누구랑 교전하는 것 같댔어요. 주지사를 당장 매수하는 게 좋지 않겠어요?" 마지막은 레프에게 한 말이었다.

"그 사람이 당선되게끔 직접 후원한 기업이 두 곳 있는데, 문제는 거기 주식 지분을 우리가 과반 이상 인수해야 한다는 거예요." 레프가 대답했다. "지금 오시안이 그 문제를 푸는 중이죠."

"걱정하시는 것도 당연합니다." 로비어가 플린에게 말했다.

"우리 엄마가 집 안에 있어요. 우리 집 경계 안으로는 아무도 못 들어올 텐데. 드론을 띄워놨거든요."

"그쪽 상황이 어떤지 확인해 보고 저희한테 알려주실 수 있을까요?" 로비어가 애시에게 물었다. "저희는 위층의 멋진 방에 가 있겠습니다. 안타깝게도 지금은 시간 여유가 얼마 없지만, 그래도 저는 페리퍼럴 안에 있는 플린 씨를 정말로 만나고 싶었답니다…." 로비어가 빙그레 웃었다. "그리고 물론 펜스케 씨도요. 제안도 하나 가져왔습니다. 작전 계획이죠."

애시는 또 다른 합성 언어를 우렁찬 목소리로 말하며 뭔가 질문했다. 그러고는 다른 이들에게는 들리지 않는 대답에 귀를 기울였다. "오시안은 통화 중이에요. 에드워드하고." 애시가 플린에게 말했다. "그쪽 상황은 다 정리됐대요."

"우리 엄마는요?"

애시는 이미 다르게 변해버린 합성 언어로 아까보다 더 짧은 질문을 던진 다음, 돌아오는 답을 유심히 들었다. "어머니는 아무 일 없으세요. 친구분이 함께 계시대요."

"재니스구나." 플린은 안도하는 기색이 역력했다.

"일단 마음이 놓이셨다면, 저희와 함께 위층으로 가시죠." 로비어가 플린에게 말했다. "플린 씨는 제가 내놓을 제안의 오롯한 핵심이니까요. 당신도 같이 가요, 코너."

네더튼은 플린에게 어떻게 해야 할지 소리 없이 묻는 페리퍼럴의 낌새를 알아챘고, 플린은 고개를 끄덕였다. "뭐가 어떻게 돌아가는지 하나도 모르겠는데요." 그것이 로비어에게 말했다.

"당신은 우리 지상군 병력입니다, 펜스케 씨. 내가 젊었을 적에 쓰던 말로 하자면요." 로비어가 말했다. "나중에 필요할 때가 올 겁니다."

"좋은 소식은 절대 아니군요." 페리퍼럴이 말했지만, 딱히 불쾌해 보이지는 않았다.

"그럼 앞장서시죠, 네더튼 씨." 로비어가 말했다.

네더튼은 그 말대로 했고, 계단을 올라가며 상상했다. 더 멋진 다른 세상, 마음을 편하게 해주는 술 한잔이 거실에서 기다리고 있는 세상을.

53
산타클로스 본부

네더튼과 로비어를 뒤따라 계단을 올라가는 동안 플린은 레프의 집에도 여느 집들과 꽤 비슷한 구석이 여기저기 있다고 생각했다. 예컨대 주방은 크기가 에어스트림 트레일러의 절반만 한 거대한 가스 레인지를 갖춘 곳인데도 소박하게 베이컨 굽는 냄새가 풍겼다. 그러나 다시 생각해 보면 길이가 거의 미식축구 경기장만 한 그 갤러리가 있었다. 그리고 그 아래에는 차고가 있었고, 더 아래쪽에는 뭐가 있다고 해도 이상하지 않았다. 그러나 지금 올라가는 계단은 그냥 계단이었다. 소재는 나무였고, 반들반들 윤이 났고, 플린이 추측건대 터키산 카펫일 법한 직물이 단마다 기다랗게 깔려 있었으며, 난간은 놋쇠 막대와 멋지게 생긴 고리로 고정돼 있었다. 계단은 오랫동안 밟고 다닌 것처럼 낡아 보였다. 이 집에 사람들이 살았던 것처럼.

정사각형 층계참에 이르자 계단이 오른쪽으로 꺾어졌고, 꺾어진 계단을 끝까지 올라가 보니 복도가 나왔다. 구식 가구와 커다란 액자 속의 그림, 커다란 틀에 끼워진 거울, 백열전구, 간유리 따위가 보였다. 그리고 플린보다 앞에서 걷던 네더튼이 열려 있는 쌍여닫이문을 지나 들어선 곳은 온통 암녹색으로 칠하고 가장자리는 금테를 둘러 장식한, 헤프티 마트의 산타클로스 본부 세트였다.

마트 직원들은 해마다 핼러윈이 지나면 곧바로 쇼윈도에 그 세트를 설치했다. 홀로그램은 해마다 바뀌었지만, 플린이 정말로 좋아했던 것은 그 공간 자체였다. 레프의 집에 있는 이 세트는 마트 것보다 더 멋졌고, 더 진짜 같았다. 플린은 그들이 왜 이런 것을 만들어 놨는지 궁금했지만, 이내 로비어가 플린의 어깨를 손으로 감싸고 방 안으로 안내하더니 기다란 검은색 테이블 앞의 의자를 당겨 플린에게 앉으라고 권했다. 세로로 기다란 창문들이 암녹색 커튼에 가려져 있었다. 그들 뒤로 다른 사람들, 즉 애시와 오시안, 레프, 코너가 들어왔다. 레프는 돌아서서 문을 닫았고 코너는 그런 그를 지켜봤다.

"앉으시죠, 머피 씨." 조금은 남자 옷처럼 보이는 바지 정장 차림의 로비어가 말했다. "지금은 집사 노릇을 하고 있지 않잖습니까." 오시안은 플린의 맞은편 자리에, 애시는 그의 옆자리에 앉았다. 로비어는 테이블 끄트머리의 상석에 해당하는 등판이 높다란 초록색 안락의자 두 개 가운데 하나에 앉았고, 남은 하나는 레프 차지였다. 코너는 암녹색 벽 한쪽에 느긋하게 기대어 서 있었고, 그 곁에 있는 것은 플린이 보기에 나지막한 서랍장 같았다. 서랍장 상판에는 은쟁반이, 은쟁반 위에는 컷글라스 유리병 한 개와 같은 무늬로 세공한 유리잔 몇 개가 놓여 있었다. 여태 앉지 않고 서 있던 네더튼은 그 쟁반을 유심히 보는 눈치였지만, 이내 눈을 껌벅이며 주위를 두리번대다가 플린 옆자리에 앉았다.

"만나서 반갑습니다." 레프가 로비어에게 인사했다.

"변호사가 한 명도 안 보이다니, 더없이 따뜻한 환대로군요." 로비어가 말했다.

"아예 없어도 괜찮다고 변호사들을 설득하진 못했지만, 그래도 눈에 덜 띄게 참관하겠다는 동의는 받았거든요."

"어쨌거나 더욱 쾌적해졌습니다." 로비어는 다른 사람들을 둘러봤다. "저는 작전 계획을 하나 제안하고자 합니다."

"말씀하시죠." 레프가 말했다.

"감사합니다. 지금으로부터 나흘 뒤인 화요일 저녁, 데이드라 웨스트가 모임을 엽니다. 장소는 아직 알려지지 않았습니다. 아마 길드 회관 중의 한 곳이겠죠. 현재까지 밝혀진 참석자 명단이 흥미로운데요." 로비어의 시선이 레프에게 향했다. "아마 의전관Remembrancer이 직접 참석할 겁니다. 그보다 급이 낮은 시티 공직자들도 몇 명 있고요. 저희는 그 모임의 표면적인 목적조차 아직 파악하지 못했습니다. 그래서 제안하는 겁니다만, 네더튼 씨." 플린은 네더튼이 이맛살을 살짝 찌푸리는 순간을 놓치지 않았다. "당신이 나름의 수완을 발휘해 꽤 그럴듯한 이유를 만들면, 그 모임의 초대장을 손에 넣을 수 있을 듯합니다."

"누가 참석할 건데요?" 플린 곁의 네더튼이 물었다. 몸을 구부정하게 숙이고 테이블에 바투 붙어 앉은 모습이 꼭 카드놀이를 하는 사람 같았다.

"당신이 직접 갈 겁니다. 그리고 동행도 한 명."

"데이드라가 내 전화를 받거나 할지 잘 모르겠네요. 나한테 연락한 번 한 적이 없는데."

"그건 저도 잘 압니다. 하지만 제가 당신의 수완을 제대로 파악한게 맞다면, 당신은 데이드라로 하여금 당신에게 초대장을 보내도록아주 자연스럽게 유도하는 이야기를 지어낼 재주가 있을 겁니다. 데이드라에게 접근할 최적의 시기가 됐다 싶으면 제가 알려드리겠습니다. 최근에 헤어진 연인을 접근 경로로 삼으려니 민망할 수도 있겠지만, 그렇다고 해도 매력이 다 사라지지는 않았겠죠. 하지만 당신에게그럴 의향이 없다면, 저로서는 작전을 더 진행할 방법이 없습니다."

로비어의 머리는 메이컨이 패빗에서 출력한 왕관만큼이나 새하얬다.
"플린 씨를 함께 데려가야 합니다. 플린 씨가 데이드라의 손님들을조사할 수 있게요." 로비어의 시선이 플린에게 향했다. "플린 씨는 그곳에서 아엘리타 웨스트의 집 발코니에서 목격한 남자를 찾아야 합니다."

"그 사람들 부자죠, 맞죠?" 플린이 물었다.

"맞고말고요." 로비어가 대답했다.

"그럼 왜 그 파티에 왔던 사람들 중에서 누군가 찍힌 영상이 잔뜩돌아다니지 않는 거죠? 내가 본 장면을 담은 영상이 왜 하나도 없는거예요? 그 파파라치들은 또 뭐고요? 애초에 왜 내가 그 자리에 있었던 거죠?" 플린은 코너가 그토록 커다란 페리퍼럴로 벽에 기대어 서서 용케도 너무나 작은 공간을 차지하고 있는 것을 알아차렸다. 그는

383

그곳에 와서 방금 막 스스로를 발견한 사람, 그래서 스스로에 대해 아직 생각해 보지 않은 사람처럼 보였다. 그런 그가 플린을 보며 윙크했다.

"당신네 세계는 대중 감시 문화가 비교적 발전한 편이죠." 로비어가 말했다. "여기는 그보다 훨씬 더 심합니다. 이곳, 그러니까 주보프 씨의 자택은, 적어도 내부는 아주 드문 예외죠. 그건 비용이 얼마나 많이 드는지가 아니라 영향력이 얼마나 큰지의 문제입니다."

"그게 무슨 말이에요?"

"누구와 친하게 지내는지가 중요하다는 말이죠. 그리고 남들이 보기에 당신과 친해졌을 때의 장점이 뭔지도 중요합니다."

"프라이버시를 지키자는 약속이 웃기는 소리란 거네요?"

"우리 세계 자체가 웃기는 곳입니다." 로비어가 말했다. "아엘리타 웨스트의 연회도 제가 방금 말한 것과 유사한 성격을 띠고 열렸지만 일회성이었고, 반쯤은 외교 행사였습니다. 합의에 따라 어떠한 기록도 남지 않았죠. 아엘리타의 시스템에도, 이든미어 맨션스에도, 그리고 당신이 조종한 드론에도요. 통신사 기자나 프리랜서 취재원들은 접근이 차단됐습니다. 사실, 그게 바로 당신이 맡은 일의 본질이었습니다."

"그때 본 남자가 어쩌면 이 파티에도 참석할 거란 말인가요?"

"아마도요. 만약 당신이 그 자리에 가지 못한다면, 우리로선 알 길이 없죠."

"우리가 들어가게 손을 써봐요." 플린이 네더튼에게 말했다.

네더튼은 먼저 플린을, 다음으로 로비어를 돌아봤다. 그러고는 눈을 감았다. 이윽고 다시 떴다. "애니 쿠레주." 네더튼이 입을 열었다. "신원시주의 큐레이터예요. 이름은 그래도 영국 사람이고요. 데이드라는 전에 나랑 같이 애니를 만난 적이 있어요. 코넛 호텔에서 점심 겸 미팅을 할 때요. 나중에, 데이드라는 내 설득에 넘어가서 애니가 이론적으로 자신을 칭송한다고 믿게 돼요. 자신의 경력이 예술적으로 어떻게 진보해 왔는지에 관해서 말이에요. 그리고 이제 애니는 데이드라가 여는 파티에 본인의 몸으로는 참석할 수 없는 처지가 됐는데, 데이드라에게는 굉장히 안타까운 일이죠. 그런데 내 동행이 돼서 참석할 수 있다고 말해주면 아주 기뻐할 거예요. 그러니까." 그는 플린을 보며 고개를 끄덕였다. "페리퍼럴을 이용해서."

"감사합니다, 네더튼 씨." 로비어가 말했다. "저는 원래부터 당신의 수완을 조금도 의심하지 않았답니다."

"그런데 한편으로." 네더튼이 말했다. "레이니 말에 따르면 데이드라는 내가 자기 언니를 죽였다고 생각하나 봐요. 친구들을 시켜 내가 자기 언니를 죽였다는 소문을 퍼뜨렸을지도 몰라요." 그가 의자에서 일어섰다. "그러니 나로서는 한잔해야겠다는 생각이 안 들 수가 없죠." 그는 테이블 끄트머리 쪽 모서리를 돌아 걸어갔다. 플린은 코너의 페리퍼럴이 눈으로 그의 뒤를 좇는 것을 놓치지 않았다. "한잔하실 분 더 계세요?" 네더튼이 어깨 너머를 돌아보며 물었다.

"그것도 나쁘지 않지." 레프가 말했다.

"나도." 오시안이었다.

"감사합니다만, 저는 아직 근무 시간이라서요." 로비어였다.

애시는 말이 없었다.

네더튼은 유리병과 유리잔이 놓인 은쟁반을 들고 테이블로 돌아왔다.

"펜스케 씨도 함께 갈 겁니다." 로비어가 네더튼에게 말했다. "두 분의 경호원으로요. 경호원 없이 참석하면 눈에 띌 테니까요."

"플린이 결정할 일이에요." 코너가 말했다.

"같이 가." 플린이 코너에게 말했다.

코너는 고개를 끄덕였다.

네더튼은 유리잔 세 개에 위스키를 따르는 중이었다. 그 액체가 위스키가 맞다면 말이었다.

"우린 주지사를 매수해야 해요." 플린이 말했다. "지금 뭔가 안 좋은 일이 일어나는 중이라고요. 우리 집 부지 안에서 누가 막 총을 쏘고…."

"그 건은 이미 진행 중이에요." 오시안이 말하는 사이에 네더튼은 그에게 잔 한 개를 건넨 다음, 남은 잔 두 개를 들고 레프에게 가서 한 개를 건넸다.

"건배." 네더튼이 말했다. 세 사람은 술잔을 높이 들었다가 내리고 술을 마셨다. 네더튼은 자신의 빈 잔을 테이블에 내려놨다. 레프가 내려놓은 잔은 술이 거의 줄지 않은 상태였다. 오시안은 위스키가 든 잔을 휘휘 돌리다가 향을 음미하고는 한 모금 더 홀짝였다.

"얘기 다 끝났어요?" 플린이 로비어에게 물었다. "난 돌아가야 해요, 가서 버튼을 만나야 해요. 코너랑 같이요."

"저도 가봐야겠군요." 로비어가 일어서며 말했다. "계속 연락드리겠습니다." 그러고는 웃으며 사람들에게 고개를 끄덕이고 흡족한 표정으로 방을 나섰고, 레프가 그 뒤를 따라갔다. 키 큰 사람들은 종종걸음을 하지 않는다는 것이 플린의 지론이었지만, 레프는 종종걸음으로 로비어의 뒤를 따라가는 것처럼 보였다. 마치 자신이 간절히 원하는 것을 얻을 단서가 로비어에게 있다는 듯이. 둘의 모습이 계단 아래로 사라졌다.

"이건 어디다 세워놓으면 돼요?" 플린이 물었다. 페리퍼럴을 가리키며 한 말이었다. "갔다 오려면 시간이 좀 걸릴 거예요."

"캠핑 버스에요." 애시가 대답했다. "당신 건 영양분을 주입해야 하는데, 자리를 비운 사이에 작업을 마쳐둘게요." 애시가 일어서자 아일랜드인 남자도 술잔을 내려놓고 함께 일어섰다.

플린은 일어나려고 의자를 뒤로 빼려 했지만, 그 순간 코너가 대신 뒤로 당겨줬다. 언제 테이블을 돌아 다가왔는지는 알 수 없었다. 그의 페리퍼럴에서는 애프터셰이브 같은 향이 풍겼다. 감귤류의, 금속성이 도는 향이었다. 플린은 의자에서 일어섰다.

네더튼은 레프의 잔을 들었다. "큰방에 있는 침대가 더 커요. 그걸 쓰세요." 그는 코너에게 말하고는 레프가 남긴 위스키를 한 모금 마셨다.

애시의 뒤를 따라 문을 나선 플린은 이제 그 방이 실은 산타클로스 본부 세트가 아니라는 것을 알 수 있었다. 아무리 비슷해 보일지

언정, 아니었다. 네더튼은 레프의 위스키를 남김없이 들이켜고 다른 사람들과 함께 계단을 내려간 다음, 차고로 이어지는 엘리베이터에 탔다.

"다시 돌아오면 방향감각이 흐려질 수도 있어요." 엘리베이터 안에서 애시가 곁에 있는 플린에게 말했다.

"저번에는 안 그랬는데요."

"누적 효과가 있거든요. 시차 때문에 느끼는 피로도 있고."

"시차요?"

"내분비계통에 작용하는 효과죠. 당신이 사는 곳의 시간대가 런던보다 5시간 뒤지는 데다, 이곳 시간대와 당신 연속체의 시간대 사이에는 6시간의 고유한 시차가 존재해요."

"왜요?"

"순전히 우연 때문이에요. 우리가 당신 쪽의 콜롬비아에 가까스로 첫 번째 메시지를 보냈을 때 하필 그렇게 설정됐어요. 그게 그대로 쭉 남아 있는 거죠. 평소에도 시차 때문에 애를 먹는 편인가요?"

"한 번도 겪어본 적 없어요." 플린이 말했다. "비행기 표 값이 너무 비싸서요. 버튼은 해병대 시절에 겪은 적이 있지만요."

"그것 말고도 이곳에서 보내는 시간이 길어질수록 다음번에 다시 돌아왔을 때 느끼는 감각 부조화도 더 심해질 거예요. 당신이 사용하는 페리퍼럴은 당신의 원래 몸보다 감각 중추의 다중성이 약하거든요. 어쩌면 당신은 원래 몸으로 돌아갔을 때 감각을 더 진하게 느낄 수도 있는데, 기분 좋은 경험은 아닐 거예요. 어떤 사람들은 더 꽉 찬 느낌이라고도 하더군요. 당장은 못 느끼는 모양이지만, 앞으로 당신은 지각 영역이 살짝 희석된 느낌에 익숙해질 거예요."

"그게 문제가 될까요?"

"꼭 그렇진 않아요. 하지만 그런 일이 생길 수도 있다는 걸 알아두는 게 좋죠."

청동으로 된 문이 양쪽으로 열렸다.

오시안은 엘리베이터만큼이나 조용하게 움직이는 골프 카트에 그들을 태우고 네더튼의 캠핑 버스까지 데려다줬다. 네더튼은 플린 옆자리에 앉았다. 위스키 냄새가 플린의 코끝을 스쳤다. 코너는 네더튼 뒷자리에 앉았다. 카트가 아치 아래를 지나가자 불빛이 하나씩 차례로 켜졌다. 오래된 차의 그릴과 전조등이 하나둘 나타났다가 뒤쪽으로 줄줄이 사라졌다. 플린은 몸을 돌려 코너를 돌아봤다. "집에 돌아가면 기다렸다가 챙겨줄 사람은 있어?"

"메이컨. 아마도."

"애시가 나더러 깨어났을 때 기분이 이상할 수도 있다고 했어. 너도 같은 문제를 겪을지도 몰라. 시차 적응 때문에 고생하는 거랑 비슷하대."

코너는 씩 웃었다. 페리퍼럴의 얼굴 골격을 통해 웃었는데도, 어째선지 완벽하게 코너로 보였다. "그까짓 거야 물구나무를 서서도 참을 수 있어. 우리 언제 이리로 돌아오는 거야?"

"잘은 몰라도 그렇게 오래 걸리진 않을 거야. 돌아가면 뭘 좀 먹고, 잘 수 있으면 잠도 자둬."

"넌 가서 뭘 할 건데?"

"무슨 일이 벌어지는지 알아봐야지." 플린은 앞서 봤던 머리 없는 로봇 운동 기구를 보며 말했다. 그 기구는 전에 놔뒀던 자리에 그대로 서 있었다.

54

임포스터 신드롬[◈]

"네가 여길 마음에 들어 할 거라곤 생각도 못 했는데." 애시가 그 렇게 말하며 바라본 테마 체험 공간은 네더튼이 알기로 비슷한 곳이 몇 군데 더 있었다. 그중에서도 이곳은 별 특징이 없는 새벽의 사막을 몹시도 야단스럽게 재현한 공간이었다. 격추당한 비행선과 어렴풋이 연관된 이 테마 체험형 클럽은 켄싱턴 하이 스트리트에 있는 맞춤형 주방 가구 디자이너의 전시장 위층에 자리 잡고 있었다. 애시는 레프 아버지의 골동품 자동차 컬렉션 가운데 하나인 화석 연료 냄새가 나 는 2인승 오픈카에 네더튼을 태우고 이곳으로 데려왔다.

"전에 친구들하고 한 번 온 적이 있어요." 네더튼이 말했다. "친구 들이 오자고 한 거예요. 내가 아니라."

애시는 검댕이 묻은 하얀 대리석으로 만든 것처럼 보이는 나폴레 옹 시대 스타일의 군용 외투에 감싸인, 보기에 따라서는 파묻힌 상태

◈ 이른바 가면 현상. 스스로의 성취를 우연이나 운으로 돌리고 언젠가 가면이 벗겨지듯 자신 의 본모습이 드러날 거라 불안해하는 심리를 가리킨다.

였다. 애시가 움직이지 않을 때면 그 외투는 석상처럼 보였다. 움직일 때는 실크처럼 흐느적거렸다. "난 네가 이런 델 싫어하는 줄 알았어."

"지금 당장 데이드라한테 연락하라는 로비어의 지시를 나한테 전해준 사람은 당신이잖아요. 로비어가 나더러 레프네 집에서 전화하면 안 된다는 말도 했다면서요."

"로비어는 자기가 직접 너를 레프네 집까지 다시 데려다주겠다는 말도 했어. 제발 조심해. 여기선 우리가 널 지켜줄 방법이 없으니까. 특히 너 자신으로부터 말이야."

"당신도 여기 있어야 해요. 진짜로요." 네더튼은 애시가 그럴 리 없다고 믿으며 말했다. "한잔하면서요."

"여기 있으면 안 되는 건 아마 너겠지만, 그거야 내가 판단할 일이 아니니까." 애시는 레프 아버지의 블루 살롱과 맞먹을 정도로 촌스러운 증강 현실 배경 속으로 걸어가 사라져 버렸다.

"무엇을 도와드릴까요, 손님?" 기척조차 내지 않고 다가온 미치코이드가 네더튼에게 물었다. 얼굴과 날씬한 팔다리는 연마한 알루미늄이었고, 걸치고 있는 너덜너덜한 옷은 옛날 옛적의 비행복과 비슷해 보였다.

"한 명이 앉을 자리. 투명 은폐 기능이 있고, 입구에서 가까운 테이블로." 네더튼은 미치코이드에게 손을 내밀어 자신의 신용 계좌에 접속하도록 허용했다. "종업원 말고는 아무도 접근시키지 마."

"잘 알겠습니다." 그렇게 대답한 미치코이드가 네더튼을 데려간 자리는 웅장하면서도 실망스러웠다. 버려진 비행선의 파편을 얼기설기 모아 만들었는지 지붕은 그물로 덮인 불룩한 가스주머니였고, 그 주머니 내부에는 희미한 불빛이 이쪽저쪽으로 튀거나 파르르 흔들렸다.

클럽에는 네더튼이 잘 모르는 장르의 음악이 흘러나왔으나 은폐 테이블이라면 음 소거 기능도 있을 듯싶었다. 갈가리 찢긴 비행선 동체의 잔해와 나무 프로펠러 가운데 진짜는 하나도 없었지만, 네더튼은 바로 그 점이 핵심일 거라 짐작했다. 아직 이른 저녁 시간이다 보니 술집 안은 사람이 많지 않아 비교적 한산했다. 레이니가 사용했던 피츠데이비드 우 모델 페리퍼럴이 눈에 띄었지만, 십중팔구 동일한 개체는 아니었다. 이 페리퍼럴은 복고풍 작업복 스타일 원피스 차림에 창백한 한쪽 뺨에는 검은 기름 자국이 솜씨 좋게 찍혀 있었다. 그것이 담담한 눈길로 주시하는 키 큰 금발 여성은 네더튼이 보기에 잭팟 이전의 미디어 스타를 모방해 만든 듯싶었다.

미치코이드는 네더튼이 앉을 자리의 은폐 기능을 해제했다. 그는 테이블 앞에 앉아 자리가 다시 투명해진 것을 확인하고 위스키를 주문했다. 조작 다이얼을 돌려 음 소거 기능을 강화한 다음 페리퍼럴들이 벌이는 바보 같은 쇼를 구경하며, 그는 술이 도착하기를 기다렸다. 앞서와 다른 미치코이드가 갖다준 위스키를 맛보고 나서 그는 적어도 이 가게가 내놓는 술은 정말로 괜찮은 편이라고 판단했다. 그것 말고는 이 술집을 약속 장소로 고를 이유가 잘 떠오르지 않았다. 이곳에 들어와 꾹 참고 앉아 있을 사람이 자신 말고 또 있을 것 같지는 않았다. 다만 마음 한구석에는 이제 현실에 존재하는 플린을 분석할 관점이, 설령 제 아무리 수평 사고적 관점이라 해도, 이곳에 오면 생길지 모른다는 이유도 있었다. 다만 이곳의 페리퍼럴들을 보니 수평 사고는 아무래도 별 도움이 될 것 같지 않았다

네더튼은 페리퍼럴을 좋아하지 않았다. 이는 예전 이곳에 한 차례 들렀을 때의 경험만으로도 명백히 입증됐다. 네더튼 일행은 그때도 은폐된 테이블에 앉았다. 그때는 사람들이 왜 굳이 이런 행위에 탐닉하는지, 보이지 않는 관찰자들이 있다는 것을 사실상 뻔히 알면서도 왜 그러는지 궁금했던 기억이 떠올랐다. 손님들이 돈을 내는 이유가 바로 그거야, 관객이 있다는 거. 누군가 그렇게 말했다. 그런데 실은 그들 자신이 돈을 내고 구경하는 관객이 아니었던가? 적어도 이곳, 이 첫 번째 공간에서 일어나는 일은 순전히 사교적 노출증이었고, 네더튼은 거기에 고마움을 느꼈다.

아무래도 애시의 천막 안에 홀로 앉아 있는 것만큼이나 자극적인 경험일 듯싶었다. 다만 레프네 집 지하가 아니라는 점은 다행이었다. 그리고 물론 위스키도 있었다. 네더튼은 자신을 볼 수 있는 미치코이드가 곁을 지나가자 위스키를 한 잔 더 달라고 손짓했다.

이곳에 있는 페리퍼럴들을 누가, 어디서 조종하든 간에, 그들이야말로 네더튼이 지금 이 시대를 따분하게 여기는 원인이었다. 그리고 짐작건대 그들은 하나같이 술에 취하지 않은 맨 정신이었다. 하나같이 어딘가에 느긋하게 기대어 앉아 신경 차단기를 쓰고 있었기에, 그들은 술을 마실 수 없었다. 사람들은 실로 기가 막히게 따분했다.

네더튼은 플린이 이 모든 것과 정반대라고 생각했다. 페리퍼럴 안

에 있든, 그렇지 않든 간에.

미치코이드가 술을 내려놓는 사이에 로비어의 인장이 시야에 나타나 깜박거렸다. 이 때문에 눈앞에 있는 무생물의 일부러 닮은 것처럼 가공한 안면부가 잠시 흐릿하게 가려졌다. "여보세요?" 네더튼은 뜻밖의 전화에 허를 찔린 채 말했다.

"쿠레주 말입니다만." 로비어가 말했다.

"애니가 왜요?"

"그 건은 확실히 진행하는 중이겠죠?"

"그런 것 같은데요."

"분명하게 말해주십시오. 사람 목숨이 걸린 일이니까요. 당신은 그 여자가 멀리 떠났다고 얘기해야 합니다."

"어디로 갔는데요?"

"브라질입니다. 비행선은 사흘 전에 출발했습니다."

"애니가 브라질에 갔다고요?"

"배만 갔습니다. 우리는 과거로 거슬러 올라가 탑승객 명부를 조작해서 그 여자를 승선시킬 겁니다. 비행하는 동안은 연락이 아예 안 됩니다. 본인이 연구하고 싶어 하는 신원시주의자들에게 받아들여지려면, 가는 길에 일종의 유도 명상을 연습해 둬야 하기 때문이죠."

"설정이 지나치게 정교한 것 같은데요." 네더튼이 말했다. 그는 그때그때 조정하기가 더 쉬운 속임수를 선호하기 때문이었다.

"우리는 누가 데이드라의 지인인지 알지 못합니다." 로비어가 말했다. "저쪽에서 당신의 이야기를 상당히 깊숙하게 추적할 거라고 가정하십시오. 사연은 간단합니다. 애니 쿠레주는 사흘 전에 떠났다, 목적지는 브라질. 신원시주의자. 명상. 당신은 비행선 이름도, 애니의 정확한 행선지도 모릅니다. 불필요한 세부 사항을 임의로 지어내는 짓은 부디 자제해 주십시오."

"이 건에 공을 들이면서 즐거워하는 건 경위님 쪽인 줄 알았는데요." 네더튼은 참지 못하고 위스키를 아주 조금 입에 머금었다.

"우리는 전산상의 추적 관찰은 하지 않을 겁니다. 흔적이 너무 뚜렷하게 남으니까요. 그 대신 지금 그 클럽에 있는 손님 가운데 누군가 당신의 입모양을 독순술로 읽을 겁니다."

"투명 은폐 따위는 해봤자 헛짓이란 말인가요?"

"차라리 내 눈을 감으면 남들 눈에도 내가 안 보일 거라고 믿는 편이 나을 겁니다." 로비어가 말했다. "데이드라에게 당장 전화하십시오. 그 술잔이 다 비기 전에."

"그렇게 할게요." 네더튼은 위스키를 내려다보며 말했다.

로비어의 인장이 사라졌다.

네더튼은 자신의 은폐 상태를 꿰뚫고 감시하는 사람이 있으면 아마 자기 눈에 띌 거라 예상하고 자리에서 일어섰지만 클럽 안의 페리퍼럴들은 서로에게 몰두하느라 혹은 이쪽을 감시하지 않는 척하느라 바빴고, 미치코이드 종업원들의 안면부는 하나같이 눈이 달려 있지 않아 매끈했다. 데이드라의 모비에 눈이 적게 잡아도 여덟 개인 미치코이드가 있었던 기억이 떠올랐다. 그 눈들은 한 쌍 한 쌍의 크기가 모두 제각각이었고, 아무 무늬 없는 검은색 구슬 모양이었다. 그는 위스키를 조금 더 마셨다.

애니 쿠레주가 관용 항공기에 탑승하는 광경이 머릿속에 그려졌다. 애니는 그런 식으로 빼돌려진 후에 브라질행 모비에 탈 예정이었다. 애니가 스스로 세운 장래 계획은, 그 계획이 무엇이든 간에, 하루 아침에 돌이킬 수 없이 바뀔 판이었다. 로비어 같은 사람이 바꾸기로 마음먹는다면 누구나 똑같은 처지가 되게 마련이었다. 로비어는 단순한 경찰 관료가 아니었다. 로비어 나이대의 사람들 가운데 평범한 인물은 아무도 없었다. 네더튼은 가짜 비행선의 축 처진 방광 속을 희끄무레하게 돌아다니는 불빛들을 올려다봤고, 그 불빛들이 사람의 형상과 어렴풋이 비슷하다는 것을 그제야 처음으로 알아차렸다. 포로로 잡힌 전기 영혼들이었다. 이 끔찍한 것들을 디자인한 사람은 누굴까?

네더튼은 얼마 남지 않은 위스키를 다 마셨다. 이제 데이드라에게 전화할 시간이었다. 그러나 일단 술을 한 잔 더 마실 작정이었다.

55
복잡한 사정

눈을 감고 있는 동안, 플린은 에어스트림 천장의 우레탄폼을 쉬지 않고 두드리는 둔탁한 빗소리를 알아차리지 못했다. 그러다가 눈을 떴을 때, 폴리머층에 박힌 LED 전구가 보였다.

"이제 정신이 들어?" 부보안관 토미 콘스탄틴이 물었다.

플린은 하도 급하게 고개를 돌린 나머지 하마터면 하얀 왕관을 떨어뜨릴 뻔했지만, 다행히 왕관이 머리에서 흘러내리는 순간 양손을 펼쳐 가까스로 붙잡았다.

토미는 침대 옆의 낡은 스툴에 앉아 플린을 보고 있었다. 검은 보안관서 재킷에 방울방울 맺힌 빗물이 보였다. 무릎 위에 놓인 회색 펠트 모자는 방수 비닐이 씌워져 있었다.

"토미구나." 플린이 말했다.

"그래, 나야."

"언제부터 여기 있었어?"

"1시간쯤 전에 너희 집에 도착했어. 이 트레일러에 내려온 지는 아직 2분도 안 됐고. 에드워드는 샌드위치를 먹으러 너희 집에 갔어. 본인은 됐다고 했지만, 점심때부터 아무것도 안 먹었다길래 지금은 배를 채우는 게 진짜 용기 있는 일이라고 해줬지."

"네가 여긴 웬일이야?"

"그게 말이지." 토미가 말했다. "실은 이쪽 길에서 외지 사람들이 자꾸 죽어나가는 바람에."

"누가?"

"이번엔 너희 집 사유지 안에서 그랬어. 저쪽 아래, 숲속에서." 토미는 손으로 한쪽 방향을 가리켰다.

"누가 죽었는데?"

"젊은 남자 두 명이야. 너희 오빠는 그 둘이 자기하고 꽤 비슷한 부류이든가, 그렇지 않더라도 어쨌든 자기가 평소에 어울리는 친구들하고 비슷한 부류 같대. 그런데 난 그 친구란 사람들이 갈수록 더 수상쩍은 게, 카운티 두 곳 너머에 있다는 상대편하고 드론 시합을 한답시고 장대비가 퍼붓는 이 밤에 이곳 주변 바깥을 돌아다닌단 말이지. 실은 매일 밤을 꼬박 새면서 그러는 중이야. 버튼이 보기에 죽은 두 남자는 전직 군인이고 특수부대 출신 전문가들 같대. 왜냐하면 너희가 드론 감시망을 저렇게 철저하게 쳐놨는데 그걸 뚫고 한참을 침투한 데다, 만약 저 아래 숲에, 내가 보기엔 카를로스하고 리스였을 것 같은데, 그 둘이 거기서 소총을 들고 보초를 서는 구닥다리 전술을 쓰지 않았다면 아마 살아서 너희 집까지 쳐들어오고 남았을 테니까."

이제 플린은 몸을 일으켜 앉아 있었다. 양말 바람인 발로 바닥의 폴리머 코팅을 딛고서, 왕관은 무릎 위에 놔둔 채로, 플린은 자신과 토미가 둘 다 우스꽝스럽게 생긴 모자를 들고 이 트레일러 안에 앉아 있는 이유가 퍼뜩 떠올랐다. 그리고 너무도 사무치게 들었던 생각 하나는, 지금 대체 무슨 일이 벌어지든 간에, 입술에 립글로스를 바를걸 그랬다는 후회였다. "도대체 무슨 일인데?"

"나한테는 가르쳐 주질 않아."

"누가?"

"버튼하고 친구들이. 내 생각엔 카를로스하고 리스가 마침 야시경을 쓰고 있다가, 마찬가지로 야시경을 쓰고 있던 그 두 남자를 발견하고 곧바로 쏴 죽인 것 같아."

"미치겠네." 플린이 중얼거렸다.

"아까 전화를 받았을 때 내가 떠올린 말이 바로 그거야."

"버튼이 전화했어?"

"잭먼 보안관이 했어. 아마 너희 오빠가 그쪽에 전화했나 봐. 보안관은 나한테 전화를 걸더니, 우리가 합의한 새 업무 지침을 잊지 말라는 말부터 시작하더라."

"새로 합의한 업무 지침이 뭔데?"

"내가 공식적으로는 지금 여기에 없다는 거야."

"그게 무슨 뜻이야?"

"내가 버튼이 하는 일을 거들러 왔다는 뜻이야. 네가 하는 일도 거들어야 할 것 같지만, 잭먼 보안관이 네 얘기는 안 하더라."

플린은 말문이 막힌 채 토미를 물끄러미 봤다.

"너만 괜찮다면 좀 물어볼 게 있는데." 토미가 질문을 시작했다. "네가 아까 잠들어 있었던 게 맞다면 말인데, 왜 하얀 설탕 케이크 같이 생긴 걸 머리에 쓰고 잔 거야? 그리고 아까부터 누구한테 물어보고 싶어서 좀이 쑤실 지경이었는데, 도대체 여기서 지금 무슨 일이 벌어지는 거야?"

"여기서?" 플린의 목소리는 스스로의 귀에도 현실로 믿기 힘들 만큼 맹하게 들렸다.

"여기서, 시내에서, 잭먼하고, 코벨 피켓하고, 클랜튼에서, 주 정부에서…."

"토미…." 플린은 뭔가 말하려다 멈칫했다.

"응?"

"사정이 좀 복잡해."

"너 버튼하고 같이 여기서 무슨 약이라도 만드는 거야?"

"그러는 넌, 지금껏 내내 피켓하고 한통속이었어?"

토미는 비닐로 덮인 모자챙에 자그맣게 고인 빗물 웅덩이 두어 개가 바닥으로 흘러내리도록 모자를 앞으로 조금 기울였다. "난 코벨 피켓을 만나본 적도 없어. 전에는 그 사람하고 직접 관련된 일은 한 적이 없거든. 그 사람은 잭먼이 보안관으로 재선되게 도와줬고, 그래서 잭먼은 어떤 게 코벨의 사업이고 어떤 건 그렇지 않은지를 나한테 갖가지 방법으로 명확하게 가르쳐 줘. 그럼 나는 그 가르침을 명심하고 우리 카운티에서 최선을 다해 법을 집행하지. 왜냐하면 누군가 해야 할 일이니까. 그리고 만약 사람들이 어느 날 아침에 눈을 떴는데 코벨하고 그 사람의 마약 사업이 죄다 천국으로 본거지를 옮겨버렸다면, 몇 주 후에는 이 일대 주민들이 대부분 빈털터리가 돼서 쫄쫄 굶는 사태가 벌어질 거야. 그러니까 사정이 복잡하기는 이쪽도 마찬가지야. 그리고 딱하기도 해, 내가 보기엔. 그래도 그게 현실이야. 네 생각은 어때?"

"우린 마약 업자가 아니야."

"지금 우리 카운티에선 돈이 도는 방식이 근본적으로 바뀌었어, 플린. 그것도 하루아침에. 너희 오빠가 코벨한테 주 정부의 선출직 공무원들을 매수하라고 준 돈 때문이야. 그것 말고는 이 일대에서 현금이 돌아다닐 일이 없었으니까. 적어도 한동안은 말이지. 그러니까 내가 너무 성급하게 결론을 내렸어도 좀 봐줘."

"사실대로 말할게, 토미."

토미는 플린을 바라봤다. 그러고는 고개를 까딱했다. "그래."

"버튼은 어떤 경호 업체에 고용됐어. 콜롬비아에 있는 회사야. 자기네 말로는 어떤 게임 회사의 경비 업무를 맡아서 한대. 그 회사가 버튼한테 쿼드콥터 드론 조종하는 일을 맡겼는데, 버튼은 그게 게임인 줄 알았대."

이제 플린을 보는 토미의 눈빛은 아까까지와 달랐지만, 그렇다고 해서 미친 사람으로 보는 것 같지는 않았다. 아직은.

"그랬는데 내가 버튼 대신 일하기 시작했어." 플린이 말했다. "버튼이 데이비스빌에 갔을 때. 이젠 우리 둘 다 그 회사하고 일해. 돈을 주니까."

"그 회사는 돈이 굉장히 많을 것 같은데. 코벨 피켓이 폴짝폴짝 뛰어다니면서 일을 하게 만들 정도라면."

"지금 모든 게 다 이상하게 보인다는 거 나도 알아, 토미. 다른 데서는 찾아보기도 힘들 만큼 특이하게 이상한 일이야. 당장은 더 자세히 설명하지 않는 게 좋을 것 같아. 너만 괜찮다면."

"차에서 죽은 채로 발견된 남자 네 명은?"

"누군가 실수를 했어. 그 경호 업체에서 일하는 사람. 그러다가 내가 우연히 뭘 봤는데, 목격자가 나 한 사람뿐이야."

"뭘 봤는지 물어봐도 돼?"

"살인 사건. 죽은 남자들을 이리로 보낸 사람은 버튼을 제거하고 싶어 해. 그 사건의 목격자가 내가 아니라 버튼인 줄 아니까. 아마 우리 식구들을 다 죽이려고 할 거야, 혹시 버튼이 누구한테 얘기했을까 봐서."

"그래서 버튼이 감시 드론을 띄우고 친구들을 숲에 보내 보초를 세웠구나."

"맞아."

"그럼 오늘 저녁에 죽은 둘은?"

"아마 같은 사람이 추가로 보냈을 거야."

"그런데 그 많은 돈은 다 어디서 나오는 거야?"

"콜롬비아에 있는 그 회사에서. 거기 사람들은 내가 확인해 줬으면 해. 그 살인의 범인이거나 적어도 공범인 남자를. 난 똑똑히 봤어. 그놈은 분명 유죄야."

"그러니까 네 말은, 게임 속에서 그렇단 말이지?"

"그건 당장 설명하기엔 너무 복잡해. 여기까진 믿을 만해?"

"그런 것 같아. 난 이 일대에서 돈을 둘러싸고 벌어지는 일들이 하도 이상해서, 배후에 뭐가 있든 간에 흔해빠진 사연은 아니겠구나 싶었는데." 토미는 모자의 방수 비닐을 손끝으로 가볍게 두드렸다. "네가 잘 때 머리에 쓴 건 뭐야?" 토미의 한쪽 눈썹이 짓궂게 쫑긋 올라갔다. "미용 기구?"

"접속용 인터페이스야." 플린은 장치를 들어 토미에게 보여줬다. "손은 쓸 필요가 없어." 이윽고 플린은 아직 케이블이 연결돼 있는 장치를 침대 위에 조심스레 내려놨다.

"날아다닐 수도 있어?"

"걸어다녀. 다른 몸에 들어가는 거랑 비슷해. 아까는 자고 있었던 게 아니야. 어딘가 다른 곳에 원격 현존을 한 상태였어. 그 상태에선 이곳에 있는 자기 몸하고는 접속이 끊어지기 때문에, 본인한테 해가 가거나 하진 않아."

"플린, 너 괜찮아?"

"괜찮으냐니, 뭐가?"

"당장 그런 일이 벌어지는데도 꽤 침착해 보여서."

"말도 안 되는 소리 같다, 이거지?"

"응."

"실은 방금 얘기한 것보다 훨씬 더 말도 안 돼. 하지만 말도 안 된다고 해서 나까지 정신을 놔버리면, 정말로 모든 게 다 개판이 돼버리니까." 플린은 별수 없다는 듯이 어깨를 으쓱했다.

"이지 아이스. '느긋하지만 얼음처럼 냉철하다', 이거지."

"그건 누가 가르쳐 줬어?"

"버튼이. 그래도 너랑 잘 어울리는데." 토미는 빙긋 웃었다.

"그건 그냥 게임에서 쓰는 아이디야."

"지금 이건 아니고?"

"돈은 진짜야, 토미. 적어도 아직까지는."

"네 사촌도 얼마 전에 복권에 당첨됐던데."

플린은 그 얘기는 자세히 하지 않기로 마음먹었다.

"넌 코벨 피켓을 만난 적 있어?" 토미가 물었다.

"예전에 그 사람이 시장하고 나란히 크리스마스 퍼레이드 했을 때 이후론 아예 본 적도 없어."

"나도 마찬가지야. 직접 본 적은 없어." 토미는 아마도 할아버지에게 물려받았을 손목시계를 힐끔 봤다. 시간만 표시되는 구식 시계였다. "근데 이제 곧 만나게 될 거야. 너희 집에 올라가서."

"누가 그래?"

"버튼이. 근데 내 생각엔 미스터 코벨 피켓이 먼저 제안했을 것 같아." 토미는 모자를 썼다. 조심스레, 양손으로 살며시 잡고서.

<h1 style="text-align:center">56</h1>

음성 사서함의 빛

일이 알아서 잘 풀리는 것처럼 보였다. 네더튼이 가장 바라는 방식이었다. 훌륭한 위스키 덕분에, 그의 혀는 입천장의 얄따란 제어 패치를 저절로 찾아내 살짝 건드렸다. 시야에 낯선 인장이 나타났다. 일그러진 소용돌이처럼 생긴 원시 부족의 문신이었다. 네더튼이 보기에는 환류를 의미하는 문양 같았고, 이는 곧 데이드라가 지금 걸친 피부에 어떤 서사가 새겨졌든 간에 섬사람들이 거기에 통합되어 간다는 뜻이었다.

세 번째 벨소리와 함께 인장이 시야를 통째로 삼켜버렸다. 네더튼은 어느 터미널의 널따란 홀에 있었다. 천장이 아득해 보일 정도로 높다란 그 홀은 화강암으로 지어져 회색빛을 띠었다.

"여보세요?" 젊은 영국인 여성이 모습을 드러내지 않고 물었다.

"윌프 네더튼인데요. 데이드라 바꿔주세요."

네더튼은 클럽에 있는 자기 자리의 테이블과 빈 술잔을 내려다봤다. 오른쪽을 힐끗 보니 원형 테이블의 다리 주위를 둥그렇게 둘러싼 클럽의 바닥이 보였다. 반들반들하게 연마한 원형 알루미늄 바닥이 이제 보석 세공사의 솜씨처럼 감쪽같이 데이드라의 홀 바닥에 세팅되어 있었다. 둥그런 가장자리가 곧 클럽의 투명 은폐 메커니즘이 작동하는 경계였다. 클럽의 바도, 미치코이드도 보이지 않았고, 이로써 네더튼은 손짓으로 술을 더 주문할 수도 없다는 것을 깨달았다.

원근법을 설명하는 그림처럼 길게 뻗은 칙칙하고 널따랗기만 한 홀을 따라 저 멀리까지 줄지어 늘어선 것은, 가슴 높이의 정사각형 기둥 모양 화강암 받침대였다. 받침대 위에는 외과 수술로 벗겨 낸 데이드라의 전신 피부를 축소 재현한 눈에 익은 미니어처들이 유리판 사이에 끼워져 전시돼 있었다. 전형적인 자기 과시였고, 데이드라가 이때껏 벗겨 낸 피부는 열여섯 장뿐이었으므로 대부분은 복제품이었다. 싸늘한 느낌이 나는 빛이 마치 보이지 않는 창문에서 비쳐 든 것처럼 위쪽에서 쏟아졌다. 주위에서 들리는 배경 소음 또한 그 빛만큼이나 침울해서 꼭 일부러 불안감을 일으키도록 계산된 듯했다. 이곳은 대기실, 예고 없이 전화한 사람들을 위해 마련된 공간이었다. 상대방의 의사는 명확했다. "알겠어." 네더튼이 중얼거렸다. 그 말의 메아리가 화강암 벽에 부딪혀 이쪽저쪽으로 울려 퍼졌다.

"성함이 네더튼이라고 하셨나요?" 아까 그 목소리가 물었다. 그 이름이 혹시 무언가를 돌려서 말하는 새로운 표현이 아닌가 하고 의심하는 모양이었다.

"윌프 네더튼이에요."

"정확히 무슨 일로 전화하셨습니까?"

"난 데이드라의 홍보 담당자였어요. 바로 얼마 전까지요. 사적인 용건으로 통화하려고요."

"네더튼 씨, 죄송합니다만 저희 쪽에는 귀하에 관한 기록이 전혀 없습니다."

"애니 쿠레주, 테이트 포스트모던 미술관의 보조 큐레이터."

"다시 말씀해 주시겠습니까?"

"조용히 해, 아가씨. 패턴 인식 기능이 알아서 하게 놔둬."

"윌프?" 데이드라의 목소리였다.

"고마워. 난 카프카의 상상에나 나올 법한 공간은 질색이라서."

"그게 누군데?"

"몰라도 돼."

"용건이 뭐야?"

"아직 못 끝낸 일이 있어서." 그 말과 함께 새어 나온 나직한 한숨은 억지스러운 기색이 조금도 느껴지지 않았기에, 네더튼에게는 일이 잘 풀릴 징조처럼 느껴졌다.

"아엘리타 때문에?"

"아엘리타는 왜?" 네더튼은 짐짓 의아하다는 듯이 물었다.

"소식 못 들었어?"

"무슨 소식?"

"아엘리타가 사라졌어."

네더튼은 속으로 셋까지 센 다음 물었다. "사라졌다니?"

"아엘리타는 쓰레기 섬 일이 끝나고 나서 나를 위해 행사를 열어

줬어. 이든미어 맨션스에서. 그런데 나중에 보안 모듈이 켜지고 나서 보니까 감쪽같이 사라진 거야."

"어딜 갔는데?"

"추적이 안 돼, 윌프. 전혀."

"보안 모듈은 왜 꺼뒀는데?"

"행사상의 절차였어. 당신, 내 의상에 반대했지?"

"안 했는데."

"내 문신 때문에 화냈잖아." 데이드라가 말했다.

"당신의 예술 활동에 참견할 정도로 화가 난 적은 없는데."

"참견한 사람이 없진 않지." 데이드라가 말했다. "넌 거기에 동의하도록 나를 설득했고. 그 지겨웠던 회의에서."

"그럼 내가 전화하길 잘했네."

"어째서?" 조금 길다 싶은 침묵 끝에 데이드라가 물었다.

"일이 그렇게 되게 놔둔 채로 헤어지고 싶진 않았거든."

"아직 안 헤어진 상태라고 네 멋대로 상상하지 않으면 좋겠는데. 네가 꺼내려는 얘기가 그거라면 말이야."

네더튼은 다시 한숨을 쉬었다. 그의 몸이 주인을 위해 해준 일이었다. 빠르고 거센 한숨이었다. 거기에는 자신이 무엇을 잃어버렸는지와 더불어 자신이 그것을 잘 지니고 있다가 이제 영영 잃어버렸다는 것까지 모두 아는 남자의 후회가 담겨 있었다. "날 오해하는구나." 네더튼이 말했다. "하지만 지금은 그런 걸 따질 때가 아니지. 정말 안 됐어. 당신 언니가 그렇게…."

"네가 몰랐다는 말을 내가 믿을 것 같아?"

"난 한동안 미디어를 끊고 지냈어. 소식을 모르기로 치면, 내가 해고당한 것도 바로 얼마 전에 알았을 정도야. 그동안은 처리하느라 바빴어."

"뭘 처리했는데?"

"내 감정. 심리 치료사하고 같이. 퍼트니에서."

"감정?"

"아주 섬뜩할 정도로 새로운 종류의 후회야." 네더튼이 말했다. "좀 볼 수 있을까?"

"나를?"

"당신 얼굴을. 지금."

대답 대신 침묵이 흘렀지만, 이윽고 데이드라는 피드를 열어 네더튼에게 얼굴을 보여줬다.

"고마워. 당신은 내가 만나본 사람 중에서 단연코 가장 감탄스러운 예술가야, 데이드라."

데이드라의 눈썹이 아주 살짝 움직였다. 그것은 네더튼에게 어떤 것을 정확히 간파하는 재주가 있다고 완전히는 아니더라도 임시로나마 인정해 주는 신호였다.

"애니 쿠레주." 네더튼이 말했다. "당신 작품을 보는 애니의 감각 말인데. 내가 모비에서 그 이야기를 했던 거 기억나?"

"그땐 누가 내 점프 슈트의 지퍼를 고장 냈어. 그래서 옷을 벗으려면 다 자르는 수밖에 없었던 거야."

"그건 내가 전혀 모르는 일이야. 난 당신이 어떤 걸 가질 수 있게 주선해 주고 싶어."

"뭐를?" 데이드라는 버릇처럼 자연스레 드러나는 의심을 감추려고도 않고 물었다.

"당신 작품의 미래에 대한 애니의 통찰. 실은 우연히 애니가 나한테 털어놨어. 물론 우리 사이에 대해선 까맣게 몰랐고. 내 나름대로 당신을 깊이 아는 상태에서 애니의 통찰을 살짝 들여다보고 나니까, 그걸 당신한테 전해주려고 시도는 해봐야겠다는 생각이 들었어."

"애니가 뭐라고 했는데?"

"내 방식대로 바꿔서 표현하려고 해도 엄두가 안 나. 직접 들으면 아마 이해할 거야."

"이런 화술은 심리 치료에서 배운 거야?"

"그게 아주 큰 도움이 되긴 했어." 네더튼이 대답했다.

"나한테 무슨 부탁을 하려고 이러는 거야, 윌프?"

"애니한테 당신을 소개하도록 허락해 줘. 다시 한번. 어쩌면 내 깜냥으로는 얼마나 중요한지 결코 완전히 이해하지 못할 일에 내가 지극히 사소하게나마 공헌할 수 있게."

네더튼은 데이드라가 지금 어떤 장비를 보고 있을지도 모른다고 생각했다. 예컨대 패러글라이딩용 낙하산을 보며 계속 보관할지, 아니면 새것으로 교체할지 궁리하는 중인지도 몰랐다. "사람들 말로는 네가 무슨 짓을 했다던데."

"누구한테?"

"아엘리타한테."

"누가 그래?" 지금 빈잔을 들고 손짓하면 미치코이드가 한 잔 더 가져다줄 만도 했지만, 그랬다가는 데이드라의 눈에 띌 터였다.

"소문이 돌아." 데이드라가 말했다. "미디어에서."

"너하고 섬사람들 두목에 관해선 뭐라고 하는데? 그것도 아름다운 얘기는 아닐 텐데."

"선정적으로 떠들어 대지."

"그럼 우리 둘 다 피해자로군."

"넌 유명인이 아니잖아. 뭔가 저질렀다고 의심받아 봤자, 선정적일 구석이 뭐가 있겠어."

"난 당신의 전 홍보 담당자잖아. 아엘리타는 당신 언니고." 네더튼은 뻔한 일 아니냐고 묻듯이 어깨를 으쓱했다.

"지금 어디에 앉아 있는 거야?" 데이드라가 물었다. 이제 데이드라는 머리만 보이는 것이 아니라 몸 전체가 나타나 있었다. 네더튼의 눈앞에, 가슴 높이의 받침대에 놓인 미니어처 두 점 사이에. 다리와 발은 맨살이 다 보였다. 몸에 두른 것은 기다란 청록색 카디건, 눈에 익은 그 옷뿐이었다.

"켄싱턴에 있는 바 임포스터 신드롬의 은폐 테이블이야."

"세상에." 데이드라가 믿기 힘들다는 듯 눈살을 찌푸리자 미간에 쉼표 모양의 주름이 생겼다. "너 페리퍼럴 클럽에 간 거야?"

"애니가 떠났거든. 브라질행 모비를 탔어. 당신이 다시 만날 생각이 있다면 애니는 페리퍼럴을 이용해야 해."

"난 바빠." 의혹의 쉼표가 더 굵어졌다. "다음 달쯤이면 몰라도."

"애니는 현장 연구를 하러 갔어. 신원시주의자들하고 같이 체류할 거야. 기술 공포증이 있는 패거리지. 전화기는 제거하고 들어가는 수밖에 없어. 잘되면 그자들하고 한 1년, 아니면 그 이상 같이 머물지도 몰라. 우린 조만간 약속을 잡아야 해. 애니가 목적지에 도착하기 전에."

"바쁘다고 했잖아."

"난 애니가 거기서 어떻게 되진 않을지 걱정돼. 만약 애니가 잘못되면 우린 애니의 통찰력도 같이 잃는 거야. 애니가 책을 출판하기까진 몇 년은 걸려. 당신은 애니에게 그야말로 평생의 연구 대상이라고."

데이드라는 테이블을 향해 한 걸음 다가섰다. "그렇게 특별해?"

"아주 비범해. 다만 애니는 당신을 향한 경외심이 하도 커서, 당신이 그렇게 바쁘지 않다고 해도 어떤 식으로 약속을 잡는 게 좋을지 난 잘 모르겠어. 일대일로 만나면 애니에게 부담이 너무 클 거야. 하지만 나랑 같이 있다가 우연인 것처럼 당신을 만난다면, 그땐 다를지도 모르지. 어떤 행사 같은 자리에서 말이야. 애니한테는 깜짝 선물이 될 거야. 평소에는 대인 관계에 자신감이 넘치는 사람인데, 지난번 코넛 호텔에서는 당신한테 제대로 말도 못 걸더라니까. 애니는 그 일 때문에 내내 풀이 죽어 있었어. 내가 보기엔 이번 체류 연구 건도 기분 전환을 위한 시도가 아닌가 싶어."

"사실 이제 곧 열릴 행사가 있긴 한데… 애니한테 시간을 얼마나 내줄 수 있을지 모르겠는데."

"그거야 당신이 애니한테 얼마나 흥미를 느끼느냐에 달렸지. 어쩌면 내가 착각하는 건지도 모르고."

"그럴지도 모르지. 한번 생각은 해볼게."

그 말에 이어 데이드라와 청록색 카디건과 맨다리는 사라졌고, 데이드라가 사용하는 음성 사서함의 돌 벽에 비친 싸늘한 빛도 함께 사라졌다.

네더튼은 임포스터 신드롬에 있는 페리퍼럴들을 다시 바라봤다. 조바심이 난 인간형 로봇들로 이루어진 디오라마가 완전한 침묵 속에 펼쳐져 있었다. 그는 지나가던 미치코이드를 손짓으로 불렀다. 한잔 더 주문할 시간이었다.

57
고급 찻잔 세트

플린의 어머니는 부자들이 조금은 인형처럼 보인다고 말하곤 했다. 어머니의 집 거실에 있는 코벨 피켓을 보며 플린은 그 말이 떠올랐다. 피켓은 온몸의 피부가 더없이 균일하게 햇볕에 그을린 것처럼 보였고, 목사처럼 단정하게 빗은 머리카락은 온통 은백색이었다.

플린이 걸친 옷은 트레일러에 있던 리언의 낡은 군용 피시테일 파카였다. 리언은 그 기다란 파카 겉면에 유해한 방수용 나노 페인트를 뿌렸다. 방수가 아예 안 되는 파카이기 때문이었다. 리언은 그 옷이 한국전쟁 때 쓰던 군복이라고 했다. 그와 버튼이 입대 연령에 두 살이 모자라 참전하지 못했던 그 전쟁이 아니라 그 전, 옛날 옛적의 전쟁이었다. 플린은 버튼의 조그만 면도용 거울을 보며 립글로스를 급히 바르고 나서 옷걸이에 걸린 그 옷을 발견했다. 에어스트림 트레일러의 천장을 두드리는 빗소리는 그때도 그칠 줄을 몰랐다. 플린은 겉면에 손이 닿지 않게 조심조심 파카를 걸쳤다. 고등학교 때 그 나노 페인트에 손대지 말라고 경고하는 공익 광고를 본 적이 있어서였다. 그 무렴에 정부는 처음으로 그 페인트에 판매 금지 처분을 내렸다. 플린의 몸을 감싼 파카는 텐트처럼 헐렁했고, 페인트 때문에 뻣뻣했다.

"미치겠네." 플린은 버튼의 군용 담요 위에 놓인 하얀 컨트롤러를 내려다보며 중얼거렸다. "내 전화기에 케이블로 접속된 상태야. 전화기를 두고 가긴 싫은데, 접속을 끊는 방법을 모르겠어."

"그냥 두고 가. 너랑 반말하는 사이가 아닌 사람이 오늘 밤에 여기 들어오는 일은 없을 테니까." 토미가 재킷 지퍼를 올리며 한 말이었다. "발이 달려서 어디 갈 것도 아니고."

"알았어." 플린은 동굴처럼 깊숙한 후드 속에서 대답했다. 토미가 비 내리는 바깥을 향해 트레일러 문을 여는 사이, 플린은 자신이 원래 몸으로 돌아온 탓에 애시가 말한 '꽉 찬' 느낌을 슬슬 경험하는 중인지 궁금해졌다. 색을 너무 진하게 보정한 옛날 영화 같기도 했고, 모든 것의 질감이 조금 더 생생한 듯도 싶었다.

그리하여 플린은 토미의 뒤를 따라 트레일러를 나섰다. 땅에 내려서자 발이 진흙에 미끄러졌다. 신발은 방수 기능이 없었고 그리 편안하지도 않았다. 아까 신었던 다른 신발이 더 낫겠다 싶었지만 생각해 보니 그 신발은 이 세계와 이어질 일조차 없는 미래에 있었다. 그리고 아마도 이 몸에는 맞는 치수도 아닐 터였다. 뒤이어 거대한 캠핑 버스 뒷방의 작은 침대에 누워 있을 자신의 페리퍼럴이 떠올랐다. 그 생각을 하며 느낀 감정을 가리키는 이름은 아직 세상에 존재하지 않을지도 몰랐지만, 어쩌면 그것 또한 단순히 원래 몸에 돌아왔기 때문에 드는 기분은 아닐까? 신발과 양말이 다 축축하게 젖은 상태로 토미의 뒤를 따라 오솔길을 올라가며, 플린은 쏟아지는 비에서 나직이 지글거리는 소리가 난다고 생각했다. 빗방울이 면직물의 방수 코팅을 최대한 서둘러 박차고 달아나는 것처럼.

집 뒷문에 도착하고 나서 플린은 문 앞 매트에 신을 문질러 닦았다. 문을 열자 비즈를 벗은 에드워드가 부엌의 작은 테이블에 앉아 샌드위치의 마지막 한 입을 우물거리는 광경이 눈에 들어왔다. 에드워드는 입이 불룩해진 채 눈을 동그랗게 뜨고 플린을 보며 고개를 끄덕였고, 뒤이어 식탁이 있는 방의 문 안쪽에 어머니가 꺼내놓은 고급 찻잔 세트가 플린의 눈에 들어왔다. 플린은 에드워드에게 고개를 끄덕여 답인사를 하고 완벽하다 못해 섬뜩할 정도로 물기 없이 보송보송한 파카를 조심조심 벗은 다음, 냉장고 옆 옷걸이에 걸었다.

"예쁜 따님이 이제야 오셨군요, 엘라." 피켓은 벽난로 옆에 버튼과 마주 보며 서 있었고, 남매의 어머니는 소파 한가운데에 앉아 있었다. "그리고 이쪽은 토미 부보안관님이시겠지."

"안녕하세요, 피셔 부인." 토미가 인사했다. "안녕하세요, 피켓 씨. 버튼도."

"안녕하세요." 플린은 집 거실에 코벨 피켓 같은 사람을 들인 것이 얼마나 큰 잘못인지 곱씹느라 모깃소리로 인사했다. "크리스마스 퍼레이드에서 뵌 기억이 나요, 피켓 씨."

"코벨이라고 부르럼. 네 칭찬은 많이 들었다. 여기 있는 엘라하고 네 오빠한테서 말이야. 그리고 토미, 자네 칭찬도 잭먼 보안관한테서 많이 들었네. 이제야 만나다니 반갑구먼, 토미. 여기까지 와줘서 고마워.”

“만나서 반갑습니다, 피켓 씨.” 등 뒤에서 토미의 목소리가 들리
자 플린은 그를 보려고 몸을 돌렸다. 그는 옷걸이의 파카 옆자리에
자신의 검은 재킷을 건 다음, 이제 모자를 고리에 걸치는 중이었다.
그러고는 빳빳하게 다린 황갈색 제복 셔츠 차림으로 돌아섰다. 팔에
는 보안관 사무소 패치가 붙어 있었고 가슴의 보안관 배지는 불빛을
받아 반짝였다. 표정은 담담했다.

당장이라도 버튼에게 주지사를 매수하는 데 성공했냐고 묻고 싶
었지만, 플린은 퍼뜩 깨달았다. 이 자리에는 피켓은 말할 것도 없고
자신의 어머니도 함께 있었다.

“왔구나.” 버튼이 말했다. 서 있는 자세를 보니 페리퍼럴 속의 코
너가 떠올랐다. 똑바르지 않고 삐딱했지만 그 자세 그대로 어느 쪽으
로건 몸을 날릴 준비가 된 상태였다.

“안녕.” 플린이 대꾸했다.

“피곤하겠네.”

“별로.”

“커피를 내오렴, 플린.” 어머니가 말했다. “나 좀 일으켜 줘, 버튼.
벌써 잘 시간이 지났구나.” 버튼은 거실을 가로질러 가서 어머니의 손
을 잡았다. 플린의 눈에는 애써 병을 이겨내는 어머니의 모습이 보였
다. 어머니는 피치 못할 상황이 생기면 지금도 그렇게 힘을 냈다. 피
켓에게 약한 모습을 보이기 싫어서였다. 산소 탱크는 어디에도 보이
지 않았다.

플린은 부엌으로 돌아가 가스레인지 위의 커피 주전자를 챙겼다. 에드워드는 등에 헤프티 마트 로고가 그려진 무료 증정용 비옷을 걸치고 뒷문으로 몰래 빠져나가는 중이었다. 그러다가 플린을 보고 조마조마한 표정으로 살짝 손을 흔들었다. 그가 나간 후에 뒷문을 닫자 문 유리창을 가린 플라스틱 블라인드가 덜그럭 소리를 냈다.

"걔 샌드위치는 먹고 가는 거니?" 거실에서 어머니가 물었다.

"다 먹었어요." 플린은 커피를 들고 돌아오며 대답했다.

"전에 그 애 고모하고 아는 사이였어. 이름이 리사였는데. 같이 일했거든. 미안해요, 코벨. 난 이제 들어가서 자야 하거든요. 만나서 반가웠어요. 정말 오랜만이에요. 코벨한테 커피 따라주렴, 버튼. 플린, 넌 내가 가서 눕는 걸 좀 도와줘."

"그럴게요." 플린은 커피 주전자를 거실 테이블에 내려놨다. 주전자 받침은 리언이 보이스카우트 활동 시간에 큼직한 나무 구슬을 엮어 만든 물건이었다. 플린은 어머니의 뒤를 따라 벽난로 옆의 문으로 들어간 다음, 그 문을 닫았다.

어머니는 몸을 굽혀 산소 흡입기를 꺼내고는 작동 스위치를 돌리고 조그만 투명 플라스틱 노즐을 코에 꽂았다. "너랑 버튼이 대체 무슨 일로 저 사람하고 얽힌 거야?" 어머니는 피켓의 귀에 들리지 않게 나직이 물었고, 플린의 눈에는 어머니가 무심코 욕이 튀어나오지 않도록 몹시도 조심하는 기색이 보였다. 어머니가 진심으로 화가 났다는 뜻이었다.

58

우

뺨에 기름이 묻고 구겨진 작업복을 입은, 피츠데이비드 우의 얼굴을 한 대여용 페리퍼럴이 손에 잔을 들고 네더튼의 테이블 쪽으로 다가왔다. 그의 모습이 보이는 모양이었다.

"너한테는 내가 보이나 보군." 네더튼이 성난 목소리로 말했다.

"그렇습니다." 대여용은 네더튼 앞에 술잔을 내려놓았다. "다만 다른 사람들에게는 보이지 않습니다. 이게 마지막 잔입니다. 당신에게는 이곳의 서비스가 차단됐으니까요."

"누구 마음대로?" 네더튼이 물었지만, 답은 이미 아는 바였다.

페리퍼럴은 바지 뒷주머니에 손을 넣어 뭔가 꺼내더니 손바닥을 펴 방금 꺼낸 것을 드러냈다. 조그마한 원통이었다. 상아 재질 몸통에는 세로로 홈이 패었고 도금 장식이 돼 있었다. 원통이 변신을 시작하더니 테두리에 도금이 된 상아 로켓으로 형상이 바뀌었다. 로켓의 뚜껑이 열리면서 드러난 것은 손으로 채색한 것처럼 보이는 로비어의 초상이었다. 주황색 트위드 재킷에 초록색 넥타이를 맨 로비어가, 근

엄한 표정으로 위를 올려다보고 있었다. 초상이 사라지는가 싶더니 로켓은 엄지손가락만 한 사자로 감쪽같이 변했고, 왕관을 쓴 채 뒷발로 일어선 것처럼 보이던 그 사자는 다시 화려하게 장식한 작은 원통으로 되돌아갔다.

"그게 진짜인지 아닌지 어떻게 알아요? 그 정도는 어셈블러로도 거뜬히 만들 수 있는데."

그것은 그 물건을 주머니에 넣었다. "경찰봉을 복제하면 극도로 가혹한 처벌을 받습니다. 그리고 그 처벌은 결코 짧은 기간에 끝나지도 않죠. 잔을 다 비우십시오. 여길 떠나야 합니다."

"왜요?" 네더튼이 물었다.

"당신이 데이드라의 음성 사서함에 접속한 이후로 템스 밸리 전역의 다양한 사람들이 이쪽으로 이동하기 시작했습니다. 데이드라나 당신과 어떤 식으로든 연관이 있다고 알려진 사람은 한 명도 없습니다만, 숙모님들이 보기에는 통계상의 표준을 명백히 벗어났습니다. 따라서 당신은 공권력이 개입한 흔적을 되도록 적게 남긴 채 이곳을 떠나야 합니다. 잔을 비우십시오."

실로 무조건적인 허락을 받은 네더튼은 위스키를 단숨에 들이켰다. 그리고는 일어서다가 살짝 휘청거렸고, 그만 의자를 뒤로 자빠뜨리고 말았다.

"이쪽으로 오십시오, 네더튼 씨." 페리퍼럴은 네더튼이 듣기에 꽤나 진저리가 난 목소리로 말한 다음, 그의 손목을 잡았다. 그리고는 임포스터 신드롬의 안쪽으로 더 깊숙이 데리고 갔다.

59
벤처 투자자

"사람들은 진짜 악당이 특별한 줄 알지만, 그렇지 않아." 침대 가장자리에 앉은 플린의 어머니가 말했다. 바로 곁의 테이블 위는 약통으로 가득했다. "사이코 살인자나 강간범도 코벨 같은 인간만큼 많은 사람의 삶을 망가뜨리지는 않아. 그 인간의 아버지는 카운티 의회 의원이었어. 코벨은 어릴 적에는 거만하고 이기적인 사내애였지만, 그 나이치고는 드문 경우도 아니었지. 그런데 30년이 훌쩍 지난 지금은 본인이 얼마나 많은 사람을 파멸시켰는지 일부러 떠올리려고 해도 다 기억이 안 날 거야. 아예 알지도 못할걸." 어머니는 플린을 물끄러미 봤다.

"우리가 어떤 일을 좀 맡았는데." 플린이 말했다. "돈을 받고 하는 거야. 저 사람하고는 상관없는 일이었어, 우리가 아는 한은. 그랬는데 저 사람이 그 일에 끼어서 나타났어. 우리가 저 사람한테 끼라고 한 것도 아니고, 굳이 저 사람으로 끼워달라고 한 것도 아니야."

"만약 버튼이 부업을 하다가 보훈부에 들키면, 연금이 끊기잖아."

어머니가 말했다.

"연금이야 받든 못 받든 상관없어. 이 일만 잘 해결되면."

"보훈부가 내일 당장 문을 닫는 것도 아닌데 왜 굳이."

그때 등 뒤의 문이 열리는 소리가 났다. 플린은 몸을 돌렸다.

"미안." 재니스였다. "그치만 저 재수 없는 인간이 버튼한테 설교를 하고 있어서. 저 인간 눈에 띄는 데 있다가 들키면 내가 엿들은 줄 알 거 아냐."

"그래서 여태 어디 있었어?"

"네 방에. 침대에서 분노의 케겔 운동을 좀 했지. 커피를 불에 올려놓고 엘라가 머리 마는 걸 도와준 다음에, 버튼한테서 누가 집에 오는지 듣고 네 방으로 올라갔어. 좀 괜찮아요, 엘라?"

"난 괜찮다, 얘야." 대답은 그렇게 했지만, 플린의 어머니는 아픈 기색이 역력했다.

"이제 약 드실 시간이에요." 재니스는 그 말을 하고 나서 플린을 돌아봤다. "넌 다시 거실에 가보는 게 좋겠어. 보니까 무슨 일 얘기를 하는 것 같아."

몹시도 젊을 적의 아버지가 찍힌 사진이 플린의 눈에 들어왔다. 지금의 버튼보다 더 젊은 나이였던 사진 속의 아버지는 군인이 입는 정복 차림이었다. 그 방은 원래 아버지가 틀어박혀 쉬는 은신처였다가 나중에 어머니의 재봉실로 바뀌었다. 어머니가 계단을 오르내리기가 힘들어지자 남매는 어머니의 침대를 아래층에 있는 이 방으로 옮겼다. "다시 가봐야겠어." 플린은 어머니에게 말했다. "이따가 다시 들를게. 그때 엄마가 안 자고 깨어 있으면, 다시 얘기해."

어머니는 플린을 보지도 않고 고개만 끄덕였다. 약을 챙기느라 바빠서였다.

"고마워, 재니스." 플린은 그 말을 남기고 방을 나섰다.

"매수하려는 쪽이 어떤 사람들인지 더 잘 파악하지 않으면 곤란해." 피켓이 그 말을 할 때 플린은 마침 거실에 들어서는 중이었다. 그가 앉아 있는 푹신한 흔들의자의 황갈색 커버를 보며 플린은 그 커버를 벗겨서 빨 때가 됐다는 생각이 들었다. 버튼과 토미는 소파의 양 끄트머리에 제각각 앉아 나지막한 거실 테이블 너머로 그를 마주 봤다. 피켓은 플린을 흘끗 보고 말을 이어갔다. "주 정부에 있는 내 친구들은 너희랑 얘기하려고 하지 않을 거다. 너희하고 접촉한 패거리는 나를 거쳐야 해. 그 녀석들이 알아둬야 할 또 한 가지는, 이때껏 쓴 돈은 문을 살짝 여는 비용에 지나지 않는다는 거야. 조만간 유지비가 청구될 거다. 그것도 정기적으로."

버튼과 토미 사이에 앉은 플린은 피켓이 방금 말한 문장 하나하나의 억양에서 전에 그의 자동차 대리점 광고에서 들었던 말들이 떠올랐다. 그것은 일종의 언어로 된 쐐기였다. 앞쪽 끄트머리는 좁았지만 맨 뒤의 강조 사항으로 갈수록 점점 넓어졌다. 그래서 못처럼 파고들었다.

"그리고 너." 피켓은 플린의 눈을 똑바로 봤다. "넌 콜롬비아의 그 벤처 투자자를 직접 만났다고 들었는데."

플린의 왼쪽에 앉은 토미가 몸을 앞으로 숙였다. 양 팔꿈치를 무름에 올린 토미는 한 손으로 다른 손을 감싸고 있었다. 감싸인 쪽 손은 느슨하게 주먹 쥔 상태였다. 플린이 앉은 자리에서는 토미의 권총이 보였다. 허리 총집에 들어 있는 총보다 더 조그만 권총이, 바지 앞쪽 허리춤에 꽂혀 있었다.

플린은 피켓의 매서운 눈을 마주 보며 말했다. "만났어요."

"그자들 얘기 좀 해봐. 네 오빠는 아는 게 없든가, 아니면 얘기할 열의가 없는 것 같으니까."

"그 사람들은 돈이 많아요. 당신한테도 그쪽 돈이 조금 갔죠."

"그런데 어디서 난 돈이지? 중국? 인도? 난 그 돈이 바다를 건너왔다는 것조차 믿기가 힘들어. 어쩌면 여기서 출발해서, 바깥으로 나갔다가, 다시 돌아온 건지도 모르지."

"그건 나도 몰라요. 회사 자체는 콜롬비아에 있으니까요."

"사우스캐롤라이나주에도 콜롬비아라는 지명이 있지, 아마." 피켓이 말했다. "너하고 버튼은 그 패거리하고 동업 관계냐?"

"그렇게 되려고 하는 중이에요." 버튼이 대답했다.

피켓은 버튼을 보다가 다시 플린에게 눈을 돌렸다. "어쩌면 정부 기관일 수도 있어."

"난 그럴 거란 생각은 꿈에도 못 했는데요." 플린이 말했다.

"국토안보부가 함정 수사를 펴는 거라면?" 피켓이 물었다.

"우리가 아는 국토안보부는 이런 짓 안 해요." 플린이 대답했다.

"밀라그로스 콜디론이라." 피켓은 외국어를 입에 올려서 입맛이 쓰다는 듯이 표정을 구겼다. "제대로 된 에스파냐어 이름도 아니

야. 사람들한테 물어보면 '콜디론'이 아니라 '콜드아이언' 아니냐고
할걸."

"이름이 왜 그런지는 나도 몰라요." 플린이 말했다.

"너희가 말한 그 '밀라그로스'가 네덜란드 은행의 지분을 매입
했어. 내가 방금 차를 타고 이 집으로 오는 길에 일어난 일이야. 우리
카운티의 자산에다 이웃한 세 카운티의 자산을 다 합친 것보다 더 많
은 돈을 들여서 말이지. 그런 자들이 너하고 버튼한테서 뭘 원하는
거냐?"

"그 사람들이 우릴 골랐어요. 그쪽에서 해준 얘기는 아직까지는
그게 다예요. 당신이라면 그 은행을 살 수 있었을까요, 피켓 씨?"

피켓은 플린이 마음에 들지 않았다. 어쩌면 그의 마음에 드는 사
람은 없는지도 몰랐다. "그런 패거리하고 네가 동업 관계를 맺을 수
있을 거라고 생각하는 거냐?" 피켓이 플린에게 물었다.

플린도 버튼도 대답이 없었다. 플린은 토미 쪽을 돌아보지 않으
려고 애썼다.

"나는 그럴 수 있어." 피켓이 말했다. "지금 당장이라도. 그리고
내가 그렇게 하면, 결과적으로 너희에겐 꿈도 못 꿀 돈이 생길 거다.
다만 너희가 나하고 동업하기를 거부한다면, 주정부의 연줄은 날아
갈 줄 알아. 지금 이 시간부로."

"돈의 출처가 어딘지 알지 못해서 찜찜하다는 말이죠?" 플린이
피켓에게 물었다. "어떻게 하면 속이 후련하겠어요?"

"내 진짜 거래 상대가 누군지 알아야겠다. 그 회사는 석 달 전까

지만 해도 아예 없는 곳이었어. 난 누군가 이름을 밝히고 앞에 나서서 그 회사를 포장지로 삼아 꽁꽁 싸서 감춘 게 뭔지 설명해 줄 사람이 필요해."

"네더튼이에요." 플린이 말했다.

"뭐?"

"그 사람 이름요. 네더튼이라고요."

플린은 버튼이 자신을 보고 있다는 것을 알았다. 그의 표정은 변한 기색이 없었다.

"토미." 피켓이 말했다. "만나서 반가웠네. 가서 그 두 남자 건이 어떻게 됐는지 확인해 보지 그러나. 잭먼 보안관 말로는 자네가 일 처리를 꼼꼼하게 한다던데."

"예, 알겠습니다." 토미는 소파에서 일어섰다. "그렇게 하죠. 잘 있어, 버튼. 플린도." 그는 남매에게 고개를 끄덕여 인사하고 부엌으로 갔다. 재킷을 입고 지퍼를 올리는 소리가 플린의 귀에 들려왔다. 뒤이어 뒷문 블라인드가 덜그럭거리는 소리가 났다. 토미가 집을 나섰다는 뜻이었다.

"똑똑한 여동생을 뒀구나, 버튼." 피켓이 말했다.

버튼은 꾹 다문 입을 열지 않았다.

플린은 어느새 벽난로 위쪽 선반에 세워진 플라스틱 쟁반을 바라보고 있었다. 쟁반에는 클랜튼 카운티의 창립 200주년을 기념해 만든 만화풍 항공 지도가 인쇄돼 있었다. 플린이 여덟 살이던 해, 어머니는 남매를 차에 태워 카운티 창립 기념 축제에 데려갔다. 플린은 그

때의 기억이 떠올랐지만, 왠지 자신이 아닌 다른 사람의 삶에서 일어
난 일 같았다.

60
심문

"그렇게 꽁해 있지 마십시오." 우가 말했다. 네더튼은 그 이름 말
고는 상대에 관해 기억나는 것이 아예 없다시피 했다. 보아하니 옷차
림은 어느 코스튬플레이 구역의 복식에 맞춘 모양이었지만, 다행스
럽게도 네더튼은 알지 못하는 곳이었다. 어쩌면 제2차 세계대전 때의
런던 대공습과 관련이 있는 듯도 했다. "멀미 때문에 토하는 일은 없
으면 좋겠군요."

그럴 가능성도 없진 않지. 네더튼은 속으로 중얼거렸다. 창문도
없는 이 조그마한 공간이 실제로 움직이는 것처럼 보였기 때문이었
다. 다만 고맙게도 한쪽 방향으로만, 부드럽게 움직이는 듯했다. "당
신, 그 배우죠." 네더튼이 말했다. 그는 그 페리퍼럴이 배우인 것은 알
았지만, 어떤 배우인지는 알지 못했다. 배우들 중 한 명이라는 것만
알 뿐이었다.

"난 우가 아닙니다." 우가 말했다. "우연히 이곳에 우의 모습을 한
대여용이 남아 있었을 뿐입니다. 당신의 전 동료가 이 페리퍼럴을 사

용하는 걸 일전에 본 적이 있죠. 술을 그렇게 빨리 마시지 않는 편이 좋을 겁니다, 네더튼 씨. 그런 음주 습관은 기억력을 손상시키니까요. 저는 당신이 그 여성과 나눈 대화의 내용에 관해 알아야 합니다. 저로서는 당신이 말하는 모습밖에 볼 수가 없었거든요."

네더튼은 자신이 기대어 있던 작은 안락의자에서 몸을 살짝 일으켜 자세를 고쳐 앉았다. 지금 벌어지는 일에서 자신이 할 일이 무엇인지 이제 조금은 밝혀졌기 때문이었다. 비록 대부분은 여전히 불확실할지라도 그러했다. 방금 전까지 좁고 터무니없이 깨끗한 지하 벽돌 통로를 따라 이끌려 온 기억이 떠올랐다. 오징어 등의 불빛 아래 보이는 통로에는 티끌 한 점 없었다. 치명적으로 깔끔한 어셈블러들, 런던의 초미세 환경 미화원들 덕분이었다. "여자라니, 누구 말이에요?" 네더튼이 물었다.

"데이드라 웨스트요."

네더튼은 데이드라의 음성 사서함이, 그 높다랗고 위압적인 대기 공간이 그제야 기억났다. "여긴 당신 차 안이군요. 우리 지금 어디로 가는 건가요?"

"노팅 힐로 갑니다."

"데이드라가 우릴 초대할 거예요." 네더튼이 말했다. 어쨌거나 그렇게 되기를 바랐던 것은 기억났다.

"내가 보기에도 당신이 미끼를 뿌린 건 확실한 것 같았습니다. 그것도 어디까지나 데이드라가 정말이지 장애에 가깝게 자기중심적이라는 가정하의 얘기죠. 저로서는 그 가정을 기꺼이 확신할 여유가 있을 것 같지 않습니다. 당신도 그러지 않는 편이 좋을 겁니다, 네더튼 씨."

배우들이란, 정말이지 꼼꼼하게 까다로운 족속들이었다.

2권에서 계속

페리퍼럴 1

초판 1쇄 펴낸날 2024년 11월 6일
초판 2쇄 펴낸날 2024년 11월 19일
지은이　　　 윌리엄 깁슨
옮긴이　　　 장성주
펴낸이　　　 한성봉
편집　　　　 김학제·안태운·박소연
콘텐츠제작　 안상준
디자인　　　 최세정
마케팅　　　 박신용·오주형·박민지·이예지
경영지원　　 국지연·송인경
펴낸곳　　　 허블
등록　　　　 2017년 4월 24일 제2017−000050호
주소　　　　 서울시 중구 필동로8길 73 [예장동 1−42] 동아시아빌딩
페이스북　　 www.facebook.com/dongasiabooks
트위터　　　 twitter.com/in_hubble
전자우편　　 dongasiabook@naver.com
블로그　　　 blog.naver.com/dongasiabook
홈페이지　　 hubble.page
전화　　　　 02) 757-9724, 5
팩스　　　　 02) 757-9726
ISBN　　　　 979-11-93078-34-1 03840
　　　　　　　 979-11-93078-33-4 (세트)

※ 허블은 동아시아 출판사의 문학 브랜드입니다.
※ 잘못된 책은 구입하신 서점에서 바꿔드립니다

만든 사람들
편집　　　　 김학제
크로스교열　 안상준
디자인　　　 최세정